Diogenes Taschenbuch 21125

Henry Slesar

Fiese Geschichten für fixe Leser

Aus dem Amerikanischen
von Thomas Schlück

Diogenes

Alle Geschichten erschienen bisher nur in
amerikanischen Zeitschriften,
die meisten in ›Alfred Hitchcock's Mystery Magazine‹.
Die Erstausgabe dieser Auswahl erschien 1982
im Diogenes Verlag.

Umschlagzeichnung von
Tomi Ungerer

Veröffentlicht als Diogenes Taschenbuch, 1984

30/96/36/7
ISBN 3 257 21125 2

Inhalt

Der Bluff

Nun, da war ich also in San Francisco. Beamer, der Betrüger, dem ich auf den Fersen war, wollte sich angeblich in den Orient absetzen. Vier Tage lang überprüfte ich Reedereibüros und Flughafenterminals und erhielt dann natürlich das Telegramm: BEAMER IN NEWARK VERHAFTET. Es gab schlimmere Orte, eine Menschenjagd abzubrechen, und ich beschloß noch ein bißchen in der Stadt zu bleiben und alte Freunde zu besuchen. So kam es, daß ich bei Captain Trager anrief. Den alten Mann hatte ich seit fünf Jahren nicht mehr gesehen, seit der Zeit, da ich vom öffentlichen Dienst in die private Praxis gewechselt und mich selbständig gemacht hatte. Seine Stimme klang am Telefon wie früher, aber es war nicht alles wie früher, was er mir sofort offenbarte.

»Ich bin blind, Rick«, sagte er. »Als ich eben sagte, ich würde mich freuen, dich zu sehen, war das nur so eine Redewendung.«

Ich schluckte und hoffte, daß sich das Geräusch nicht durch die Leitung fortpflanzte. Der harte Joe Trager mit dem Bettelnapf? Schon bedauerte ich den Anruf. Plötzlich wollte ich Trager gar nicht mehr besuchen, wollte nicht dem Mann gegenüberstehen, der er in meiner Phantasie geworden war – zornig, verbittert und empfindlich gegenüber Mitleid.

Das war der zweite Trugschluß, dem ich in San Francisco erlag.

Die Tragers wohnten in einem kleinen weißen Haus in Sausalito, inmitten eines riesigen Gartens. Einer der beiden mußte Rosenfan sein – die Blüten strahlten überall, rankten sich an den Mauern empor, wucherten, wohin man auch blickte. Als ich den Mietwagen in die Einfahrt steuerte, kam ein schlankes Mädchen in grellgelbem Overall aus der Haustür. Sie sah mich und machte auf dem Absatz kehrt, wobei ich den Eindruck hatte, daß sie ärgerlich war. Dieser Eindruck hielt an, als ich die Klingel bediente und sie mir aufmachte. Sie hatte das Gesicht eines zornigen Engels, und der Overall war bei weitem nicht groß genug, um ihre süßen Formen zu verbergen.

»Mein Vater erwartet Sie«, sagte sie tonlos. »Sie sind doch Richard Ring, ja?«

Ich ließ mich von ihr in das Arbeitszimmer des alten Mannes führen. Als ich noch mit Trager Tagesdienst machte, war ich nie in sein Haus eingeladen worden. Seine Privatsphäre war ihm heilig. Oder wollte er seine Tochter vor mittellosen Jünglingen wie mir verstecken?

»Dad«, sagte sie, und der alte Mann erhob sich hinter dem zerkratzten Tisch. Ein Lächeln legte das breite Gesicht in Falten, und er hielt mir instinktsicher die schaufelgroße Hand entgegen. Seine Haut war gebräunt, das Haar von der Sonne ausgebleicht. Mit der Sonnenbrille sah er aus wie ein Millionär, der eben von seiner Jacht kam.

»Wie hat man dich nur von New York wegbekommen?« fragte er und redete ohne Atemholen weiter. »Wie gefällt es dir als Privatdetektiv? Was meinst du zu einem Drink? He, Evvy, gib dem Mann, was er haben will.«

Evvy lehnte mit verschränkten Armen an der Tür und hatte die Lippen zusammengepreßt. »Und was möchte der Mann trinken?« fragte sie.

Als wir die Gläser vor uns stehen hatten – ich Scotch und Trager wie üblich Sour Mash –, erzählte ich dem Captain von Beamer, von den vergangenen vier Jahren und von meiner Scheidung. Der letzte Punkt brachte ihn zum Grinsen.

»He, das ist großartig, Rick, freut mich zu hören! Ich warte schon lange darauf, daß mal ein flotter und lediger junger Mann vorbeikommt und mir die Frau da abnimmt.«

Er wußte nicht, daß Evvy das Zimmer wieder verlassen hatte. »Was meinst du, Rick, ist sie nicht Klasse?«

»Wunderhübsch«, sagte ich – ohne zu lügen.

»Tu mir einen Gefallen und heirate sie. Das ist das Schlimmste an meiner Blindheit. Evvy bemuttert mich von früh bis spät. He, Evvy...«

»Sie ist nicht mehr da«, sagte ich leise, und Tragers Mundwinkel zuckten herab.

»Rick, mach ihr einen Antrag«, sagte er ernst. »Es gibt nichts Schlimmeres als eine sich aufopfernde Frau. Mach ihr einen Antrag und hol sie hier weg. Siehst du noch ganz ordentlich aus?«

»Hab inzwischen ein paar auf die Nase bekommen.«

»Ein besser aussehendes Mädchen als Evvy gibt's nicht. Sie ist das Ebenbild ihrer Mutter.«

Mit sicherer Bewegung berührte seine Hand den Lederrahmen auf dem Tisch. Ich erkannte Fotos aus Tragers Dienstzeit – seine Tochter Evelyn als bezaubernde Zehnjährige und ein unscharfes Bild von Sylvia, seiner Frau, die trotz der altmodischen Frisur sehr attraktiv wirkte, fast wie ein Filmstar. Trager wurde nie müde, ihre Schönheit zu preisen; vielleicht würde es mir eines Tages auch so gehen, wenn ich ihre Tochter heiratete... Ich schlug mir den verrückten Gedanken aus dem Kopf und stellte ihm die einzige Frage, auf die es im Augenblick ankam.

»Was ist eigentlich geschehen, Joe? Mit deinen Augen?«

Er lachte und ließ seinen Drehstuhl quietschen. »Ich bin gegen eine Tür gelaufen«, antwortete er.

Zwanzig Minuten später verließ ich Tragers Arbeitszimmer und war nicht schlauer als vorher. Der Captain hatte mir das Versprechen abgenommen, ihn noch einmal zu besuchen, ehe ich in den Osten zurückfuhr. Im Flur-Wandschrank suchte ich nach meinem Regenmantel, fand aber nichts. Daraufhin machte ich mich auf die Suche nach Evvy. Ein Stück den Gang hinab befand sich eine Schwingtür, dahinter hörte ich eine Tasse klirren. Ich stieß die Tür auf.

Es war nicht Evvy. Vor mir stand eine Frau in einem schmutzigen Hausmantel. Sie war so dürr, daß ich das Gefühl hatte, ich müßte ihre Knochen auf der Tasse klicken hören, die sie hielt. Und ihr Gesicht! Es war die Summe aller Alpträume meiner Kindheit – ein gerötetes, rohes Flickwerk aus Fleisch und Knorpel, fast wie eine offene Wunde. Ein Gesicht, dessen Schrecknis noch durch die schimmernden braunen Augen verstärkt wurde, die verzweifelt aus dem Gefängnis der Häßlichkeit hervorstarrten.

Ich sagte irgend etwas, Gott allein weiß, was. Wenn sie mich überhaupt verstanden hatte, antwortete sie jedenfalls nicht. Sie starrte mich bestürzt an und stieß ein leises, tierisches Stöhnen aus. Dann tat sie, wonach auch mich drängte. Sie machte kehrt.

Ich ging in den Flur zurück, wo inzwischen Evvy aufgetaucht war. Ihr Gesichtsausdruck verriet mir, daß sie von der Begegnung wußte. Sie brachte mir meinen Mantel (der die ganze Zeit im Schrank gewesen war: meine Nervosität hatte mich kurzsichtig gemacht) und begleitete mich zur Tür. Dabei sagte sie: »Es tut mir leid.«

»Was tut Ihnen leid?«

»Könnte ja sein, daß Mutter Sie erschreckt hat.«

»Nein«, log ich. »Keineswegs. Sagen Sie mal, sind *Sie* die Gärtnerin in der Familie? Die Rosen sind großartig!«

Ihr Blick war pure Verachtung. »Leben Sie wohl, Mr. Ring«, sagte sie. »Schöne Reise zurück nach New York.«

Natürlich fuhr ich nicht sofort ab. In dem Haus in Sausalito gab es zwei Dinge, die mich wie ein Magnet festhielten. Das eine war das ungelöste Geheimnis, das andere die Frau; vielleicht gehören Frau und Mysterium ja auch zusammen. Ich konzentrierte mich auf Evvy in der Hoffnung, auf diesem Wege das Rätsel zu lösen, doch als ich sie anrief und zum Essen einlud, antwortete sie mit einem klaren, vorwurfsvollen »Nein«. Ich versuchte es einen Tag später noch einmal. Als sie wieder ablehnte, ließ ich von einem Blumenladen eine einzige Rose bei ihr abliefern. In einem Haus, das unter Rosen förmlich erstickte, muß sich diese Geste unangemessen, wenn nicht gar verrückt ausgemacht haben. Aber so sind Frauen nun mal. Ich schaffte es.

Von dem gemütlichen Restaurant aus konnte man die Bucht überschauen. Evvy kam in einem farb- und formlosen Sackkleid, das so gut wie keinen Ausschnitt hatte. Die Verkleidung stand ihr großartig.

»Sehen Sie, allmählich habe ich genug von Daddys Tricks«, sagte sie müde. »Seit einem Jahr schleppt er Heiratskandidaten an. Als er noch sehen konnte, ist ihm gar nicht der Gedanke gekommen, Bullen mit nach Hause zu bringen, aber sogar *das* Prinzip ist inzwischen futsch.«

Behutsam wies ich sie darauf hin, daß Trager mich nicht angeschleppt habe, sondern ich vielmehr von allein gekommen sei. Weniger behutsam fragte sie, ob Trager nicht versucht habe, uns beide irgendwie zusammenzubringen.

»Das schon«, räumte ich ein. »Aber glauben Sie wirklich, ich brauchte *ihn*, um mir den Weg zu weisen? Ich habe selbst Augen!« Dann packte ich eine ihrer kleinen Hände und ließ nicht mehr los. »Jetzt erzählen Sie mir mal, warum Joe keine mehr hat.«

Meine Taktik verblüffte sie etwas, führte aber zum Ziel.

»Sie haben sicher schon mal von Wolf Lang gehört«, sagte sie.

Ich nickte. Lang gehörte in die Ruhmeshalle des Gangstertums; eines Tages würde er dort Einzug halten. Ich wußte nicht einmal genau, ob er noch am Leben war.

»Oh, leben tut er noch«, sagte Evvy eisig. »Er ist zwar krank, aber noch am Leben. In irgendeiner Privatklinik liegt er in einer eisernen Lunge. Lustig, nicht wahr? Der Staat hat sich so große Mühe gegeben, ihn ins Gefängnis zu bringen –

die Kinderlähmung hat es schließlich geschafft. Wer will da noch behaupten, daß es keine Gerechtigkeit gibt?«

»So etwas habe ich nie behauptet.«

»Ich aber«, meinte Evvy Trager und bestellte einen Drink.

Jedenfalls war Trager offenbar hinter Lang her gewesen. Das war nicht weiter überraschend. Als Lang seine berühmten drei »P« (Policen, Pot und Prostitution) an die Westküste verlegte, bildete die Polizei ein Sonderdezernat, um Lang in Schach zu halten. Die Beamten legten es nicht darauf an, den Gangster einzubuchten; ihr Ehrgeiz beschränkte sich darauf, ihm Zügel anzulegen. Dabei vergaß man aber Joe Tragers ausgeprägten moralischen Zorn und seine Intelligenz als Kriminalbeamter: Trager fand den Schlüssel für Wolf Langs künftige Zelle.

Trager schwieg sich über die Einzelheiten aus. Jedenfalls war es ihm irgendwie gelungen, konkrete Tatsachen über Langs schmutzige Geschäfte in die Hand zu bekommen. Tag um Tag arbeitete er an den Beweisen, die er dem Büro des Staatsanwalts vorlegen wollte. Dabei war er schweigsam, aber nicht schweigsam genug. Wenn Sie meine Meinung wissen wollen, hat er einem Polizisten zuviel davon erzählt.

Eines Abends – nach Evvys Beschreibung war es eine warme Juninacht – saß Trager gerade im Arbeitszimmer über seiner Lang-Akte, als die Türklingel schellte. Er kümmerte sich nicht darum. Seine Frau Sylvia machte auf. Im nächsten Moment hörte er sie schreien. (Die Nachbarn sagten, sie hätten es ebenfalls gehört, einen schrillen Laut der Qual und des Entsetzens.) Er hastete in den Flur. Dort erblickte er die schreiende Sylvia, die die Hände vor das tropfende Gesicht drückte und sich vor Schmerzen wand. Er blickte zur Tür und sah dort einen grinsenden jungen Mann mit langen Koteletten und einem Gefäß in der Hand. Es war kaum noch klare Flüssigkeit in dem Behälter, doch es genügte für eine Schlenkerbewegung in Tragers Augen. Sein Wut- und

Schmerzensgeheul schloß sich den fürchterlichen Lauten an, die in jener Nacht das friedliche Viertel aufstörten.

Er war blind. Die Säure brannte sich so schnell in seine Augäpfel, wie sie Fleisch und Knochen seiner Frau angegriffen und ihre Schönheit restlos zerstört hatten.

»Sechzig Sekunden«, sagte Evvy verbittert. »In einer Minute zerstörte der Fremde meine ganze Familie. Mein Vater blind, meine Mutter entstellt. Ich besuchte gerade einen Kursus an der Universität. Sie können sich vorstellen, wie mir zumute war, als ich nach Hause kam.«

»Ich habe nie von der Sache gehört«, sagte ich. »Es muß doch Schlagzeilen gegeben haben, wenn Wolf Lang in die Sache verwickelt war.«

»Aber das ist es ja!« gab Evvy zornig zurück. »Sein Name wurde nicht mal erwähnt. Schließlich gab es keine Beweise. Dads Arbeit war erst halb getan, und den Mann mit der Säure konnte er nicht identifizieren. Wie denn? Er war ja blind!«

»Und Ihre Mutter?«

»Sie hat das Gesicht des Täters vielleicht gesehen. Genau wissen wir das aber nicht. Seit dem Ereignis ist Mutter ziemlich – still.« Evvy streckte das Kinn vor und sah mich ruhig an. »Sie war eine schöne Frau. Und wohl auch eitel. Im Anfang versuchten wir es mit Schönheitsoperationen, aber mit ihrer Haut stimmte etwas nicht, die Wunden heilten nicht. Es wurde womöglich noch schlimmer...«

Ich ließ ihre Hand los. »Darf ich mal etwas ganz Blödes sagen?« fragte ich. »Das alles tut mir schrecklich leid, Evvy. Für Ihre ganze Familie. Und jetzt sagen Sie mir bitte, ob ich irgend etwas für Sie tun kann.«

Sie betrachtete mich eine Weile und entschloß sich zu einem Lächeln. »Sie können mir ein Steak bestellen«, sagte sie.

Am nächsten Nachmittag wartete beim Hotelpförtner eine Nachricht von Joe Trager auf mich. Er wollte im Medical-

Arts-Gebäude an der South Street einen gewissen Dr. Salzinger aufsuchen. Ein Freund würde ihn dort absetzen, könnte ich ihn um sechzehn Uhr abholen und nach Hause fahren? Ich rief Trager an und sagte zu.

Ich traf einige Minuten zu früh ein und wartete in der Vorhalle auf Trager. Dabei nutzte ich die Gelegenheit, im Mieterverzeichnis nach Salzinger zu suchen. Der Mann war Augenarzt, was mir – beinahe – erklärlich schien.

Trager kam in die Halle. Er trug einen Blindenstock, mit dem er aber nur selten auf den Marmorboden klopfte. Für einen Mann, der erst vor kurzem blind geworden war, bewegte er sich erstaunlich sicher. Ich ging auf ihn zu, und er sagte: »Rick? Nett, daß du mich abholst.« Dann schüttelte er sanft, aber entschlossen meine stützende Hand ab und ging allein ins Freie.

»Warum gehst du zu Salzinger, Joe?« fragte ich während der Fahrt.

»Der Mann ist Augenarzt.«

»Na und?«

Trager lachte leise. »Ich hatte fast vergessen, wie clever du bist, Rick. Wozu braucht ein Blinder einen Augenarzt?«

»Na schön. Warum?«

»Meine Netzhäute sind nicht völlig zerfressen. Licht und Schatten kann ich noch unterscheiden. Ich habe die Hoffnung, daß ich ... na ja, eines Tages wieder mehr sehen kann.«

»Hält Salzinger das für möglich?«

»Hast du zwanzig Minuten Zeit, auf eine Antwort zu warten?«

»Aber ja«, sagte ich.

Sein Timing war gut. Genau zwanzig Minuten später betraten wir das Wohnzimmer seines Hauses. Evvy wartete auf uns; ich hatte das unbestimmte Gefühl, daß sich Sylvia lautlos in den Schatten am Ende des Flurs bewegte, ohne nach vorn kommen zu wollen. Dann verkündigte Trager die große Neuigkeit.

»Ich werde wieder sehen können«, sagte er.

Evvy reagierte genau so, wie ich es mir vorgestellt hatte: sie brach in Tränen aus. Sogar ich spürte einen Kloß im Hals. Trager drückte seine Tochter einen Augenblick lang an sich und tätschelte ihr die Schulter.

»Joe«, sagte ich behutsam. »Bist du ganz sicher?«

»Salzinger hat nur auf die Ergebnisse einiger Tests gewartet. Er möchte morgen früh noch eine Untersuchung durchführen. Vielleicht kann ich dich ja dazu überreden, mich zu fahren, Rick.«

»Mit dem größten Vergnügen!« sagte ich.

»Wann, Daddy?« fragte Evvy. »Wann kannst du wieder sehen?«

»Das ist schwer zu sagen. In der nächsten Woche, im nächsten Monat, vielleicht dauert es noch länger. Aber die Sache ist sicher, Liebling. Todsicher...«

Ich holte Trager am nächsten Morgen um zehn Uhr ab und erfuhr dabei, wie »todsicher« es wirklich war. Als er mir die Wahrheit offenbarte, wäre ich am liebsten auf die Bremse gestiegen und hätte gewendet. Aber dann tat ich doch nichts; ich saß einfach nur da und bewegte grimmig das Steuer, gebannt von der harten Persönlichkeit des alten Mannes.

»Ich habe gelogen, Rick. Es gibt keine Untersuchung heute früh. Ich werde nie wieder sehen können.«

Ich sagte etwas, das sich an dieser Stelle nicht gut wiedergeben läßt.

»Ich weiß, wie dir zumute ist«, meinte Trager. »Aber ich bastele schon lange an diesem Plan, Rick. Ich brauchte nur jemanden, der mir hilft. Den Jungs vom Dezernat konnte ich nicht trauen. Da gibt es keinen, dem nicht die Wahrheit herausgerutscht wäre.«

»Aber *warum*?« fragte ich und hatte das unangenehme Gefühlt, die Antwort bereits zu kennen. »Was soll die falsche Geschichte?«

Trager lächelte. »Du hast fünf Minuten Zeit zu raten. Ich hatte dich immer für ein helles Bürschchen gehalten.«

Ich brauchte keine fünf Minuten. »Wolf Lang«, sagte ich.

»Fast richtig«, antwortete der alte Mann grinsend. »Mir geht es nicht darum, den alten Lang selbst hereinzulegen. Der ist viel zu sehr damit beschäftigt, von seiner eisernen Lunge loszukommen. Sein Helfershelfer mit der Säure wird sich dafür um so mehr aufregen, wenn er erfährt, daß ich in der Lage bin, ihn klaren Auges zu identifizieren.«

»Aber das ist doch gelogen!«

»Na, das weiß *er* doch nicht! Niemand wird es wissen, nicht einmal meine eigene Familie. Nur du und ich, Rick.«

»Hör mal, Captain...«

»Ich habe den Zeitungen schon Bescheid gegeben, Rick, wie sehr ich mich auf die Gelegenheit freue, die Fahndungsbücher durchzublättern und diesen säurewerfenden Schweinehund festzunageln.«

»Du weißt doch, was er daraufhin versuchen wird, nicht wahr? Er wird versuchen, dich aus dem Weg zu räumen, ehe du wieder richtig sehen kannst.«

»Ja«, sagte Trager leise. Gerade das erwartete er.

»Glaubst du, du kannst den Burschen in die Falle locken, indem du dich ihm als Opfer anbietest? Das klappt bestimmt nicht.«

»Richtig – aber nur, wenn ich allein arbeite.«

»Was hast du denn überhaupt vor? Willst du das Haus von Polizisten umstellen lassen?«

»Das würde zu nichts führen. Ich darf es dem Burschen nicht *zu* schwer machen, an mich heranzukommen, sonst versucht er es nicht. Ich muß die Sache eiskalt planen, klar?«

»Eiskalt – das ist das richtige Wort«, sagte ich gepreßt. »Er wird dich kaltmachen, mit einem Gewehr aus dem Hinterhalt oder so.«

»Ich bleibe im Haus. Dann muß er aus seinem Versteck raus. Und er wird es tun. Mir fällt da gleich ein halbes Dutzend Möglichkeiten ein. Vielleicht verkleidet er sich – als Botenjunge, Mechaniker oder so. Mach dir keine Sorgen, Rick, er wird es versuchen. Und wenn es soweit ist, haben wir ihn in der Falle.«

»Wir?«

Tragers Grinsen hatte etwas Boshaftes. »Habe ich es dir noch nicht gesagt? Ich gebe dir einen Auftrag, du Privatdetektiv. Mein Geld ist so gut wie das jedes anderen.«

Bis jetzt hatte ich noch keinen Auftrag abgelehnt.

Als wir das rosenumrankte Häuschen erreichten, bemerkte ich, daß Trager Besuch hatte. Ein Streifenwagen stand in der Auffahrt, und vier Beamte, davon drei in Zivil, warteten im Wohnzimmer.

»Begrüßungskomitee«, sagte ich.

»Die müssen die Zeitungen gelesen haben«, stellte Trager fest.

Und er hatte recht. Der Bericht stand bereits in der Nachmittagsausgabe. Ich entdeckte ein Exemplar auf dem Couchtisch.

Die vier Bullen standen herum, traten unruhig von einem Fuß auf den anderen und versuchten den richtigen Einstieg ins Gespräch zu finden. Der klügste des Quartetts war ein gewisser Lieutenant Crispin, ein blonder Pfadfindertyp, der den Blick nicht von Evvy wenden konnte, was ihn mir nicht gerade sympathisch machte. Die Besucher klopften nette, langweilige Sprüche, doch es war Crispin, der schließlich sagte: »Es war nicht besonders schlau von Ihnen, die Zeitung zu informieren, Joe. Sie hätten warten sollen, bis Sie wieder richtig sehen konnten und der Bursche identifiziert war.«

»Ich bin ganz ruhig«, stellte Trager fest.

»Wir aber nicht. Und Captain Gershon macht sich ebenfalls Sorgen.« Er richtete den Blick auf Evvy. »Gershon meint, wir sollten uns um Sie kümmern.«

»Wissen Sie, was Gershon ist?« fragte Trager im Plauderton. »Ein alter Jammerlappen. Sagen Sie ihm, er soll sich keine Gedanken machen. Ich habe mir einen Leibwächter besorgt.«

Die Beamten musterten mich von Kopf bis Fuß.

»Ring heißt er«, fuhr Trager fort. »Wenn Sie mehr über Rick Ring wissen wollen, brauchen Sie bloß in den Belobigungsunterlagen unserer Polizeibehörde nachzusehen. Dann hätten Sie keine Angst mehr um mich.«

»Ich halte das trotzdem nicht für ausreichend«, fuhr Crispin fort, ohne den Blick von Evvy zu nehmen. »Ich schaue ab und zu mal vorbei, um mich zu vergewissern, ob alles in Ordnung ist.«

»Das ist nett von Ihnen, Bruce.« Ich hätte mir denken können, daß er Bruce hieß!

»Ist das wahr, Dad?« fragte Evvy, als die Beamten gegangen waren. »Bist du in Gefahr?«

»In Gefahr? Vor Wolf Lang?«

»Aber der Mann, der die Säure geworfen hat – der könnte doch ...«

»Deshalb ist ja Rick hier«, sagte Trager. »Er soll mich beschützen. Und das kann er nur, wenn er im Haus ist. Du machst am besten gleich das Gästezimmer fertig, mein Schatz.«

»Ich finde nicht, daß ich oben schlafen sollte«, meinte ich. »Wenn du es einrichten kannst, möchte ich mein Lager hier unten aufschlagen.«

»Gute Idee«, sagte Trager. »Aber ich muß dich warnen – die Couch da ist ziemlich alt.«

»Ich bin auch kein Säugling mehr«, stellte ich fest.

Auf Sofas schlafe ich nicht besonders gut, doch mein Job hatte nichts mit Schlafen zu tun. Ich legte Jackett und Krawatte ab, streckte mich aus und sorgte dafür, daß meine Schuhe nicht das Polster verschmutzten. Beim Auf-der-Lauer-Liegen darf man sich nicht auf Strümpfen erwischen lassen.

Gegen zwei Uhr war ich noch wach. Mir ging allerlei durch den Kopf – vor allem dachte ich an die vielen Fehler, die ich in meinem Leben schon gemacht hatte. Davon der schlimmste natürlich meine Heirat. Dieser Gedanke brachte mich auf Evvy, und Evvy ließ mich an Sylvia denken und ihr Alptraumgesicht. Plötzlich hatte ich Angst vor der Dunkelheit. Hört sich blöd an – ein Bulle, der sich vorm Poltern in der Nacht fürchtet, aber so bin ich nun mal.

Als ich eben die Tischlampe anknipste, hörte ich irgendwo im Haus ein Geräusch. Ich ließ den Schalter in die andere Richtung klicken und machte das Zimmer wieder dunkel.

Das Geräusch hatte sich nach einem Türklappen angehört. Ich verwünschte mich, weil ich nicht daran gedacht hatte, die Türen zu überprüfen. Wie kam ich nur darauf, daß dazu morgen noch Zeit sein würde?

Ich zog die Automatik aus dem Halfter und schlich in den vorderen Flur. Meine Augen hatten sich gut an das Dunkel gewöhnt. Ich blieb an der Flurtreppe stehen und lauschte. Natürlich konnte es sich um ein ganz unschuldiges nächtliches Geräusch handeln; jemand, der zur Toilette mußte, oder etwas Ähnliches.

Im nächsten Augenblick knallte das Gewehr los. Glas zersplitterte.

Mein erster Gedanke galt Trager, und ich hastete so schnell ich konnte die Stufen hinauf. Auf dem Treppenabsatz kam mir Evvy im Nachthemd entgegen; sie sah verwirrt und wunderhübsch aus. Ich fragte nach Tragers Zimmer. Wortlos wies sie mir den Weg.

Ich riß die Schlafzimmertür auf und war auf alles gefaßt – sogar auf eine Leiche. Aber der Captain lebte. Er lehnte an der Wand und hatte beide Hände flach gegen das Mauerwerk gepreßt. Er war offensichtlich erstarrt vor Angst, was ich ihm nicht verdenken konnte. Die Gewehrkugel hatte das halbe Fenster zertrümmert. Ich ging über den glasknirschenden Boden und blickte nach draußen. Der Schütze mußte sich unmittelbar unter dem Fenster befunden haben.

»Rick?« fragte Trager tonlos. »Wo ist Evvy?«

»Alles in Ordnung mit ihr«, erwiderte ich. »Bist du getroffen, Joe?«

»Nein. Ich wollte gerade aufstehen, um einen Schluck Wasser zu trinken. Er muß gesehen haben, wie ich am Fenster vorbeiging. Ich hörte, wie sich da unten etwas bewegte; seit ich blind bin, sind meine Ohren besser.«

»Dad!« Evvy warf sich ihrem Vater in die Arme.

»Mir ist nichts passiert«, sagte er beruhigend. »Alles in Ordnung, Ev. Bitte schau nach deiner Mutter und hör auf, dir um mich Sorgen zu machen.«

»Du hättest die Zeitungen nicht informieren dürfen!« sagte sie schluchzend. »Die Gangster werden dich umbringen. Ihnen bleibt gar nichts anderes übrig!«

»Niemand bringt mich um, meine Kleine. Und jetzt geh zu deiner Mutter.«

Evvy warf mir einen Blick zu, in dem deutlich die verächtliche Frage stand: *Und wo warst du, Leibwächter?* Dann ging sie, um nach ihrer Mutter zu sehen. Das schreckliche Ereignis hatte Sylvia nicht weiter gestört; das Entsetzen in ihr mußte wohl noch zu stark sein.

Am nächsten Morgen teilte ich Trager mit, daß ich den Auftrag doch nicht übernehmen wollte. »Ich werde damit nicht fertig«, sagte ich. »Der Köder-Trick klappt nicht. Wenn dich jemand wirklich umbringen will, kommt er auch an dich ran. Das ist ein zu hoher Preis für die Chance, den Burschen zu erwischen.«

»*Ich* bin gewillt, das Risiko einzugehen«, sagte Trager leise. »Warum du nicht?«

»Weil ich deine Tochter mag«, sagte ich ehrlich. »Und wenn du umgepustet wirst, solange ich dich beschütze – was muß sie dann wohl von mir halten?«

Trager lachte. »Und was wird sie von dir halten, wenn du mich im Stich läßt?«

Da hatte er mich in der Klemme. Ich runzelte die Stirn. »Na, schön«, sagte ich niedergeschlagen. »Aber wenn ich bei euch wohnen soll, muß ich mich wenigstens im Hotel abmelden. Was meinst du, kommst du mal zwei Stunden allein zurecht?«

»Aber ja«, sagte Trager grinsend.

Ich fuhr ins Hotel, packte und gab meinen Schlüssel ab. Als ich das Gebäude verließ, stoppte ein Streifenwagen hinter meinem Auto. Ein blonder Kopf wurde durch das Seitenfenster gesteckt.

»He, Ring!«

»Hallo, Crispin«, sagte ich. »Warum sind Sie nicht auf Hundefang?«

Er beäugte mich mürrisch. »Wie sieht es denn bei Trager aus?« wollte er wissen.

»Evvy geht es bestens. Beantwortet das Ihre Frage?«

»Werden Sie nicht frech, Ring!«

Ich zuckte die Achseln. »Alles in Ordnung mit dem Alten.«

»Keine Probleme?«

Ich zögerte. Am liebsten hätte ich ihm die Wahrheit gesagt und damit der Polizei die Last der Verantwortung für Joe Tragers Sicherheit aufgebürdet. Vielleicht war es falsch verstandene Freundschaft, den Mund zu halten – doch ich sagte nichts. »Keine Probleme«, antwortete ich.

Dann kehrte ich zu dem kleinen weißen Haus zurück und stellte fest, daß ich doch Probleme hatte. Auf Joe Trager war geschossen worden.

Das größte Problem war zunächst Evvy, die sich nicht beruhigen lassen wollte. Trager selbst war nicht viel geschehen; das Geschoß hatte sein rechtes Bein nur gestreift. Er hatte die Wunde selbst behandelt und verbunden, ohne einen Arzt zu rufen. Und das natürlich aus gutem Grund: Ärzte müssen Schußwunden melden.

Ich fragte Trager, wie es geschehen war.

»Ich saß im Arbeitszimmer«, antwortete er. »Evvy war oben, und Sylvia kümmerte sich im Garten um die Blumen. Das ist im Augenblick ihr ein und alles, die Rosen...«

Endlich wußte ich, warum der Garten so gut gedieh.

»Ich saß an meinem Tisch, als ich draußen ein Geräusch hörte. Sylvia weinte. Ich hatte sie nicht weinen hören, seit ... na ja, es ist lange her. Ich stand auf und ging zur Tür.«

»Soll das heißen, du bist *nach draußen* gegangen?«

»Ja!« sagte Trager gereizt. »Ich sage dir doch, meine Frau weinte!«

Sein Gesichtsausdruck veranlaßte mich, auf weitere Bemerkungen zu verzichten.

»Ich machte gerade den zweiten Schritt, als ich die Schüsse hörte. Der erste traf mich am Bein und führte dazu, daß ich zu Boden ging. Das war mein Glück. Der zweite Schuß ging in die Tür. Hier, ich hab dir das Ding rausgeholt.« Er reichte mir eine zerdrückte Kugel.

»Ein Geschoß aus einer 38er«, sagte ich.

»Dachte ich mir schon.«

In diesem Augenblick kam mir eine Idee, die ich aber für mich behielt.

»Sag's ruhig«, fuhr Trager fort, der meine Gedanken zu erraten schien. »Sag, was du zu sagen hast.«

»Na schön«, meinte ich. »Das Ding könnte aus einem Police Special stammen.«

»Du denkst an bestochene Polizeibeamte«, sagte Trager. »Aber so viele Freunde hatte Wolf Lang nun auch wieder nicht.«

»Ich stelle keine Mutmaßungen an – nur eine: wenn du mit deinem Plan weitermachst, bist du früher oder später dran.«

In diesem Augenblick kam Evvy ins Zimmer. Während sie vorhin noch geradezu hysterisch gewesen war, gab sie sich jetzt eisig ruhig. »Ich habe genug von diesem Spielchen«, verkündete sie. »Ich rufe die Polizei an.«

»Nein, mein Liebling«, sagte Trager beiläufig. »Das tust du nicht.«

»Du brauchst *Hilfe*! Man muß dich in Schutzhaft nehmen oder so, bis du wieder richtig sehen kannst.«

»Das kann noch Wochen oder Monate dauern. Die Polizei darf gute Beamte nicht auf unbestimmte Zeit für eine solche Sache einsetzen. Außerdem habe ich ja Rick.«

»Kann Rick dich ständig bewachen?« Sie wandte sich flehend an mich. »Vielleicht hört er auf Sie! Bitte reden Sie ihm doch ins Gewissen!«

Ich blickte in ihre wunderschönen bittenden Augen und wußte nicht, was ich sagen sollte. Gewisse Worte lagen mir zwar auf der Zunge. *Evvy, ich liebe dich*. Aber dafür war jetzt nicht der richtige Zeitpunkt und auch nicht der richtige Ort. Ich erkannte, daß mir nur eine Möglichkeit blieb. Ich mußte mit Wolf Lang sprechen.

Das Krankenhaus hieß *Tobach-Hospital* und schien mir ein verflixt teurer Platz zum Sterben zu sein. Die Rasenflächen wirkten geradezu manikürt, und die Ärzte und Schwestern sahen aus, als wären sie von MGM besetzt worden. Nur die Hintergrundmusik in den Korridoren fehlte.

Lang verfügte über ein großes Privatzimmer im Westflügel. Ich weiß nicht, warum er einen so großen Raum brauchte. Bis auf ein oder zwei Stunden am Tag wohnte er in einem großen Metallkasten. Das Atemgerät war ein schmales, elegantes, schimmerndes Gebilde, fast schön zu nennen. Es verlieh Wolf Langs großem, häßlichem Faltengesicht über dem Gummikragen etwas Hochherrschaftliches.

Lang hatte gegen meinen Besuch nichts einzuwenden gehabt. Vermutlich freute er sich über die Ansprache. »Es besuchen mich so wenige Leute«, sagte er. »Nicht mal meine treusorgende Frau, dieses...« Er fand eine wenig schmeichelnde Bezeichnung für sie und fügte weitere Kraftausdrücke über seine früheren Bandenkumpel hinzu. »Können

Sie sich vorstellen, wer mein bester Freund geworden ist, seit ich in diesem Laden liege? So ein Kerl von der Staatsanwaltschaft, der immer mal wieder vorbeikommt in der Hoffnung, daß ich endlich etwas Greifbares von mir gebe.« Lang lachte leise und suchte in dem Spiegel über seinem Kopf nach meinem Gesicht. »Ich halte ihn hin, nur wegen unserer Gespräche. Sie sind auch Bulle, ja?«

»Ja«, antwortete ich. »Privatdetektiv.«

»Gut!« sagte Lang. »Vielleicht kann ich Sie auch ein bißchen hinhalten.«

»Ich bin außerdem ein Freund von Joe Trager«, fuhr ich fort und sagte ihm, warum ich gekommen war. Lang hörte mir zu, ohne etwas zu sagen. Ich begegnete im Spiegel seinem Blick; die Augen zeigten kein verräterisches Zucken.

»Sie täuschen sich in mir, mein Freund. Ich habe niemanden im Visier«, sagte er.

»Es sind schon zwei Anschläge auf Trager verübt worden. Bis jetzt weiß die Polizei nichts davon. Deshalb hat man Sie auch noch nicht belästigt.«

»Die Polizei kann mich nicht belästigen«, sagte Lang verbittert. »In diesem Kasten stört mich überhaupt nichts mehr, kapiert? Haben Sie überhaupt eine Ahnung, wie lange ich jetzt in dem Ding liege? Fünf Monate! Ich bin am Hinterkopf schon fast kahl, weil ich soviel darauf liege.«

»Joe Trager ist keine Gefahr mehr für Sie. Das wollte ich Ihnen nur sagen. Das Ganze ist ein Bluff. Er kann gar nicht sehen. Er wird nie wieder sehen können.«

»Reden Sie mir nicht von Gefahren, Junge. Nichts kann mir gleichgültiger sein. Ein Mann wie ich, in den besten Jahren – Sie sehen ja, was passiert. Niemand erkrankt mehr an Kinderlähmung, nur ich.«

»Vielleicht geht der Kontrakt auf Trager ja nicht von Ihnen aus«, sagte ich. »Aber Ihr Junge könnte auf eigene Faust arbeiten.«

»Junge – welcher Junge?«

»Ihr Freund, der Säurewerfer.«

»Ich habe wohl Freunde, die damit umgehen können – aber das hat mir bisher niemand nachweisen können.«

»Hören Sie«, sagte ich und beugte mich so weit vor, daß mein Atem den Spiegel beschlagen ließ. »Sie holen sich da mehr Ärger an den Hals, als gut für Sie ist. Wenn Trager umgebracht wird, sind etliche Leute sauer auf Sie, Wolf, und vergessen dann vielleicht ihre guten Manieren. Vielleicht kommt sogar jemand her und zieht den Stecker aus Ihrer Maschine. Wer weiß?«

Ein dünner Schweißfilm erschien auf Langs Stirn. Er griff nach dem Rufknopf, doch ich legte ihm die Hand auf den Arm.

»Ich nehme Ihnen das ab«, sagte ich, ergriff ein Tuch und wischte ihm vorsichtig das Gesicht ab. »Sie sind nicht mehr so gut beschützt wie früher, Wolf. Die guten alten Freunde haben Sie vergessen. Sie sind ein leichtes Opfer. Dieser Kasten –« ich klopfte dagegen – »gäbe einen hübschen Sarg ab.«

»Verschwinden Sie!«

»Erzählen Sie mir von Ihrem jungen Freund, Wolf.«

Er hielt meinem Blick im Spiegel stand. Vielleicht verrieten ihm meine Augen, daß ich es ernst meinte. »Er hieß Helfant«, sagte Lang, »und ließ sich gern Duke nennen. Ich habe ihn nicht mit der Säure losgeschickt. Darauf ist er selbst gekommen. Er bildete sich ein, mir einen Gefallen zu tun, und hoffte, ich würde ihm dankbar sein. Statt dessen habe ich ihn rausgeworfen – da können Sie jeden fragen.«

»Und wo steckt Helfant jetzt?«

»Was fragen Sie mich? Ich bin Invalide, ich habe keine Ahnung!«

»Jemand muß es aber wissen, Wolf.«

»Als ich das letztemal von ihm hörte, war er wegen einer Rauschgiftsache verhaftet worden. Fragen Sie doch die Bullen.«

»Gern.«

Und ich erkundigte mich. Ich rief im Hauptquartier an und ließ mich mit Crispin verbinden. Ich fragte ihn nach Duke Helfant, und er bestätigte mir nach Rückfrage die Rauschgiftgeschichte. Dann teilte er mir eine Neuigkeit mit, die mich davon überzeugte, daß ich den Tag bis jetzt verschwendet hatte.

»Helfant ist tot«, sagte Crispin. »Er wurde von einem anderen Sträfling im Gefängnishof niedergestochen. Was hat Helfant mit der Sache zu tun?«

»Nichts«, sagte ich und war plötzlich sehr müde.

Als ich nach Sausalito zurückkehrte, war es schon dunkel. Bei Trager brannte nur hinter einem Fenster Licht – im Arbeitszimmer.

Ich trat ein. Trager saß auf dem Sofa und hatte das Bein hochgelegt. Evvy las ihm vor, und ich warf einen verstohlenen Blick auf den Titel des Buches. *Ivanhoe.*

»Ein Roman über Ritter und so«, sagte Trager aufgekratzt. »Weißt du, die Kerle hatten große Ähnlichkeit mit uns Polizisten.«

»Ich sehe keine Ähnlichkeit«, meinte Evvy. »Außer daß sie auch ziemlich starrköpfig waren.«

Ich fragte Trager, ob ich mit ihm allein sprechen könnte. Evvy verstand den Hinweis und zog sich zurück.

»Wo hast du den ganzen Tag gesteckt, Rick?« fragte er.

»Ich war unterwegs. Habe mit allen möglichen Leuten gesprochen.«

»Was für Leuten?«

»Joe, hast du den Burschen gesehen, der die Säure geworfen hat?«

»Nur ganz kurz. Wenn ich wirklich wieder sehen könnte, wüßte ich nicht, ob ich ihn im Fahndungsbuch wiedererkennen würde.«

»Erinnerst du dich an irgendeine Einzelheit? Vielleicht an seine Haarfarbe?«

»Schmutzigblond oder so. Lange Koteletten.«

»Seine Augen?«

»Das weiß ich nicht.«

»Größe und Körperbau?«

»Mittelgroß, eher dünn.«

»Sonst nichts?«

»Nein«, sagte er lakonisch.

Ich nahm die Notizen zur Hand, die ich während meines Gesprächs mit Crispin gemacht hatte. »Hast du schon mal von einem Typ namens Duke Helfant gehört?«

»Nein.«

»Der Kerl hat eine Zeitlang für Wolf Lang gearbeitet. Dann hörte er auf oder wurde rausgeworfen und machte sich als Drogenpusher selbständig.«

»Ich kenne ihn nicht.«

Ich raschelte mit dem Papier. »Helfant war eins zweiundsiebzig groß, wog etwa hundertundzwanzig Pfund, war blond und hatte lange Koteletten.«

»Na und?«

»Er könnte der Säurewerfer gewesen sein, Joe. Aber das bringt ein Problem. Der Mann ist tot.«

»Dann ist er nicht der Säurewerfer. Wer hat behauptet, er wäre es?«

Ich wählte vorsichtig meine Worte: »Wolf Lang, Joe. Ich war heute bei ihm. Ich besuchte ihn im Krankenhaus und sagte ihm die Wahrheit – daß er sich keinen Gefallen damit täte, wenn er dich umbrächte. Daß alles nur ein Bluff wäre.«

Im ersten Augenblick dachte ich, Trager würde meine Initiative ohne Widerworte schlucken. Aber dann sagte er: »Mach, daß du rauskommst, Rick. Ich will dich in meinem Haus nicht mehr sehen.«

»Moment mal, Joe...«

»Du hast mich schon verstanden! Für einen Judas ist hier kein Platz! Ich habe dich um Hilfe gebeten, weil ich dich für meinen Freund hielt.

»Ich *bin* dein Freund. Ich kann nicht dabei zusehen, wie du dich selbst umbringst. Genau das tust du nämlich.«

»Solche Freunde brauche ich nicht!«

»Ich mußte es ihm sagen, Joe. Nur glaube ich gar nicht, daß er mir glaubt. Vielleicht schickt er dir trotzdem jemanden auf den Hals. Du kannst ihn nur überzeugen, indem du es selbst eingestehst.«

»Verschwinde, Rick, bitte!«

»Du bist nicht nur blind, du bist auch verbohrt!« Ich begann zu brüllen. »Begreifst du nicht, daß du dir nur selbst helfen kannst?«

»Das ist völlig richtig, und wenn der Säurewerfer auf mich losgeht, bin ich bereit.«

»Ohne Augen?«

»Ja.«

»Du hast ja keine Chance!«

Plötzlich hob er die Hand und schaltete die Birne aus, die das Zimmer erleuchtete. Dunkelheit umgab uns.

»He«, sagte ich. »Was soll das?«

»Glaubst du wirklich, ich kann nicht auf mich selbst aufpassen?«

Im nächsten Augenblick prallte etwas gegen mich und drückte mich energisch gegen die Wand. In einem explosiven Stoß wurde mir die Luft aus den Lungen gedrückt. Trager versuchte sich zu beweisen; ich spürte, wie sich seine kräftigen Arme durch die meinen schlängelten, wie sich seine Hände zu einem vollen Nelson in meinem Nakken trafen.

»Laß los!« brachte ich heraus. »Joe, bist du verrückt geworden?«

»Wehr dich! Befrei dich!«

Ich wand mich hin und her und vermochte einen Arm freizubekommen – oder vielleicht ließ er mich auch gewähren. Jedenfalls war ich bald frei und huschte durchs Zimmer auf den Lichtschalter zu. Er packte zu und wirbelte mich herum; seine Intuition war gut. Ich hörte ihn leise lachen, während er mir einen sauberen Schlag auf das Kinn versetzte. Ich taumelte rückwärts gegen einen kleinen Tisch und stieß dabei etliche Gegenstände zu Boden. Zu ihnen gehörte ein Tischfeuerzeug. Ich ergriff es und ließ die Flamme hochschnappen. Ich sah ihn auf mich zukommen, konnte mich aber noch zur Seite bewegen. Trotzdem packte er mich um die Hüfte. Ich ließ das Feuerzeug fallen und nahm eine schwere Vase vom Kaminsims, die ich über seinen Kopf hielt.

»Na bitte«, sagte er schweratmend. »Ich habe dich, Rick.«

»Schön«, sagte ich, »du hast mich.«

»Bist du nun überzeugt, daß ich recht hatte?«

Ich bewegte die Vase in der Hand und wußte, daß ich ihn mit einem Schlag ausschalten konnte. Natürlich tat ich es nicht.

»Du hast mich überzeugt, Joe«, sagte ich.

Daraufhin ließ Trager mich frei. Er atmete heftig. »Und jetzt kannst du von hier verschwinden«, sagte er. »Ich brauche dich nicht mehr, Rick.«

»Darf ich wenigstens meinen Koffer mitnehmen?« fragte ich.

Als ich in der Stadt eintraf, war es fast zweiundzwanzig Uhr. Zum Glück beschloß ich mich im selben Hotel einzumieten, in dem ich schon vorher gewohnt hatte. Ich sage »zum Glück«, weil Evvy Trager mich aus diesem Grund schneller finden konnte.

Es muß gegen zwei Uhr früh gewesen sein, als das Telefon klingelte. Ich wußte sofort, daß sie es war, obwohl ihre Stimme vor Entsetzen verzerrt klang.

»Rick, ich glaube, es schleicht jemand im Haus herum!«

»Rufen Sie die Polizei an!«

»Das wollte ich ja tun. Aber Dad läßt mich nicht. Er sitzt ohne Licht in seinem Arbeitszimmer und hat ein Gewehr im Schoß. Ich darf nicht mal das Licht anmachen!«

»Das lassen Sie auch hübsch sein«, sagte ich warnend. »Die Dunkelheit ist sein einziger Verbündeter!«

»Rick, Sie müssen zurückkommen!«

»Evvy, begreifen Sie nicht, daß das keinen Sinn hat? Er muß die Polizei anrufen! Er muß wegen seiner Augen die Wahrheit sagen.«

»Was soll das heißen – die Wahrheit?«

Ich packte den Telefonhörer fester. »Er blufft nur, Evvy. Er hat Sie und alle anderen belogen. Er wird nie wieder sehen können. Er hat die Geschichte nur erfunden, um den Säurewerfer aus der Reserve zu locken.«

»Oh, Rick! Wie konnten Sie das nur zulassen?«

»Evvy«, sagte ich hastig. »Dafür gibt es einen ganz lächerlichen Grund. Ich hab's getan, weil ich verrückt nach dir bin.«

Fünf Sekunden lang herrschte Schweigen, dann sagte sie: »Bitte komm zurück, Rick! Ich brauche dich!«

Wie konnte ich da nein sagen?

Eine kluge Vorsichtsmaßnahme ergriff ich allerdings, ehe ich das Hotel verließ: ich lieh mir beim Nachtportier eine Taschenlampe. Es wurde langsam Zeit, daß ich mal etwas Kluges tat.

Als ich mich dem Haus der Tragers näherte, wurde mir klar, daß ich die Lampe brauchte. Kein Lichtschein war zu sehen, nicht mal der Mond trug zur Aufhellung der Szene bei. Ich stellte den Wagen am Ende der Einfahrt ab und legte den Rest des Weges zu Fuß zurück.

Als ich mich der Haustür näherte, hallte ein Schuß durch das kleine weiße Haus – als habe der Killer auf meinen Auftritt gewartet. Ich versuchte die Tür zu öffnen, die aber verschlossen war. Ich hämmerte dreimal dagegen. Evvy machte mir auf. Es mochte die Angst sein, die sie in meine Arme trieb – jedenfalls freute ich mich über die Geste.

»Der Schuß...« begann ich.

»Das war Dad. Er dachte, er hätte jemanden gehört.«

Ich ging ins Haus und schaltete die Taschenlampe ein. Ich hörte Tragers tiefe Stimme: »Mach das verdammte Ding aus!«

Ich sah ihn im Flur stehen. »Joe, was hast du...«

»Ist Evvy bei dir?«

»Ich bin hier, Dad.«

»Verschwinde nach oben, wie ich es dir gesagt habe!«

Evvy drückte meine Hand und ging zur Treppe. Inzwischen hatten sich meine Augen an das Halbdämmer gewöhnt, das im Haus herrschte, und vermochten das Gewehr in Tragers Hand auszumachen.

»Er ist im Haus, Rick«, sagte der Captain. »Ich habe gehört, wie er sich im Keller bewegte, und bin auf ihn los. Ich hab's mit einem Schuß riskiert, ihn aber nicht getroffen...«

»Laß mich unten nachsehen«, sagte ich.

»Sei vorsichtig. Und mach kein Licht!«

»Ich verscheuche ihn schon nicht.«

Ich ging in den hinteren Teil des Flurs zur Kellertür. Der Strahl meiner Taschenlampe huschte vor mir über die Kellertreppe. Im Untergeschoß war der übliche Unrat abgestellt – alte Lampenschirme, Sturmverschläge für die Fenster und ein paar rostige Fliegentüren. Unter der Stelle, an der Tragers Gewehrkugel in die Wand geschlagen war, lag ein Häufchen weißer Staub. Sonst gab es nichts zu sehen.

Als ich die Treppe wieder emporstieg, hörte ich über mir Schritte. »Joe?« fragte ich, wußte aber sofort, daß es sich nicht um Tragers große Füße handelte.

Vorsichtig öffnete ich die Kellertür. Aus den Augenwinkeln nahm ich nur einen vagen Schatten wahr, doch ich wußte, daß da eben jemand durch den Flur gegangen war. Ich zog die Automatik aus dem Halfter und ging in dieselbe Richtung. In diesem Augenblick quietschte etwas. Ich fuhr herum und sah, daß die Pendeltür zur Küche hin und her schwang.

Ich hatte keine Lust, die Küche zu betreten: hinter der Tür mochte der Tod lauern. Ich mußte immer wieder an Evvy denken und daran, daß ich noch nicht sterben wollte, aber dann machte ich mir klar, warum ich hier war, und öffnete die Tür mit dem rechten Fuß. Im gleichen Augenblick schaltete ich die helle Taschenlampe ein und zielte mit dem Lichtstrahl wie mit einer Waffe.

Im Lichtkreis erschien Sylvia Tragers alptraumhaftes Gesicht, die Augen angstgeweitet. Es waren diese Augen, die mir die Wahrheit offenbarten, die mir verrieten, warum sie durch die Dunkelheit schlich; ihre Augen nicht weniger als der Polizeirevolver, den sie in der knochigen Hand hielt. Im ersten Augenblick dachte ich, sie wollte feuern und mich aus ihrer unerträglichen Welt entfernen, so wie sie auch Joe Trager beseitigen wollte. Aber sie schoß nicht. Reglos stand sie im Licht und bewegte die gespenstisch verformten Lippen in dem Bemühen, Worte zu formen. Doch es war nichts zu hören.

»Mrs. Trager«, flüsterte ich. »Bitte senken Sie die Waffe.« Sie bewegte sich noch immer nicht, und ich sagte leise: »Sylvia!« Da hörte ich sie zum erstenmal sprechen, ihre Stimme war sehr leise.

»Bitte«, flehte sie. »Bitte, Doktor!«

»Alles in Ordnung, Mrs. Trager«, sagte ich. »Sie können mir die Waffe jetzt geben.«

»Ich muß es tun!« stöhnte sie. »Ich *muß* ihn umbringen, begreifen Sie das nicht? Es ist die einzige Möglichkeit.«

»Aber warum?« fragte ich. »Um Himmels willen – warum?«

»Er darf mich nicht sehen. Das wissen Sie doch! Er hat mich nie so gesehen, und jetzt kommt sein Augenlicht zurück. Nein, nein! Eher soll er tot sein...« Sie sprach sehr leise, fast logisch, mich um Verständnis anflehend.

Und ich verstand sie tatsächlich. »Sylvia, geben Sie mir die Waffe«, forderte ich.

»Bitte!« Sie hob eine Hand an das Gesicht. »Machen Sie das Licht aus.«

Ich kam ihrer Bitte nach – und das war dumm von mir. In der plötzlich zurückkehrenden Dunkelheit trat sie in Aktion. Ehe ich sie aufhalten konnte, war sie an der Pendeltür. Ich packte sie am Arm, doch sie drehte sich um und knallte mir heftig den Revolver gegen die Schläfe. Ich taumelte gegen einen Schrank und brachte das Geschirr zum Klirren, während ich bei Bewußtsein zu bleiben versuchte.

Dann kam das Geräusch, das ich auf keinen Fall hatte hören wollen: ein Feuergefecht begann, Schüsse wurden abgegeben und erwidert, und ich wußte, daß die Gegner sich endlich gefunden hatten. Ich verließ die Küche und ging ins Arbeitszimmer. Meine Hand ertastete den Schalter. Das Licht zeigte mir das Ergebnis. Tragers Bluff hatte funktioniert, sein Feind war tot – und mich erwartete die Aufgabe, ihm zu sagen, wer es war.

Wunderkind

Ron Carvers Tag begann äußerst seltsam.

Da waren einmal die Beine, die er aus dem schmalen Bett schwang, ohne daß die Füße an den Boden reichten. Außerdem waren seine Hände, deren kräftige Finger sich mit den Kontrollen jedes Raumschiffes auskannten, schwach und ungeschickt.

Zunächst beschäftigte er sich mit den Händen: er blickte sie lange an. Dann begann er zu schreien.

Er schrie, bis draußen im Korridor Schritte zu hören waren: dünne, schrille Schreie, die auch nicht aufhörten, als sich die riesige Frau über ihn beugte, liebevolle, beruhigende Worte sprach und ihm mit tröstenden Mammutbewegungen die schmalen Schultern streichelte.

»Na, na, na«, sagte die Frau. »Schon gut, Ronnie. Es war nur ein Alptraum, ein schlimmer, schlimmer Alptraum...«

Sie hatte recht. Nur war der Alptraum nicht zu Ende. Der Alptraum schwebte über ihm: ihre ungeheuren Gesichtszüge, ihr mütterlicher Umgang mit seinem zerbrechlichen Körper, der Anblick der kleinen weichen Anhängsel seiner Hände.

Es waren die Hände eines zwölfjährigen Jungen. Dabei war Ron Carver dreißig Jahre alt!

Zwei Riesen erschienen neben der Frau an seinem Bett, und einer von ihnen drückte ihm eine kleine gefleckte Kapsel zwischen die widerstrebenden Lippen. Kurz darauf interessierte er sich nicht mehr für seine Umgebung, eine angenehme Schläfrigkeit hüllte ihn ein. Er streckte sich und schloß die Augen, doch noch waren die beunruhigten Stimmen zu hören.

»Dr. Minton hat uns gewarnt«, sagte einer der Männer, hob Rons knochiges Handgelenk und suchte nach dem Puls. »Der Junge hat einen schlimmen traumatischen Schock...«

Dr. Minton! Ron Carvers Verstand erfaßte den vertrauten Namen – den Namen seines Arztes. Sein Körper aber verriet nichts.

»Vielleicht sollten wir ihn anrufen«, sagte die Frau nervös. »Ich glaube, er ist noch im Krankenrevier.«

»Guter Einfall.«

Gleich darauf schwebte ein bekanntes haariges Gesicht wie ein Luftballon über Rons Kopf, ein Gesicht, das auf groteske Weise angeschwollen war.

»Doktor...« sagte er lautlos.

»Schon gut.« Dr. Minton tätschelte ihm die Schulter. »Alles in Ordnung, Ronnie. Es ist alles bestens in Ordnung. Entspann dich und versuch zu schlafen.« Der Ballon schwebte näher heran, und die struppigen Bartspitzen streiften seine Wange. Dann hing der Mund des Arztes vor seinem kleinen Ohr.

»Spiel mit«, flüsterte der Doktor. »Es ist zu deinem Vorteil. Mach das Spiel mit, Ron...«

Bald darauf war er eingeschlafen.

Er erwachte vom Lärm trappelnder Schritte. Er richtete sich im Bett auf und blickte zur Tür des kleinen weißen Zimmers. Die Tür stand ein Stück offen, und es waren laute Schritte und schrille junge Stimmen zu hören.

Im nächsten Augenblick wurde die Tür ganz aufgestoßen, und er fuhr zusammen. Ein quirliger Junge blickte ihn an. Eine flache rote Locke zierte seine Stirn, das Gesicht war voller Sommersprossen.

»He«, sagte er. »Was ist denn mit dir?«

Ron starrte ihn wortlos an.

»Bist du krank oder was?« fragte der Junge und kam ins Zimmer.

»Nein.« Ron erschrak vor der eigenen Stimme: sie klang seltsam dünn und absolut fremd. »Nein, mir geht es gut.«

»Andy!« Ein großer Mann mit sorgenvoll verzogenem Gesicht erschien hinter dem Jungen. »Komm, Bursche. Wir wollen keine Zeit vertrödeln.« Sein Blick fiel auf Ron. »Du bist der Neue?«

»Ja.«

»Na, bist du kräftig genug für ein Frühstück?«

»Ich glaube schon.«

»Na schön. Dann zieh dir etwas an und komm mit.«

»Hoi«, sagte der sommersprossige Junge. »Spielst du Luftball?«

»Genug, genug!« Der Mann klopfte dem Jungen auf die Kehrseite. »Ab mit dir, Andy. Du hast später genug Zeit, dich mit ihm anzufreunden.«

Der Junge kicherte und verschwand im Korridor. Ron stieg langsam aus dem Bett und näherte sich den sehr klein geratenen Sachen, die über einem Stuhl hingen. Er streifte einen grauen Kombianzug über und sagte: »Hören Sie – haben Sie mal einen Moment Zeit?«

Der Mann blickte auf die Uhr. »Na schön. Aber nur einen Moment. Ich mußte den Jungs heute früh ein Spiel versprechen; ich bin Mr. Larkin, der Turnlehrer hier.«

Ron zögerte. »Mr. Larkin, ich ... wo bin ich?«

»Weißt du das nicht?« Selbst wenn er lächelte, war die Stirn des Mannes gefurcht. »Du befindest dich im Roverwood-Jungeninternat. Hat man dir das nicht gesagt?«

»Nein«, sagte Ron langsam. »Ich ... ich erinnere mich nicht klar. Wie ich hierhergekommen bin, meine ich.«

»Dr. Minton hat dich gestern abend hergebracht. Er gehört zu unseren Direktoren.«

»Oh.« Ron schnürte die kleinen Turnschuhe zu. »Und wo ist Dr. Minton jetzt?«

»Wieder in der Stadt. Er hat viel zu tun. Wie man hört,

arbeitet er jetzt sogar an einem großen Regierungsprojekt. Na, komm, Ronnie. Das Frühstück ist fertig.«

»Jawohl, Sir«, sagte Ron Carver.

Er folgte dem großgewachsenen Mann durch den Korridor, nicht ohne Mühe mit seinen kleinen Stummelbeinen. Sie erreichten einen großen Speisesaal, der erfüllt war von Geschirrklappern und Jungenlachen. Larkin führte ihn zu einem langen Tisch und wies ihm einen Platz neben sich an. Die anderen Jungen begrüßten ihn ohne großes Interesse; nur der sommersprossige Andy blinzelte ihm vom anderen Ende zu.

Ron aß wenig; die Kehle war ihm wie zugeschnürt. Seine Gedanken überschlugen sich. Dies war der längste Alptraum, den er je erlebt hatte, und der Augenblick des Erwachens schien unangenehm fern zu sein.

Im nächsten Augenblick war Larkin aufgestanden und klopfte mit einem Löffel gegen ein Wasserglas.

»Jungs», sagte er. »Wer sich für das Luftballspiel interessiert, soll eine halbe Stunde nach dem Frühstück zum Spielfeld kommen. Bitte keine freiwilligen Meldungen, wenn ihr nicht richtig mit einem PF umgehen könnt. Alle anderen dürfen gern zuschauen.«

Inmitten lauten Jubelgeschreis setzte er sich wieder. Er lächelte Ron traurig an und fragte: »Wie steht es mit dir? Kannst du ein PF bedienen?«

»Natürlich«, antwortete er ohne nachzudenken. Er steuerte Persönliche Flugboote, seit er alt genug war, um vom Fliegen zu träumen. An seinem zehnten Geburtstag hatte ihm sein Vater eins der ersten Modelle geschenkt, eine schwerfällige Maschine, die damals noch »Plattform« hieß. Seit jenem Tag hatte er sich mit allen von Menschen geschaffenen Fluggeräten vertraut gemacht, von den PFs mit Doppelrotor bis hin zu sechzigstrahligen Raum-Linienschiffen.

»Schön«, sagte Larkin aufgekratzt. »Vielleicht möchtest du ja mitmachen.«

Ron Carvers Kopf ruckte hoch. *Das Spiel mitmachen...*

»Klar, Mr. Larkin«, sagte er und versuchte Eifer in seine Stimme zu legen.

Eine halbe Stunde später hatte man sich auf der großen Rasenfläche vor dem Hauptgebäude des Roverwood-Jungeninternats versammelt. Die PFs, die wie verchromte Kanonenöfen aussahen, schimmerten in der Vormittagssonne. Beim Anblick der Flugbootreihe setzten sich die Jungen in Trab. Ron fand sich in Gesellschaft des sommersprossigen Jünglings, der schon in seinem Zimmer gewesen war.

»Hoi«, sagte er. »Komm mit. Ich suche dir einen Feuerofen!«

Der Rothaarige kletterte in eine Maschine mit der Kennzeichnung »Sieben«. Ronnie wählte auf sein Geheiß die Neun. Sie schnallten sich fest und testeten die Luftdüsen im Bug des Flugboots. Dann hoben die Jungen in perfekter Formation vom Boden ab, wobei der Rothaarige den Neuen vorstellte, was über dem Dröhnen des Flugwindes kaum zu hören war.

Die PFs folgten einem Pfiff von Mr. Larkin und versammelten sich in der Mitte des Spielfelds. Mannschaften wurden zusammengestellt und Andy zum Kapitän der Ungeraden bestimmt. Eine Münze wurde geworfen, um die Spielreihenfolge festzulegen, dann war alles bereit.

Larkin schoß den ersten Luftball ab, und die beiden Mannschaften rasten hinterher. Andy brachte seine Maschine auf höchste Leistung und erreichte den Ball als erster. Er betätigte die Luftdüse in seinem Bug und jagte ihn dreißig Meter voraus, aber ein Angehöriger der geraden Mannschaft lenkte ihn nach links ab. Ein anderer Gerader, ein stämmiger Vierzehnjähriger, bemächtigte sich des Balls, holte ihn sich sauber ins Visier seiner Luftdüse und jagte damit auf das Tor zu. Ron war schon zu alt gewesen, als das Luftballspiel bei der Jugend beliebt wurde; trotzdem hatte er genug Spiele gesehen, um einige Tricks zu kennen. Er richtete sein PF direkt auf die Maschine des Geraden und beschleunigte. Der stämmige Junge hob überrascht den Kopf und zog sein Flugboot zur Seite. Die Tatsache, daß die PFs mit Magnetkissen ausgestattet waren, die eine Kollision unmöglich machten, war dabei ohne Bedeutung: die Reaktion erfolgte instinktiv. Ron schnappte sich den Ball mit seiner Luftdüse und forderte Andy brüllend auf, ihm den Weg zum Tor freizuhalten.

Die Ungeraden erzielten einen Punkt, und die beiden Mannschaften legten eine kurze Verschnaufpause ein. Auf Andys sommersprossigem Gesicht stand ein breites Grinsen. »Du bist in Ordnung, Ronnie!« sagte er. »Hoi, ehrlich! Du bist in Ordnung.«

»Vielen Dank«, antwortete Ron. Er stellte fest, daß er heftig atmete.

Das Spiel ging weiter. Es endete 3:2 für die Ungeraden. Andy und Ron wurden beglückwünscht, als sie die Flugboote verließen und sich zur Duschanlage des Roverwood-Internats begaben.

In der Duschkabine blickte Ron Carver an seinem schmalen Körper hinunter und begann zu weinen. Andy hörte das Schluchzen, sagte aber nichts. Später zog sich Ron an und schlenderte zum Haupthaus zurück, verlegen schweigend, wie es unter neuen Freunden manchmal vorkommt.

Endlich sagte der ältere Junge: »Ich möchte mich ja nicht aufdrängen, Ronnie, aber stimmt etwas nicht?«

»Ich – ich weiß nicht, Andy. Ich bin völlig durcheinander. Ich weiß nicht einmal, wie ich hierhergekommen bin.«

»Das ist kein Problem. Dr. Minton hat dich gebracht.«

»Aber wo ist er jetzt, Andy? Dr. Minton? Ich muß ihn unbedingt sprechen.«

Andy zuckte die Achseln. »Dazu hast du wohl kaum Gelegenheit. Dr. Minton läßt sich hier nur ein- oder zweimal im Jahr blicken.«

»Aber ich muß ihn sprechen! Und zwar sofort! Ob man ihn für mich anruft?«

»He, das glaube ich nicht. Der Kerl ist neuerdings ein großes Tier bei der Regierung.«

Sie warfen sich ins Gras, und Andy zerrte ein Büschel Halme heraus und kaute gedankenverloren darauf herum.

»Andy«, sagte Ron, »ich habe Ärger. Ich brauche Hilfe.«

»Ehrlich?«

»Ja!« Er senkte die Stimme zu einem Flüstern. »Andy – was würdest du sagen, wenn ich dir verrate, daß ich in Wirklichkeit...« Er stockte, blickte in das offene, unschuldige Gesicht des anderen und erkannte, daß es keinen Sinn hatte, die Wahrheit zu sagen. »Ach, schon gut«, sagte er.

»Ich begreife dich nicht. Was ist los, Ronnie?«

»Nichts, Andy. Ich muß nur hier weg.«

»Aber das geht nicht! Nicht bevor man dich läßt. So steht es in den Vorschriften.«

»Andy – wie lange bist du schon hier?«

Der Junge überlegte einen Augenblick lang. »Fast neun Jahre«, sagte er mit glücklichem Lächeln. »Seit meine Eltern ums Leben kamen.«

»Wie lange mußt du noch bleiben?«

»Nun, bis ich alt genug zum Arbeiten bin. Achtzehn, würde ich sagen.«

Noch sechs Jahre, dachte Ron bedrückt.

Er stand auf.

»Andy – wo sind die PFs über Nacht?«

»Im Schuppen.«

»Bekommt man da einen heraus?«

»Natürlich nicht. Nur zum Spiel.«

»Und wann ist das nächste Spiel?«

»Keine Ahnung. Vielleicht morgen. Sonntag.«

Mach das Spiel mit, betete sich Ron vor.

Der Spieler aus dem Team der Geraden fing den gasgefüllten Luftball in der Bahn seiner Luftdüse und trieb ihn vor seinem Flugboot her. Andy folgte ihm blitzschnell und forderte Ron lautstark auf, es ihm nachzutun. Aber Ron schien seine wagemutigen Tricks von gestern vergessen zu haben. Er gab dem Geraden den Weg frei, und der Punkt ging verloren.

Unten fragte Andy: »Was ist los, Ronnie? Hast du mich nicht gehört?«

»Doch, Andy. Hör zu, ich sause jetzt los...«

»Ja, gleich geht es weiter«, sagte der Junge mit den Sommersprossen. »Aber wenn du das nächstemal siehst, daß ich vor dem...«

»Du verstehst nicht, was ich meine!« sagte Ron nachdrücklich. »Ich reiße aus!«

»Was?«

Larkins Pfiff kündigte die Fortsetzung des Spiels an. Der Luftball schoß in den Himmel, und die beiden Mannschaften rasten hinterher. Andy verzögerte seinen Start. Er blickte Ron entsetzt an. »Das kannst du doch nicht tun...«

Aber Ron Carver hatte sich bereits in die Luft geschwungen. Sein PF entfernte sich vom Spielfeld, raste über die spitzen Pinienwipfel, die das Grundstück des Roverwood-Internats säumten, und nahm Kurs auf die verschwommenen grünen Hügel des Horizonts.

Larkin erfaßte die Situation und pfiff schrill. Die Mannschaften nahmen an, daß ein Foul gegeben worden war, und landeten. Larkin rief dem stämmigen Jungen, der am Vortag sehr aggressiv gespielt hatte, ein Kommando hinterher, doch es war bereits zu spät. Das PF verschwand in schnellem Flug hinter den Bäumen.

Als die ersten Häuser auftauchten, ging Ron sofort mit der Höhe herunter. Er ließ das PF im Schatten eines Hügels landen und zerrte das Gerät ins dichte Unterholz. Dann ging er zu Fuß zur Hauptstraße und wanderte daran entlang, bis er ein Straßenschild erreichte, das ihm verriet, wo er sich befand. Er war in Spring Harbor, gut zwanzig Kilometer von der Stadt entfernt.

Er blickte auf die wachsige Starre seines neuen grauen Roverwood-Overalls und fragte sich, ob diese Uniform hier in der Gegend bekannt war. Aber um das Risiko kam er nicht herum. Er bestäubte seinen Anzug und rollte die Hosenbeine fast bis zu den Knien herauf. Dann brach er sich von einem jungen Baum einen langen Ast ab und benutzte ihn als Spazierstock. So schlenderte er in die eigentliche Stadt.

Die Verkleidung funktionierte. Einige Leute saßen auf Veranden und musterten ihn ohne große Neugier: niemand hielt an. An einer Tankstelle erkundigte er sich nach einer Transportmöglichkeit in die Stadt.

Der Tankstellenbesitzer kratzte sich das Gesicht und warf dem Jungen einen seltsamen Blick zu. Ron tischte ihm die plausible Geschichte auf, daß er von einer Ausflugsgruppe getrennt worden sei. Der Mann gab sich damit zufrieden. Um zehn Uhr startete ein Linien-Kopter in die Stadt; er forderte Ron auf, im Haus zu warten, und servierte ihm sogar ein belegtes Brot.

Der Kopterpilot, ein freundlicher Rothaariger, stellte sanft bohrende Fragen. Ron war auf der Hut und antwortete ausweichend. Er sagte, er wollte nach Fordham Terrace. Der Kopter setzte ihn auf dem Dach des mächtigen Bürogebäudes ab, und der Pilot winkte ihm freundlich zu und startete wieder.

Als Ron allein war, rollte er die Hosenbeine hinab, klopfte sich die Uniform ab und fuhr in die vierzehnte Etage des Gebäudes. Mit schnellen Schritten ging er durch die Korridore, bis er die Tür mit der Aufschrift »Dr. med. Wilfred G. Minton« erreichte.

Er drehte den Knopf. Als er die Tür verschlossen fand, fluchte er wie ein Erwachsener. Es war natürlich Sonntag.

Sonntags war Dr. Minton bestimmt nicht in seiner Praxis. Seine Privatanschrift kannte Ron nicht.

Er kehrte zum Lift zurück und fuhr ins Erdgeschoß. Dort gab es einen Informationsstand. Die Frau hinter der Glasscheibe hatte etwas Mütterliches. Sie konnte Ron nicht widerstehen.

»Dr. Minton?« fragte sie und hob eine Augenbraue. »Ja, ich glaube, ich habe seine Anschrift. Aber wer hat dich geschickt, junger Mann?«

»Niemand«, antwortete Ron. »Ich soll ihn besuchen, das ist alles.«

Ihr Blick war auf sein Gesicht gerichtet, während ihre Hand das Adreßbuch auf dem Tisch durchblätterte. »Ach ja, Dr. Minton benutzt die Praxis hier gar nicht mehr. Er hat sie vor fast einem Jahr aufgegeben. Er wurde für ein wichtiges Regierungsprojekt verpflichtet. Dr. Jürgens, sein Assistent, kümmert sich jetzt um die Patienten. Möchtest du Dr. Jürgens' Telefonnummer haben?«

»Nein«, sagte Ron. »Bitte, ich muß mit Dr. Minton sprechen.«

»Na schön. Aber ich weiß nicht, ob du ihn ohne vorherigen Termin besuchen kannst. Er hält sich im Medizinischen Zentrum der Regierung in Washington auf.« Sie lächelte. »Für einen kleinen Jungen ein weiter Weg...«

»Vielen Dank«, sagte Ron knapp und entfernte sich.

Seine Gedanken überschlugen sich. Vor einem Jahr! Unmöglich! Es schien Tage her zu sein, daß er nach einer fünfjährigen Abwesenheit im Andromedasystem zurückgekehrt war. Einer seiner ersten Besuche hatte Dr. Mintons Praxis gegolten – nicht nur um eine alte Freundschaft zu erneuern, sondern auch um dem Arzt Gelegenheit zu geben, ihn gründlich zu untersuchen. Immerhin war es möglich, daß er sich eine der vielen tödlichen Krankheiten zugezogen hatte, denen der Mensch auf fremden Welten ausgesetzt war. Konnte das alles schon ein Jahr her sein? Wo hatte er die dazwischenliegende Zeit verbracht? Und wie kam er in den Körper eines zwölfjährigen Kindes?

Er wehrte die Fragen ab. Für dieses Rätsel hatte er im Augenblick keine Zeit; die Puzzlestücke reichten für ein verständliches Bild nicht aus. Er hatte nur ein Ziel: er mußte den Arzt finden.

Das allein war ein Riesenproblem. Washington war mit dem schnellen Kopter eine Stunde entfernt. In dieser großen und mißtrauischen Stadt war es bestimmt unmöglich, sich ohne Geld zu seinem Ziel durchzuschlagen. Er konnte also nichts unternehmen – nicht ohne Geld.

Bei dem Gedanken an Geld fiel ihm Adrian ein.

Adrian...

Natürlich! Adrian wußte bestimmt, was er tun mußte. Adrian schien immer weiterzuwissen. Das Geld ihres Vaters hatte in dieser Stadt schon alle möglichen Türen geöffnet, und sie hatte oft genug angedeutet, daß sie auch ihm den Weg ebnen konnte. Zum Beispiel in die hohen Verwaltungssphären der Raumtransport-Gesellschaft. Den Weg in die eleganten Büros des Himmelsturms, in den ausgewählten Kreis zigarrerauchender Männer, die jenes Transportimperium beherrschten, in dem Ron bisher nur ein kleines Rädchen gewesen war. Ron Carver aber war jung gewesen (der Gedanke erfüllte ihn mit Bitterkeit), und sein Kopf war voller Ideale. Er verabscheute die Erdlinge, die zu Hause blieben und die Profite der Raumfahrt aufaddierten. Er wollte zu den Sternen fliegen.

So war er denn Pilot geworden, einer der besten in der Flotte ihres Vaters. Wegen dieser Entscheidung hatte sie ihn beschimpft und sich von ihm abgewandt. In der Nacht ihrer Trennung jedoch, am Abend vor dem frühen Start zum Lichtfleck Andromeda, hatte sie ihm nachgegeben und in seinen Armen geweint.

Jetzt dachte er an diesen Augenblick, und seine kleinen Finger rollten sich zu Fäusten zusammen.

Adrian, dachte er. *Ich muß sie besuchen...*

In seiner mit Goldlitze verzierten Uniform bot der Pförtner einen großartigen Anblick, sein Blick aber war kalt.

»Was willst du, Kleiner?«

»Ich – ich habe eine Nachricht für Miss Walder. Es ist sehr wichtig.«

»Na schön, Kleiner. Sag's mir. Ich gebe es sofort weiter.«

»Nein! Ich soll es ihr persönlich sagen!«

Der Pförtner brummte vor sich hin. »Moment.« Er ließ sich mit der Penthouse-Wohnung verbinden. Die Vorstellung, daß sie einen zwölfjährigen Besucher hatte, amüsierte das Mädchen offensichtlich. Der Pförtner forderte Ron auf, ins Haus zu kommen.

Rons Magen war in Aufruhr, als er den Fahrstuhl verließ. Was würde sie sagen, wenn sie ihn erblickte? Würde sie ihm seine Geschichte glauben? Würde sie ihm helfen?

Adrian erreichte die Tür. Ihr langes, glattes Gesicht zeigte Belustigung. Das kastanienbraune Haar war in griechischen Löckchen zurückgekämmt, und ihr Gewand schimmerte sehr weiß. »Komm rein, kleiner Mann«, sagte sie lächelnd.

Das Mädchen war in Rons Augen zu einer Art Riesin geworden; daß er zu ihr aufblicken mußte, raubte ihm das Gleichgewicht. Er taumelte gegen die Türrahmen, und ihre kühlen Finger hielten ihn fest.

»Armer Junge«, sagte sie leise. »Komm.«

Sie trug ihn beinahe zu dem weichen Sofa. Eine volle Minute lang brachte er kein Wort heraus; die Kehle war ihm wie zugeschnürt. Sie bot ihm ein Glas Milch an, doch er bat um Wasser. Sie brachte ihm ein Glas, und er begann zu husten.

»Also«, sagte das Mädchen und breitete den weiten Rock über ihre Knie. »Was wolltest du mir mitteilen?«

»Ich...«

»Heraus damit.« Sie lächelte auffordernd und strich ihm

das Haar aus der Stirn. »Du mußt dir doch etwas dabei gedacht haben.«

»Ja«, sagte er endlich mit gepreßter Stimme. »Ja, Adrian. Ich – ich bin Ron...«

»Was?«

»Ich bin Ron Carver! Nein, hör zu, ich bin nicht wahnsinnig. Ich bin es wirklich, Ron!«

Sie war entsetzt aufgesprungen. Dann begann sie zu lachen.

»Adrian, hör zu! Kurz nachdem ich von Andromeda zurückkam, passierte etwas mit mir. Ich weiß nicht, was – ich fand mich plötzlich in einem Jungeninternat in der Nähe von Spring Harbor wieder.«

»Also wirklich! Das ist das Verrückteste, was ich je...«

»Natürlich ist es verrückt!« Er wischte sich mit einer sehr erwachsen wirkenden Geste über die Stirn. »Aber es stimmt, Adrian. Man hat mich – irgendwie – verändert. Den Grund weiß ich nicht. Aber es hat mit Dr. Minton zu tun.«

Sie hatte sich haltlos wieder gesetzt und starrte in sein Gesicht. Im ersten Augenblick dachte Ron, sie beschäftige sich ernsthaft mit seiner Lage. Aber dann erklang doch wieder ihr Lachen, das leicht unmelodische Lachen, das Ron so gut kannte.

»Adrian, du mußt mir glauben! Ich kann es dir beweisen! Hör mir mal einen Augenblick lang zu!«

Sie wurde ernst; die Intensität seines Blickes blieb nicht ohne Wirkung. »Na schön«, flüsterte sie. »Ich höre...«

»Mein Name ist Ronald Carver. Ich bin dreißig Jahre alt. Ich bin Kapitän in der Walder Raumtransportgesellschaft. Die letzten fünf Jahre verbrachte ich im Andromedasystem. Ich kehrte zur Erde zurück...« Er hielt inne und schluckte trocken herunter. »Ich weiß nicht genau, wann ich Dr. Minton aufsuchte, meinen Arzt und guten Freund. Er untersuchte mich, und dann...«

Sie starrte ihn an.

»Plötzlich war ich ein Kind! Ein zwölfjähriges Kind in einem Jungeninternat. Ich bin dort heute früh ausgerückt, um nach Dr. Minton zu suchen. Man hat mir gesagt, er sei in Washington. Ich muß zu ihm. Ich muß herausfinden, was mit mir geschehen ist...«

Sie schüttelte langsam den Kopf, ihre Augen waren dabei starr auf sein Gesicht gerichtet. Er stand auf und ging auf sie zu. Seine kleine Hand streckte sich vor und berührte ihre zarten Wangenknochen.

»Du erinnerst dich bestimmt«, sagte er. »Du *mußt* mir glauben, Adrian. Weißt du noch – unsere letzte Nacht zusammen? Hier in diesem Zimmer? Wir standen dort am Fenster, und du weintest in meinen Armen. Und dann...«

Sie entzog ihm die Hand, als hätte sie sich verbrannt. Entsetzt hob sie den Blick.

»Raus hier!« schrie sie. »Du kleines Monstrum!«

»Adrian...« Erst in diesem Augenblick ging ihm auf, was es für sie bedeuten mußte, diese Worte aus seinem Kindermund zu hören, seine winzige Hand zu spüren, während er von der Nacht sprach, die sie...

»Raus!« wiederholte sie und bedeckte ihr Gesicht. »Verschwinde, ehe ich die Polizei rufe!«

»Adrian!«

Sie begann durchdringend zu schreien. Die Töne lösten schwere Schritte vor der Wohnungstür aus. Sie wurde aufgerissen, und ein Mann mit hüpfenden Epauletten eilte auf ihn zu.

»Nein!« sagte Ron. »Du mußt mich anhören...«

»Schaffen Sie ihn hier raus!«

»Jawohl, Miss Walder!«

Er wehrte sich im Griff des großen Mannes, und das Mädchen drehte den Kopf zur Seite. Er kam frei und lief zur Tür. Der Wächter nahm fluchend die Verfolgung auf. Ron streckte die Hand aus und ergriff einen schweren Metallaschenbecher. Ohne zu überlegen und ohne zu zielen warf er damit – das schwere Gebilde traf den Mann mitten ins Gesicht und ließ ihn zu Boden gehen.

Adrian schrie erneut los. Er blickte sie noch einmal flehend an. Dann eilte er zur Tür, während sie zum Haustelefon griff.

Im Fahrstuhl drückte er den Knopf »Dach« und ließ sich schweratmend gegen die Wand sinken.

Oben angekommen, lief er so schnell er konnte auf die Dachkante zu. Er starrte in die Tiefe. Der Mut verließ ihn, als er erkannte, daß seine List nichts gefruchtet hatte. Die Polizei drang bereits in das Gebäude ein, Finger streckten sich in seine Richtung. Seufzend ließ er sich auf die Knie sinken und preßte den Kopf gegen das kühle Aluminium.

»Sinnlos«, sagte er laut.

Im nächsten Augenblick hörte er den Kopter über sich.

Er hob den Kopf und rechnete damit, ein Polizeiflugzeug zu sehen. Dann aber bemerkte er das altmodische Leitwerk und das junge Gesicht an den Kontrollen.

Die Maschine schwebte über ihm, eine Strickleiter fiel herab. Der junge Pilot rief: »Schnell! Steig ein!«

Ungläubig blinzelte Ron empor. Dann faßte er sich und griff nach der herabbaumelnden Leiter. Er schaffte es kaum; der Pilot mußte ihm helfen.

»Wer bist du?« fragte er außer Atem.

Der Junge lachte. »Ich hasse die Bullen auch.«

Schon waren sie wieder aufgestiegen und rasten nach Westen.

Ron Carver behielt den Nacken des Jünglings im Auge, der den Kopter zwanzig Minuten lang sicher und geschickt durch den Himmel steuerte. Er schätzte den anderen auf vierzehn oder fünfzehn, doch sein Umgang mit den Kontrollen hatte etwas ungemein Erfahrenes, und die Art und Weise, wie sich der Kopf auf dem dünnen Hals bewegte, wirkte abgebrüht-entschlossen.

Es entwickelte sich kein besonders lebhaftes Gespräch, Ron bekam aber mit, daß der Junge einer Organisation angehörte, die sich Rote Raketen nannte und die unbestimmte Ziele verfolgte.

Erst als der Kopter auf dem Dach eines halb verfallenen Gebäudes im verrufensten Stadtteil landete, erkannte Ron, was die Roten Raketen waren: Halbwüchsige, die sich in ihrer Feindschaft gegenüber der Welt zusammengefunden hatten. Als er aus dem Kopter kletterte, grinste ihn sein Retter an.

»Das wär's, Kumpel. Hier trifft sich die Bande.«

»Die Roten Raketen?«

»Ja. Das ist Schocks Haus. Er ist unser Anführer.«

Sie mußten die eine Treppe hinabsteigen; es gab keinen Fahrstuhl. Als sie das erste Stockwerk erreichten, legte der Junge einen Finger an die Lippen und klopfte eins-zwei, eins-zwei an die Wohnungstür.

Es öffnete ein Junge, der nicht älter war als Rons neuer Körper. Sein verkniffenes dunkles Gesicht verschloß sich beim Anblick des Fremden noch mehr. Ehe er die Neuankömmlinge eintreten ließ, warf er einen Blick über die Schulter ins Zimmer.

Hier herrschte eine beispiellose Unordnung. Vor langer Zeit war der Raum einmal optimistisch-rosa tapeziert worden, eine Farbe, die in der verkommenen Umgebung nun geradezu sarkastisch wirkte. Das Mobiliar beschränkte sich auf das Nötigste, und es gab keine Lichtanschlüsse. Auf einem Holztisch stand eine Batterielampe, drei Halbwüchsige beschäftigten sich mit einem zerfledderten Kartenspiel.

Der größte aus der Gruppe stand auf. Er trug als einziger ein Jackett; die anderen waren in Hemdsärmeln. Er hatte schwarzes Haar, das sich jedem Kamm zu widersetzen schien. Der breite Mund verzog sich beim Sprechen.

»Wer ist denn das?« fragte er. »Was soll das?«

»Er ist in Ordnung«, sagte Rons Beschützer. »Er ist okay.

Ich hab ihn von einem Dach unten in der Park Avenue. Ein Haufen Bullen war hinter ihm her. Ich ging mit der Maschine runter und las ihn auf.«

Der große Junge starrte Ron ins Gesicht. »Wie heißt du?«

»Ron.«

»Weshalb waren die Bullen hinter dir her?«

Ron zögerte. »Geht dich das was an?«

Der große Junge lächelte. »Vielleicht nicht.« Er wandte sich zu den anderen um und blinzelte sie an, als freue er sich über etwas. »Der scheint ja wirklich in Ordnung zu sein.« Er streckte Ron die rechte Hand hin, während seine Linke in der Jackentasche verschwand. »Mein Name ist Schock, Kumpel. Ich bin Anführer hier. Und damit du das nicht vergißt...«

Ein heißer Schmerz zuckte durch Rons Arm und drang bis in sein Gehirn. Er versuchte sich aus dem Griff des großen Jungen zu befreien, doch seine Finger wollten sich nicht vom Fleisch des anderen lösen. Gequält wimmernd sank er in die Knie. Endlich öffnete sich die Hand des anderen.

Mit schweißfeuchtem Gesicht blickte er empor.

»Zur Einführung«, sagte der große Junge grinsend. »Jetzt weißt du, wo's langgeht, Ronnie-Boy. Wenn du bei den Raketen mitmachen willst, weißt du, von wem die Befehle kommen.«

Schock half ihm hoch. »Verstanden, Ronnie-Boy?«

Benommen schüttelte Ron den Kopf.

»Na schön«, sagte Schock. »Jetzt wollen wir unsere Runde beenden. Spielst du auch, Kleiner?«

»Nein«, sagte Ron. Er taumelte zu einem Holzstuhl, der abseits an der Wand stand, und setzte sich schwach. »Nein«, wiederholte er. Er mußte erst wieder zu Atem kommen.

Mach das Spiel mit...

Sein Retter setzte sich neben ihn. »Mach dir nichts aus ihm«, flüsterte er. »Das macht er mit jedem. Er hat besondere Kräfte in den Händen. In Wirklichkeit ist er kein übler Bursche, ehrlich.«

»Schon gut«, sagte Ron leise.

»Wir haben viel Spaß«, fuhr der andere eifrig fort. »Das wirst du noch sehen. Wir kämpfen gegen andere Banden. Mit Koptern. Wir haben nur eine Maschine, das ist nicht viel. Aber nächstes Jahr kriegen wir vielleicht ein paar PFs, wenn wir bis dahin genug Kies in der Schatzkiste haben...«

»Das wäre großartig«, sagte Ron und ließ seine Hand auf den Arm des anderen fallen. »Hör zu – könnte ich mal'n Ausflug machen? Mit dem Kopter, meine ich.«

»Ja, schon«, antwortete der Junge vorsichtig. »Du mußt nur vorher fragen. Ich meine, das Ding gehört den Raketen, und du mußt dafür quittieren. Und wenn Schock das Ding braucht, na ja...«

»Warum?« fragte Ron. »Warum das? Weil er Anführer ist?«

»Klar«, antwortete der Junge schlicht. »Weil er Anführer ist.«

Ron blickte zu den Kartenspielern hinüber.

»Wie wird man Anführer?« fragte er.

»Keine Ahnung. Schock ist Anführer, weil er jeden anderen hier in die Tasche steckt. Das ist doch logisch, oder?«

»Da hast du sicher recht.« Ron biß sich auf die Unterlippe. »Hör mal, wenn *ich* nun Anführer wäre, könnte ich dann den Kopter benutzen? Wann immer ich wollte?«

»Klar. Ich meine, wenn du Anführer bist, wer soll dich dran hindern?«

»Eben.«

Ron stand auf. Er näherte sich dem Tisch und behielt dabei die Karten im Auge, die gerade ausgespielt wurden.

»He, Schock«, sagte er.

Der große Junge blickte nicht auf. »Was ist?«

»Du schummelst.« Bei diesen Worten lief ein Schauder durch Rons neuen Körper, und er flehte unhörbar, daß seine Vermutung über Rons Kräfte richtig war.

»*Was* tue ich?«

»Ich habe beim Spielen genau aufgepaßt. Du schummelst. Und das nicht mal gut, sondern richtig blöd.«

Der große Junge stand langsam auf, und die anderen schoben erwartungsvoll ihre Stühle zurück.

»Das ist ja ein tolles Ding!« sagte der Anführer. »Unglaublich! Der Kleine ist erst zehn Minuten hier und legt es schon auf ein Begräbnis an.« Sein Gesicht verkrampfte sich. »Schlauberger wie dich erleben wir nicht zum erstenmal – so eilig hatte es aber noch keiner!«

Ron baute sich vor ihm auf.

»Na und?« fragte er.

Schocks Gesicht verdüsterte sich. »Sag mal, machst du Witze? Bist du wirklich scharf auf Ärger?«

Seine rechte Hand zuckte vor, während sich die Linke der Jackentasche näherte. Ron aber wich nicht der Rechten aus. Mit kurzen Armen packte er die Linke des anderen und stoppte die Abwärtsbewegung. Schocks rechter Arm knallte Ron auf die Schulter, aber der Schlag tat nur weh, weiter nichts.

»He!« rief Schock. »He, du...«

Es war ein triumphaler Augenblick für Ron. Er hatte recht behalten mit dem elektrischen Stromkreis, der durch Schocks Kleidung führte, einen Stromkreis, den er nicht schließen konnte, solange die linke Hand den Mechanismus in der Hosentasche nicht auslöste. Ohne Energie war Schocks Waffe nutzlos. Er war völlig überrascht, und Ron schleuderte ihn mit geschicktem Griff zu Boden.

Ehe der andere sich etwas einfallen lassen konnte, hatte sich Ron mit erhobenem Stuhl auf ihn gestürzt. Er schloß die Augen vor dem Hieb. Normalerweise hätte ihm der Schlag zu schaffen gemacht; in diesem Augenblick aber erfüllte ihn nichts als Zufriedenheit.

Schweratmend sah sich Ron im Zimmer um.

»Ich bin jetzt Anführer«, sagte er. »Begriffen? Ich bin Anführer!«

Die anderen sahen sich unsicher an.

»Ich nehme den Kopter für ein Weilchen«, fuhr Ron fort und ging rückwärts zur Tür. »Hat jemand etwas dagegen?«

Niemand antwortete.

»Na schön. Lebt wohl, Kumpels!«

Draußen angekommen, hastete er zum Dach und war in der Luft, ehe die Bande ihm folgen konnte.

Der Flug dauerte fast zwei Stunden. Obwohl Ron die Kontrollen mit erfahrenen Händen bediente, war nicht mehr Tempo aus der alten Maschine herauszuholen. Besorgt achtete er auf den Treibstoffanzeiger. Erleichtert seufzend stellte er das Flugzeug schließlich in einer öffentlichen Parkstation mitten in der Stadt ab, in Gehweite vom Medizinischen Zentrum der Regierung.

Die Sonne näherte sich bereits dem Horizont, und die Straßen Washingtons waren noch voller Sonntagsausflügler, denen ein Zwölfjähriger ohne Begleitung nicht weiter auffiel. Als er das riesige U-förmige Gebäude betrat, in dem die gut einhundert medizinischen Projekte der Regierung zusammengefaßt waren, versuchte er sich eine plausible Geschichte zurechtzulegen. Schließlich fiel ihm nur eine Ausrede ein:

»Ich suche Dr. Wilfred Minton. Er – er ist mein Onkel.«

»Dr. Minton?« Die Dame am Empfang war jung und tüchtig. »Tut mir leid. Dr. Minton arbeitet seit einiger Zeit unter Spezialauftrag. Es ist nicht leicht, ihn ausfindig zu machen.«

»Ach, das ist mir bekannt«, sagte Ron leichthin. »Aber ich sollte ihn heute besuchen. Wissen Sie, meine Mama – seine Schwester – wurde in einen schlimmen Unfall verwickelt...« Er schluckte und fragte sich, ob ihm die Frau das abnahm.

Sie runzelte die Stirn. »Nun, wenn es sich um einen Notfall handelt, kann ich sicher in der Zentralkontrolle zurückfragen. Wenn es wirklich wichtig ist.«

»Oh, wichtig ist es bestimmt!« Er sprach mit großer Überzeugung.

»Na schön.« Sie griff nach dem Telefon und wurde mehrmals weiterverbunden. Schließlich senkte sie den Hörer und sagte: »Er ist im Ostflügel. Das ist Sperrgebiet, ich muß mich also um einen Ausweis kümmern.«

Es dauerte weitere zehn Minuten, bis sie die zuständige Stelle gefunden hatte. Daraufhin kam ein energischer junger Mann mit krausem Haar und ernstem Gesicht zum Empfang, stellte Ron einige Fragen und schrieb endlich eine Bescheinigung aus. Ron steckte das Papier in die Tasche seines Overalls und folgte dem Mann zu einer Reihe privater Fahrstühle.

Der Beamte winkte ihn in eine Kabine. Ron konnte sich eine neugierige Frage nicht verkneifen.

»He, Mister, sind Sie vom FBI?«

Nur mit Mühe unterdrückte der Mann ein erfreutes Lächeln. »Richtig, mein Sohn. Aber behalt es für dich, ja?«

»Klar«, sagte Ron. Als die Türen sich schlossen und der Fahrstuhl losfuhr, grinste er ebenfalls. Zwölf Jahre alt zu sein hatte manchmal auch seine Vorteile.

Er verließ den Lift. Ein uniformierter Wächter überprüfte seinen Ausweis und führte ihn in ein Vorzimmer.

»Warte hier, Kleiner«, sagte er und ging.

Ron wartete fünf Minuten lang. Als nichts geschah, versuchte er die Tür zum Nachbarraum zu öffnen. Sie war unverschlossen. Er trat ein und sah, daß es sich um ein nüchternes Zimmer mit einer Reihe von Aktenschränken und einem verlassenen Drehstuhl handelte, der ziemlich schief stand. Er ging zu den Aktenschränken und starrte auf die Schilder.

PROJEKT WEISHEIT, stand darauf.

Achselzuckend versuchte er die obere Lade zu öffnen. Sie war verschlossen. Er versuchte es bei den anderen – ebenfalls ohne Erfolg.

Dann hörte er Stimmen im Vorderzimmer.

Aus irgendeinem Grund witterte er Gefahr. Er wußte, daß er sich hier eigentlich nicht aufhalten durfte, daß sein Besuch bei Dr. Minton vorzeitig beendet sein konnte, wenn man ihn hier fand. Dieses Risiko durfte er nicht eingehen. Auf Zehenspitzen eilte er in den vorderen Teil des Aktenraums und drehte den Türknauf. Er schlüpfte hinaus und eilte lautlos durch den leeren Korridor.

Ohne an die Konsequenzen zu denken, öffnete Ron eine weitere Tür und schloß sie hinter sich.

Er starrte auf die schimmernden Messingarmaturen und hypermodernen Apparate und fragte sich, was eine Küche in einem medizinischen Gebäude der Regierung zu suchen hatte. Als er im Nachbarzimmer ein Geräusch vernahm, überlegte er, daß er vermutlich in Privaträume eingedrungen war.

Er ging zu einer braunen Mahagonitür und stieß dagegen, bis der Spalt so breit war, daß er die Gestalt erkennen konnte, die im anderen Zimmer auf und ab schritt.

Als der Mann sein Blickfeld durchquerte, stockte Ron der Atem.

Sein Körper bewegte sich dort, sein dreißigjähriger, gut eins fünfundachtzig großer Körper – mit schweren Knochen und ausgeprägten Muskeln, sandfarbenem Haar, dunklen Augen und vollem Mund. Dort stand Ron Carver – er selbst, wie er früher ausgesehen hatte.

»Hier ist der kleine Frechdachs also«, sagte eine Stimme hinter ihm.

Der Mann mit dem krausen Haar packte ihn energisch am Ellenbogen. »Los, Kleiner, raus damit!«

»Womit?« fragte Ron klagend. »Ich habe doch gar nichts getan!«

»Ach!« sagte der Wächter spöttisch. »Er hat nichts getan! Er hat nur herumgeschnüffelt, weiter nichts.«

Die Schwingtür ging auf.

»Was ist denn hier los?«

Ron Carver sah sich selbst – sein Gesicht, das fremd und versteinert wirkte, seine Augen, hell schimmernd und uninteressiert, seinen Mund, eine dünne Linie der Unzufriedenheit. Er hörte seine eigene Stimme, mit einem drohenden Unterton, der ihm unbekannt war.

»Tut mir leid, Sir«, sagte der Wächter errötend. »Ich wußte nicht, daß Sie hier sind. Hätte Sie sonst nicht gestört und...«

»Wie ist der hierhergekommen?«

»Sir, ich weiß nicht. Er sagt, er sucht Dr. Minton...«

»Minton«, sagte Ron Carvers Stimme. »Ja, natürlich. Den muß er ja suchen, nicht wahr?«

»Sir?«

»Unwichtig. Schaffen Sie den Jungen in mein Quartier. Dann holen Sie Dr. Minton herauf, und zwar auf der Stelle.«

»Jawohl, Sir!«

Die Schwingtür wurde aufgestoßen, und Ron mußte eintreten. Das dahinterliegende Zimmer wirkte in diesem nüchternen Regierungsgebäude seltsam fremd, ein anheimelnder Raum mit dunkler Holztäfelung und dicken Teppichen. Ron mußte sich in einen Ledersessel setzen, der so hoch war, daß seine Füße den Boden nicht mehr berührten. Die beiden Männer zogen sich zurück, und Ron Carvers Körper ging hinter einen Eichenschreibtisch und setzte sich in den gepolsterten Drehstuhl.

»Also«, sagte er, »das ist nun wirklich eine Überraschung.«

»Und für mich erst!« sagte Ron heiser.

Der Mann lachte. »Ja, wir sind beide überrascht. Ich glaube, der Spruch ist von Robert Burns: ›Sich selbst zu sehen, wie andere es tun...‹« Leise lachend griff er nach einer Zigarette. »Üble Angewohnheit. Weiß nicht, woher ich die habe. Möglicherweise ein tiefsitzender Charakterzug von Ihnen, Mr. Carver. Seltsam, wie sich solche Dinge übertragen.«

Wieder ging die Tür auf.

»Dr. Minton!« Ron sprang auf.

Der Arzt erbleichte hinter seinem grauen Bart.

»Sie haben ihn also gefunden«, sagte er leise, ohne einen der beiden Männer direkt anzusprechen.

»Nein«, antwortete Ron Carvers Körper. »Ich habe nicht *ihn* gefunden, Doktor. Vielmehr hat er *uns* aufgespürt. Ist das nicht richtig, Mr. Carver?«

»Ja!« sagte Ron. »Und jetzt will ich die Wahrheit wissen!«

»Auch ich möchte ein paar Dinge erfahren«, sagte der Ron-Körper zornig. »Und zwar sofort. Ich finde, daß dies nach einer Erklärung verlangt.«

»Ich brachte es nicht fertig«, flüsterte der Arzt. »Ich konnte nicht tun, was Sie von mir verlangten, Weiser.«

»Was tun?« wollte Ron wissen.

»Gut, gut«, sagte der Ron-Körper sachlich. »Sie haben einmal versagt. Aber Sie sind viel zu intelligent, um denselben Fehler zweimal zu machen. Sie haben Ihren Auftrag, Dr. Minton. Ich verschaffe Ihnen die Hilfe, die Sie brauchen. Sie müssen dieses – Überbleibsel töten...«

Angewidert wandte er sich ab und griff nach dem Telefon. Einige Sekunden lang sprach er leise in den Apparat, dann legte er auf. »Dr. Luther kommt sofort. Er arrangiert alles mit dem Labor. Es wird schmerzlos und schnell gehen.«

»Wovon reden Sie eigentlich?« fragte Ron. Verzweifelt wandte er sich an den alten Mann, der in den letzten Minuten noch älter geworden war. »Dr. Minton...«

Die Tür ging auf. Ein energischer junger Mann erschien. In der Hand trug er einen kleinen Koffer.

»Unten ist alles fertig«, sagte er.

»Gut«, antwortete der Ron-Körper. »Dann erledigen Sie es endlich.«

Ron wehrte sich einen Augenblick lang vergeblich gegen den Griff des jungen Mannes, der Hände wie Eisen hatte.

»Bitte, Ron.« In Dr. Mintons Augen standen Tränen. »Machen Sie keinen Ärger. Bitte...«

Das Labor befand sich im Keller des Gebäudes, ein antiseptischer Raum, in dem es unangenehm nach Chemikalien roch. Dr. Luther zog eine Injektionsspritze auf, während Dr. Minton seinen früheren Patienten auf einem gepolsterten Untersuchungsstuhl festschnallte.

»Doktor...« flüsterte Ron.

»Psst, Ron. Es ist alles in Ordnung...«

»Aber was soll das? Wer bin ich?«

Der Doktor runzelte die Stirn. »Sie sind Ronald Carver. Sie sind der alte Ron Carver. Sie haben lediglich einen Körpertausch hinter sich.«

»Aber warum? Und wie?«

»Das weiß ich selbst nicht. Gott steh uns bei. Es war von Anfang an das Projekt des Ungeheuers da oben.«

»Ungeheuer?«

»Er ist ein Phänomen. Eine Mutation. Ein Verrückter. Ein Genie. Ein Gott. Erklären kann ich ihn nicht. Er wurde vor zwölf Jahren im mittleren Westen geboren, als Kind ganz normaler Eltern. Schon mit sechs Monaten war er ein Wunderkind, mit zwölf Monaten ein Mathematikwunder, mit drei Jahren eine wissenschaftliche Kapazität... Sie haben sicher schon von solchen Dingen gehört, Ron. So einen Fall gibt es nur einmal in jeder Generation. Und ein solches Monstrum nur einmal alle tausend Jahre.«

»Ich verstehe das nicht! Was ist ›Projekt Weisheit‹?«

»Das ist er. Er ganz allein. Die Regierung hat seine Fähigkeiten übernommen, zumindest für den Augenblick.« Dr. Minton schnaubte verächtlich durch die Nase. »Er hat bereits Dinge getan, die ich nach fünftausendjähriger Evolution nicht für möglich gehalten hätte. Dabei ist er erst zwölf Jahre alt...«

»Erst zwölf?« Ron wand sich in den Gurten. »Doktor! Dieser Körper...«

»Ja, Ron. Es ist sein Körper. Er war dieses Körpers überdrüssig, wollte ihn loswerden, wie alles andere, das nicht in seine Vorstellungswelt paßt. Gewiß, leicht war es nicht – das Gehirn eines Riesen im Körper eines Kindes. Er fand eine Lösung – eine Operation, die die totale Übertragung elektrischer Energie beinhaltet...«

Der Arzt neigte den zottigen Kopf. »Dazu brauchte er Hilfe von außen. Das war der Augenblick, da ich als Assistent zu dem Projekt stieß. Und es war meine Aufgabe, den vollkommenen Körper auszuwählen, als vorübergehende Unterkunft für sein Ego...«

»Vorübergehend?«

»Wenn dieser Körper altert und schwach wird, besorgt er sich einen anderen. Unser Freund hat dem Tod ein Schnippchen geschlagen.«

Mit zusammengepreßten Lippen blickte der Arzt auf.

»Ich hatte Anweisung, seinen Körper zu vernichten, als die Übertragung abgeschlossen war. Aber es gelang mir, dich an einen Ort zu bringen, wo man sich um dich kümmerte. Nach der Operation dauerte es fast ein Jahr, bis du wieder richtig zu dir kamst. Da wußte ich nicht mehr, was ich mit dir tun sollte, und dachte schließlich an das Roverwood-Internat, dessen Direktorium ich angehöre. Dort konntest du zwischen vielen anderen Gesichtern untertauchen...«

»Aber warum ich, Doktor? Warum ich?«

»Ich mußte jemanden auswählen, Ron. Es war nur die Frage, wer dafür in Frage kam...«

Dr. Luther trat ein, die Nadel in die Luft gereckt.

»Fertig?« fragte er.

»Einen Augenblick noch.« Der Arzt legte Ron eine Hand auf den Mund, und er spürte die Umrisse einer kleinen runden Pille auf den Lippen. Er merkte, daß er das Mittel schlucken sollte, und tat es.

»Alles fertig«, sagte Dr. Minton.

Dr. Luther nahm die Injektion vor.

»Gute Nacht, hübscher Prinz«, sagte er dabei leise.

Als Ron erwachte, lag er in Dunkelheit und Kälte.

Er blinzelte, bis sich seine Augen an das schwache Licht gewöhnt hatten, das durch die Glasscheibe einer Tür hereindrang.

Er lag auf einem kalten Steinblock, offenbar im Leichenschauhaus des Medizinischen Zentrums. Angewidert fuhr er hoch und sprang zu Boden. Dabei entdeckte er in seiner linken Hand ein Stück Papier. Er hielt es in das schwache Licht und las:

Ron,
Zögern Sie nicht. Sie finden im linken Schrank etwas anzuziehen. Verlassen Sie das Gebäude über die hintere Treppe mit der Kennzeichnung N. Im Anzug ist Geld. Gehen Sie damit fort. Kehren Sie nicht zurück, wenn Ihnen die eigene Sicherheit am Herzen liegt und das Leben von

M.

Ron fand die Kleidung am angegebenen Ort, einen modern geschnittenen Jungenanzug mit einer kleinen Brieftasche und dreihundert Dollar darin. Er zog sich hastig an, öffnete die Tür und starrte den Flur entlang. Niemand begegnete ihm, während er lautlos zum Ausgang N lief.

Jetzt stand er doppelt in Dr. Mintons Schuld. Aber dessenungeachtet konnte er den Arzt nicht schonen, denn sein Leben hatte nun ein neues Ziel.

Er mußte den Weisen töten.

Hastig ging er durch die dunklen Straßen zu dem öffentlichen Parkplatz, auf dem er den Helikopter abgestellt hatte. Er fuhr mit dem Lift zum Dach und ging mit schnellen Schritten auf die Maschine zu.

»Wird langsam Zeit, Kumpel.«

Schock. Das Haar hing ihm wirr in die funkelnden Augen. In seiner Hand lag eine Waffe.

»Ich warte schon seit einer Stunde, du Dummkopf! Hast du dir eingebildet, du kommst so leicht davon?«

»Hör mal, Schock...«

»Du hältst dich wohl für einen ganz Schlauen, wie? Na, da muß ich dir etwas flüstern...«

»Hör zu, ich will ja gar nicht Anführer sein. Ich brauchte nur mal eben den Kopter.«

»Na klar doch! Allerdings hast du etwas vergessen. Wir haben das Maschinchen vor langer Zeit mit einem Suchgerät ausgestattet, um es im Auge zu behalten.«

»Ihr könnt den Kopter gern wiederhaben...«

»Ich will nicht nur den Kopter, Ronnie-Boy. Ich will außerdem ein paar Sachen mit dir ins reine bringen.«

»Schock, ich habe einen Vorschlag. Ich gebe dir zweihundert Piepen für die Kanone.«

Das Gesicht des Halbwüchsigen veränderte sich. »Was?«

»Du hast mich schon verstanden. Gib mir die Kanone, ich gebe dir zweihundert Dollar.«

Der andere kniff die Augen zusammen. »Und was dann? Dann erschießt du mich und fliegst los! Kommt nicht in Frage, Kumpel!«

»Du kannst die Kanone unten in ein Schließfach tun und mir den Schlüssel verkaufen.«

»Na gut«, sagte Schock langsam. »Aber wenn du mich reinlegst...« Er ballte drohend die Faust.

Sie gingen in die untere Etage. Schock mietete ein Schließfach und legte die Waffe hinein. Dann hob er den Schlüssel in die Höhe.

»Hier, Kumpel. Zweihundert Eier.«

Ron gab ihm das Geld. Beim Anblick der Geldscheine pfiff Schock durch die Zähne.

»Und jetzt die nächste Frage«, fuhr Ron fort. »Möchtest du nochmal hundert verdienen?«

Der andere blickte Ron respektvoll an. »Ja doch. Worum geht's?«

»Du sollst für mich einen Anruf erledigen.«

»Klar.« Schock blickte ihn verwirrt an. Ron erklärte ihm den Sachverhalt.

Ohne Mühe erreichten sie den Wächter im Ostflügel des Medizinischen Zentrums. Schock beugte sich über den Hörer und sagte:

»Hier Dr. Luther. Es ist etwas geschehen; verbinden Sie mich mit *ihm*.«

»Okay, Moment.«

Sie mußten warten. Dann war Ron Carvers Stimme zu hören, mit dem unheimlichen neuen Unterton.

»Was ist?«

»Hier Luther. Bei uns ist etwas passiert. Ich glaube, der Junge ist entwischt.«

»Was? Wo sind Sie?«

»In der Leichenhalle im Keller. Am besten kommen Sie selbst.«

»Wie konnte das geschehen?« Die Ron-Stimme steigerte sich in Wut. »Wie?«

»Ich weiß es nicht. Am besten treffen wir uns hier in zehn Minuten...«

Ron knuffte Schock in die Seite, und der große Junge legte erleichtert auf.

»Ich kapier das nicht«, sagte er. »Was war das für ein Kerl?«

»Ich«, antwortete Ron mit grimmigem Lächeln. Er bezahlte und blickte dem anderen nach, der verwundert abzog. Dann ging er zum Schließfach, nahm die Waffe heraus und steckte sie sich unter die Jacke. Vor der schmalen Jungenbrust wirkte sie sehr groß.

Er hastete durch die Straßen zum Medizinischen Zentrum. Sein Ziel waren Ausgang N und die Leichenhalle.

Ron wartete mit erhobener Waffe hinter dem leeren Aufbahrungsstein. Ein Schatten verdeckte das schwache Licht hinter dem Türglas, im nächsten Augenblick trat der Ron-Körper in den stillen Raum.

Ron sah seine Hand zum Lichtschalter wandern. Er sah Verblüffung und Zorn auf seinem Gesicht.

Dann machte der Ron-Körper kehrt und wollte wieder gehen.

»Bleiben Sie doch noch ein bißchen«, sagte er.

Er stand auf und zeigte dem anderen die Waffe, die er mit beiden kleinen Händen hielt, um besser zielen und abdrükken zu können.

»Ach«, antwortete seine Stimme.

»Ja – ach«, antwortete Ron. »Und dabei dürfte es auch bleiben, Weiser. Ich halte Sie ganz und gar nicht für weise, sondern für verrückt…«

Die Ron-Lippen verzogen sich spöttisch.

»Natürlich. Das Genie ist dem Wahnsinn nahe. Das ist eine der tief verwurzelten Ansichten des menschlichen Ego. Darin reflektiert sich alles Mißtrauen vor superintelligenten Mitmenschen. Ich verstehe Sie durchaus, Mr. Carver.«

»Ich Sie aber nicht! Sie sind eine neue Erfahrung für mich. Vielleicht sind Sie wirklich besser als wir, vielleicht sind Sie aber etwas viel Schlimmeres. Ich weiß es nicht, Weiser. Aber nicht deswegen werde ich Sie umbringen…«

»Ach?«

»Nein? Glauben Sie, ich will Sie zum Wohle der Welt töten? Wegen Ihrer Verachtung für uns gewöhnliche Sterbliche? O nein, Weiser! Dazu bin ich viel zu gewöhnlich. Ich töte Sie für mich selbst, für Ron Carver! Weil ich wütend auf Sie bin. Einfach nur wütend.«

Er hob die Waffe.

Im ersten Augenblick wußte Ron nicht, was geschehen war. Irgend etwas verwischte sein Blickfeld, eine blitzschnell vorhuschende Gestalt, die sich zwischen ihn und sein Ziel stellte. Erst als er die Stimme hörte, erkannte er den Eindringling als Dr. Minton und sah, daß der Arzt den Weisen vor dem sicheren Tode gerettet hatte.

»Halt, Ron! Ron...«

»Doktor! Aus dem Weg!«

»Nein, Ron, Sie wissen ja nicht, was Sie tun!«

Der alte Mann schirmte den Ron-Körper ab. Ron senkte die Waffe.

»Aber wieso?« fragte er.

»Weil so etwas keine Lösung ist! Das wäre der Ausweg eines Mörders...« Er wandte sich zu dem Ron-Körper um, und seine Stimme bebte. »Hören Sie, Weiser. Ich möchte verhandeln. Sind Sie bereit, mich anzuhören?«

»Habe ich eine andere Wahl?«

»Ja!« sagte der Arzt heftig. »Leben oder Tod! Wollen Sie sich meine Bedingungen anhören?«

Der Ron-Körper zuckte die Achseln. »Na schön.«

»Gut. Sie sollen Ron Carvers Leben verschonen. Erklären Sie sich damit einverstanden, daß ich ihn Freunden übergebe, bei voller Gesundheit. Als Gegenleistung verspreche ich Ihnen, daß Ihr zwölf Jahre alter Körper diese Erde praktisch sofort verläßt. Ich schicke ihn zur Marskolonie, wo er den Rest seiner Jugend verbringen wird. Sind Sie damit einverstanden?«

Der Weise setzte ein mattes Lächeln auf. »Sind das Ihre einzigen Bedingungen?«

»Ja!«

»Doktor...« Ron näherte sich dem alten Mann. »Sie können das alles doch nicht so weitergehen lassen...«

»Sind Sie damit einverstanden? Werden Sie Ron Carver künftig in Ruhe lassen?«

Der Ron-Körper erstarrte.

»Ja!« sagte er energisch.

»Ron...« Der Arzt winkte ihn zu sich. »Geben Sie ihm die Waffe.«

»Was?«

»Geben Sie ihm die Waffe! Wir haben einen Pakt geschlossen.«

Ron zögerte, dann hielt er dem Weisen den Revolvergriff hin. Dieser ergriff die Waffe mit einer leichten Verbeugung, wog sie in der Hand und ließ sie in die Tasche gleiten.

»Das war klug gehandelt«, sagte der Arzt sichtlich erleichtert. »Hätten Sie die Waffe auf uns gerichtet, Weiser, hätte ich Sie auf der Stelle getötet.« Er tätschelte die Metallausbuchtung unter seinem Mantel. »Ich war ebenfalls vorbereitet...«

Der Kopter stieg langsam in den Himmel. Rons kleiner Körper spürte die Anstrengungen des vergangenen Tages. Er ließ sich in die Lederkissen sinken, die kurzen Arme und Beine hingen schlaff herab.

Der Arzt tätschelte ihm das Knie. »Noch ein paar Minuten«, sagte er.

»Wohin fliegen wir?«

»Zum Raumflughafen Winnipeg. Ich habe dort einen Freund. Er hat zwei Kinder, beide in der Marskolonie geboren. Er fliegt diese Woche noch zurück.«

»Und ich soll mit?«

»Ja, Ron. Ich möchte, daß Sie noch einmal erwachsen werden und dann zur Erde zurückkehren. Leicht wird Ihnen das nicht fallen, aber es hat sicher auch seine Vorteile. Ihre Lebenserwartung hat sich verlängert. Und auf ganz spezielle Weise sind Sie selbst jetzt ein Wunderkind.« Er lachte trocken.

»Und wie geht es hier unten weiter?« fragte Ron verbittert. »Was für eine Erde finde ich bei meiner Rückkehr vor?«

»Eine, die älter geworden ist – und vielleicht auch weiser...«

»Nein, Doktor.« Ron kämpfte sich in eine sitzende Stellung hoch. »Wenn der Weise lebt und gedeiht. Wenn er mit jedem Jahr kräftiger und intelligenter wird, kommt es nicht dazu. Dann ist es, wenn ich zurückkehre, *seine* Erde...«

Der Arzt starrte einen Augenblick lang in die Nacht hinaus, ehe er Antwort gab.

»Nein, Ron. So lange lebt er nicht. Das wußte ich bereits, als ich *Ihren* Körper auswählte...«

»Was soll das heißen?«

»Meine Wahl ist aus einem bestimmten Grund auf Sie gefallen, Ron, aus einem entscheidenden Grund. Als Sie mich nach der Rückkehr von Andromeda in meiner Praxis aufsuchten, machte ich eine Feststellung, die meine Entscheidung beeinflußte. Ich fand eine Krankheit ohne Namen oder Symptome, wie sie sich zuvor nur bei wenigen Weltraumreisenden bemerkbar gemacht hatte. Sie waren von dieser Krankheit befallen, Ron, die sich nach einem oder zwei Jahren mit der Plötzlichkeit und Gefährlichkeit eines Blitzes bemerkbar gemacht hätte.

Erst in diesem Augenblick erklärte ich mich mit dem Körpertausch des Weisen einverstanden. Und zwar zu meinen Bedingungen, mit dem Körper Ron Carvers...«

»Dann werde ich also sterben!« sagte Ron.

»Nein. Sie werden leben. Der Weise hat das schlechtere Los gezogen...«

In der Ferne funkelten die einladenden Lichter des Raumflughafens Winnipeg.

Bulle im Schaukelstuhl

Detective Lieutenant Herb Finlay saß auf der Veranda seines Ferienhäuschens und mißbrauchte den Schaukelstuhl zum Stillsitzen. Damit übertrat er die ärztlichen Anordnungen zwar nur geringfügig, fand es aber sehr befriedigend, reglos dazusitzen und mürrisch auf die Baumwipfel und die Küstenlinie Maines zu blicken, hinüber zu dem Wild, das er nicht jagte, und zu den Fischen, die er nicht an Land holen durfte.

Der Polizeiarzt hatte sich ziemlich drastisch geäußert. »Für einen Bullen wie dich, Finny«, knurrte er, »ist Jagen und Fischen keine Entspannung, sondern nur ein Ersatz für die Verbrecherjagd. Ich will, daß du dich *ausruhst* – und damit meine ich einen Urlaub im Schaukelstuhl, du alter Dummkopf.«

Natürlich war Finny noch gar nicht alt, erst neunundfünfzig – nur seine Arterien waren zu schnell gealtert. Eines schönen Morgens hatte er auf dem Weg zur sechshundertvierundzwanzigsten Verhaftung seiner Karriere einen Herzanfall erlitten und war ins Bett verbannt worden. Wegen guter Führung wurde er schließlich in die Obhut von frischer Luft, Sonnenschein und totaler Ruhe entlassen. »Du rührst keinen Finger«, forderte man ihn auf. »Vergiß, daß du Bulle bist, tu mal so, als wärst du eine Pflanze.« Nach zweiunddreißig Jahren war das der schlimmste Befehl, den er je bekommen hatte.

Finny griff nach dem Feldstecher und suchte mit Adleraugen die Bäume ab. An der Küste entdeckte er eine Gruppe sauberer kleiner Häuser mit weißen Dächern, die wie Kekse in der heißen Mittagssonne buken. Gute zehn Minuten lang beobachtete er die Gebäude. Dann neigte er den Stuhl zurück und versuchte zu schlafen. Fünf Minuten später richtete er das Fernglas wieder auf die Häuser. Schließlich stand er auf, ging in das kühle Innere der Hütte und griff nach dem Telefon. Er probierte aus, wie lang die Schnur war, und stellte fest, daß er den Apparat mit zum Schaukelstuhl nehmen konnte. Er setzte sich den Apparat in den Schoß und wählte die Hotelvermittlung.

»Würden Sie mich bitte mit Mr. Bryer verbinden?« fragte er. Die Telefonistin kam der Aufforderung nach, und Bryer meldete sich mit der für einen Hotelwirt typischen Frage. »Ja, alles in Ordnung, in bester Ordnung«, knurrte Finny. »Ein Paradies auf Erden. Ich wollte Sie nur was fragen. Wissen Sie Näheres über die Häusergruppe drüben am Wasser? Etwa drei bis vier Meilen von hier, im Südosten.«

Bryer antwortete im entschuldigenden Tonfall. »Sie meinen sicher die Rose-Valley-Siedlung. Kleine Häuser mit weißen Dächern? Die ganze Landschaft ist verschandelt, aber was kann man gegen den Fortschritt machen?«

»Wie viele Häuser gibt's da insgesamt?«

»Ein Dutzend. Bis auf drei sind alle verkauft. Aber hören Sie, wenn Sie sich hier niederlassen wollen...«

»Wollte es nur mal wissen«, sagte Finny tonlos. »Sie kennen nicht zufällig die Familien, die da wohnen?«

»Ich? Nein, Sir, das geht mich nichts an. Bill Jessup kann Ihnen da sicher mehr sagen; er ist der Grundstückskönig in unserer Gegend. Wollen Sie sich wirklich danach erkundigen?«

»Das geht Sie auch nichts an.«

Finny legte auf und meldete sich wieder bei der Dame in der Vermittlung. Über die Auskunft ließ er sich Jessups Nummer besorgen und sprach zwei Minuten später mit dem Grundstückskönig.

»Aber natürlich kenne ich die Familien. Ich habe doch jedes Haus persönlich verkauft. Wer spricht da bitte?«

»Ich bin Detective Lieutenant Herbert Finlay«, sagte Finny langsam und betonte seinen Rang.

Jessup spulte eine Liste mit Namen herunter. Finny interessierte sich nicht für die Buchanans, die gerade auf Reisen waren, um Mrs. Buchanans Mutter zu besuchen; auch nicht für die Sandhursts, die sich im Ausland aufhielten; oder für die Parkers, die in den Ferien waren (Finny fragte sich, wo man Urlaub macht, wenn man schon in Maine wohnt). Ebensowenig interessierten ihn die anderen vier Familien, die noch nicht eingezogen waren. Die verbleibenden fünf waren die Cotters, die Wilsons, die Twynams, die Pilchaks und die Smileys.

»Gibt's irgend etwas über diese Familien zu berichten?« fragte Finny. »Interessanten Klatsch, solche Sachen?«

»Jetzt hören Sie mal«, sagte Jessup mit einem Anflug von Schärfe. »Ich bin Grundstücksmakler und kein Klatschmaul. Wenn Sie Klatsch hören wollen, müssen Sie mit Hal Crump reden, nicht mit mir. Ich habe zuviel zu tun.«

»Wer ist Hal Crump?« fragte Finny.

Crump war der Starkolumnist der Ortszeitung, eines Sechsseiten-Blattes mit dem Titel *The Yankee Trader*. Schon am Telefon war er recht zugänglich und versorgte Finny gern mit den gewünschten Informationen.

»Die Cotters«, sagte Crump kichernd, »sind frisch verheiratet und lassen sich dementsprechend wenig blicken. Die Wilsons sind Mitte Fünfzig und sehen bloß fern. Die Twynams stammen aus einer alten Neuenglandfamilie, ruhige Leute. Die Pilchaks sind launenhaft. Die Smileys sind die Schlimmsten; er trinkt und verprügelt sie. Die Polizei ist schon fünf- oder sechsmal dort gewesen...«

»Ah«, sagte Finny, den das hübsche runde Wort »Polizei« sehr befriedigte.

Als nächstes rief er das Revier an und landete bei einer ordentlich barschen Sergeantenstimme.

»Ich heiße Finlay«, sagte er. »Detective Lieutenant bei der Mordkommission. Achtes Revier.« Dann stellte er seine Fragen.

»Smiley?« gab der Sergeant zurück. »Himmel ja, in der letzten Woche sind wir dreimal draußen gewesen, das letztemal gestern. Der Mann verprügelt seine Frau. Walkt sie tüchtig durch, dabei ist sie sehr zerbrechlich, eine richtige Puppe.«

»Wo ist er jetzt? Hinter Gittern?«

»Nein, wir konnten ihn nicht hierbehalten; er ist auf Kaution frei. Wenn ich's recht bedenke, ist er erst vor ein paar Stunden nach Hause marschiert. Sah ziemlich wütend aus. Würde mich nicht überraschen, wenn wir heute abend wieder gerufen werden.«

»Eine letzte Frage«, sagte Finny. »Wohnen die Smileys im dritten Haus auf der Ostseite der Siedlung? In der Nähe der Birkenbäume?«

»Aber ja, das ist das Haus!«

»Dann würde ich an Ihrer Stelle nicht auf den Anruf warten, Sergeant«, sagte Finny. »Ich würde sofort hinfahren.«

»Was ist denn los?«

»Fahren Sie schon!« sagte der Kriminalbeamte barsch. »Spannen Sie an und fahren Sie los, ehe es zu spät ist.«

»Was geht denn vor? Schlägt er sie schon wieder?«

»Ich glaube, diesmal ist es Mord«, sagte Finny grimmig.

Eine Stunde später klingelte das Telefon. Finny war in der heißen Sonne eingeschlafen, den Apparat im Schoß, und hätte den alten Schaukelstuhl vor Schreck fast umgekippt.

»Lieutenant?« Die Stimme des Sergeants klang schrill. »Um Himmels willen, woher haben Sie das gewußt? Ich meine, Ihre Hütte ist doch vier Meilen entfernt!«

»Was liegt an?« fragte Finny. »Was ist bei den Smileys los?«

»Wir kamen zu spät, aber die Frau hat keinen Ärger gemacht. Saß mit der blutigen Axt im Keller und wartete darauf, daß die Leiche des alten Knaben im Heizofen verbrannte. Wer weiß – vielleicht wäre sie sogar damit durchgekommen, wenn Sie nicht angerufen hätten. Woher *wußten* Sie das, Lieutenant?«

»Ach, es ist mir so zugeflogen«, antwortete Finny, und eine angenehme Wärme breitete sich in ihm aus. »Als ich mir die hübschen kleinen Häuser anschaute und den Schornstein rauchen sah, als wäre er ein Fabrikschlot, da mußte ich mich doch fragen, was man wohl am heißesten Tag des Jahres verbrennen könnte.«

Als er aufgelegt hatte, begann er zufrieden zu schaukeln.

Der Gourmet

Eldridge Pachman versuchte es mit der allgemein verbreiteten Ansicht, ein riesiger blauer Himmel, das Meer und viel Ruhe könnten eine aufgewühlte Seele beruhigen. Das erwies sich als Irrtum. Die erste Woche seines Urlaubs verbrachte er an der griechischen Ägäis, in einem kleinen weißen Hotel, das ausgebleicht in der Sonne lag; dabei entdeckte er in sich eine latente Agoraphobie, das Entsetzen vor dem *freien* Raum. So verbrachte er den größten Teil der Woche im Zimmer, auf dem Bett liegend und über seine Scheidung nachdenkend, über die Frau, die jetzt sein Geld ausgab, über die Kinder, die der gewaltigen Veränderung in ihrer aller Leben seltsam gleichgültig gegenüberstanden. Anschließend fuhr er auf die Balearen, wo die weißen Gebäude wenigstens rote und purpurne Belaubung aufwiesen und die Küstenklippen hier und dort friedliche kleine Einschnitte mit piniengesäumten Sandstränden zuließen. Aber viel wohler war ihm hier auch nicht. Zum Glück lief er eines Tages dem Colonel über den Weg, und genau das hatte seinem Verstand gefehlt: kein beruhigender, heilender Einfluß, sondern ein Rätsel, das der Lösung harrte.

Pachman war Autor von Zeitschriftenartikeln. Daneben arbeitete er laufend als Ghostwriter für Artikel oder Biographien zahlreicher Berühmtheiten. Auf diese Weise verdiente er etwa zwanzigtausend Dollar im Jahr; beim Scheidungsanwalt hatte seine Frau behauptet, sein Einkommen betrage dreißigtausend; dabei hatte sie die Lippen zusammengekniffen wie eine verschlossene Geldbörse. Seine Arbeit war gut. Er hatte ein erstaunliches Gedächtnis für Namen und Gesichter.

Als er aber den Colonel entdeckte, der in einem geschlossenen Wagen am Strand saß, fiel ihm nicht in erster Linie das Gesicht auf. Die Szene selbst war einfach zu bemerkenswert. Der heruntergekommene alte Renault, dessen Reifen von den herbeischäumenden Wellen bedeckt wurden; dann der Colonel hinter den hochgedrehten Scheiben, an einer Zigarette ziehend und aufs Meer hinausblickend, zur Insel Vedra hinüber, die steil aus dem Ozean ragte. Später sollte ihm der Colonel erzählen, daß es auf der Insel blaue Eidechsen gab. Er fuhr fort: »Echsen können die schnellsten Lebewesen auf der Erde sein. Es dauert manchmal Tage, so ein Geschöpf in die Falle zu locken. Später ist die Enttäuschung groß; die Haut ist so zäh, daß man die Tiere nicht essen kann.«

Pachman wandte sich an den Geschäftsführer seiner Pension, der ihn nur zu gern über den Colonel informierte. Der Mann hieß Colonel Antonio Sebastian Teixeras. Niemand wußte, ob der Titel vom Militär stammte, ehrenhaft erworben oder vielleicht nur vorgetäuscht war. Für Inselverhältnisse war er wohlhabend, konnte er sich doch ein Boot, ein Haus und einen Diener leisten. Der Diener hieß Rodrigo und war taub; vielleicht war er früher die Ordonnanz des Colonels gewesen. Die beiden lebten allein in einem Gebäude, das als das höchste auf der Insel galt, bis sich der Bürgermeister großspurig entschloß, sein eigenes Heim darüber zu errichten. Der Colonel hatte gleichgültig darauf reagiert, aber so war der Mann bei den meisten Dingen, fügte der Pensionswirt hinzu.

Als Pachman den Colonel das nächstemal zu Gesicht bekam, standen sie drei Meter voreinander. Die genaue Entfernung ergab sich aus der Länge des Stoffes, den die Verkäuferin der Gran Galeria zwischen ihnen hochhielt. Pachman war als Tourist in den Laden geschlendert. Der Colonel war gekommen, weil der Eigentümer englische Zigaretten für ihn importierte. Der Name der Sorte genügte Pachman als Vorwand, um ein Gespräch in Gang zu bringen, und er stellte zu seiner Freude fest, daß sich der Colonel nicht nur gern mit ihm unterhielt, sondern auch seine Sprache beherrschte.

Er war ein gepflegter, mittelgroßer Mann, dessen militärische Haltung die Phantasie bewog, noch einige Zentimeter zu seiner Größe zuzulegen. Pachman schätzte ihn auf siebzig Jahre. Er hatte ein faltiges Gesicht und kleine Augen, und seine Nase war wirklich eine *Nase*. Schon in den ersten Sekunden wußte Pachman, daß er diese Züge schon einmal irgendwo gesehen hatte.

Als sie sich trennten, schlug der Colonel eher automatisch vor, sie sollten doch mal zusammenkommen. Pachman fragte, wo er denn seine *tertulia* halte, wußte er doch, daß die Spanier sich gern außer Haus trafen. Der Colonel erwähnte das Café Francia, das kleinste der drei auf der Insel.

Für den Rest des Tages hatte Pachman nun neben den Erinnerungen an seine Scheidung anderen Stoff zum Nachdenken. Warum kam ihm das Gesicht eines ehemaligen spanischen Offiziers auf einer kleinen Mittelmeerinsel so seltsam bekannt vor?

Am Abend suchte er das Café Francia auf und sah den Renault des Colonel davorstehen. Rodrigo hatte sich wie ein Kind auf dem Rücksitz zusammengerollt und schlief. Der Colonel saß allein an einem kleinen Tisch und hatte ein Glas Wein vor sich stehen. Er begrüßte Pachman, als hätten sie eine Verabredung.

Doch aus dem Gespräch dieses Abends gewann Pachman keinen Aufschluß über die Identität des anderen. Der Colonel beschränkte seine Bemerkungen auf die Inseln und ihre Nachbarn, er sprach von den Katzen auf den Straßen, den Fischen im Meer, von den Eidechsen auf Vedra. Als Eldridge sich nach seiner Vergangenheit erkundigte, antwortete der Colonel nicht; er griff nur nach seinem Weinglas. Wenige Zentimeter von seinem Gesicht entfernt, von dem scharfen Bogen seiner Nase, war Pachman überzeugter denn je, daß er diesen Mann kannte, und zwar wegen eines Ereignisses, das jene Züge berühmt oder berüchtigt gemacht hatte.

Zwei Tage lang grübelte er. Am dritten Tag suchte er das Café Francia früher auf, um dort auch zu essen. Auf der Speisenkarte standen *langouste*, Zwergtintenfisch und Bohnengerichte. Während er die Languste verzehrte, kam Eldridge plötzlich auf die Antwort – ein elektrisierender Gedanke, der dazu führte, daß ihm die Gabel aus der Hand fiel und auf den Fliesenboden polterte. Hastig aß er zu Ende, nicht länger gewillt, die *tertulia* des Colonel zu teilen.

Aber da ihm nur noch vier Tage Urlaub blieben (er war verpflichtet, die Autobiographie eines Stummfilmstars zu schreiben), mußte sich Pachman schleunigst Gewißheit verschaffen. Der einzige Mann, der dafür in Frage kam, war Colonel Teixeras. Oder, wenn sein Fund richtig war, Colonel Miguel Fernandez Malagaras.

Am nächsten Abend arrangierte er ein Zusammentreffen mit dem Colonel im Café Francia und begann ohne Vorrede:

»Wissen Sie, Colonel, als kleiner Junge sammelte ich nicht etwa Briefmarken, Münzen oder Modellflugzeuge, meine Leidenschaft galt vielmehr alten Zeitschriften. Gewisse Artikel sind mir aus dieser Zeit noch heute in Erinnerung, besonders Berichte über noch ungelöste Rätsel. Eine dieser Geschichten betraf einen Offizier der spanischen Luftwaffe, der 1933 oder 1934 einen transatlantischen Transport unternahm, in einem Flugzeug, das für den Passagierdienst eingerichtet war. Meines Wissens war der Artikel von Handley Page verfaßt. Begleitet wurde der Mann von einem Dutzend Offiziere und einfachen Soldaten. Das Flugzeug startete eines frühen Morgens von Madrid und ist seither verschollen – war verschollen –, bis ein Fischerboot Wrackteile im Mittelmeer entdeckte.«

Die Reaktion des Colonels – das Fehlen einer Reaktion – enttäuschte Pachman.

»In der Folge«, fuhr er fort, »wurde das Gebiet gründlich abgesucht, und ein britischer Zerstörer rettete die Überlebenden des Absturzes von einer kleinen Insel. Genaugenommen müßte ich das in der Einzahl sagen, denn es gab nur einen Überlebenden – von den zwölf Männern, die in Madrid starteten, war nur noch der befehlshabende Offizier am Leben. Sein Überleben war so sensationell, daß in verschiedenen Zeitschriften etwa ein Dutzend Spekulationsartikel erschien. Ich las alles, was ich über den Fall finden konnte, auf der Suche nach einer klaren Lösung des Geheimnisses, die aber ausblieb. Der Offizier – er hieß Colonel Miguel Fernandez Malagaras – hielt sich beharrlich an eine Aussage, die einfach keinen Sinn ergab.«

Jetzt bekam Pachman die gewünschte Reaktion. Von der Zigarette des Colonel fiel Asche auf seine Hand, ohne daß er es merkte.

»Der Bericht des Offiziers war schlicht und tragisch – jedenfalls zuerst. Das Flugzeug verlor plötzlich Öl. Dem Piloten, der nicht mehr umkehren konnte, blieb nichts anderes übrig, als die Maschine aufs Wasser zu setzen oder eine von mehreren unbewohnten Inseln anzusteuern. Er versuchte zu landen und hatte damit zum Teil Erfolg: das Flugzeug ging auf einer Fläche aus Vulkangestein nieder. Die Maschine wurde dabei zerstört, der Pilot und zwei einfache Soldaten starben, die anderen waren verletzt oder durchgeschüttelt, doch am Leben.

Als kommandierender Offizier übernahm Colonel Malagaras natürlich die Führung und versuchte die Gruppe zu organisieren, bis Rettung eintraf. Der Versuch war zum Scheitern verurteilt. Es gab zwar Frischwasser auf der Insel, doch nichts zu essen – bis auf eine Handvoll Eidechsen. Der Tod durch Verhungern schien unausweichlich zu sein; folglich hielten die Männer den ganzen Tag über Ausschau nach Schiffen und träumten nachts von Steaks und Gulaschmahlzeiten und Puddingschüsseln...«

Der Colonel seufzte.

»Als er schließlich gerettet wurde, hatte Colonel Malagaras keine Ahnung, wieviel Zeit vergangen war: acht Wochen. Es gab keine Leichen auf der Insel; aus Gesundheitsgründen hatte er angeordnet, daß jeder Tote mit Steinen befrachtet ins Meer geworfen werden sollte, eine unangenehme Pflicht, die er selbst übernahm. Während der Rettungsaktion wurden allerdings zwei Leichen geborgen; sie waren aus der Tiefe hochgetrieben und an die Küste der Insel geschwemmt worden; die Toten waren fürchterlich entstellt, vermutlich von durchziehenden Haien.

Es war eine ernste und tragische Geschichte, die den Colonel in die Weltpresse brachte. Die allgemeine Aufmerksamkeit richtete sich jedoch bald auf etwas anderes, auf eine Frage, die im Augenblick der Rettung noch unausgesprochen geblieben war, eine Frage, die keiner der Reporter laut aussprach, die sich jedoch zwischen den Zeilen jedes Artikels fand. Kurz gesagt, wunderte man sich über das Körpergewicht des Colonels, das um fünf Pfund über dem Gewicht in den amtlichen Unterlagen der Luftwaffe lag, und dieses Gewicht war erst einen Tag vor dem Flug neu bestimmt worden. Acht Männer starben an Unterernährung, Colonel Miguel Fernandez Malagaras aber hatte Übergewicht, rosa Wangen und erfreute sich nach Ansicht der Armeeärzte bester Gesundheit.«

Pachman ergriff die Gelegenheit, dem Colonel offen in die Augen zu sehen. Doch die Pupillen zu beiden Seiten der großen Nase waren dunkel und leer; sie verrieten nichts.

»Sie können sich vorstellen, wie die Gerüchteküche in Fahrt geriet, Colonel«, fuhr Pachman fort. »Sie können sich denken, was für Spekulationen angestellt wurden. Wie konnte es geschehen, daß acht Männer hungerten und einer dicker wurde? Der Colonel schrieb dies seiner gesunden Natur zu. Er behauptete, die Waage sei falsch eingestellt gewesen. Er sagte, er habe vor dem Flug sehr an Gewicht zugenommen und versuchte seine Exzesse bei der Nahrungseinnahme in ein lächerliches Licht zu stellen. Seine Offizierskollegen aber zerpflückten diese Aussage. Sie gaben an, der Colonel sei stets sehr hager gewesen. Die bei der Gewichtsprüfung des Colonels verwendete Waage wurde von einem einfallsreichen Journalisten gestohlen und in einem Labor erprobt. Sie arbeitete genau. Es gab kein Militärgericht, keine private Ermittlung, ebensowenig schaltete sich der Staatsanwalt ein; in keiner amtlichen Unterlage erschien das *Wort*, das Wort, das in öffentlichen Kommentaren unausgesprochen blieb, das in Artikeln ungedruckt blieb; das Wort, das aber jeder Mann und jede Frau auf der Welt vor sich hin flüsterte: Kannibalismus. Das war das Wort, Colonel.«

Der alte Mann drückte seine Zigarette aus und bestellte mit einer Handbewegung mehr Wein. Bei der Bewegung traf Licht in seine Augen, und Pachman bemerkte, wie glasig sie waren.

»Die Lösung schien auf der Hand zu liegen. Colonel Malagaras hatte die Expedition kommandiert. Er führte auch noch das Kommando nach dem Absturz. Er hatte die Überlebensregeln formuliert, einschließlich der »hygienischen Maßnahmen«, die Toten im Meer zu versenken. Er hatte diese Bestattungen selbst durchgeführt. Die Welt nahm aber an, daß mehr dahinter zu suchen war – gewiß, es hatte Bestattungen gegeben, doch erst nach dem Abendessen des Colonels.«

Der Wein wurde serviert. Der Colonel nippte an seinem Glas, stellte es hin und stand auf.

»Gute Nacht, *señor*«, sagte er. »Vielen Dank für Ihre unterhaltsame Geschichte. Es ist Zeit, zu Bett zu gehen. Ich hoffe Sie wiederzusehen.«

Pachman war beeindruckt von der Würde des Abgangs, die aber nur bis zur Tür reichte. Dort stolperte der Colonel und wäre vielleicht gestürzt, doch Pachman eilte ihm nach und umfaßte seinen Arm. Der Colonel versuchte sich freizumachen, doch Pachman ließ nicht locker und half ihm zum Wagen. Auf dem offenen Platz ließ der Colonel seine Augen aufblitzen. »Diese gemeine Geschichte dürfen Sie nie wieder erzählen!« sagte er. »Das waren alles Lügen, und ich bin dieser Mann nicht! Warum können Sie mich nicht in Frieden lassen?« Dann gab er Rodrigo einen Schlag gegen die Schulter und weckte den Stummen. Als der Renault abfuhr, wehte eine Rauchwolke aus dem Fenster; der Colonel hatte sich eine Zigarette angezündet.

Am nächsten Morgen gab Rodrigo in Pachmans Pension einen Zettel ab. Pachman wurde aufgefordert, sich doch am frühen Abend im Haus des Colonels einzufinden. Der Zettel war beim Geschäftsführer hinterlegt, der gar nicht erst so tat, als habe er die Nachricht nicht gelesen. Er war erstaunt, daß der Einsiedler eine solche Einladung aussprach, noch dazu gegenüber einem Ausländer. Es war ein Wunder; er sagte voraus, die Fische würden an diesem Tag aus dem Meer springen und die Menschen zu fangen versuchen.

Pachman kam der Aufforderung nach. Er mußte 115 Stufen ersteigen, um zum Haus des alten Mannes zu gelangen. Das Gebäude war kleiner, als es vom Strand her wirkte, und hatte nur vier Zimmer: eins zum Essen, eins zum Kochen, eins zum Schlafen und eins zum Wohnen. Er betrat den letztgenannten Raum, bewunderte die wenigen maurischen Möbelstücke und wartete auf die Äußerungen des Colonels. Er war dankbar, daß der Colonel ebenfalls nichts von langen Vorreden hielt.

»Was werden Sie tun, *señor* Pachman?« fragte er. »Sie sagen, Sie seien Journalist. Ein Journalist hat in solchen Dingen keine Moral. Werden Sie in Ihr Land zurückkehren und über die Sache schreiben?«

Pachman zögerte. »Ja«, sagte er dann. »Ich habe mit dem Gedanken gespielt. Ich wollte allerdings nicht erwähnen, wo ich Sie getroffen habe, Colonel Malagaras, ebensowenig wie den Namen, den Sie jetzt benutzen. Solcher Publicity wollte ich Sie nicht aussetzen. Sie brauchen sich keine Sorgen zu machen.«

»Aber ich mache mir Sorgen«, sagte der Colonel verbittert. »Ich mache mir Sorgen – wie jeden Tag seit fünfunddreißig Jahren, *señor*. Jeden Augenblick rechne ich damit, daß mir das *Wort* auf der Straße nachgeflüstert wird. Daß ich es im Café vernehme oder von einem vorbeigehenden Touristen oder am Strand oder von einem neuen Freund mit einem weit zurückreichenden Gedächtnis, wie bei Ihnen. Ich bin nicht von Natur aus einsiedlerisch veranlagt und lebe nicht freiwillig so, *Señor* Pachman, sondern weil es so sein muß. Ich strebe nach menschlicher Gesellschaft, meine *tertulias* machen mir Spaß. Ich würde gern auch reisen; doch all diese Dinge sind mir versagt.«

»Sie verlassen die Insel nie?« fragte Pachman. »Ich denke, Sie besitzen ein Boot?«

»Das Boot gehört mir, aber Rodrigo ist der Kapitän, er benutzt es, um Vorräte vom Festland zu holen. Nein, *señor*, ich bin ein Gefangener meiner selbst, ein Gefangener meiner Angst, der Angst vor dem Erkanntwerden, die in drei Dutzend Jahren allmählich abgeklungen ist, bis Sie wie ein Fluch auf diese Insel kamen.«

»Colonel Malagaras«, sagte Pachman. »Ich will ganz offen sein. Als Journalist kann ich nicht etwas ignorieren, das sich vor meinen Augen abspielt. Ich kann nicht so tun, als gäbe es Sie nicht, und mein Mitleid ist auch nicht so groß, daß ich schon allein deswegen schweigen möchte. Aber ich sage Ihnen eins. Es gibt hier etwas, das noch wichtiger ist als meine Arbeit.«

»Und das wäre?«

»Vor mir liegt der Schlüssel zu einem Geheimnis, das mich seit meiner Kindheit beschäftigt.«

»Na und?«

»Ich möchte mit Ihnen eine Vereinbarung treffen. Ich biete

Ihnen mein Schweigen, aber dafür möchte ich etwas von Ihnen haben.«

»Geld? Ich habe keins.«

»Kein Geld. Vielmehr eine Antwort, Colonel. Die Wahrheit über die Ereignisse während der Expedition. Was ist mit den acht Männern auf der Insel passiert; wo liegt der Grund für Ihre rosigen Wangen und Ihr Übergewicht, während die anderen verhungerten? Nicht die Antwort, die Sie vor fünfunddreißig Jahren der Presse gaben, Colonel, sondern eine Antwort, die ich akzeptieren kann. Und ich schwöre Ihnen feierlich, daß von Ihren Worten nichts durch mein Tun an die Öffentlichkeit gelangt.«

Pachman rechnete mit zwei möglichen Antworten: einer klaren Weigerung oder – was wohl wahrscheinlicher war – einer Wiederholung der Dinge, die der Colonel im Jahr der Krise ausgesagt hatte. Doch nachdem der alte Mann aufgestanden war und auf und ab gehend eine Zigarette geraucht hatte, sagte er:

»Gut, *señor*. Vielleicht ist es eine Erleichterung für mich, endlich einmal jemandem die Wahrheit zu sagen.«

Er fuhr fort: »Ich bin kein Kannibale. Ich bin etwas viel Schlimmeres.«

Pachman fühlte einen Schauder über seinen Rücken laufen.

»Und weil ich etwas viel Schlimmeres bin, konnte ich damals zur Presse nicht offen sein. Die Unterstellungen der Journalisten kamen für mich ganz unerwartet. Scheußlich! Und doch wollte ich meinen Bericht nicht widerrufen, wollte ich nicht die Wahrheit sagen, wollte ich die wahre Schande meines Handelns nicht offenbaren.«

Er schwieg so lange, daß Pachman nachfassen mußte. »Und was haben Sie so Schreckliches getan, Colonel? Was *waren* Sie, wenn kein Kannibale?«

»Ein Feigling«, antwortete der Colonel. »Wissen Sie, *señor*, eine Einzelheit kam in den Zeitungsmeldungen nicht zur Sprache – die Tatsache, daß das abgestürzte Flugzeug nicht nur zwölf Passagiere an Bord hatte. Es transportierte auch Vorräte. Ja, *señor* Pachman, Nahrungsmittel – einen Vorrat für zwölf hungrige Soldaten auf einem langen Flug. Nicht genug für zwei Monate, das stimmt, doch ausreichend, um ... *einen* Mann am Leben zu erhalten.«

Pachman lehnte sich zurück. Sein Gesicht fühlte sich seltsam warm an.

»Nach dem Absturz und ehe ich die Wrackstücke forttreiben ließ, in der Hoffnung, Hilfe herbeizurufen, nahm ich den Kasten mit Vorräten heraus und versteckte ihn auf der anderen Seite der Insel. Ich hatte durchaus die Absicht, die Sachen nach einem System zu rationieren, das uns alle am Leben erhalten konnte, bis wir gerettet wurden. Als mir aber die schmerzliche Erkenntnis dämmerte, daß unsere Chancen schlecht standen, da ging mir zugleich auf, daß der jämmerliche Vorrat an Konservenfleisch und Keksen lediglich eine Abschiedsmahlzeit sein würde. Danach würden wir auf jener einsamen Felsinsel unweigerlich verhungern. Außerdem war ich der Kommandant der Expedition. Ich brauchte jedes bißchen Kraft, das mir die Nahrung schenken konnte, um die Disziplin aufrechtzuerhalten. Hätten die Männer von der Existenz der mageren Rationen gewußt, wären sie sich deswegen gegenseitig an die Gurgel gegangen und ebenfalls gestorben – das war mir durchaus klar.

Ich tat, was ich für richtig hielt, *señor*. Aber vielleicht war das falsch. Als die Tage ins Land gingen und uns klarmachten, daß wir alle dem Tod ins Auge sahen – vielleicht siegte da die Angst über meine Vernunft, und mein Plan, unser aller Leben zu retten, schlug um in den Plan, mich selbst über die Runden zu bringen...«

Der Colonel erstarrte in seinem Korbsessel und griff nach dem Sherry. Langsam hob er das Glas, als wäre es sehr schwer.

Pachman räusperte sich. »Vielen Dank, Colonel«, sagte er.

»Vielen Dank für Ihre Offenheit. Das ist Ihnen sicher sehr schwer gefallen.«

»Ja«, sagte der Colonel. »Ich hätte lieber geschwiegen. Sie haben mich gezwungen, von etwas zu sprechen, das ich vergessen möchte. Ich hoffe, Sie halten Ihr Versprechen und vergessen meine Äußerungen ebenfalls.«

»Das haben wir ja abgemacht, Colonel.«

Wenig später verabschiedete sich Pachman und kehrte in sein Hotel zurück. Er wußte nicht recht, ob er erfreut oder deprimiert sein sollte. Es freute ihn, das langjährige Rätsel gelöst zu haben, unschön war, daß er es nicht als Thema für seine Schreibmaschine zur Verfügung hatte. Unwillkürlich machte er sich daran, Titel für den Artikel zu entwerfen, er begann sich sogar Absatzchancen zu überlegen. Er überlegte, ob nicht womöglich ein ganzes Buch daraus zu machen sei; er konnte sich die Bände in den Schaufenstern förmlich vorstellen; er wäre fast so weit gegangen, sich auch noch die passenden Rezensionen dazu auszudenken. Es wollte ihm scheinen, daß eine solche Story eine Wende in seinem Leben darstellen konnte. Erregung keimte in Pachman, der erste echte Funke, der seit den letzten schlimmen Jahren seiner gescheiterten Ehe in ihm aufgeflackert war.

Plötzlich erkannte er, daß er einen logischen Anlaß brauchte, um die Geschichte des Colonels zu veröffentlichen. Er wollte dem alten Mann nicht mit Logik kommen, nicht einmal sich selbst. Aber es lag so klar, so überzeugend auf der Hand. Er wollte den Colonel sofort aufsuchen und sagen:

»Colonel Malagaras, bitte hören Sie mich an, ehe Sie mir verbieten, Ihre Story zu schreiben. Seit sechsunddreißig Jahren leben Sie wie ein Einsiedler, ihr Gesicht so widerlich, daß sie es vor der Welt verbergen, Ihr Name dermaßen entehrt, daß Sie ihn aufgaben. Und wofür? Für einen häßlichen und unzutreffenden Verdacht, den Sie mit wenigen Worten gegenüber Journalisten hätten aus der Welt schaffen können. Vielleicht ist es für eine Berichtigung fünfunddreißig Jahre zu spät. Aber wenn jemand anders es täte, Colonel, wenn jemand anders die Wahrheit entdeckte – die Tatsache, daß sich Ihr Handeln nur von Pflichtgefühl herleitete, nur von ehrlicher Überzeugung, sei sie nun richtig oder falsch – was für ein Riesenunterschied wäre das doch! Man würde Sie verstehen, man würde Sie rehabilitieren, Ihnen verzeihen; Sie könnten wieder Sie selbst sein, Colonel Miguel Fernandez Malagaras, könnten wieder leben, wie es Ihnen beliebt...«

Pachman sagte diese Worte laut vor sich hin, während er die 115 Stufen zum Haus des Colonels erstieg und an die Tür klopfte. Die dicke Eichentür verschluckte das leise Geräusch seiner Knöchel, und er drückte sie auf und trat ein. Er fand den Colonel im Eßzimmer, Rodrigo neben sich damit beschäftigt, Wein einzuschenken. Pachman räusperte sich, und der Colonel fuhr so hastig herum, daß er beinahe seinen Stuhl umkippte.

Pachman begann sich für sein Eindringen zu entschuldigen. Aber dann sah er, was sich auf dem Teller des Colonels befand. Als er erkannte, worum es sich handelte, als er das Ausmaß der Lüge erkannte, die ihm aufgetischt worden war, fand er keine Worte. Der Colonel bemerkte seinen Blick, und in seine Augen trat ein flehender Ausdruck.

»Bitte, *señor*, bitte«, sagte er. »Sie müssen das verstehen! Wenn man erst mal auf den Geschmack gekommen ist...«

Die Leiden eines Rauchers

Die Zellophanhülle knisterte verlockend, als Lew Buckberg seine Panatella-Zigarre auspackte. Er öffnete die oberste Schublade seines Schreibtisches, bis sie die graue Weste berührte, die sich über den runden Bauch spannte, und ertastete den silbernen Zigarrenschneider, den Suella ihm zu einem längst vergessenen Geburtstag geschenkt hatte. Nie benutzte er den Anschneider, ohne sich Suella vorzustellen, wie sie damals gewesen war – mit rosigen Wangen und langem Haar, jeder Blick Anbetung, jedes Wort Zustimmung. Damals hatte sie nichts gegen seine Zigarren gehabt; sie hatte sie sogar für männlich gehalten.

Er schnitt die Spitze der Panatella ab und dachte an Suella, wie sie heute war: mit bleichen Wangen und spitzer Zunge, die Verbitterung und Enttäuschung ihres Lebens auf eine einzige triviale Klage konzentrierend. Heute waren seine Zigarren nicht mehr männlich, sondern ordinär, schmutzig, pervertiert, unflätig, eine Beleidigung für die Welt und vor allem natürlich für sie. Sie witterte Zigarrenrauch in den Gardinen, in den Teppichen, in ihrer Kleidung, in ihrem Haar. Um die Auswirkung der Zigarren noch mehr zu dramatisieren, begann sie sogar manchmal zu schwanken und verlangte nach einem Herzspezialisten. Zuweilen drohte sie ihn zu verlassen, sobald er die nächste Zigarre ansteckte, doch sie machte es nie wahr. In letzter Zeit hatte sie eine neue Waffe gefunden: die Ratschläge Axelrods, des Familienarztes. Nun versuchte sie es auf die selbstlose Tour: »Diese Dinger bringen dich noch ins Grab, Lew; du weißt doch, was der Arzt gesagt hat.«

Grollend zündete sich Lew die Zigarre an und machte einen langen Zug. Die buschigen Brauen gerunzelt, blinzelte er an der Zigarre entlang. Das schlimme war, daß Suella womöglich recht hatte. Vielleicht war Axelrod mit der Raucherei doch auf dem richtigen Dampfer: seit siebenunddreißig Jahren füllte er sich Mund, Kehle und Lungen mit dem dicken blauen Rauch seiner Zigarren – angefangen von den schwarzen klumpigen Zwei-Cent-Stangen aus der frühen Jugend, bis hin zu den 75-Cent-Panatellas, die er sich jetzt in seinen nicht ganz unvermögenden mittleren Jahren leisten konnte. Zigarrensüchtig war er aber nicht. Er konnte jederzeit aufhören. Bisher hatte ihm das nur nicht *gepaßt*, das war alles. Doch für alles kommt einmal der richtige Zeitpunkt, und als Lew das gerahmte Gruppenbild aus dem Jahr 1931 betrachtete und sich klarmachte, wer vom Anfangspersonal der Frachtfirma noch am Leben war, fragte er sich unwillkürlich, ob der Augenblick nicht gekommen war. Der Kragen wurde ihm eng, und er starrte angewidert auf die glühende Asche. Doch er drückte die Zigarre nicht aus.

Am Nachmittag kehrten die morbiden Gedanken zurück, als Fred Handle, sein Versicherungsagent, wegen einer ausstehenden Prämienzahlung anrief. Seine Scherze waren wirklich geschmacklos. »Weiß man's«, sagte er kichernd, »ob Sie nicht selbst bald den Löffel abgeben, Lew?« Lew regte sich darüber so sehr auf, daß er seine Zigarre ausdrückte. Fünf Minuten später rauchte er eine neue.

Am Abend erzählte er Suella davon, fand aber kein Mitleid. »Fred hat völlig recht!« sagte sie energisch. »Das mindeste ist ein wenig Rücksicht auf *mich*. So wie du es treibst, möchte ich bezweifeln, ob du mich überlebst.«

»Was sind das für Sprüche?« fragte er mürrisch.

»Vernünftige. Du willst das bloß nicht kapieren.«

Zornig beschnitt er eine Zigarre. »Ich habe manchmal das Gefühl, du *wünschst* meinen Tod. Vielleicht möchtest du die achtzig Riesen ganz allein kassieren.«

»Red nicht so kindisch. Um Himmels willen, du bist fast sechzig, du solltest es besser wissen!«

»Ich bin erst sechsundfünfzig. Bedräng mich nicht so.«

»Ich bedränge dich nicht. Das da –« Suella deutete mit bebendem Finger auf die Zigarre in seinem Mund – »*das* bedrängt dich. Gib nicht mir die Schuld.«

»Was würde es dir schon ausmachen?« knurrte Lew und öffnete ruckhaft die Abendzeitung, als schlüge er eine Tür zu.

Der Gedanke, daß Suella ihm einigermaßen gleichgültig gegenüberstand, war weder neu noch besonders beunruhigend; er hielt diesen Umstand für die logische Folge einer kinderlosen und langweiligen Ehe. Doch eine Woche später mußte Lew Buckberg sich fragen, ob Suellas Einstellung nicht doch komplexer war, als er vermutete.

Er hielt sich im Wohnzimmer auf und fummelte an den Knöpfen seines Fernsehapparats herum, der das Bild immer wieder in die Länge zog. Suella war in der Küche und bereitete den Kaffee, den sie jeden Abend um neun Uhr tranken. Seufzend steckte er das elektronische Unterfangen auf und schaltete den Apparat ab. Er richtete sich auf und marschierte auf Strümpfen in die Küche. Dabei bewegte er sich so lautlos, daß Suella seine Anwesenheit nicht bemerkte. Sie stand mit dem Rücken zur Tür und war über die beiden Kaffeetassen gebeugt, die auf dem Spülbrett standen.

Vornübergebeugt und mit etwas beschäftigt.

Irgend etwas, vermutlich eine Art Schutzinstinkt, veranlaßte ihn, stehenzubleiben und seine Frau zu beobachten. Ihre Bewegung war schnell gewesen, der ganze Vorgang hatte weniger als fünf Sekunden gedauert; es mochte deshalb ins Unterbewußte hineinspielen, daß er dennoch mitbekam, was sie getan hatte.

Sie hatte etwas in eine Kaffeetasse geworfen. Nicht Sahne oder Zucker; beide tranken ihren Kaffee schwarz.

Rückwärtsgehend verließ er die Küche und hastete zu seinem Fernsehsessel zurück. Er schaltete das Gerät ein; erstaunlicherweise war das Bild jetzt normal und klar. Doch das Programm interessierte ihn nicht mehr.

»Hier ist dein Kaffee«, sagte Suella mit derselben tonlosen Stimme, mit der sie jeden Abend die Tasse brachte. »Gibt's was Gutes?«

»Den üblichen Quatsch«, sagte er leise. »Drei Westernfilme und eine Musikshow.« Er sah zu, wie sie die bis zum Rand gefüllte Tasse auf den kleinen Klapptisch neben seinem Sessel stellte. »Weißt du, ich glaube, ich habe heute abend keine Lust auf Kaffee.«

»Ach?«

Sie musterte ihn mit scharfem Blick. »Warum denn nicht? Du trinkst doch jeden Abend welchen.«

»Na, heute abend ist mir nicht danach.«

»Hast du wieder Magenschmerzen?«

»Warum fragst du? Ich habe doch kaum Ärger mit dem Magen.«

»Nach all den Zigarren sieht dein Inneres bestimmt höllisch aus. Trink deinen Kaffee. Dann hast du etwas Warmes im Bauch, tut dir bestimmt gut.«

»Ich will nichts«, sagte Lew Buckberg. »Verstehst du kein Englisch mehr? Ich will keinen Kaffee!«

Achselzuckend nahm sie die Tasse auf und trug sie in die Küche zurück. Dort geschah etwas ganz Außergewöhnliches: Suella, die sparsame Hausfrau, die jeden Teebeutel auslaugte, bis er ausbleichte, schüttete den Kaffee in den Ausguß.

Lew hatte nun Stoff zum Nachdenken, und da er als Stellvertretender Direktor der Frachtgesellschaft eher einen sentimentalen Posten bekleidete, als effektiv die Geschäfte leitete, hatte er viel Zeit zum Grübeln. Sicher war er sich seiner Sache nicht; er mochte völlig falsch liegen. Vielleicht hatte Suella überhaupt nichts getan.

Doch am gleichen Abend schlich er wieder in die Küche.

Suella goß gerade den Kaffee ein und war völlig auf die Arbeit konzentriert.

Dann griff sie in die Schürzentasche und holte eine kleine weiße Pille heraus.

Sie ließ sie in eine Tasse fallen. Das weiße Ding zischte leise, stieg zur Oberfläche empor und verschwand dann in der Schwärze.

Jetzt kam das Wichtige. Lew paßte genau auf. Ihre rechte Hand ergriff das Gefäß, das die Pille enthielt.

Er eilte ins Wohnzimmer zurück.

»Hier ist dein Kaffee«, sagte Suella tonlos. »Du hast vorhin gesagt, du wolltest eine Tasse, jetzt mußt du sie aber auch trinken.«

»Selbstverständlich«, antwortete er. »Ich will eine Tasse.«

»Hier«, sagte Suella und stellte die Tasse in ihrer rechten Hand vorsichtig auf seinen kleinen Tisch.

Zum Glück sah sie den Schweißfilm nicht, der sich plötzlich auf dem Gesicht und der hohen Stirn ihres Mannes bildete. Er schluckte krampfhaft, murmelte etwas von einer Zigarre und holte sich eine aus dem Kistchen auf der Anrichte. Auf dem Rückweg zum Sessel stieß er mit dem rechten Fuß ungeschickt gegen den Klapptisch. Tasse und Untertasse rutschten zum Rand. Er unternahm den verzweifelten Versuch, das Unglück zu verhindern, kam aber zu spät. Die Tasse zerbrach nicht (sie bestand aus Plastik), doch der Kaffee wurde sofort vom Teppich aufgesaugt.

Suella verwünschte seine Ungeschicklichkeit, doch Lew hörte ihr gar nicht zu. Als sie ihm eine neue Tasse anbot, sagte er: »Nein, lieber nicht. Vielleicht bin ich in letzter Zeit zu nervös; vielleicht sollte ich weniger trinken.«

»Ha!« sagte Suella.

In dieser Nacht lag er im Bett und lauschte auf das leise Atmen seiner Frau. Die Empfindung, die ihn wachhielt, war Angst, doch als er so über die Situation nachdachte, ging die Angst schnell in Entrüstung über. Welches Recht hatte Suella, an Mord zu denken? Na schön, er hatte ihr das versprochene Leben voller Reichtum und Abwechslung nicht bieten können. Er war in letzter Zeit mürrisch und grob und vulgär geworden. Vielleicht war seine ständige Zigarrenraucherei wirklich ein Zeichen für die feindseligen Gefühle, die er ihr entgegenbrachte. Aber gab das ihr das Recht, ihm weiße Giftpillen in den Kaffee zu tun? Je länger er darüber nachdachte, um so zorniger wurde er. Und um so mehr wuchs seine Entschlossenheit.

Den ganzen nächsten Tag hindurch beschäftigte ihn die Szene, die er am Abend spielen wollte.

Zu Hause angekommen, baute er sorgfältig die Bühne auf. Fernsehapparat. Hausschuhe. Zigarre. Unschuldiger Gesichtsausdruck.

Als sich Suella um Viertel vor neun Uhr nicht aus ihrem Sessel erhob, um das Kaffeewasser aufzustellen, wandte er sich zur Seite und sagte: »Wie steht's mit Kaffee? Heute abend könnte ich eine Tasse vertragen.«

»Ich dachte, du wolltest dich zurückhalten?«

»Vielleicht tu ich das. Aber heute noch nicht.«

»Na schön«, sagte Suella und erhob keine weiteren Einwände.

Um fünf vor neun hörte der Topf auf zu zischen, und Suella kehrte in die Küche zurück. Zehn Sekunden später folgte ihr Lew auf Zehenspitzen.

Sie nahm den Topf vom Herd und trug ihn zu den Tassen und Untertassen auf dem Ablaufbrett der Spüle. Sie füllte eine Tasse, dann die andere, stellte den Topf wieder auf den Herd und griff schließlich in die Schürzentasche.

Lew Buckberg stürzte vor.

»Aha!« rief er.

Suella schrie auf, die Hand auf das Herz gepreßt. »Um Himmels willen – Lew! Du hättest mich beinahe zu Tode erschreckt!«

»Ach, wirklich?« fragte er sarkastisch und trat auf sie zu. »Vielleicht wäre das nur fair, nicht wahr, Suella?«

»Was soll das? Was ist mit dir los?«

Seine Augen funkelten. »Ich sage dir, was mit mir los ist. *Das* ist los – das da in deiner Tasche!«

Ehe sie es verhindern konnte, verschwand seine Hand in ihrer schmalen Schürzentasche. Sie wehrte sich, doch sein Zorn war stärker als ihr Protest, und als seine dicke Hand wieder zum Vorschein kam, hielt sie zwischen Daumen und Zeigefinger eine kleine weiße Tablette.

»*Das* ist los«, wiederholte er mit zitternder Stimme. »Ich habe dich beobachtet, Suella! Ich weiß, was du im Schilde führst! Aber du kommst damit nicht durch. Hörst du?«

»Aber Lew...«

»Halt mich bitte nicht für so dumm. Ich weiß, daß dir meine Versicherungspolice näher steht als ich. Aber dies war deine letzte Chance, mich umzubringen...«

»Dich umzubringen?« Sie starrte ihn mit wirrem Blick an, schaute in sein Gesicht, dann auf die Tablette in seiner Hand. »Dich umbringen? Bei Gott, ich wollte dir doch nur *helfen!*«

Das Wort brachte ihn zur Besinnung. »Mir helfen?«

»Ja, helfen«, sagte Suella heiser. »Du weißt doch, was Dr. Axelrod wegen des Rauchens gesagt hat. Du kennst den Zustand deines Herzens. Aber ich wußte auch, daß du ohne Hilfe nicht mit dem Rauchen aufhören kannst...«

»Wovon redest du eigentlich?«

»Von den Tabletten. Dr. Axelrod hat sie mir gegeben. Sie enthalten eine Chemikalie, die den Tabak scheußlich schmecken läßt. Sie sollen dich vom Rauchen abbringen!«

Verständnislos starrte er auf die Pille.

»Dr. Axelrod hat mich gebeten, dir die Pillen in den Kaffee zu tun«, sagte Suella und tupfte sich die Tränen aus den Augen. »Du würdest überhaupt nichts merken und sehr schnell das Interesse an Zigarren verlieren.«

Lew zog einen Küchenstuhl heran und setzte sich.

»Das war es also«, flüsterte er. »Und ich dachte...«

»Oh, Lew!« sagte Suella weinerlich. »Ich wollte dir doch nur helfen! Ich wollte etwas für deine Gesundheit tun.«

Er tätschelte ihr die Hand.

»Tut mir leid, Suella. Was für ein blöder Einfall! Ich weiß, daß du nur mein Bestes im Sinn hattest.« Entschlossen hob er den Kopf. »Und du hast recht. Bei Gott, du hast recht. Ich will nicht mehr Sklave dieser verdammten Zigarren sein.«

»O Lew«, sagte sie leise. »Du weißt doch, daß du damit nicht aufhören kannst.«

»Und ob! Gib mir die Kaffeetasse. Ich will dir beweisen, daß ich damit aufhören kann!«

Sie blinzelte und reichte ihm den Kaffee. Er ließ die Tablette in die schwarze Flüssigkeit fallen, sah zu, wie sie zischte und verschwand. Dann trank er triumphierend einen großen Schluck. Sie lächelte und tätschelte ihm das dünne Haupthaar.

»Siehst du?« fragte er. »Siehst du, Suella?«

»Ja«, sagte sie leise.

Die Wirkung des Kaffees schien ihn zu verblüffen. Seine Augen weiteten sich, seine Finger wurden so steif, daß die Tasse zu Boden fiel und auf dem Linoleumboden herumtanzte. Suella sagte nichts zu seiner Ungeschicklichkeit; sie verfolgte aufmerksam, wie er aufzustehen versuchte. Er schaffte es nicht, sondern fiel gegen die Spüle, hielt sich stöhnend den Unterleib und glitt zu Boden.

Suella wartete einige Sekunden lang, ehe sie sich über ihn beugte. Zufrieden richtete sie sich dann auf und ging ins Wohnzimmer. Dort wählte sie Dr. Axelrods Privatnummer.

»Hallo, Harold? Es ist ausgestanden. Ja, die letzte Tablette, die du mir gegeben hast, hat hingehauen... Am besten kommst du sofort und stellst den Totenschein aus.« Er sagte etwas und sie kicherte. »Natürlich tu ich das, Schätzchen.«

Als sie den Hörer aufgelegt hatte, lächelte sie leicht und ging zur Anrichte. Dort ergriff sie den Zigarrenkasten und trug ihn zum Müllschlucker im Flur. Als sie zurückkehrte, war der Kasten leer.

Vor dem Tor zur Hölle

Das schwarze Gewand des Geistlichen wirkte in dem hellen Zimmer besonders auffällig. Kadusons Augen, beschattet von der weißen Maske der Bandagen, weiteten sich bei dem Anblick. Abwehrend flüsternd wandte er sich an den Arzt, der über das Krankenhausbett gebeugt war und seine Worte den anderen Zuhörern verdeutlichte.

»Er sagt, er will keinen Priester hier haben. Er soll gehen.«

Polizei-Lieutenant Sherman brummte vor sich hin. Er war ein massiger grauhaariger Mann, den sein Beruf hart gemacht hatte. »Der Priester bleibt. Sie sollten froh sein, daß Pater Kennedy so schnell kommen konnte. Sie haben nicht mehr viel Zeit.«

»Wieviel?« fragte Kaduson heiser.

Sherman blickte auf Dr. Angel. Der alte Mann senkte fast unmerklich den knochigen Kopf. Kaduson, der sich in den steifen Bandagen nicht bewegen konnte, ließ die Augen herumzucken und erfaßte die schicksalhafte Geste. Er seufzte schwer und fuhr sich mit der Zunge über die trockenen Lippen. Dieser Vorgang rief den Priester an seine Seite.

»Mein Sohn«, begann er.

»Nein, Pater«, schaltete sich Sherman energisch ein. »So weit sind wir noch nicht.«

Das sanfte Gesicht zeigte Bestürzung. »Aber der Arzt...«

»Er muß durchhalten«, unterbrach ihn der Kriminalbeamte entschlossen. »Hören Sie, Kaduson. Sie haben nur noch Minuten zu leben. Außer Ihrer Seele gibt es für Sie nichts mehr zu retten. Und selbst das klappt nicht mehr, wenn Sie uns jetzt nicht die Wahrheit sagen.«

»Bitte!« sagte Dr. Angel. »Die Zeit ist wirklich knapp. Mr. Kaduson. Nicht nur für Sie, sondern auch für meinen

Sohn. Sagen Sie uns, wer das Mädchen wirklich umgebracht hat. Sagen Sie, daß es nicht Paul war. Bitte sagen Sie es jetzt...«

Kaduson hatte wieder zu flüstern begonnen.

»Er will wissen, was geschehen ist«, sagte der Arzt.

»Sie haben einen Schädelbruch«, sagte Sherman geradeheraus. »Ich will ja in einem solchen Augenblick nicht grob mit Ihnen umspringen, Kaduson. Aber Sie können Paul Angel das Leben retten, wenn Sie endlich mit der Wahrheit herausrücken. Wollen Sie das tun?«

Kadusons Augen begannen sich mit Tränen zu füllen. Dann begann er zu sprechen.

»Angel – das ist wirklich ein Witz! Als ich Paul kennenlernte, wußte ich sofort, daß er alles andere als ein Engel war. Aber das machte nichts, denn ich hatte nichts für Harfenmusik übrig. Ich ziehe das Tenorsaxophon vor.

Ich lernte ihn im *Jazzland* kennen, wo es so verraucht war, daß ich sein wahres Aussehen erst mitbekam, als wir wieder ins Freie traten. Er war allein gekommen wie ich, aber seine Blicke galten den kleinen Mädchen rings um die Bühne – er sah, wie sie sich im Rhythmus bewegten, und versuchte herauszufinden, wo es etwas zu holen gab. Er sah gut aus, der junge Spund, ein gesunder blonder Typ, auf den die Frauen fliegen; er war wohl nicht viel älter als neunzehn. Ich bin zwar kein Student, aber ich kenne mich auch ein bißchen aus. Ich begann mit ihm zu reden, und nach ein paar Minuten faßten wir den Entschluß, gemeinsam auf die Pirsch zu gehen.

Das war ganz vernünftig, wissen Sie. Die meisten dieser Weiber kommen zu zweit ins *Jazzland*, zum gegenseitigen Schutz und so. Da konnte man als Gespann viel besser landen. Wir schlossen uns zu einem Team zusammen – und es funktionierte. Nach dem zweiten Durchlauf hatten wir bereits einen Vierertisch.

Ich will ja nicht behaupten, daß die beiden sensationelle Schönheiten waren, aber es gibt Schlimmeres. Ich hatte eine großäugige Brünette erwischt, mit soviel Haar im Gesicht, daß man das Gesicht kaum erkennen konnte. Paul saß neben einer ernsten Blondine mit toller Figur. Die Brünette redete ununterbrochen und schwenkte dabei eine dreißig Zentimeter lange Zigarettenspitze, und ich dachte mir, die zeigt gute Ansätze. Die Blondine war still wie eine Lehrerin, wäre ich aber bei Verstand gewesen, hätte ich sofort mit Paul getauscht.

Na, wir kamen uns näher, wie das zwischen Jungen und Mädchen so ist, nur verkorkste sich meine Biene den Magen und verbrachte eine Stunde auf der Damentoilette, während unser kleiner Paulie-Engel auch schon ziemlich grün um die Kiemen war. Zuletzt sagten wir uns, daß frische Luft sicher gut wäre, womit die Party aber noch nicht zu Ende sein sollte. Ich schlug vor, zu Paul zu gehen. O ja, ich wußte schon von Pauls kleiner Junggesellenbude; er redete ständig darüber. Wir fuhren im Taxi hin.

Ja, Doc, Sie haben Ihren kleinen Engel wirklich gut versorgt. Eine tolle Wohnung, und kaum setzte meine Brünette einen Fuß auf den dicken weißen Teppich, da kreischte sie entzückt auf und schmiß sich dem Wohnungsinhaber an den Hals. Das war mir nur recht, denn ich hatte inzwischen genug von ihr und ihrer Zigarettenspitze und hätte gern den blonden Eisblock etwas zum Schmelzen gebracht. Für Paul aber war die Sache gelaufen. Er war betrunken und fühlte sich mies und wollte nichts anderes als sich aufs Bett werfen und seinen Rausch ausschlafen.

Und das tat er dann auch. Er marschierte aufs Schlafzimmer zu und ließ mich mit den beiden Bienen im Wohnzimmer allein. Die Blonde verlor jedes Interesse und begann in einer Zeitschrift zu blättern. Die Brünette machte sich nun wieder über mich her, aber ich war sauer und schob sie weg. Darüber regte sie sich auf und ging zur Tür. Ihre Freundin aber wollte bleiben.

Als die Brünette weg war, hoffte ich, die Blonde wäre doch zu dem Schluß gekommen, ich sei ihr Typ. Ich ging zu ihr und nahm ihr die Zeitung fort. Dann tat ich noch ein paar andere Sachen, aber sie sagte: ›Warum verschwindest du nicht endlich?‹ Einfach so.

Da wußte ich Bescheid. Die Blondine wollte meinen betrunkenen Kumpel bemuttern, wollte ihm durch seinen Kater helfen – und sich dabei vielleicht zu etwas verhelfen. O ja, sie wußte, was sie wollte. Der kleine Paulie hatte uns von seinem reichen Ärztevater erzählt.

An die nächsten Minuten erinnere ich mich nicht mehr genau. Ich bin ein bißchen grob mit ihr umgesprungen, soviel steht fest. Ich weiß noch, daß ich ihr einen juwelenbesetzten Kamm aus dem Haar zerrte – das Ding liegt zu Hause noch irgendwo. Dann lagen meine Finger um ihren Hals. Wer hätte gedacht, daß ein Mensch so schnell stirbt? Ich konnte es einfach nicht glauben, auch als sie schon auf dem weißen Teppich lag.

Ich tat das einzige, was mir übrigblieb. Ich verschwand aus der Wohnung. Am Fahrstuhl döste die Brünette. Ich packte sie am Arm und schüttelte sie wach. ›Komm‹, sagte ich. ›Wir lassen die beiden Turteltauben allein.‹ Sie kicherte, und ich drückte den Fahrstuhlknopf.

Dann brachte ich sie nach Hause.

O ja, ich habe später die Zeitungsartikel gelesen. Ich wußte, daß man dem kleinen Paul eine Mordanklage angehängt hatte. Aber was sollte ich tun? Sollte ich den Idioten spielen und mich selbst beschuldigen? Hören Sie, er wußte ja nicht mal genau, ob er die Blondine nicht *doch* umgebracht hatte, so besoffen war er. Und als die Polizei mich und die Brünette verhörte, paßten unsere Aussagen echt gut zusammen. Die verrückte Nudel glaubte doch tatsächlich, ich hätte die Wohnung zusammen mit ihr verlassen; sie wußte gar nicht mehr, daß ich mit ihrer Freundin allein gewesen war. Sehen Sie, wie gut alles zusammenpaßte? Hätten Sie es etwa anders gemacht?

Schon gut, Doc. Ich weiß ja, wie Ihnen zumute ist. Aber glauben Sie wirklich, Sie hätten mich umstimmen können? Klar, ich kam Ihrer Bitte nach und besuchte Sie, aber nur weil es blöd ausgesehen hätte, wenn ich nicht gekommen wäre. Ich besuchte Sie in Ihrem schicken Haus und hörte mir Ihre Predigt an. Groß weh getan hat mir das nicht.

Erst später wurden Sie handgreiflich, das war nicht fein, Doc. Mit dem Feuerhaken nach mir zu schlagen! Das war ein gemeiner Trick, und selbst wenn Ihr Sohn freikommt, stecken Sie in der Klemme... Pater... Pater...«

Sherman brummte.

»Er will mit Ihnen sprechen, Pater Kennedy.«

»Darf ich dem Jungen die letzte Ölung geben?«

Der Kriminalbeamte wandte sich an Dr. Angel, der mit einem Nicken antwortete.

»Tut mir leid«, sagte Sherman. »Er braucht das nicht, Pater. Sie können jetzt gehen.«

Der Priester schnappte entrüstet nach Luft. »Aber ich darf jetzt nicht gehen! Meine heilige Pflicht...«

»Na, dann bleiben Sie eben«, sagte Sherman. »Aber mit Ihnen, Kaduson, haben wir andere Pläne.«

Er ging zum Bett, packte mit dicken Fingern die Bettdecke und zerrte sie zur Seite.

»Stehen Sie auf!« sagte er barsch. »Stehen Sie auf!«

Kaduson starrte ihn an.

»Aufstehen!« brüllte Sherman. »Der kleine Schlag hat Sie nur ein bißchen eingeschläfert, Kaduson. Sie sind so gesund wie ich. Die Bandagen sind nur Staffage. Hier ist alles Staffage, außer Ihrer Aussage. Daß die stimmt, wissen wir alle.«

Der Priester stieß einen erstaunten Laut aus, und Dr. Angel berührte ihn am Arm. »Verzeihen Sie, Pater«, sagte er. »Es war die einzige Möglichkeit. Ich wollte ihn nicht schlagen, aber als ich es doch tat und feststellte, daß er nicht verwundet war, da fiel mir diese List ein...«

Der verwundete Mann richtete sich langsam im Bett auf. Unter der Gazemaske zuckten die Augen verwirrt und angstvoll hin und her.

Späte Aufklärung

McKelvey war noch wach, als seine Tochter um sieben Uhr früh in die Wohnung kam. Er schlief sowieso schlecht; seit seiner Jugend hatte er sich dagegen gewehrt, als wäre Schlaf ein Verbrecher mit Totschläger.

Er verließ den Stuhl am Fenster, zog den zerschlissenen Morgenmantel enger um sich und runzelte die Stirn, als Anna fanatisch entschlossen in die Küche marschierte. Er hörte sie vielsagend mit Töpfen poltern und mit Geschirr klappern und stampfte schließlich hinter ihr her, das breite Gesicht feuerrot bis unter die Wurzeln der schmutziggrauen Haare.

»Ich habe dir doch gesagt, du sollst nicht mehr kommen«, sagte er. »Du hast eine eigene Familie.«

»Irgend jemand muß es tun«, sagte Anna und tauchte die Hände in ein Becken mit schaumigem Abwaschwasser. Sie war ein dünn geratenes Mädchen, in dessen Mund und Kinn sich die Sturheit ihres Vaters spiegelte. »Wenn ich nicht käme, nähme der Dreck bald überhand. Mein Gott, wie kann ein einzelner Mann nur soviel Schmutz erzeugen?« Sie tauchte einen Teller ein und drehte sich mit einem hastigen, verzeihenden Lächeln um. »Schon gut, Paps. Laurie kann sich das Frühstück längst allein machen, und Charlie ist sowieso Selbstversorger.«

»Trotzdem möchte ich nicht, daß du kommst. Ich kann mir ab und zu eine Putzfrau nehmen.«

»Wozu Geld dafür ausgeben?«

»Wozu habe ich denn meine Rente?« brummte McKelvey. »Wofür soll ich denn mein Geld verwenden, zum Teufel?«

»Keine Ahnung«, sagte Anna. »Aber du *gibst* es doch aus.

Würde ich dich nicht besser kennen, nähme ich an, du kaufst Schmuck für irgendein Dämchen.«

»Solches Gerede mag ich nicht, Anny.«

»Verzeihung«, antwortete sie stirnrunzelnd. »Ich hatte ganz vergessen, mit wem ich es zu tun habe, Captain. Willst du mir jetzt Handschellen anlegen?«

McKelvey ballte die Fäuste in den ausgerissenen Taschen seines Morgenmantels und verließ die Küche. Anna wischte sich die Hände an der Schürze ab und eilte ihm nach.

»Es tut mir leid, Paps. Wir wollen uns nicht wegen jeder Kleinigkeit streiten.«

»Ich streite mich nicht. Ich habe dich nicht hergebeten.«

»Ich bin gekommen, weil ich kommen wollte. Und um dich fürs Wochenende einzuladen. Charlie sagt, ein Nein soll ich diesmal nicht gelten lassen.«

»Trotzdem nein.«

»Warum, was ist denn mit uns? Haben wir Pusteln oder was?«

»Ich habe zu tun, Anna. Für Wochenendausflüge bleibt mir keine Zeit.«

»Na, dann bleib eben länger. Einen ganzen Monat, damit ich dich eine Zeitlang im Auge behalten kann.«

Er setzte sich schwer und nahm aus dem Durcheinander am Boden einen braunen Umschlag. »Ich habe wirklich zu tun. Ich arbeite an einer Sache und habe für nichts anderes Zeit.«

»Du *arbeitest*?« fragte Anna energisch, die Hände in die schmalen Hüften gestemmt. »Wofür hältst du dich, zum Teufel? Wie lange willst du dir noch einbilden, ein *Bulle* zu sein, um Himmels willen? Ich habe eine große Neuigkeit für dich, Paps. Du bist Zivilist, weißt du das? Schon seit zwei Jahren! Die miesen Verbrecher, die du in den Schwitzkasten genommen hast, kannst du wohl nicht vergessen, wie?«

»Ich habe niemanden in den Schwitzkasten genommen. Jedenfalls keinen, der es nicht verdient hätte.«

»Jetzt geht's los!« sagte Anna aufstöhnend. »Mr. Gerechtigkeit persönlich. Es ist sieben Uhr, früh, Paps, findest du das nicht ein bißchen früh?«

»Du hast ein loses Mundwerk, Anna.«

»Na klar, und woher wohl?«

McKelvey hätte beinahe gelächelt, doch er beherrschte sich gerade noch rechtzeitig. Er zog die Papiere aus dem Umschlag – Rundschreiben und interne Anweisungen der Polizeibehörde, die alte Kumpel ihm noch zuleiteten – und begann betont konzentriert darin zu lesen. Anna musterte ihn gereizt und doch zärtlich und begann schließlich aufzuräumen. Er linste hinter seinen Papieren hervor, und beide lachten los.

»Ach, Paps!« sagte Anna und beugte sich über ihn. »Warum benimmst du dich nicht wie ein richtiger Mensch? Du hast Laurie nicht mehr gesehen, seit sie ein Jahr alt war. Was für eine Sorte Großvater bist du eigentlich?«

»Tut mir leid«, sagte er. »Ich habe wirklich etwas Wichtiges vor. Ich erwarte einen Anruf...«

»Du hast immer eine Entschuldigung.« Sie küßte ihn auf die Wange. »Na schön, Captain. Ich gehe ja ohne Gegenwehr. Sobald ich mit dem Geschirr fertig bin.«

Um acht Uhr war alles getan. Sie ließ einen brodelnden Topf Kaffee auf dem Herd zurück und machte sich auf den Weg zur Arbeit. Sie war bei einer Firma an der Wall Street als Stenotypistin angestellt. McKelvey trank den ersten Kaffee erst gegen neun Uhr; vorher war er im Wohnzimmer auf und ab geschritten und hatte düster auf das stumme Telefon gestarrt.

Zwanzig Minuten nach zehn klingelte der Apparat. In seiner Hast fegte er die leere Tasse vom Tisch.

»Mr. McKelvey?«

»Ja«, antwortete er heiser. »Spreche ich mit Dr. Lang?«

»Ja. Tut mir leid, daß ich nicht eher anrufen konnte, aber

ich war bei Mrs. Stanley. Es wird Sie freuen zu hören, daß sie sich sehr gut fühlt.«

»Gut«, sagte McKelvey. »Aber das wollte ich eigentlich nicht wissen, Doktor.«

»Wir wollen ihr heute nachmittag um zwei Uhr die Binden abnehmen. Paßt Ihnen die Zeit?«

»Von der Stadt aus ist es etwa eine Dreiviertelstunde, nicht wahr?«

»Ja. Wenn Sie gegen ein Uhr abfahren, haben wir vorher noch Zeit zu einem kleinen Gespräch. Kommen Sie mit dem Auto?«

»Ja.«

»Ich freue mich auf Ihren Besuch, Mr. McKelvey.«

Gegen Mittag machte er sich den Kaffee noch einmal heiß und schluckte eine trockene Käsescheibe herunter. Schließlich zog er einen formlosen grauen Anzug an, der an Ellenbogen und Hosenboden blankgerieben war. Ein schlecht gestopfter Durchschuß zierte ein Hosenbein.

Die Fahrt nach Milldale, einem zwanzig Meilen entfernten Vorort, führte durch eine malerische Gegend. Der schwache Verkehr erleichterte das Fahren sehr. Er hielt sich mit seinem neun Jahre alten Wagen genau an die Geschwindigkeitsbegrenzung. Als er das Stadtschild erreichte, erkundigte er sich bei einem dahinschlendernden Einheimischen nach der Blanton-Augenklinik. Zwanzig Minuten vor zwei Uhr hielt er in der Einfahrt.

Das Krankenhausgebäude war klein, eckig, weiß und auf drei Seiten von bunten Blumen eingefriedet. Dr. Langs Büro lag im Erdgeschoß, McKelvey kannte den Mann nicht; der bisherige Kontakt hatte sich auf Briefe und Telefonate beschränkt. Der Arzt entpuppte sich als ein gepflegter, rundgesichtiger Mann mit optimistischem Lächeln.

»Bitte nehmen Sie Platz«, sagte er. »Es freut mich, Sie endlich kennenzulernen, Mr. McKelvey. Noch vor zehn Minuten habe ich mit Mrs. Stanley gesprochen, und sie sagte mir einiges, von dem ich keine Ahnung hatte. Sie waren ihr gegenüber sehr großzügig.«

»Ich hatte meine Gründe«, sagte McKelvey tonlos. Er schob sich den Besucherstuhl zurecht und setzte sich. »Aber ich bin nicht gekommen, um über mich zu sprechen, Doktor. Ich wüßte gern mehr über die Operation.«

Lang strahlte ihn an. »Vom technischen Standpunkt aus ist alles perfekt. Aber wie ich Ihnen schon sagte, sind nicht alle Hornhauttransplantationen hundertprozentig erfolgreich. Bei Mrs. Stanley war die zerstörte Zone ziemlich groß.«

»Wird sie wieder sehen können?«

»Warum sollen wir uns mit Mutmaßungen abgeben? Wir wissen es bald ganz genau.«

Lang stand auf und setzte sich auf die Kante seines Schreibtisches.

»Hätten Sie etwas dagegen, wenn ich Ihnen eine Frage stelle, Mr. McKelvey?«

»Fragen Sie.«

»Sie waren früher Captain bei der Polizei, nicht wahr?«

»Richtig.«

»Mrs. Stanley hat mir das schon gesagt. Sie erwähnte außerdem Ihre finanzielle Unterstützung. Nicht nur im Zusammenhang mit der Operation, sondern schon davor – wie viele Jahre waren es, zwanzig?«

»Ich habe ihr ab und zu ein paar Dollar geschickt. Nichts Sensationelles. Wenn sie Ihnen das erzählt hat, wissen Sie wahrscheinlich auch, daß ich als Kriminalbeamter für das Verbrechen zuständig war, dem sie ihre ursprüngliche Verletzung verdankte.«

»Ja. Aber das ist noch keine Erklärung. Ich meine, es ist trotzdem ungewöhnlich, einer – nun ja, Fremden so große Fürsorge entgegenzubringen.«

»Wie gesagt, Doktor, ich hatte meine Gründe.«

»Ja«, sagte Lang abwartend.

»Es war im Winter 1940«, fuhr McKelvey fort, »ein bitterkalter Winter, der mir aus drei Gründen noch gut in Erinnerung ist. Erstens der Schnee. Wir hatten viel davon, und das gefiel mir. Der Schnee deckte den Schmutz zu und ließ die Mietshäuser wie Weihnachtskarten aussehen. Der zweite Grund war meine Beförderung. Ich konnte den Streifendienst an den Nagel hängen und wurde Kriminalbeamter. Das war ein großer Tag für mich. Der dritte Grund war Mrs. Stanley.

Sie war nichts Besonderes. Eine Frau aus meinem Bezirk, die einen kleinen Eisenwarenladen führte, während ihr kranker Mann im Hinterzimmer hustete. Dann aber wurde sie zu meinem ersten richtigen Problem.

Eines Abends um halb sieben Uhr wollte sie zusperren. Es war bereits dunkel, ein unangenehm böiger Abend, selbst die Bars hatten kaum Zulauf. Da marschiert ein Jüngling herein, etwa fünfzehn, sechzehn. Blond, ein rundes Babygesicht, mit Windjacke und Schnee auf den Schultern. Er verlangt eine Dose Lauge.

Mrs. Stanley gibt ihm das Gewünschte und nennt den Preis. Er bezahlt nicht. Vielmehr nimmt er den Deckel von der Dose und hält sie hoch. ›Sie wollen das Zeug ins Gesicht?‹ fragt er. ›Wenn nicht, dann geben Sie mir die Piepen aus der Kasse!‹ Ein richtig netter Junge.

Natürlich hat sie Angst, aber sie ist auch wütend. Sie beginnt nach ihrem Mann zu schreien. Der kann ihr nicht helfen, denn er liegt im Sterben. Der Junge aber kriegt es mit der Angst und schleudert den Doseninhalt los. Sie bekommt die Lauge voll ins Gesicht, und das ist das letzte, was sie sieht. Der Junge flieht.

Als endlich Hilfe kam, stand es ziemlich übel um sie. Der Inspektor übertrug mir den Fall, weil ich mich in der Gegend auskannte. Und das stimmte – hätte ich in jenem Augenblick eine Bombe gehabt, ich hätte den ganzen Stadtteil am liebsten zur Hölle geschickt.

Als Mrs. Stanley endlich wieder sprechen konnte, bat ich

sie um eine Beschreibung des Täters. Sie konnte mir nicht mehr mitteilen, als ich Ihnen vorhin gesagt habe. Blond, Babygesicht, einfache Windjacke. Aber das genügte. Bei mir rührte sich etwas. Ein Stimmchen in meinem Inneren sagte: Chicky Newell!

Ich kannte Chicky schon lange, seit dem Augenblick, da er seine erste Zigarette schnorrte. Ein harter, rücksichtsloser junger Bursche mit Augen, in denen eine solche Unschuld liegt, daß man ihm am liebsten eine runterhauen möchte. Der geborene Unruhestifter – er war allerdings bis auf einige Ermahnungen vor dem Jugendgericht ohne Vorstrafe.

Ich wußte, daß Chicky dahintersteckte. So sicher wie ein Vogel weiß, daß es gleich regnet.

Ich ließ Chicky aus dem Verkehr ziehen, zusammen mit ein paar anderen harten Burschen, auf die die Beschreibung ebenfalls paßte. Natürlich kehrten alle den Graf Koks heraus. Sie seien an dem Abend nicht in der Nähe des Eisenwarenladens gewesen. Sie würden doch einer netten Dame wie Mrs. Stanley nichts tun. Sie waren damit beschäftigt gewesen, Briefmarken einzukleben oder sich unschuldig im Billardsalon zu vergnügen. Und was Chicky anging, der war im Kino. Was für einen Film hast du denn gesehen, Chicky? Woher soll ich das wissen? antwortet er, die sind doch alle gleich!

Ich drehe den Burschen durch die Mangel. Nichts Grobes, das war nicht meine Masche. Zuerst spielte er den harten Kerl, dann versuchte er es mit Heulen und Zähneklappern. Warum hacken Sie ausgerechnet auf *mir* herum? Was habe *ich* denn schon getan? Währenddessen liegt Mrs. Stanley im Krankenhaus und hat Löcher anstelle von Augen.

Ich hätte den Burschen mit eigenen Händen aufknüpfen können. Sicher, das hört sich ziemlich hart an. Deshalb sagt meine Tochter auch immer, ich wäre ein Ein-Mann-Rächerkomitee. Wollen Sie meine Meinung dazu hören? Der gute Polizist lebt sich in seine Fälle hinein – so wie ich damals.

Na ja, leicht war es nicht. Gegen Mitternacht denke ich schon, der Bursche würde die Waffen strecken, da stürmt so ein glatzköpfiger Anwalt herein und verlangt seine Freilassung aufgrund des *Habeas-Corpus*-Gesetzes. Mir bleibt nichts anderes übrig, als ihn laufenzulassen.

Etwa einen Monat später stellt der Augenspezialist seine Diagnose: total blind. Gesundungschancen: er weiß es nicht genau. Die Chance, Chicky Newell vor Gericht zu stellen und zu identifizieren: gleich null. Das ist das Kernproblem. Sie kann die Identifizierung nicht machen.

Nun, ich war außer mir. Als der Staatsanwalt mich und den Inspektor zu sich rief und uns sagte, es gebe kein Verfahren gegen den Jungen, ging ich hoch wie eine Rakete. Ein Zeuge braucht eben seine Augen, und die hatte Mrs. Stanley nicht mehr.

Aber ich vergaß die Sache nicht. Durch die Jahre blieb ich mit Mrs. Stanley in Verbindung. Als ihr Mann starb und sie mittellos zurückließ, schickte ich ihr jeden Monat ein paar Scheinchen, damit sie über die Runden kam. Das war keine noble Geste. Schließlich hatte sie etwas, das ich haben wollte, etwas, das sie noch immer besitzt. In ihrem Geist existiert ein Bild des jungen Mannes, der sie geblendet hat. Es war das letzte Bild, das sie je sah, und das hat sie bestimmt nicht vergessen. Ich wollte die Identifizierung durchführen, egal, wie lange ich darauf warten mußte!«

McKelvey schwieg. Lang warf einen Blick auf die Armbanduhr, und McKelvey schaute ebenfalls nach der Zeit. Es war fünf Minuten nach zwei Uhr.

»Einen Augenblick noch, ehe wir zu Mrs. Stanley gehen«, sagte Lang. »Einen Punkt begreife ich nicht. Wie gedenken Sie die Identifizierung durchzuführen?«

McKelvey lächelte. Er nahm eine dicke Brieftasche zur Hand und ließ sie aufschnellen. Dann präsentierte er dem anderen die vergilbte Aufnahme.

»Sehen Sie das?« fragte er. »Das ist das Bild des jungen

Mannes. Zwanzig Jahre alt – aber er ist es. Sobald Mrs. Stanley etwas erkennen kann, soll sie sich das ansehen.«

»Und Sie meinen wirklich, daß Sie sich an das Gesicht erinnert? Nach so langer Zeit?«

»Sie schwört darauf. Wenn die Binden ab sind, bekomme ich den Beweis, auf den ich so lange gewartet habe.«

Lang stand auf und ging zur Tür. Ehe er sie öffnete, drehte er sich noch einmal um und lächelte schwach.

»Mir ist da eben etwas eingefallen. Trägt Justitia nicht auch eine Binde?«

»Wir wollen gehen, Doktor«, sagte McKelvey.

Mrs. Stanleys abgedunkeltes Zimmer war völlig farblos gehalten, das spärliche Mobiliar schimmerte gelblich, alles übrige war weiß, auch Mrs. Stanleys Haar über der Gazemaske, die den oberen Teil ihres Gesichts bedeckte. Sie saß in dem weißen Bett und trug ein weißes Krankenhausnachthemd; ihre farblosen Hände waren verschränkt.

»Dr. Lang?« fragte sie.

»Ja, Mrs. Stanley.«

»Es sind Leute bei Ihnen.«

»Dr. Spence und Mr. McKelvey.«

Sie lächelte und streckte die Hand aus, eine Geste, die offensichtlich für McKelvey bestimmt war. Errötend trat er vor und nahm ungeschickt die Hand. Spence, der junge Arzt, ging zum Fenster und zog die Jalousie noch einen Zentimeter tiefer.

»Vielen Dank«, sagte Mrs. Stanley. »Vielen Dank für alles. Mr. McKelvey. Sie sind sehr gütig zu mir gewesen.«

»Schon gut«, sagte McKelvey barsch.

»Wir nehmen jetzt die Binden ab«, verkündete Lang. »Bitte bleiben Sie dabei ruhig sitzen und hören Sie mir gut zu.«

»Jawohl, Doktor.«

Spence rollte einen Instrumententisch zum Bett, und Lang

griff nach einer langen Schere. McKelvey zog seine Hand zurück, trat in eine Ecke des Zimmers und beobachtete die Szene.

»Also gut«, sagte Lang seufzend. »Wollen mal sehen, was sich darunter tut.«

Vorsichtig schnitt er die Kante der Gazebinden ein. Die Schere bewegte sich ungemein langsam. Als er die äußeren Schichten gelöst hatte, kamen zwei Gazepolster zum Vorschein.

Er schälte sie vorsichtig ab. Mrs. Stanley hatte die Augen geschlossen.

»Jetzt bitte ganz langsam«, sagte Lang. »Mrs. Stanley, öffnen Sie bitte langsam die Augen.«

Sie hob die Lider. Ihre Augen waren gelblich-verfärbt, das Fleisch ringsum gerötet.

Sie bewegte die Augäpfel hin und her.

»Ich kann sehen«, verkündete sie.

McKelvey brummte etwas vor sich hin und wandte den Kopf zur Wand. Lang zeigte keine Reaktion, Dr. Spence aber grinste vor Freude und Erleichterung.

»Was können Sie sehen, Mrs. Stanley?« fragte Lang.

»Sie«, antwortete die Frau. »Mein Gott, ich kann Sie sehen!«

»Wenden Sie den Kopf nicht ab, Mrs. Stanley, schauen Sie weiter geradeaus. Sehen Sie, wie viele Finger ich hochhalte?«

»Zwei«, sagte die Frau und begann zu weinen.

»Ruhen Sie sich jetzt ein Weilchen aus. Sie bekommen die Gazekissen noch einmal über die Augen. Später möchte sich Mr. McKelvey mit Ihnen über etwas unterhalten, doch zunächst wollen wir es langsam angehen lassen.«

»Ja«, sagte Mrs. Stanley.

Es verging gut eine Stunde, ehe McKelvey wieder zur Patientin durfte; das Beruhigungsmittel, das man ihr vor Entfernung der Binden gegeben hatte, begann zu wirken; Mrs. Stanley hatte tief geschlafen.

Als McKelvey schließlich eintrat, saß Dr. Lang am Bett der Frau und sprach mit leiser Stimme auf sie ein. Er überließ McKelvey seinen Platz und ging.

McKelvey zog sich den Stuhl heran.

»Es tut mir leid, daß ich Sie so bedränge«, begann er. »Ich weiß durchaus, was Sie im Augenblick empfinden, Mrs. Stanley. Aber die Sache ist mir wichtig, das ist Ihnen klar, nicht wahr?«

»Ja«, antwortete sie. Ihre Augen zuckten zur Seite, als er die Brieftasche zur Hand nahm. »Mir bedeutet es nicht mehr soviel. Es ist viele Jahre her.«

»Aber Sie erinnern sich doch? Sie haben mir immer gesagt, Sie könnten sich klar erinnern.«

»Ich erinnere mich«, sagte sie seufzend. »Nur hat sich meine Einstellung dazu geändert. Noch vor der Operation war mir klar, daß ich heute ganz anders über die Ereignisse denke. Ich hasse den jungen Mann nicht mehr.«

»Falsch. So etwas vergißt man nicht. Vergessen ist keine Lösung.«

»Aber verzeihen. Manchmal.«

McKelvey brummte etwas vor sich hin und reichte ihr die Aufnahme.

»Schauen Sie genau hin, Mrs. Stanley. Lassen Sie sich Zeit.«

Sie hielt sich das Foto dicht vor die Augen.

»Können Sie alles erkennen? Deutlich?«

»O ja.«

»Ist das der junge Mann, Mrs. Stanley? Ist das der Kerl, der Ihnen das Augenlicht nahm?«

Sie starrte die Aufnahme eine Minute lang an und ließ sich dann in die Kissen sinken.

»Nein«, sagte sie.

»Schauen Sie genau hin.«

»Nein«, beharrte die Frau. »Das Gesicht hat keine Ähnlichkeit. Ich weiß noch genau, wie er aussah. Das ist er nicht.«

»Aber das ist Chicky Newell, der Junge, den wir damals verhafteten und wieder freilassen mußten. Er hat es getan, Mrs. Stanley, nicht wahr?«

»Nein«, sagte sie müde. »Ich hätte keinen Grund zu lügen. Er ist es nicht.«

McKelvey stand auf. Er nahm ihr das Foto aus der Hand und schob es in die Manteltasche.

»Jetzt sind Sie böse auf mich«, sagte die Frau. »Sie haben sich gewünscht, daß er es war...«

Ohne zu antworten, ging McKelvey zur Tür.

»Bitte«, sagte die Frau. »Ich habe Ihnen noch gar nicht richtig gedankt...«

»O doch«, sagte McKelvey.

Er stieg in seinen Wagen, kehrte aber nicht sofort in die Stadt zurück. Statt dessen benutzte er die Ringstraße und fuhr in die östlichen Vorstädte, nach Colton, wo seine Tochter lebte. Da er erst einmal dort gewesen war, fand er sich in den gewundenen ländlichen Straßen nicht gleich zurecht.

Als er schließlich sein Ziel erreichte, war es schon sieben Uhr abends. In dem schmucken Häuschen brannte Licht. Ein Wagen stand in der Auffahrt, und so parkte er am Bordstein.

Charlie kam an die Tür und riß beim Anblick seines Schwiegervaters den Mund auf.

»Nun schau mal an!« sagte er grinsend und drehte sich zum Wohnzimmer um. »He, jetzt müssen wir aber den roten Teppich ausrollen, rate mal, wer hier ist!«

Als Anna ihn erblickte, stieß sie einen Freudenschrei aus und warf ihm die Arme um den Hals. Sie zog ihn ins Haus und begann ihn mit Fragen zu bestürmen. Laurie, die vierjährige Tochter, trottete herbei, und McKelvey überwand seine Scheu und gab dem kleinen Mädchen auf Annas Geheiß einen Kuß.

»Bleibst du ein Weilchen, Paps?« fragte sie mit leuchtenden Augen. »Bleibst du ein Weilchen bei uns?«

»Solange ihr es mit mir aushaltet«, antwortete McKelvey. »Eine Woche, ja?«

»Von mir aus einen Monat!« sagte Charlie. »Ich brauche dringend männliche Gesellschaft in diesem Harem. He, wie wär's mit einem Drink? Ich habe im Keller ein Fläschchen, das ich für besondere Anlässe aufbewahre.«

»Mir ist's recht.«

»Ach, das Essen!« rief Anna. Ich muß noch mehr Fleisch in den Topf tun!« Sie eilte in die Küche, gefolgt von Laurie. Charlie verschwand auf der Kellertreppe.

Als McKelvey allein war, blickte er sich in dem gemütlichen Zimmer um und ging zu den Bücherregalen. Auf dem untersten Brett lag ein schwarzes Fotoalbum mit der goldgeprägten Inschrift: FAMILIE.

McKelvey öffnete den dicken Band und zog seine Brieftasche heraus. Dann ließ er das Foto zwischen den Seiten verschwinden, zwischen all den anderen Kindheits- und Jünglingsbildern seines Schwiegersohnes.

Vermißtmeldung

Seine Duplexwohnung in der Park Avenue enthielt Einrichtungsgegenstände im Wert von über einer halben Million Dollar; sein Haus in Southampton umfaßte vierundzwanzig Zimmer; doch am liebsten hielt sich Bradley Coates den Sommer über am Moon Lake in den Adirondacks auf, wo seine bescheidene Acht-Zimmer-Hütte halb verborgen zwischen Kiefern auf einer Berghöhe saß. Freunde nahmen an, die Natur locke ihn immer wieder dorthin, andere mutmaßten, es sei die gefühlsmäßige Erinnerung an die Vergangenheit. Immerhin hatte Coates hier dreimal die Flitterwochen verbracht und zweimal in der Hütte auf die Scheidung gewartet.

Coates war nicht beliebt. Die Reichen mochten ihn nicht, weil er sie ablehnte. Die Armen mochten ihn nicht, weil er sie vernachlässigte. Er ignorierte die Verpflichtungen und Segnungen seines Standes, Geld für wohltätige Zwecke hatte er nur, wenn die steuerlichen Vorteile klar auf der Hand lagen; er gab keine Parties und ging auch nicht zu den Parties anderer Leute. Er lenkte seine Gießereifirmen mit der starken Hand des bulligen Vorarbeiters. Gegenüber Männern gab er sich kurzangebunden, Frauen behandelte er grausam. Seine beiden ersten Frauen hatten nichts dagegen gehabt; sie hatten ihn verlassen und konnten nun von großzügigen Abfindungen leben. Seine dritte Frau, Martha, war weniger verständnisvoll und weniger geduldig gewesen. Vor sechs Monaten hatte sie ihn verlassen und alle seine Bemühungen, sie wiederzufinden, vereitelt. Er verabscheute Gesellschaft jeder Art und war isoliert, wo immer er sich befand; seine Berghütte sorgte für ein Höchstmaß an Abgeschiedenheit. Dies war der wirkliche Grund für seine

Hinwendung zum Moon Lake; die Freunde irrten. Eigentlich konnte man in diesem Zusammenhang nur in der Einzahl sprechen. Er hatte nur einen Freund: Stuart Pell, seinen geschäftsführenden Vizepräsidenten.

»Hol uns mal ein paar Drinks und komm auf die Veranda«, sagte Coates eines Abends zu ihm. »Ich habe mir die Produktionsziffern angesehen, die du mir geschickt hast. Die gefallen mir ganz und gar nicht.«

Pell, ein hagerer Mann mit krausem grauem Haar, griff in seine Westentasche und zog eine altmodische Taschenuhr hervor. »Es ist elf Uhr«, sagte er. »Ich bin nicht hier, um über die Produktion zu sprechen, sondern über dich.«

»Komm raus!« knurrte Coates. »Schnapp frische Luft. Der Kummer mit dir ist, daß du nie frische Luft kriegst.« Er spannte die mächtige Brust.

Sie standen unter dem weiten Vordach der Hütte. Der Mond schimmerte rund und unwirklich über dem kleinen See. Coates ließ sich in einen Rohrsessel fallen, schaltete das Radio neben sich ein und übertönte den Chor der Grillen mit Musik. Coates haßte Grillen. »Na schön«, sagte er. »Weshalb über mich?«

»Du machst dir zu viele Feinde«, sagte Pell nüchtern. »Dein Verhalten bei der Direktoriumssitzung letzte Woche war unmöglich. Und dann der Reporter, den du rausgeworfen hast...«

»Verdientermaßen«, sagte Coates.

»Er hat nur seine Arbeit getan, Brad. Ein Mann wie du – das bedeutet eben Schlagzeilen.«

»Für die Wirtschaftspresse lasse ich das gelten. Er aber hat sich persönlich geäußert. Mein Liebesleben geht niemanden etwas an.«

Pell seufzte. Er zündete sich eine Zigarre an, rauchte eine Weile ruhig vor sich hin und ließ die Walzerklänge des örtlichen Radiosenders über sich ergehen. Er wollte schon den Mund öffnen, um weiterzusprechen, als ihm eine fremde

Stimme aus dem Lautsprecher zuvorkam. »Schalte doch das verdammte Ding ab!« sagte Pell irritiert.

Coates rührte sich nicht; er saß völlig entspannt da.

»Wir unterbrechen unsere Walzersendung für eine Nachricht der Adirondacks-Polizei«, verkündete der Sprecher. »Anwohner und Campingurlauber in der Gegend des Moon Lake werden gebeten, nach der sechsjährigen Marilyn Dworkin Ausschau zu halten, die heute nachmittag um vier Uhr vom Campingplatz ihrer Eltern verschwunden ist. Das Kind schwimmt gern, und man befürchtet...«

»Um Himmels willen, Brad, was ist nun wichtiger?« Pells Gesicht schimmerte bleich im Mondlicht. »Ich bin hundert Meilen gefahren, um mit dir zu sprechen, und du schenkst mir nicht mal fünf Minuten!«

»Halt den Mund, ja?« Coates machte sich die Mühe, das Radio näher heranzuziehen. »Ich möchte das hören...«

»... Forstpersonal«, sagte der Sprecher. »Die Eltern, Mr. und Mrs. Charles Dworkin aus New York City, konnten keine Angaben über den Verbleib des Kindes machen. Ein Rettungshubschrauber wurde in Marsch gesetzt, mußte aber die Suche bei Einbruch der Dunkelheit einstellen. Warten Sie bitte weitere Durchsagen dieses Senders ab...«

»Na schön«, sagte Pell mürrisch. »Wenn du so darüber denkst, bitte sehr.«

»Wie bitte? Was?« fragte Coates und drehte sich zu ihm um. »Was brummst du da vor dich hin?«

Pell bemerkte die Veränderung in Coates' Augen, und seine Neugier überwog den Zorn. »Was ist nur los mit dir? Kennst du diese Dworkins oder was?«

»Nein, habe nie von ihnen gehört.« Coates stand auf. Er blickte über die Kiefernwipfel des Tals in die intensive Schwärze der Wälder hinab, die den See rahmten. »Das Mädchen könnte umkommen da draußen. Sechs Jahre alt...«

»Soll das heißen, du machst dir *Gedanken* um sie?« Pell verzog erstaunt das Gesicht. Coates trat an das Verandageländer und schien zwischen die Bäume zu starren. Pell lachte leise. »Ist sie das etwa? Deine schwache Stelle? Ein kleines Mädchen, das sich verlaufen hat?«

»Halt den Mund!«

»Ich habe mich immer gefragt, wo deine Schwäche liegt.« Pell kicherte. »Frauen waren es nicht. Nicht so wie du Martha behandelt hast. Vielleicht hätte Martha ein Kind haben sollen. Vielleicht hätte sie das gebraucht – und du auch.«

Coates sagte: »Machen wir Schluß für heute, Stuart.«

»Was?«

»Ich bin müde. Wenn du reden willst, können wir das auch beim Frühstück tun. Wir stehen hier früh auf, gegen halb acht. Geh zu Bett, Stuart.«

Pell kniff die Lippen zusammen. »Na schön, Brad. Aber ich muß um zwölf abfahren. Denk daran. Und ich gedenke mein Sprüchlein vorher loszuwerden.«

»Gute Nacht«, sagte Coates barsch.

Pell ging als erster ins Haus. Coates blieb noch eine halbe Stunde auf der Veranda stehen, starrte in die Dunkelheit hinaus und dachte nach – worüber?

Auf diese Frage bekam Pell am nächsten Morgen Antwort. Er betrat das Eßzimmer und fand Coates am Tisch sitzen. Interessiert studierte der Geschäftsmann die ersten Seiten der Lokalzeitung und reagierte gar nicht auf Pells Erscheinen.

»Dann ist es das Kind«, murmelte er. »Liest du den Artikel über das Kind, Brad?«

Coates warf ihm einen kurzen Blick zu, und sein rotes Gesicht hatte etwas von dem gesunden Teint eingebüßt. »Man hat sie noch immer nicht gefunden. Sechzehn Stunden und keine Spur. Man glaubt, daß sie in den Wäldern nicht mehr lange überleben kann. Vielleicht will man den See absuchen. Kann auch sein, daß ein Jäger sie erwischt hat; du kennst ja diese Idioten mit ihren Gewehren, schießen auf alles, was sich bewegt...«

»Das kann man wohl sagen!« meinte Pell und setzte sich. »Du nimmst die Sache ja ganz schön ernst. Kennst du die Dworkins auch bestimmt nicht?«

»Nein.«

Pell dachte über die Antwort nach. »Dann schlägt in deiner Brust also doch ein Herz, oder? Ich wünschte bei Gott, du würdest das einmal den anderen Menschen zeigen.«

Coates faltete die Zeitung zusammen, trank einen Schluck Kaffee und stand auf. Er begann seine Krawatte zu binden, die ihm um den Hals hing. »Ich muß los«, sagte er. »Ich weiß, du wirst deswegen Theater machen, Stuart, aber wir können uns heute früh nicht unterhalten. Ich habe vor einer Viertelstunde die Polizei angerufen und angekündigt, daß ich runterkomme. Wenn du bleiben und mir helfen willst, die Sache durchzustehen, schön. Wenn nicht, kannst du in die Fabrik zurückfahren.«

»Wobei soll ich dir helfen? Was hast du vor?«

»Ich werde das Kind finden! Ich habe mit einem gewissen Captain Lamneck gesprochen, und er sagt, es sei eine Sache der Zeit und des Geldes. Nun, von beidem habe ich genug.«

»Sprichst du im Ernst? Du willst eigenes Geld aufwenden, um...«

»Wofür hältst du mich!« brüllte ihn Coates an. »Ich habe, was das Kind da unten braucht. Ich stelle hundert Männer ein – fünfhundert, wenn ich muß...«

Pell war verblüfft. »Schon gut, schon gut. Großartig. Ich beklage mich ja gar nicht. Brad, ich halte das für eine tolle Idee. Das muß ich dir lassen, du bist mir immer zehn Schritte voraus.«

»Was soll das heißen?«

»Na, gerade das brauchen wir doch, begreifst du? Wir müssen einen Menschen aus dir machen, weil du in diesem Land keine Geschäfte machen kannst, wenn du dich einsiedlerisch abkapselst. Du meinst, dein persönlicher Ruf habe keinen Einfluß auf die Firma. Da muß ich dir sagen...«

»Ich denke im Augenblick nicht an die Firma.«

»Das weiß ich doch«, sagte Pell beruhigend. »Ich sehe selbst, daß du es ernst meinst. Aber die Sache hat zwei Seiten. Wenn du das Kind findest, profitieren alle davon. Schön, ich bleibe hier. Du kannst dich auf mich verlassen.«

»Na dann«, sagte Coates. »Zieh dich an.«

Captain Lamneck war ein stämmiger weißhaariger Mann mit dem Körperbau und Gang eines Holzfällers. Sein sonnenverbranntes Gesicht zeigte Respekt, als Bradley Coates nun vor ihm saß; für den finster aussehenden Mann, der den Industriellen begleitete, hatte er kaum einen Blick.

»Natürlich tun wir alles, was wir können«, sagte er. »Und wir wissen Ihr Interesse zu schätzen, Mr. Coates. Ich habe Mr. und Mrs. Dworkin davon berichtet, und sie haben mich gebeten, ihre...«

»Vergessen Sie das«, unterbrach ihn Coates. »Als erstes möchte ich, daß Sie eine Belohnung für den Mann oder die Frau aussetzen, die das Kind findet – wie heißt die Kleine doch gleich?«

»Marilyn.«

»Marilyn. Die Belohnung beträgt fünf – nein, besser zehntausend Dollar. Zahlbar sofort in bar, sobald das arme Kind gefunden ist.«

Der Captain pfiff leise durch die Zähne. »Das ist viel Geld, Mr. Coates.«

»Viel Geld bringt die Leute in Bewegung. Ich möchte, daß das Angebot regelmäßig, am besten stündlich, von jedem Radiosender der Gegend durchgegeben wird. Notfalls kaufe ich die Sendezeit, wenn die Stationen nicht mitmachen.«

»Deswegen brauchen Sie sich keine Gedanken zu machen, Sir.«

»Dasselbe gilt für das Fernsehen. Wenn die Kanäle die Zeit nicht zur Verfügung stellen, kaufe ich mich ein. Mr. Pell ist bevollmächtigt, in meinem Namen entsprechende Verträge abzuschließen. Ich habe mich bereits telegraphisch mit drei privaten Hubschrauberdiensten in Verbindung gesetzt und von zwei Firmen Antwort erhalten. Beide werden insgesamt fünf Helikopter für die Suche abstellen. Von der dritten Firma erwarte ich noch heute Nachricht.«

»Unser eigener Rettungsdienst ist...«

»Was Sie bereits tun, interessiert mich nicht, Captain. Es gibt hier tausend Quadratmeilen Wald.«

»Ja, natürlich.«

»Die Hubschrauberpiloten werden für ihre Arbeit entlohnt, ob sie nun Erfolg haben oder nicht, doch die Belohnung gilt auch für sie. Ich würde es außerdem begrüßen, wenn Sie einen Aufruf ergehen lassen oder persönlich jeden Fremdenführer, Trapper, Campingurlauber oder Angler ansprechen, von dem Sie wissen, daß er die Gegend kennt.«

Der Captain lächelte. »Sie haben wirklich an alles gedacht, Mr. Coates.«

»Bitte beachten Sie: Nichts darf unversucht bleiben, nur weil es um die Kosten geht. Ich bezahle alles. Was Ihre Beamten und das Forstpersonal angeht, informieren Sie die Leute bitte, daß die Belohnung natürlich auch für sie gilt.«

»Das ist nicht erforderlich, Mr. Coates, unsere Männer sind...«

»Bitte machen Sie keine ethischen Einwendungen, Captain; ich gedenke dafür zu sorgen, daß sie belohnt werden.«

Das Lächeln des Captains wurde zu einem Grinsen. »Mr. Coates, Sie schaffen es noch, daß ich selbst in den Wald hinauswill.« Das Grinsen verschwand. »Aber das Kind ist jetzt zweiundzwanzig Stunden verschwunden«, sagte er. »Eine lange Zeit für eine Sechsjährige. Ich fürchte...«

»Wir wollen doch nicht mutlos werden, Captain.«

»Nicht mutlos, Mr. Coates, ich bin nur realistisch. Ich

hätte heute früh schon den See mit Netzen abgefischt, aber die Dworkins waren so bekümmert, daß ich es nicht über das Herz gebracht habe. Solange noch ein Funken Hoffnung besteht...«

»Es besteht noch Hoffnung«, sagte Coates tonlos. »Tun Sie nichts Pessimistisches, Captain. Wir werden das kleine Mädchen finden.«

Um sechs Uhr am gleichen Abend gab es keinen Einheimischen oder Campingurlauber am Moon Lake, der das Schicksal des Kindes nicht kannte, der nichts von Bradley Coates' Belohnung wußte. In sämtlichen Radio- und Fernsehprogrammen wurden die Ankündigungen durchgegeben, doch das Gerücht verbreitete sich auf geheimnisvollen und komplizierten Wegen auch außerhalb des Sendegebiets der lokalen Stationen. Suchgruppen trafen aus Orten ein, die so weit entfernt waren wie Saranac, Plattsburg, Fort Douglas und einige sogar aus Burlington in Vermont. Eine ganze Schwadron Universitätsstudenten flog in einer privaten einmotorigen Maschine aus Quebec ein und brach bei der Landung prompt eine Flügelspitze ab, was eine neue Krise auslöste. Forstbeamte schätzten, daß etwa zweitausend Bürger durch die dichten Waldgebiete des Moon Lake zogen, was die hiesigen Jäger in Schwierigkeiten brachte und die Behörden veranlaßte, eine vorübergehende Schonzeit zu verkünden. Die ersten Hubschrauber trafen zwei Stunden vor der Dunkelheit ein und verbrachten die verbleibende Zeit mit einer sinnlosen hektischen Suche über den Wipfeln. Der zweite Schub Maschinen kam nicht, und die dritte Firma hatte gar keine Helikopter frei. Der plötzliche Ansturm, von den Wirten und Geschäftsleuten der Gegend zuerst erfreut begrüßt, nahm schnell überhand. Die Mehrzahl mußte in den Wäldern übernachten. Die meisten hatten keine Zelte mitgebracht und verfügten in den seltensten Fällen über ausreichend Vorräte. Campingutensilien waren im Nu ausverkauft, und Zelte wurden zu den gefragtesten Gütern und erzielten auf dem Schwarzmarkt schließlich Preise bis zu hundert Dollar das Stück. Die professionellen Suchgruppen standen auf diese Weise im Wettbewerb mit Amateuren, wobei es zu so vielen Zwischenfällen kam – Diebstähle, Faustkämpfe und Verhaftungen –, daß sich Captain Lamnecks Freude über die Hilfe des Millionärs schnell verflüchtigte und er sich wünschte, nie von Marilyn Dworkin und dem Moon Lake gehört zu haben.

Um acht Uhr am nächsten Morgen war das Mädchen noch immer nicht gefunden worden.

Stuart Pell erwachte sehr spät. Als er aus seinem Zimmer in den Wohnraum ging, sah er seinen Chef grübelnd auf der Veranda sitzen, den Blick auf die sonnenbestrahlten Kiefernwipfel im Tal gerichtet.

»Nichts Neues?« fragte er leise.

»Nichts.«

Pell setzte sich. »Das tut mir leid, Brad. Das Kind wird nun seit gut fünfunddreißig Stunden vermißt. Ich glaube nicht, daß es noch Hoffnung gibt.«

»Es muß«, flüsterte Coates. »Es muß noch Hoffnung geben. Ich weiß, daß das Kind da irgendwo am Leben ist; ich spüre es. Es ist unter einem Baum eingeschlafen, zitternd, hungrig...«

»Sie ist irgendwo dort unten, da hast du recht. Vielleicht aber auch im See.«

»Hast du etwas gehört?« Flammende Augen richteten sich auf Pell. »Sag mir die Wahrheit! Weiß man, daß sie tot ist?«

»Nein. Es erscheint nur logisch.«

»Aber man würde die Leiche finden, nicht wahr?«

»Wenn sie im Wald ist, vielleicht. Wenn nicht, muß man im Wasser nachsehen.« Er starrte nachdenklich auf den silbrigen Rand des Moon Lake, bis er plötzlich ein Schluchzen hörte. Er wandte sich um. »Mein Gott, Brad, ich verstehe dich nicht! Ich kenne dich nun seit Jahren – ohne dich wirklich zu kennen...« Sanft berührte er Coates an der Schulter. Verlegen räusperte er sich und stand auf.

In diesem Augenblick läutete im Wohnzimmer das Telefon. Coates ging hinüber und meldete sich. Das Gespräch war nur kurz. Als er zurückkehrte, leuchtete sein Gesicht vor Freude.

»Man hat sie gefunden!« rief er. »Gott sei Dank, Stuart, man hat die Kleine gefunden!«

Am Nachmittag traf Captain Lamneck ein, um die Einzelheiten mitzuteilen. Er akzeptierte eine von Coates' besten Zigarren, roch anerkennend daran und steckte sie in die Tasche.

»Es ist wie ein Wunder«, sagte er. »Das Mädchen ist am Nachmittag losmarschiert und wollte ein kleines Picknick veranstalten und anschließend im See schwimmen. Sie tat ein paar Brote und einen Apfel in eine Papiertüte und marschierte allein in den Wald. Dann kehrte sie um, fand aber den Heimweg nicht mehr. Sie wanderte immer weiter, und dadurch wurde es noch schlimmer. Als es dunkel wurde, kroch sie zwischen einige schützende Felsen und weinte sich die Augen aus. Dann schlief sie ein. Als sie am Morgen aufwachte, hatte sie Angst, das Versteck zu verlassen, und blieb dort. Sobald sie hungrig wurde, aß sie ihre Sachen. Zum Glück regnete es in der ersten Nacht, und sie konnte das Wasser trinken, das von den Felsen herabtropfte. Ich weiß nicht, wie sie es geschafft hat, aber sie hat es überlebt.« Zuerst hatte er gelächelt, doch jetzt wurde er ernst. »Das Leben ist seltsam«, meinte der Captain. »Die eine rettet man, ein anderer geht verloren...«

»Was soll das heißen?« fragte Pell.

Der Captain schüttelte bekümmert den Kopf. »Ich hätte wissen müssen, daß die Sache nicht so glatt ablaufen würde. Der Wald voller Menschen, da mußte es früher oder später Ärger geben.«

»Was ist denn passiert?« fragte Coates. »Hat sich jemand verletzt?«

»Nein, es ist jemand ertrunken«, sagte der Captain. »Zwei Jungen, die an der Suche teilnehmen wollten, langweilten sich und fuhren mit einem Boot auf den Moon Lake hinaus. In der Mitte bekam das Ding ein Leck. Einer der beiden hat es ans Ufer geschafft, der andere nicht. Wir müssen den See nach ihm absuchen.«

Coates erstarrte. Die Freude, die seit der Errettung des Kindes sein Gesicht erhellt hatte, verflog. »Das können Sie doch nicht tun«, sagte er gepreßt. »Das geht nicht!«

»Wie bitte?«

»Sie können den See nicht absuchen. Jetzt nicht mehr. Nicht nach allem...«

»Ich verstehe nicht...« Lamneck wandte sich an Pell.

»Was soll's?« fragte Coates. »Da ist nun ein Junge ertrunken. Wozu ihn hochholen? Der See ist ein Grab, nicht wahr? Warum läßt man ihn nicht in Ruhe?«

Seine Stimme hatte sich verändert. Sie klang plötzlich spröde; ein jammervolles Krächzen. Pell sah ihn besorgt an.

»Lassen Sie die Hände vom See!« brüllte Coates. »Hören Sie, Captain! Lassen Sie den Jungen in Ruhe!«

»Es ist nun mal meine Pflicht«, sagte Lamneck unsicher. »Ehrlich, wir müssen tun, was richtig ist. Was bedeutet es Ihnen? Sie kennen den Jungen ja nicht mal!«

»Sie dürfen den See nicht abfischen!« kreischte Coates und verkrallte sich in die Jackettaufschläge des Captain. »Bitte tun Sie es nicht...«

Die beiden sahen ihn in die Knie sinken, nicht mehr flehend, sondern in Kapitulation. Und zwei Tage später erkannten sie, was Bradley Coates während des Irrmarsches der kleinen Marilyn Dworkin durchgemacht hatte und warum er nicht wollte, daß der Seegrund abgesucht wurde. In den Netzen des Polizeiboots verfing sich die angeschwollene Leiche von Martha Coates, seiner Frau. Das Wasser des Moon Lake hatte die Schußwunden nicht auslöschen können.

Überschlafen Sie's doch!

Der Somnibus entließ sieben Passagiere vor dem Schlafzentrum in Los Alamos. Nur einer von ihnen, ein dürrer junger Mann von neunzehn Jahren, schien dem Bevorstehenden freudig entgegenzusehen.

Adam Dugdales Stimmung war eher feierlich-entschlossen. Seine Neugier auf die Mitpassagiere hatte sich während der halbstündigen Fahrt von Pueblo erschöpft. Der Neunzehnjährige, so vermutete er, floh vor dem Druck seiner Eltern und suchte die Aufregung des Erwachens in einer makellosen Zukunft. Bei den anderen fünf handelte es sich um ältere Leute, die ihren Lebensabend in einem Morgen zu verbringen hofften, das ihrem Alter respektvoller und freundlicher gegenüberstand.

Adam selbst war erst vierzig, ein Alter, überlegte er bitter, in dem das Leben erst beginnt. Doch suchte er in der vierzig Jahre entfernten Zukunft keinen neuen Anfang. Seine bitteren Gedanken galten vielmehr der Rache, einer nebelhaften Rache, die er selbst nicht recht zu definieren wußte.

Ein Angestellter des Schlafzentrums, der eine enge braune Uniform trug, führte die Gruppe in das flache Steingebäude, in dem sich die ausgedehnte unterirdische Anlage manifestierte. Auf der staubigen Straße trat der Somnibus die einsame Rückfahrt an, und das verklingende Motorengeräusch brachte Adam die Endgültigkeit seines Entschlusses zu Bewußtsein.

Er blickte sich in dem Zimmer um. Die korallenroten Wände waren mit farbenfrohen Postern geschmückt, mit Szenen aus einer Phantasiezukunft. Die comic-hafte Einfachheit der Bilder war auf primitive Weise anregend, doch Adams Zynismus ließ in diesem Augenblick nur Spott aufkommen. Keine der Szenen berücksichtigte die Möglichkeit, daß die Zukunft auch Tragödien bringen konnte: Atomkrieg, Vernichtung, Verödung, Depression. Aber er mußte zugeben, daß das vom kaufmännisch-psychologischen Standpunkt aus ein schlechter Zug der Firma Schlafzentren Inc. gewesen wäre.

Adams Gedanken kreisten aber beharrlich um das Tragische, denn er glaubte, daß Sylvias Brief, den er in diesem Augenblick in der Jackentasche trug, ein Symbol seiner persönlichen Tragödie war: der Tragödie, sie zu spät zu lieben.

»*Du weißt, ich habe immer gesagt, auf das Alter komme es nicht an*«, hatte sie geschrieben. »*Aber hat nicht Tschechow gesagt: ›Jugend ruft Jugend‹? Bin ich das Opfer eines unausweichlichen Naturgesetzes? Ich wünschte, ich wüßte es, Adam. Ich weiß nur, daß meine Gefühle für Dich eine seltsame Wandlung erfuhren, als Du um meine Hand anhieltest. Ich weiß, wie grausam Dir meine Antwort vorgekommen sein muß. Ich bin nicht stolz auf meine Gefühle, Adam, das mußt Du mir glauben. Zwanzig Jahre sind keine große Kluft zwischen einem Mann und einer Frau, das habe ich mir selbst schon tausendmal vorgebetet. Aber als der Augenblick dann gekommen war, der Moment der Entscheidung, da schien mir der Altersunterschied plötzlich hundert Jahre zu betragen. Kannst Du mich wenigstens ein bißchen verstehen, Adam? Und, was mir wichtiger wäre, kannst Du mir verzeihen? Es liegt nicht an Dir. Wie soll ich es ausdrücken? Es liegt an Deinem Geburtsdatum ...*«

Adam zwang sich, an etwas anderes zu denken als an diese Worte, die er längst auswendig wußte.

»Ich habe gefragt, wie lange Sie schlafen wollen.«

»Was?« Adam fuhr zu dem anderen herum. Der junge Mann hatte ihn angesprochen; er saß auf der Bank neben Adam.

»Ach«, sagte Adam tonlos. »Vierzig Jahre.«

Der Jüngling lächelte herablassend, wie ein junges Mädchen, das ein Geheimnis weiß. »Ich schlafe sechzig«, verkündete er stolz. »In sechzig Jahren müßte die Welt wirklich toll aussehen.«

Adam lächelte freudlos. »O ja.«

»Düsenautos, Privathubschrauber, dreidimensionales Fernsehen.« Der Jüngling hatte den entschlossenen Blick des wirklichen Enthusiasten, des Steckenpferdreiters, der sich an technischen Spielereien begeistern kann. »Und vielleicht auch Raumschiffe«, fügte er mit blitzenden Augen hinzu. »Der Mond, Mars. Venus!«

»Und vielleicht Wirtschaftskrisen«, sagte Adam und lächelte weiter. »Lange Schlangen vor den Bäckereien. Neue Krankheiten. Bombenkrater.« Der junge Mann starrte ihn verständnislos an; für ihn war solcher Pessimismus unbegreiflich. Adams Worte ließen ein wenig von dem Glanz in seinen Augen ersterben, und er wandte unbehaglich den Blick ab. Ungeschickt stand er auf und nahm mit gekünstelter Nonchalance eine Broschüre des Schlafzentrums vom Tisch und blätterte darin herum.

Aus den Augenwinkeln sah Adam den vertrauten Inhalt des Bändchens, der in fröhlichen Blau- und Rosatönen gehalten war und den Titel trug: »Schlafen wir mit SusAn!« Der Titel war symptomatisch für den Tonfall des Inhalts – ein schnippischer, aufgekratzter, humorvoller Einstieg in das Thema der Suspendierten Animation. Jedes Wort wurde bestimmt von der gründlichsten Motivationsforschung, die in der Werbewelt zu haben war. »Haben Sie ein Problem? Überschlafen Sie's!« forderte eine Seite, auf der der geplagte Steuerzahler zu sehen war, wie er über den morgendlichen Schlagzeilen brütete. »In fünfzig Jahren ist Heilung vielleicht möglich!« verkündete eine andere Überschrift, darunter ein bettlägeriger Patient mit einer kurvenreichen Karikatur-Krankenschwester. »Mehr Geld für Sie im Jahre 1992!« lockte eine weitere Seite, auf der Zinsen in der Form eines riesigen Berges grüner Geldscheine aus einem Bankgebäude in die ausgebreiteten Arme einer lachenden Frau strömten.

Es war alles sehr fröhlich und voller charmanter Argumente und hinsichtlich des SusAn-Vorgangs so beruhigend, daß einem gar nicht erst die Wahrheit dämmerte: daß nämlich ein Schlafzentrum nichts anderes war als ein Friedhof der Lebenden.

Der Jüngling hatte eben die letzte Seite erreicht, als eine hübsche junge Frau mit sorgfältig gebändigten blonden Locken unter einem flotten braunen Käppi den Raum betrat und die sieben Kunden des Zentrums breit anlächelte.

»Guten Morgen!« sagte sie aufgekratzt. »Ich heiße Irma Coolidge und bin Ihre Hostess. Um elf Uhr serviere ich Ihnen Brote und Kaffee, doch zunächst möchte ich Ihnen einen Überblick über das Programm geben.«

Sie nahm hinter einem kleinen Tisch im vorderen Teil des Raumes Platz und faltete die Hände wie eine Schullehrerin. »Anschließend geht es in das Untersuchungszimmer hier am Flur. Dr. Hopkins nimmt die letzte gründliche Untersuchung vor. Bitte halten Sie Ihre ärztlichen Unterlagen bereit. Dann bringe ich Sie in den Unterweisungsraum, wo Mr. Frances, unser Direktor, Ihnen noch einmal den ganzen SusAn-Vorgang beschreibt. Ich bin sicher, daß Sie durch unsere Publikationen mit der Methode vertraut sind, doch wir wollen sichergehen, daß Sie das Schlafstadium ohne Zweifel und Angst erreichen. Danach suchen wir die Safes der Firma auf, dort kümmere ich mich um Ihre Wertsachen. Dann kehren wir hierher zurück und essen. Irgendwelche Fragen? ... Schön. Dann wollen wir unsere Sachen nehmen und zum Arzt gehen.«

Beim Verlassen des Raums fand sich Adam hinter einem älteren Paar, das während der ganzen Busfahrt geschwiegen hatte. Der Mann hatte den knochigen Arm um die Frau gelegt und führte sie zärtlich zur Tür. Sie schüttelte den weißen Kopf und sagte: »Zehn Jahre, Harry ... so viel.«

»In zehn Jahren ist er ein ganz normaler Junge«, sagte der Mann. »Bis dahin braucht er uns nicht, Martha. Denk daran...«

»Aber zehn Jahre! Das ist eine so lange Zeit, Harry...«

Vierzig Jahre ist mehr, dachte Adam. Würde seine Rache so lange auf ihn warten?

Die Welt war rot und lärmerfüllt. Adams Blick zuckte im Raum herum und suchte nach der Ursache für das rote Licht und den Krach. Schließlich fand er das Gesuchte: eine blitzende rote Lampe nebst Signalglocke dicht über seinem Kopf. Licht und Ton erzeugten ein Gefühl der Dringlichkeit, den Wunsch, irgendwie in Aktion zu treten. Er schwang die Beine vom Bett, doch als seine Füße den Boden berührten, durchzuckte ihn ein entsetzlicher Schmerz. Dunkelheit hüllte ihn ein, dann flammte grelles Licht auf. Er erkannte, daß ein Mann seine nackten Schultern umfaßte, und verspürte den Drang aufzuschreien und sich aus dem Griff zu befreien.

»Lassen Sie mich los!«

»Ruhig, Mr. Dugdale«, sagte eine Stimme.

Adam blinzelte zu dem Mann empor, der einen einfachen weißen Kittel trug.

»Sie brauchen sich nicht aufzuregen«, sagte der Mann. »Das ist nur eine Reaktion. Es ist alles in Ordnung mit Ihnen.«

Adam blickte an sich hinab. »Ich bin ja nackt!« sagte er. »Besorgen Sie mir etwas anzuziehen, um Himmels willen!«

»Ihre Sachen sind hier, Mr. Dugdale.« Die Stimme des Pflegers klang beruhigend, doch trotz seiner Verwirrung entging Adam der verächtliche Unterton nicht.

»Ich weiß nicht, warum ihr Schläfer euch immer so aufregt«, sagte der Mann leise lachend und reichte Adam einen Armvoll Kleidung. Die Sachen sahen aus, als gehörten sie ihm, doch das Material war seltsam verändert und schimmerte matt-metallisch.

»Wenn Sie sich angezogen haben, brauchen Sie nur zu rufen: ich bringe Sie dann zum Arzt. Wissen Sie, welches Jahr wir haben?«

»Was?« fragte Adam tonlos und blickte auf die seltsamen nahtlosen Ärmel des Jacketts auf seinem Schoß.

»Das Jahr. Wissen Sie, welches Jahr wir haben?«

Adam runzelte die Stirn. »Neunzehnsowieso...«

Der Mann lachte. »Sie schlafen ja immer noch!« sagte er.

»Nein!« Adam schüttelte heftig den Kopf. »2012 – vierzig Jahre nach...«

»Schon gut, schon gut. Ziehen Sie sich an, Mr. Dugdale.« Er wandte sich um und verließ das winzige Zimmer.

Langsam zog Adam das weiche Unterzeug an. Plötzlich fiel ihm etwas ein, und er griff nach der Jacke und steckte die Hand in die Brusttasche. Dort fand er das Gesuchte, aber die Kanten waren braun und dünn vor Alter, und die purpurne Schrift war kaum noch zu entziffern.

»Vierzig Jahre«, flüsterte er.

Beim Besteigen des Mietautos, das mit einer geschwungenen Plastikkuppel und automatischen Kontrollen aufwartete, achtete Adam nur am Rande auf die Wunder dieses Fahrzeugs aus dem Jahre 2012. Der Suchdienst des Schlafzentrums hatte nur vier Tage gebraucht, um Sylvia ausfindig zu machen; sie wohnte nur gut hundert Kilometer von ihrer damaligen Greenwich-Village-Wohnung entfernt in einem Vorort. Geistesabwesend steckte er die Wegbeschreibung in die Tasche und richtete den Blick auf die schnurgerade Superautobahn vor dem Wagen.

Als der Wagen in schneller Fahrt losbrummte, wandten sich seine Gedanken wieder dem großen Ereignis zu ... dem Ablauf der Dinge.

Er würde klingeln und Sylvias vertraute schnelle Schritte

hören. Natürlich würde sie nicht mehr ganz so schnell gehen wie früher – vierzig Jahre konnten das hochhackige Klicken eines jungen Mädchens schon verstummen lassen. Sie würde die Tür aufmachen und einen Augenblick lang verharren, während sich ihr Mund öffnete und ihre blitzenden Augen ihn sofort erkannten. Sie würde noch immer wie Sylvia aussehen, aber natürlich war ihr Haar mit den Jahren grau geworden, Falten hatten sich in die glatte Haut um Augen und Mund gegraben. Sie war noch so schlank wie damals, doch nicht mehr ganz so biegsam, nicht mehr so geschmeidig wie ein Panther – ein Vergleich, den er damals einmal gezogen hatte.

»Adam!« würde sie hauchen, und er würde ein langsames, zynisches Lächeln aufsetzen.

»Wie geht es dir, Sylvia?« ging es dann weiter. »Darf ich eintreten?«

Darauf mochte sie zögernd reagieren, ihn dann aber doch einlassen. (Die Einrichtung ihrer Wohnung konnte er sich nicht vorstellen; seine Erinnerung lieferte ihm nur immer wieder das gemütliche, unordentliche Mobiliar ihrer Wohnung aus dem Village.) Sie würde ihm einen Drink anbieten, und er würde ihr wegen ihres Aussehens schmeicheln, doch mit feiner Ironie. Er wollte sich auf dem Sofa zurücklehnen, sich einen lässigen Anstrich geben, wollte seine vierzig Jahre mit einer solchen jugendlichen Anmut zur Schau stellen, daß sie sich vor Neid verzehren mußte, gepaart mit einem Gefühl verlorenen Glücks.

Er würde sie fragen, warum sie nie geheiratet hatte, und sie würde ihm stockend antworten. Aus ihrer zögernden Antwort würde jedoch hervorgehen, daß sie ›den Brief‹ bedauerte und daß ihre Amouren nach Adam geschmacklos und unwichtig gewesen waren. (Er lächelte bei diesem Gedanken.)

Seine Träumerei wurde unterbrochen, als ein Straßenschild auf ihn zuraste: MILTON – RECHTS. Er steuerte den Wagen mühelos auf die rechte Fahrspur und bog ab. Sein Herz klopfte heftig.

Das Haus war ein kleiner Studiobungalow einen Kilometer von der Hauptstraße entfernt. Adam empfand den Bau als strahlende Mischung aus Rotholz, Naturstein und schimmerndem Glas – genau die Art Haus, die Sylvia ihm einmal sehnsüchtig beschrieben hatte, während sie vor ihrem Kamin auf dem Boden lag und zu den Rissen in der Decke emporstarrte. Aber wie schon für das futuristische Auto interessierte sich Adam viel weniger für das Haus als für die Frau, um deretwillen er eine Reise von vierzig Jahren zurückgelegt hatte.

Eine zitternde Hand näherte sich dem hellgelben Summer. Er drückte darauf und lauschte dem angenehmen Akkord nach, der hinter der Tür aufhallte. Er hielt den Atem an, als das Schloß klickte.

»Mein Gott!« sagte er.

Die hübsche Frau musterte ihn neugierig.

»Sylvia!« sagte er.

Die Frau blickte ihn unsicher an. »Was ist?«

»Ich bin es«, sagte er heiser. »Adam. Adam Dugdale.«

»*Adam!*« Ihr herrlich geschwungener Mund öffnete sich verblüfft, so wie er es sich gewünscht hatte. Doch in seinen kühnsten Träumen hatte er sich nicht vorgestellt, daß diese Lippen unverändert sein würden, absolut und wunderbarerweise unverändert!

»Adam, um Himmels willen! Komm doch rein!«

Er trat einen Schritt zurück.

»Du kannst nicht Sylvia sein!« rief er. »Vierzig Jahre sind vergangen!«

»Sei kein Dummkopf – komm.«

Er schluckte trocken und folgte ihr ins Haus. Als sich die Tür hinter ihm schloß, kam er auf die Lösung.

»Natürlich!« sagte er. »Sie sind ihre Tochter. Sie ist fort und hat eine Tochter!« Er lachte unsicher.

Die Frau ließ sich auf ein langes Sofa fallen und nahm vom daneben stehenden Tisch eine Zigarette. Während des Anzündens lächelte sie Adam amüsiert an.

»Du bist noch immer der alte Schmeichler, Adam.« Sie klopfte auf das Polster neben sich. »Setz dich und sag mir, was du die ganzen Jahre gemacht hast.«

»Das muß ein Scherz sein«, sagte er gepreßt. »Sie können nicht Sylvia sein! So wie Sie aussehen, sind Sie nicht mehr als zwanzig. 1972 war Sylvia zwanzig!«

»1972?« Die Frau blies ihm eine Rauchwolke entgegen. »Natürlich – ich erinnere mich. Das war das Jahr, in dem du um meine Hand anhieltest. Im gleichen Jahr ist auch deine Transportfirma pleite gegangen. Du warst richtig süß, Adam, das weiß ich noch. Du hast sogar ein bißchen geweint, hier in meinen Armen, nicht wahr?«

Adam wurden die Knie weich. Er setzte sich auf einen Stuhl und barg das Gesicht in den Händen. »Ich weiß, was du getan hast«, sagte er. »Du bist auch zu einem Schlafzentrum gelaufen. Dabei hattest du doch einen solchen Horror davor!«

»Irrtum.« Die Frau drückte ihre Zigarette aus. »Ich habe nichts dergleichen getan. Du kennst ja meine Meinung über den Friedhof.«

Adam senkte die Hände und starrte sie an. »Wie ist es dann möglich...?«

Sie lachte. »In vierzig Jahren kann viel geschehen. Eine Frau hat so manche Möglichkeit, jung zu bleiben.« Sie stand auf und kam auf ihn zu. »Armer kleiner Adam«, sagte sie und legte ihm einen Arm um die Schulter. »Wie ein ungezogenes Kind bist du vor der Gegenwart geflüchtet. Hast du das wirklich nur meinetwegen getan? Oder gab es da noch andere Gründe? War ich vielleicht nur ein Vorwand, Adam?«

»Hör auf!« sagte er heftig. »Du weißt, daß ich dich liebte. Du weißt, daß du mir alles bedeutet hast.«

Sie küßte ihn leicht auf die Stirn. »Armer Adam. Armer schwacher, dummer, romantischer Adam…«

»Sylvia!« Hastig schloß Adam die Hände des Mädchens in die seinen. »Sylvia, hör mich an. Mir ist gleichgültig, was geschehen ist. Verstehst du? Ich weiß, was du für mich empfunden hast. Du hast es selbst gesagt…«

»Adam, laß los.« Sie versuchte sich loszureißen.

»Du hast gesagt, es läge nicht an *mir*, vielmehr an meinem Geburtsdatum.« Er gab sie frei und griff in die Tasche, um den Brief herauszuholen. »Schau«, sagte er. »Hier steht es. Du hast geschrieben…«

»Adam, nicht!« Die Frau ging zum Fenster und wandte ihm den Rücken zu. »Der Brief ist vierzig Jahre alt!«

»Für mich nicht!« sagte er zornig. »Für mich ist er von gestern, Sylvia – gestern! Du schriebst mir, die zwanzig Jahre trennten uns, weißt du noch? Ich war zu alt für dich. Erinnerst du dich?«

Sie schwieg. Adam stand auf und ging unsicher auf sie zu. »Damals war ich zu alt für dich, Sylvia. Jetzt aber…«

»Was ist *jetzt*, Adam?«

»Jetzt –« zögernd ging Adam weiter – »jetzt bist *du* die ältere von uns beiden, Sylvia. Aber ich denke anders als du damals. Begreifst du? Völlig anders.«

Er trat hinter sie und legte ihr die Hände auf die Hüften. »Sylvia, muß ich dir das noch erklären? Muß ich mich wieder von neuem quälen? Ich liebe dich. Ich möchte dich heiraten.«

Adam nahm die Hände fort, als die Frau sich umdrehte. Als ihre Blicke sich trafen, war ihr Gesicht ausdruckslos. Dann lachte sie – es begann mit einem kurzen, bedeutungslosen Auflachen, das sich aber zu einem lauten, kehligen, beinahe vulgären Gelächter steigerte. Die Laute hallten Adam unangenehm in den Ohren und ließen Feuerräder vor seinen Augen kreisen.

»*Dich* heiraten?« fragte sie.

»Sylvia, hör mich an...«

»Nein, *du* hörst *mir* zu, Adam.« Sie griff nach seinem Arm und führte ihn vor eine Spiegelwand. »Schau dir das an. Sag mir, wer älter ist. Wer ist der ältere von uns beiden, Adam?«

Er wandte den Blick ab. »Das ist Wahnsinn...«

»Glaubst du, meine Worte damals waren nicht ernst gemeint? Meinst du, ich liebte damals meine Jugend nicht? Bildest du dir etwa ein, sie wäre mir jetzt weniger wert?«

Sie entfernte sich von ihm, und in ihrem Blick lag Abscheu.

»Du bist noch immer zu alt für mich, Adam. Begreifst du – *du bist noch immer zu alt!*«

»Sylvia!«

Er stürzte sich auf sie, doch seine vorgereckten Arme wollten sie nicht liebkosen. In seinen brennenden Augen lag kein zärtliches Gefühl.

»*Adam – nicht...*«

Er umarmte sie, doch mit einer anderen Leidenschaft; er preßte sie an sich, doch ohne das sanfte Verlangen der Liebe.

»*Du nimmst mir den Atem...*«

Ihr schmaler Hals, zart und weiß wie der Flügel einer Taube...

»ADAM!«

Die Umarmung war vorbei. Der Körper der Frau rutschte ihm aus den Armen und sank schlaff zu Boden.

Unsicher blickte er auf sie hinab.

»Sylvia«, sagte er leise.

Er wußte, daß sie nicht antworten würde.

Er ging zum Sofa, wobei er vorsichtig sein Jackett zuknöpfte. An ihrer Zigarette glimmte noch die Asche, und ohne nachzudenken, drückte er sie aus. Dann ging er zum Fenster und blickte hinaus. Vorübergehend versteckte sich die Sonne hinter einer Wolke, strahlte aber gleich wieder heller.

»Ich habe sie umgebracht«, sagte er laut vor sich hin. Das

war das Ende. Daran führte kein Weg vorbei. Dann verließ er das Zimmer.

Die Empfangsdame des Schlafzentrums zeigte sich nicht überrascht, als Adam an ihren Tisch trat.

»Ich heiße Dugdale«, sagte er leise. »Registrationsnummer T-8964. Ich – ich bin letzte Woche entlassen worden.«

»Ach ja, Mr. Dugdale. Wie geht es Ihnen?« Sie lächelte ihn mechanisch an.

»Gut. Ich meine – ich hätte eine Frage. Wegen des Schlafens.«

Das Empfangsmädchen warf ihm einen wissenden Blick zu. »Möchten Sie wieder SusAniert werden?«

»Richtig.« Adam war erleichtert. Offensichtlich war so etwas schon vorgekommen. »Diese Welt entspricht nicht meinen Erwartungen. Ich möchte noch ein bißchen weitergehen – um zehn Jahre.«

»Aber ja.« Das Mädchen schrieb etwas auf einen Block und wandte sich zum Telefon. »Sie werden feststellen, daß die Rückkehr in den Schlaf ganz einfach ist, da wir bereits Daten über Sie vorliegen haben. Mrs. Hughes?« fragte sie ins Telefon. »Noch ein Doppelschläfer.« Sie blinzelte Adam zu und legte die Hand über die Sprechmuschel. »Ein kleiner interner Witz«, sagte sie vertraulich.

Erst als die winzige Tür hinter ihm zufiel, fühlte sich Adam sicher.

Die Welt war rot und lärmerfüllt.

Adams Blick zuckte im Raum herum und suchte nach der Ursache für das rote Licht und den Krach. Endlich fand er das Gesuchte: eine blitzende rote Lampe nebst Signalglocke dicht über seinem Kopf. Licht und Ton erzeugten ein Gefühl der Dringlichkeit, den Wunsch, irgendwie in Aktion zu treten. Er schwang die Beine vom Bett, doch als seine Füße den Boden berührten, durchzuckte ihn ein entsetzlicher Schmerz. Dunkelheit hüllte ihn ein, dann flammte grelles

Licht auf. Er erkannte, daß ein Mann seine nackten Schultern umfaßte, und verspürte den Drang aufzuschreien und sich aus dem Griff zu befreien.

»Lassen Sie mich los!«

»Ruhig, Mr. Dugdale«, sagte eine Stimme.

Adam blinzelte zu dem Mann empor. Er war groß und stämmig und trug einen Straßenanzug mit Filzhut.

»Alles in Ordnung«, sagte er. »Nach dem Schlaf kommt es immer zu einer Reaktion. Ich heiße Murchison.«

Adam nickte ihm zu und fragte sich, wie viele Jahrhunderte wohl vergehen mußten, ehe ein Polizeibeamter in einem Haus seinen Hut abnahm.

»Lieutenant Murchison«, fügte der Mann hinzu. »VKB.«

»Bin ich verhaftet?« fragte Adam.

»Technisch gesehen, ja.«

Adam senkte den Kopf. »Ich wußte, daß ich nicht damit durchkommen würde. Besorgen Sie mir was anzuziehen.«

Als er sich angekleidet hatte, legte Adam dem Kriminalbeamten eine Hand auf den Arm und sagte: »Hören Sie, es nützt mir wahrscheinlich nichts, aber ich wollte sie nicht umbringen. Ich will nicht behaupten, daß es ein Unfall war. Aber ich verlor die Beherrschung...«

Murchison unterbrach ihn: »Wovon reden Sie eigentlich?«

»Von Sylvia. Von dem Mädchen, das ich umgebracht habe.«

Der Lieutenant starrte ihn ausdruckslos an. »Davon weiß ich nichts«, sagte er.

»Sind Sie denn nicht deshalb hier?« Adams Pulsschlag beschleunigte sich. Hatte er sich verplappert? Hatte Murchison keine Ahnung von dem Mord? Weshalb sollte die Polizei sonst hier sein?

»Von einem Mord weiß ich nichts, Mr. Dugdale. Ich habe die Aufgabe, Institute wie dieses zu schließen.«

»Das verstehe ich nicht.«

»VKB. Sicher wissen Sie nicht, was die Buchstaben bedeuten, Mr. Dugdale. Sie haben sehr lange geschlafen. Die Abkürzung steht für Verbotskontrollbüro. VKB.«

»Verbot? Soll das heißen, die Schlafzentren sind verboten?«

»Der Kongreß hat vor fünf Jahren ein entsprechendes Gesetz erlassen. Führte kein Weg mehr daran vorbei. Alles ging aus dem Leim. Arbeitskraft, die unter der Erde begraben war. Nicht mehr genug arbeitende Menschen. Jugendliche, die von zu Hause wegliefen und in die Zukunft flüchteten. Zeitweise schlummerten in manchen Gegenden rund vierzig Prozent der Bevölkerung!«

»Aber ließ sich denn das nicht steuern? Ich meine, es gab doch Beschränkungen...«

»Sicher, wir hatten bestimmte Gesetze. Soldaten durften nicht schlafen. In der Folge sank die Freiwilligenquote auf Null. Zurück zur zwangsweisen Einberufung, prompt läßt sich jeder Jüngling im entsprechenden Alter einen Schnurrbart wachsen und schleicht sich in ein Schlafzentrum ein. Soll man Frauen den Zutritt zum Schlafen verwehren? Schon hat man die Frauenrechtlerinnen am Hals! Soll man den Schlafenden die Bürgerrechte aberkennen? Im Handumdrehen protestieren die Freiheitskomitees. Nein, da gab es keine Lösung – folglich blies man die ganze Sache ab.«

»Was ist dann mit dieser Anlage?« fragte Adam.

»Dies ist ein Kurzschlafzentrum. War zu Ihrer Zeit natürlich legal. Als dann der Kongreß einschritt, packte man alles zusammen und kam hierher. Falls Sie es nicht wissen, Mr. Dugdale, Sie befinden sich in Denver. Na, wir wollen fahren. Ich möchte mehr über Ihren Mord hören.«

Während der Fahrt zum Revier erzählte Adam dem Leutenant die ganze schlimme Geschichte.

»Ich wußte, daß die Entscheidung falsch war«, sagte

Adam. »Das braucht mir niemand klarzumachen. Die ganze Idee war von Grund auf falsch. Heute weiß ich, daß nicht nur Sylvia meinen Entschluß ausgelöst hat, das Schlafzentrum aufzusuchen. Mein ganzes Leben entwickelte sich nicht nach Plan, und da ergriff ich die erstbeste Gelegenheit auszurücken. Sylvia war nicht bloß ein Mädchen, das mich nicht haben wollte, sie war mein großer Vorwand.«

Der Lieutenant schwieg eine Zeitlang. Dann hielt er den Wagen an und wandte sich Adam zu.

»Ihre Geschichte enthält eine Kleinigkeit, die für mich keinen Sinn ergibt, Mr. Dugdale«, sagte er. »Wenn Sie auf weitere zehn Jahre ins Schlafzentrum zurückgekehrt sind, müßten wir doch jetzt das Jahr 2022 haben, habe ich recht?«

Adam nickte. »Natürlich!«

»Aber das trifft nicht zu, Mr. Dugdale.« Murchison nahm einen Taschenkalender aus der Brieftasche und warf ihn Adam in den Schoß.

»Sehen Sie sich das an. Wir haben 2012. Vierzig Jahre nach Ihrem Schlafantritt.«

»Vierzig Jahre?« Verwundert starrte Adam auf den Kalender. »Aber das ist unmöglich! Es *müssen* fünfzig Jahre vergangen sein!«

Murchison grinste. »Nein, es sind nur vierzig, Mr. Dugdale – und was den Mord angeht, den vergessen Sie mal schnell wieder.«

Der Lieutenant startete den Wagen.

»Eins ist klar, Mr. Dugdale – wer vierzig Jahre lang schläft, dem steht schon mal ein Alptraum zu.«

Mordsprovision

Wissen Sie, was ich lustig finde? Die hübschen Fotos, die sich an meinen Bürowänden ranken, Fotos mit den eleganten Gesichtern meiner Klienten, die mich mit hellblitzenden Augen über eigenhändigen Inschriften angrinsen: *Für Matt, mit tiefempfundenem Dank.* Mann, was für eine Galerie von falschen Fünfzigern! Wenn sie persönlich vor meinem Schreibtisch sitzen, dann ist von dem Zahnpastalächeln nicht viel zu sehen; sie haben vielmehr die Stirn gerunzelt und zeigen etwa soviel Zuneigung und Dankbarkeit wie eine Schlange, die mit einem Stock erschlagen werden soll. Aber das ist nun mal mein Beruf als Theateragent, als Zehnprozenter. Ich wußte, was auf mich zukam, als ich ins Geschäft einstieg.

Die Schlimmste von allen war Hildegarde Hayes, aber auch das lag in der Natur der Sache: Hildy war meine wichtigste Klientin. Gut die Hälfte meines Einkommens hing von den Stücken ab, in denen sie die Hauptrolle spielte, von ihren Fernseh-Gastauftritten, von ihren gelegentlichen Filmen. Hildy war mein großer Star, und wenn sie mürrisch tun und schreien und mit der Faust auf meinen Tisch schlagen wollte, so war das Matt Lafferty durchaus recht. Ich bin voller Verständnis. Ich habe die stoische Ruhe eines indianischen Totempfahls.

Doch als Hildy mich an jenem Mittwochnachmittag anrief, da geriet ich doch etwas aus dem Tritt, da verließ mich meine eiserne Beherrschung. Von Hysterie konnte man schon nicht mehr sprechen – eine Schlangengrube wäre ein Altersheim dagegen. Ich hatte gerade vier Leute von NBC im Büro, und wir waren in dem Stadium, da die Zigarren angesteckt und die ersten Grundlagen des Vertrages besprochen werden. Ich hatte also nicht die geringste Lust, einem temperamentvollen Star das Händchen zu halten. Aber Hildy tobte weiter, und nach einer Weile ging mir das große Licht auf. Entweder machte ich mich auf die Socken zu ihr, und zwar schleunigst, oder mein großer Star würde die Klientenliste eines anderen Agenten zieren. Ich entschuldigte mich so gut es ging bei meinen Besuchern, schnappte mir meinen Hut und fuhr mit dem Taxi zu Hildys Duplexwohnung am Central Park South.

Jimmy, der Pförtner des luxuriösen Mietshauses, und Pete, der Liftjockey, grüßten mich respektvoll und mit vielsagendem Grinsen. Beide wußten, warum ich kam – es war immer wieder dasselbe. Hildy hatte etwa alle zwei Wochen einen Primadonnaanfall, und das Spektrum der Gründe reichte von Streitereien im Suff mit ihrem Mann – einem Fernseh-Western-Star namens Kevin Culver – bis hin zu verzweifelter Sorge um eine Magenverstimmung ihres Pudels. Als ich die Klingel drückte, hatte ich keine Ahnung, was mich heute erwartete.

Hildy hatte sich wieder beruhigt, sie wirkte wie ein schlummernder Vulkan. Sie trug einen mit Federn abgesetzten Hausmantel, und ihr Makeup war in rosa Klumpen auf dem Gesicht zusammengelaufen. Ein Kritiker hatte einmal geschrieben, Hildy habe Haar wie goldener Weizen; in diesem Augenblick erinnerte es an Weizenhäcksel, so zerzaust war es. Am meisten bannten mich jedoch Hildys Augen. Normalerweise glimmte ein besonderes Feuer darin: jetzt aber waren sie völlig leblos.

»Was ist denn wieder los?« fragte ich. »Hat Poochie mal wieder Durchfall?«

»Mach keine Witze«, sagte sie heiser. »Um Himmels willen keine Witze, Matt!«

Ich warf den Hut aufs Sofa und setzte mich. »Na schön, raus damit. Ich habe deinetwegen eine wichtige Besprechung abgebrochen – ich hoffe, du hast einen guten Grund für deinen Aufstand.«

Ohne zu antworten, ging sie zum Fenster und starrte wie Sadie Thompson in den Nieselregen hinaus. Ich hielt das Ganze für eine Pose und wollte mich schon entsprechend äußern, als Hildy sich wieder umdrehte. *So* gut war sie als Schauspielerin nun auch wieder nicht; ihr unbeschreiblicher Gesichtsausdruck ließ mich auffahren.

»Etwas Fürchterliches ist passiert«, flüsterte sie. »Ich habe Kevin umgebracht.«

»Du hast *was?*«

»Ich habe ihn umgebracht. Mit der kleinen Pistole, die er mir letzte Weihnachten geschenkt hat. Vor etwa einer halben Stunde.«

»Ich bitte dich!« sagte ich, beseelt von dem Wunsch, daß alles nur ein Gag war – während ich zugleich wußte, daß sie in vollem Ernst sprach. »Damit treibt man keine Späße, Hildy.«

Sie ging zur Schlafzimmertür und öffnete sie. Sie trat nicht ein, sondern blieb auf der Schwelle stehen, die Hand am Türgriff.

»Er ist da drin, auf dem Boden. Mein Gott, ich kann es noch gar nicht fassen!«

Ich fuhr aus dem Stuhl hoch und eilte an ihr vorbei ins Schlafzimmer. Zuerst sah ich nur das riesige Bett und die prunkvolle Einrichtung. Dann entdeckte ich ein Paar gut geputzte Schuhe in der Nähe des Nachttisches: Kevin Culvers Füße steckten noch darin. Er lag da wie eines seiner Opfer aus den Westernfilmen, ohne daß Blut zu sehen war. Das Geschoß war ihm in den Hinterkopf gedrungen und hatte ihn sofort getötet. Ich richtete mich auf, sah mich im Spiegel des Schminktisches und hätte beinahe aufgeschrien: hastig kehrte ich ins Wohnzimmer zurück.

Hildy hatte ein riesiges Glas Whisky in der Hand. Ich brachte den Drink an mich, trank einen großen Schluck und überließ ihr den Rest. Sie leerte das Glas, während ich mich setzte und mir die Augen rieb.

»Na, glaubst du mir jetzt?« fragte sie. In ihrer Stimme schwang eine seltsame Note des Triumphs.

»Ich glaube dir. Aber *warum* denn nur, um Himmels willen?«

»Ich weiß nicht, was plötzlich über mich kam. Von der Sache mit dem Sudderth-Weib wußte ich seit langem; ich dachte, daß mir das nichts weiter ausmachte...«

»Wilma Sudderth?«

»Ach, tu doch nicht so – du weißt, daß Kevin ein Verhältnis mit ihr hatte! Ich weiß seit etwa zwei Monaten davon, aber ich hielt es für nicht weiter wichtig – eine vorübergehende Sache. Aber gegen vier Uhr kam Kevin nach Hause und begann einen Koffer zu packen; er wollte mit ihr in die Berge fahren – sie besitzt da irgendwo ein tolles Haus...«

Ich stöhnte und versuchte Visionen der Armut abzuwehren. Kevin Culver war kein großer Verlust für die Welt, und auch die Verhaftung von Hildegarde Hayes hätte mir nicht viel ausgemacht. Ich sah vielmehr das Ende *meines* schönen Einkommens voraus.

»Aber warum mußtest du ihn erschießen?« fragte ich. »War er das denn wert?«

Hildy blickte mich nachdenklich an. »Genaugenommen wohl nicht. Aber ich habe nicht darüber nachgedacht. Ich wollte mir aus dem Nachttisch ein Papiertaschentuch nehmen, dabei sah ich die Waffe. Es war so hübsch dramatisch, sie auf ihn zu richten, und als ich wieder zu mir kam...« Sie knallte das Whiskyglas auf den Tisch. »Du mußt mir aus der Klemme helfen, Matt!«

»Was?«

»Du mußt einen Ausweg für mich finden. Ich bin doch kein Mörder! Das weißt du.«

»Technisch gesehen...«

»Ach, mach es doch nicht unnötig schwer! Du managst doch alles für mich, ja? Na, ich möchte, daß du das auch organisierst!«

Da sprach wieder die alte Hildy.

»Nun hör mal«, sagte ich, »so etwas gehört nicht zu den Aufgaben eines Agenten...«

»Für dich geht es um alles, Matt, streite das nur nicht ab. Ohne mich wäre deine Agentur nicht viel wert.«

Damit hatte sie natürlich recht.

»Nun, was erwartest du von mir? Soll ich für dich ins Gefängnis gehen?«

»Irgend etwas muß sich doch tun lassen!« Ihre Stimme schwang sich zu einem verzweifelten Schrei empor. »Schaff ihn fort! Wirf ihn in einen Hinterhof oder so. Überzeuge die Polizei, daß er Selbstmord begangen hat...«

»Das wäre prima. Aber wie stellt es ein Selbstmörder an, sich in den Nacken zu schießen? Wenigstens hättest du dafür sorgen können, daß es besser aussieht...«

»Ich habe völlig impulsiv gehandelt, begreif das doch endlich!«

»Impulsiv – das kann man wohl sagen, Baby!«

Meine kleinen grauen Gehirnzellen kamen langsam in Fahrt, und je mehr ich nachdachte, desto mieser stellte sich die Situation dar. Komisch, wie total eine wunderschöne Karriere in einem Sekundenbruchteil der Leidenschaft und Dummheit zerstört werden kann – *meine* Karriere, wohlgemerkt. Hildy konnte sich meinetwegen zum Teufel scheren. Wenn ich die Sache retten wollte, mußte ich mir schleunigst etwas einfallen lassen.

»Na schön«, sagte ich und stand auf. »Ich will sehen, ob ich etwas arrangieren kann. Am besten ziehst du dich jetzt an und verschwindest. Aber such einen Ort auf, wo ich dich notfalls schnell erreichen kann.«

Sie blickte mich an wie ein junger Hund, endlich einmal liebevoll und dankbar. »Du bist wunderbar, Matt!«

»Das werden wir noch sehen.«

Sie marschierte ins Schlafzimmer, stieß einen kleinen Schrei aus, als sie merkte, daß dort ja noch der Tote lag, und verstummte. Ich quetschte meine Gehirnwindungen aus und griff schließlich nach dem Telefon. Ich wählte die Nummer einer New Yorker Zeitung und flehte darum, daß Larry Cole an seinem Schreibtisch saß. Zum Glück bekam ich ihn gleich in die Leitung.

»Hallo, Larry. Hier Matt Lafferty.«

Der Kolumnenautor brach nicht gerade in Jubelgeschrei aus.

»Hör mal, Larry, ich habe da eine heiße Sache für Sie, aber Sie sollen nicht die ganze Woche darauf sitzen. Ist Ihr Artikel für morgen schon zu?«

»Schwer zu sagen«, antwortete Cole. »Was ist das für eine Story?«

»Es geht um Hildys Mann Kevin. Sagen Sie um Gottes willen Hildy nichts davon, woher Sie die Information haben, sonst bringt sie mich um. Hildy hat ihn um die Scheidung gebeten, und der arme Kerl ist völlig mit den Nerven runter.«

»Ehrlich?«

»Ja. Sie wissen ja, wie verrückt sich Kevin mit Hildy tut – für sie würde er über die Alpen klettern. Er hat sogar mit Selbstmord gedroht, sollte sie ihn verlassen...«

»Wann war das?«

»Heute früh, vor meinen Augen. Ich bin jetzt bei Kevin und versuche ihn zu beruhigen. Aber er hat schon ziemlich viel getrunken...«

»Na, ich weiß nicht, Matt. Ich habe schon eine Meldung über Culver...«

»Aber es ist eine tolle Story! Fernsehstar droht mit Selbstmord, falls seine Frau ihn verläßt! Himmel, ich will Ihnen nichts aufdrängen, Larry, das wissen Sie. Oh...«

»Was ist?«

»Kevin kommt gerade aus dem Schlafzimmer. Ich dachte, er wäre ohnmächtig geworden. Soll ich zurückrufen, oder genügt Ihnen das?«

»Ich will sehen, was ich tun kann, Matt...«

»Klar«, sagte ich. Seine beiläufige Antwort verriet Interesse. Dann legte ich auf.

Einige Minuten später kam Hildy aus dem Schlafzimmer; sie hatte mit Korsett, Kamm und Makeup Wunder gewirkt. Sie ging zur Tür und sagte: »Ich bin bei Toot's, Matt. Hoffentlich klappt es!«

»Hoffentlich!«

Als sie fort war, ging ich ins Schlafzimmer und sah mir Hildys Werk noch einmal aus der Nähe an. Ich verschaffte mir ein Papierhandtuch und wischte das Blut von Kevins Nacken.

Im Schrank fand ich Kevins breitkrempigen Hut und setzte ihn dem Toten auf. Dann legte ich mir seinen Arm um die Schulter und zerrte ihn zur Tür. Obwohl er auf dem Fernsehschirm riesig wirkt, war er nicht sehr groß, aber ich mußte erfahren, was der Ausdruck »totes Gewicht« bedeutete. Als ich ihn durchs Wohnzimmer zur Tür manövriert hatte, war ich schon ziemlich außer Puste.

Ich lehnte ihn an die Wand und hoffte, er würde sich halten. Als ich jedoch zum Fahrstuhl ging, begann er zu Boden zu rutschen. Ich bekam einen gehörigen Schrecken, aber das Risiko mußte ich eingehen. Ich drückte auf den Fahrstuhlknopf und hastete zurück, um den Toten hochzuhieven.

Ich hatte ihn wieder einwandfrei in Position, als Fahrstuhlführer Pete die Türen aufgleiten ließ und uns anblinzelte.

»Was soll das, Kevin?« sagte ich zu der Leiche. »Du willst doch eigentlich gar nicht ausgehen...«

»Brauchen Sie Hilfe?« fragte Pete grinsend.

»Schon gut, Pete. Mr. Culver hat ein bißchen gefeiert, aber für heute haben wir genug. Was meinst du, Kev? Komm mit rein, dann mach ich uns Kaffee...«

»Mann!« sagte Pete und pfiff durch die Zähne. »Der ist ja wirklich total blau, Mr. Lafferty!«

»Hat eine ganze Flasche intus«, sagte ich vertraulich. »Trotzdem will er noch ordentlich einen draufmachen...«

»Das schafft er nie!« lachte Pete.

»Da haben Sie sicher recht«, antwortete ich lachend. »Komm schon, Kev, wir machen uns eine Ladung Kaffee...«

Ich schaffte ihn zur Wohnungstür zurück und stieß sie auf. »Tut mir leid, daß Sie umsonst gekommen sind, Pete«, sagte ich.

»Schon gut, Mr. Lafferty.«

Die Lifttüren schlossen sich.

Ich war so erschöpft, daß ich Kevin einfach zu Boden plumpsen ließ. Schweratmend setzte ich mich, zündete mir eine Zigarette an und überlegte mir den nächsten Schritt. Das Nachdenken artete zu Schwerarbeit aus.

Endlich stand ich auf und ging zum Fenster. Die Wohnung lag im siebzehnten Stockwerk des zwanzig Stockwerke hohen Gebäudes, und die Fenster gingen zur Straße hinaus. Der Bürgersteig war verdammt weit entfernt und verdammt hart. Ein mißtrauisches Auge konnte nicht mehr viel entdecken, sobald Kevin Culver diese Strecke nach unten zurückgelegt hatte.

Ich hob das doppelt gesicherte Fenster so weit es ging und zerrte die Leiche zum Sims. Unter Aufbietung aller Kräfte hievte ich den schlaffen Körper auf das Fensterbrett und drapierte ihn in sitzender Stellung, daß er nicht hinausstürzte. Eine scheußliche Arbeit, das kann ich Ihnen sagen, aber ich hatte ihn schließlich soweit.

Dann verließ ich die Wohnung und ging zum Fahrstuhl.

»Wie geht es Mr. Culver?« fragte Pete auf der Jagd nach ein paar Brocken Liftklatsch.

»Ich nehme an, gut.« Ich runzelte die Stirn. »Er war ziemlich hinüber. Redete ganz wirres Zeug...«

»Mann!« sagte Pete mit geweiteten Augen.

Ich durchquerte die Vorhalle und blieb an der Markise vor dem Haupteingang stehen. Dort nahm ich eine Zigarette aus der Tasche und tat, als klopfte ich mir die Taschen nach einem Streichholz ab. Schließlich wandte ich mich an Jimmy den Pförtner.

»Vielen Dank«, sagte ich, als er sein Feuerzeug schnappen ließ. »Wird kälter, meinen Sie nicht auch?«

»Ja, sieht so aus«, bemerkte Jimmy freundlich.

Ich trat einige Schritte zurück, entfernte mich von der Balustrade, und blickte betont nonchalant am Gebäude empor.

»Ich hoffe, daß mit Kev nichts ist«, sagte ich. »Haben Sie ihn schon mal auf dem Bildschirm gesehen, Jimmy?«

»Nein, dazu habe ich keine Gelegenheit, Mr. Lafferty. Meine Frau mag lieber Quizsendungen.«

»Schade. *He!*«

Das fiel nicht sonderlich dramatisch aus, aber schließlich bin ich Agent und kein Schauspieler.

»Was ist denn, Mr. Lafferty?«

»Sehe ich Gespenster?«

Ich starrte in die Höhe, und der Pförtner kam mir nach und legte die Hand über die Augen.

»Was ist denn?«

»Ich weiß nicht. Sieht aus, wie ein Mann auf einem Fensterbrett...«

»Mein Gott, Sie haben recht!«

»Welches Stockwerk ist das? Zwanzig, neunzehn, achtzehn – mein Gott!«

»Der Kerl muß verrückt sein!«

»Kevin!« brüllte ich. »Das ist Kevins Stockwerk!«

»Was können wir tun?« Jimmy begann so heftig zu zittern, daß seine Epauletten verrutschten.

»Rufen Sie sofort die Polizei an! Ich fahre hoch. Vielleicht kann ich ihn zurückhalten.«

»Ja, ja«, sagte der Pförtner und lief unentschlossen hin und her. Schließlich eilte er auf das Telefon in der Vorhalle zu, während ich direkt zum Fahrstuhl hastete. Pete blickte mir erstaunt entgegen, aber ich sagte nichts, denn er sollte mir während des letzten Teils der Aktion nicht zwischen den Füßen herumlaufen.

Im siebzehnten Stock stieg ich aus und hastete zur Wohnungstür. Ich stürmte hindurch wie ein Angriffsspieler beim Football und raste weiter, bis ich das Fenster erreichte. Dort war kein großer Schubs mehr erforderlich, um Kevins Leiche in die Tiefe segeln zu lassen.

Im nächsten Augenblick ließ ich den lautesten Schrei vom Stapel, den ich je produziert habe. Er klang so überzeugend, daß ich vor mir selbst Angst bekam.

Pete eilte in die Wohnung. Ich legte eine Hand über die Augen und deutete mit der anderen wortlos auf das offene Fenster. Er lief hinüber und blickte in die Tiefe.

»Der arme Mr. Culver«, flüsterte er.

Nun, ich war stolz auf mich. Ich war stolz auf die Aussagen von Jimmy und Pete. Ich war stolz auf den Kummer, den Hildy an den Tag legte, auf die Tränen, die sie weinte. Es war ihre großartigste Vorstellung überhaupt.

Ich hätte beinahe losgelacht, als Pete seine Version der Ereignisse darlegte. Er schwor, Kevin habe einige Minuten vor seinem Selbstmord nach dem Fahrstuhl geklingelt und sich im Suff mit mir gestritten. Was den Pförtner anging, so schilderte er in den dramatischsten Tönen, wie Kevin oben auf dem Fensterbrett stand und brüllend die Arme schwenkte. Man begegnete Hildy und mir nicht mit Verdächtigungen, sondern mit Mitgefühl, und von Autopsie war nicht die Rede.

Die Polizei ließ mich gegen Mitternacht nach Hause gehen, und ich blieb am Zeitungsstand an der Ecke stehen und kaufte die Morgenausgabe der Zeitung, die die Kolumne von Larry Cole enthielt.

Ich wartete mit der Lektüre, bis ich oben war.

Ich überflog den Artikel und erkannte sofort, daß Cole

sich entschieden hatte, meine Information nicht zu benutzen. Aber das war nicht mal das Schlimmste. Das Schlimmste war die Meldung, die er statt dessen brachte:

Kevin Culver, Star des Fernsehwestern Der schnellste Schütze, *hat Wilma Sudderth, Erbin der großen Lebensmittelkette, in letzter Zeit oft eskortiert. Freunde meinen, er sei drauf und dran, seine Ehe mit der Schauspielerin Hildegarde Hayes zu lösen...*

Mir lief es kalt über den Rücken. Die Story war genau das Gegenteil von dem, was ich hatte unterbringen wollen. Wenn die Polizei das sah, waren unangenehme Konsequenzen zu erwarten. Man würde sich fragen, warum ein Mann, der seine Frau wegen einer reichen Erbin verlassen wollte, Selbstmord beging...

Nun, Sie wissen ja, was danach geschah. Die Bullen sahen den Artikel und bestellten Larry Cole zum Verhör. Er erregte ihre Neugier so weit, daß sie eine Autopsie anordneten, und dabei wurde dann die Kugel in Kevins Kopf gefunden. Es machte keine Mühe, das Mordgeschoß mit dem kleinen Revolver in Hildys Nachttisch in Verbindung zu bringen. Sie wurde wegen Mord zweiten Grades schuldig gesprochen und bekam zwanzig Jahre. Ich wurde für Beihilfe nach der Tat belangt und kam infolge guter Führung nach zwei Jahren wieder raus. Stellen Sie sich vor – das sind genau zehn Prozent!

Der Unersetzliche

Als Jack Molton, Präsident von Molton, Vetch & Barnaby, das Zeitliche segnete, umfaßte sein Nachruf in der *Times* vier Spalten mit insgesamt fünfhundert Zeilen. Walter Vetch, Vizepräsident der Werbeagentur, rechnete am Erscheinungstag feierlich nach und stellte erfreut fest, daß der Text weitaus umfangreicher ausfiel als die Nachrufe auf einen Universitätspräsidenten, einen Nobelpreis-Physiker und etliche andere bedeutende Persönlichkeiten, die das Pech gehabt hatten, am gleichen Tag zu sterben wie Jack Molton.

Aber das war nur ein geringer Trost. Jack Molton war die Seele der Agentur gewesen, und seine Entscheidungsfreudigkeit und seine Fähigkeit, neue Kunden zu gewinnen und unzufriedene zu beruhigen, würden MV&B sehr, sehr fehlen.

Das Begräbnis war das größte und eindrucksvollste, das es seit vielen Jahren an der Ostküste gegeben hatte. Hinterher gab es manchen privaten Nachruf; die traurigsten Abschiedsworte aber fielen bei einer kleinen Feier in der Savoy-Carlton-Cocktailbar, wo Walter Vetch und Gil Barnaby feuchten Auges von dem alten J. M. Abschied nahmen.

»Ich dachte, der alte Gauner schliefe nur«, sagte Walter Vetch kopfschüttelnd. »Wir hatten gerade eine Projektsitzung über das Old-Panther-Budget, und der Text-Mann präsentierte uns die neue Kampagne. Jack saß mit geschlossenen Augen da.«

»Ich weiß«, sagte Gil Barnaby traurig, der dritte Partner der Agentur. »J. M. hat sich nie gern die Anzeigen angesehen. Er sagte immer, das wären die schmutzigen Einzelheiten. Er interessierte sich nur für das große Ganze.«

»Ich dachte, er schliefe«, wiederholte Walter und lutschte an einer Olive herum. Er war ein schlanker Mann mit sandfarbenem Haar und schweren Tränensäcken unter den Augen.

»Der alte Knabe wird uns fehlen«, sagte Gil seufzend.

»Und ob!«

Eine Zeitlang kauten sie Käsewaffeln. Gil stemmte die Ellenbogen auf die Bar und fuhr sich nachdenklich mit den Fingern über den Kopf. Er hatte eine spiegelglatte Glatze, und sein rundes Gesicht hatte geradezu unanständig nackt gewirkt, bis er sich klugerweise einen kleinen spitzen Schnurrbart wachsen ließ.

»Ich will ganz offen sein«, sagte er schließlich. »Ich mache mir Sorgen, Wally. Die Agentur wird es schwer haben.«

»Ich weiß«, stimmte der geschäftsführende Vizepräsident zu. »Ich spür's in den Knochen. Die Leute von Old Panther haben sich schon ganz komisch verhalten. Die Sitzung nächste Woche ist abgesagt – es hieß, man wolle die neue Kampagne nicht besprechen, solange J. M.s Kränze noch so frisch seien. Aber ich habe das Gefühl, es steckt mehr dahinter.«

»Dasselbe bei Cook-All. Heute früh rief mich der windige Werbemanager an. Drei Magazine haben sie abbestellt. Grundlos.«

»Na, du weißt ja, wie sehr sich J. M. gerade um diese Firma bemüht hat. Das gilt auch für Inkwiper Pens.«

Bedrückt brachten sie einen weiteren Martini hinter sich.

»Na ja, der alte J. M. hat sich da oben jetzt einen wichtigeren Kunden eingefangen«, sagte Walter, der zuweilen poetische Anwandlungen hatte.

»O ja«, stimmte Gil zu. »Der managt jetzt ein größeres Budget.«

»Er sitzt heute in einer größeren Projektkonferenz«, setzte Wally nach.

»Ja«, sagte Gil und schob seinem Partner die Rechnung zu.

In den nächsten beiden Wochen stellten die überlebenden Gründer der Firma Molton, Vetch & Barnaby fest, daß ihre Sorgen nicht unbegründet gewesen waren.

Walter Vetch wurde wie erwartet zum Präsidenten der Agentur ernannt und Gil rückte als sein Stellvertreter auf. Der Fachpresse und den Angestellten von MV&B ging die ernste Maxime zu, daß die Geschäfte wie gewohnt weitergingen.

Aber in Wirklichkeit war das nicht der Fall, und als Walter am Freitagnachmittag das Büro verließ, war er dermaßen deprimiert, daß er sofort nach Hause fuhr.

Seine Frau Alma blickte ihm überrascht entgegen.

»Was ist denn los? Stimmt etwas nicht?«

»Ob etwas nicht stimmt? Warum soll etwas nicht stimmen?«

»Es ist sechs Uhr. Du bist doch sonst erst um acht Uhr zu Hause. Ist dir nicht wohl?«

»Mir ist mies!«

Stöhnend ließ er sich auf das Sofa fallen. Seine Frau musterte ihn von der anderen Seite des Zimmers. Sie war eine großgewachsene, mütterliche Frau, die auf die Seufzer und Stimmungen ihres Mannes sofort einging. Sie kam zum Sofa und ergriff seine dünne Hand.

»Erzähl mir davon«, forderte sie ihn leise auf. »Ist in der Agentur etwas schiefgelaufen?«

»Es läuft überhaupt nichts mehr richtig«, sagte Walter. »Vielleicht gibt's in ein paar Wochen gar keine Agentur mehr.«

»Wieso? Was ist denn los?«

»Nun, zum Beispiel Old Panther. Du weißt ja, wie sehr die Leute sich auf J. M. verlassen haben. Wir konnten sie von der neuen Kampagne nur überzeugen, indem wir ihnen sagten, J. M. habe bei der letzten Projektsitzung noch zugestimmt.«

»Stimmt das denn?«

»Nein!« ächzte Walter. »Ehe er die Anzeigen zu Gesicht bekam, war er tot, oder er schlief schon. Doch um aus der Klemme zu kommen, mußten wir lügen.«

»Nun, warum machst du dir deswegen Sorgen? Wenn die Kampagne steht...«

»Aber wie lange geht das noch weiter? Ich glaube nicht, daß die Leute von Old Panther außer Jack Molton irgend jemandem getraut haben. Und dann Cook-All. Die Firma hat ihre Werbung überhaupt storniert; man will sich die Sache überlegen. Und bei Inkwiper Pens bekommen wir nicht einmal einen Termin...«

»Na, na«, sagte seine Frau leise.

»Die Lage ist ernst! In der ganzen Madison Avenue wird schon geredet. MV&B macht zu, MV&B hat Probleme, MV&B kann ohne Jack Molton nicht überleben...«

Das Telefon klingelte. Alma hob ab.

»Für dich«, sagte sie. »Gil Barnaby.«

Walter griff nach dem Hörer. Er ahnte Schlimmes.

»Ja, Gil?«

Er lauschte in düsterem Schweigen.

»Schön, Gil«, sagte er dann. »Wir reden Montag darüber.«

Er legte auf und lehnte müde den Kopf zurück.

»Gil hat einem Freund von einer anderen Agentur einen Drink spendiert. Cook-All hat mit der Konkurrenz gesprochen. Wir sind erledigt, Alma!«

»Na, na«, sagte seine Frau.

Sie verharrte etwa zehn Minuten lang in dieser Stellung. Alma dachte angestrengt nach.

»Wally«, sagte sie. »Ich weiß, daß du dich darüber aufregst, und will es lieber gar nicht sagen.«

»Was denn?«

»Nun, ich weiß ja, was du von Madame Vischnapolski hältst, und spreche daher gar nicht von ihr. Aber wenn du näher darüber nachdenkst...«

»Wovon redest du eigentlich?« Er hatte sich aufgerichtet

und starrte in ihr gutmütig-rundliches Gesicht. »Wer ist Madame Vischnapolski?«

»Du weißt doch! Du hast mich eine törichte Närrin gescholten, weil ich zu ihr gehe. Wo du aber jetzt in der Klemme steckst...«

»Alma, nimmst du bitte endlich Vernunft an? Ich weiß nichts von einer – Moment mal! Du meinst doch nicht etwa das verrückte Medium?«

Alma zog einen Schmollmund. »Na, wenn du so darüber denkst!«

»Nein, red ruhig weiter. Was hat Madame Sowieso mit der Agentur zu schaffen?«

»Ich habe dir von ihr erzählt, Walter. Sie ist eine wunderbare Frau. Wirklich aufgeschlossen, sensibel. Schon bei meinem ersten Besuch holte sie mir Onkel Julian zurück. Er sah zwar fürchterlich aus, aber es war Onkel Julian. Du weißt ja, daß er viel zuviel trank.«

»Na und?«

»Nun, du brauchst nur an Tante Margarets Teeservice zu denken, das wir für völlig wertlos hielten! Onkel Julian hat mir gesagt, ich sollte...«

»Um Himmels willen!« explodierte Walter. »Das Haus steht in Flammen, und du redest von Teegeschirr! Was geht mich Tante Margaret an, zum Teufel? Oder Onkel Julian? Oder...«

»Walter!« Alma hob die Hand vor den Mund. Tränen traten ihr in die Augen. »Schon gut, wenn du dir nicht helfen lassen willst, ist das deine Sache. Aber wenn es Madame Vischnapolski gelungen wäre, Mr. Molton zurückzuholen, und wenn du ihn dann um Rat gebeten hättest, dann...«

Wally hatte die Augen aufgerissen und starrte ins Leere. Er öffnete den Mund, um seine Meinung über diesen Vorschlag hinauszustammeln, doch es war nichts zu hören. Denn Almas Worte waren das Echo des Gedankens, der ihn seit Jack Moltons Beerdigung verfolgte, ein Gedanke, der immer wieder zurückkehrte: »Wenn nur J. M. hier wäre...«

Er biß die Zähne zusammen und sagte: »Du bist ja verrückt, Alma. Deine Mutter ist verrückt, dein Vater ist verrückt, deine Schwester ist verrückt, und *du* ebenfalls. Aber ich sage dir eins. Mach einen Termin mit deinem Medium aus. Fordere sie auf, Jack Molton zurückzuholen. Wenn es ihr gelingt, gib mir Bescheid.«

»Ach, Walter. Ich wüßte gar nicht, was ich zu Mr. Molton sagen sollte. Warum redest du nicht mit ihm?« Sie lächelte mädchenhaft.

»Weil ich das nicht tun kann. Weil das alles Unsinn ist!«

»Was hast du zu verlieren?«

Es war eine derart unschuldig-vernünftige Frage, daß der neue Präsident von MV&B keine Antwort darauf wußte. Hastig sagte er: »Na, schön, wir geben ihr einen Versuch.«

Madame Vischnapolskis Etablissement befand sich im ersten Stockwerk eines bescheidenen Sandsteinhauses in der Nähe der Dritten Avenue. Die Atmosphäre erinnerte etwas an ein exklusives Restaurant, und die Madame selbst wirkte wie eine Hostess bei Schrafft – eine große schwarzgekleidete Frau mit Pferdegebiß, deren Blick stets entrückt in die Ferne schweifte – vielleicht war sie aber auch nur sehr kurzsichtig. Sie versprach Almas Mann einen interessanten Abend. Walter blickte sich zweifelnd in dem Zimmer um, das dicke Vorhänge, einen staubigen Perserteppich und Bridgestühle aufwies.

»Die Einflüsse sind heute abend ausgezeichnet«, sagte Madam Vischnapolski lächelnd in einem Ton, in dem ein Oberkellner das Kalbskotlett in Brotteig empfehlen mochte. Walter verschränkte die Arme und starrte zornig auf den blauen Samtvorhang, vor dem sie hatten Platz nehmen müssen.

»Wir müssen unsere gesamte Konzentration aufbringen

und benötigen eine Aura der Zuversicht«, sagte die Madame. »Wir müssen das Ozon mit Gläubigkeit und mitfühlenden Vibrationen füllen. War Mr. Molton ein Verwandter von Ihnen?«

»Nein«, brummte Walter. »Mein Geschäftspartner.«

»Dann werde ich den Gebrochenen Flügel bitten, heute sehr sachlich zu sein«, sagte Madame Vischnapolski, setzte sich neben dem Vorhang nieder, schloß die Augen und verschränkte die Arme.

»Wer ist der Gebrochene Flügel?« fragte Walter.

»Ihre Kontaktperson in der anderen Welt«, flüsterte Alma. »Eine indianische Squaw.«

Walter saß fünf Minuten unruhig in der Dunkelheit, während sich das Medium mit seinem unsichtbaren Partner auf ein ernstes Gespräch einließ.

Fünf weitere Minuten vergingen, und Walter war schon willens, die ganze Sache zu vergessen und nach Hause zu gehen.

»Er kommt«, verkündete Madame Vischnapolski plötzlich. »Der Geist nähert sich. Sprich, Geist, Sprich zu deinen Freunden...«

Ein kalter Lufthauch fuhr durch das Zimmer, und Walter fröstelte.

»Schließ das verdammte Fenster!« sagte er laut.

»Schließ es doch selbst«, antwortete eine Stimme. »Glaubst du, ich habe den weiten Weg zurückgelegt, um ein blödes Fenster zuzumachen?«

Ein Lichtfleck lief am blauen Samtvorhang auf und nieder. Im wilden Zickzack bewegte er sich hierhin und dorthin und wurde immer größer, bis sich eine Menschengestalt daraus formte. Eine kleine Gestalt, rundlich und mit kahlem Schädel und einer Zigarre im Mund. Das Bild wirkte hier und dort verwischt, doch es konnte sich um Jack Molton handeln.

»J. M.!« rief Walter. »Sind Sie's wirklich, J. M.?«

»Wer da?« fragte die Gestalt gereizt. »Wer ist das da draußen?«

»Ich!« rief Wally heiser. »Walter Vetch! Sind Sie es?«

»Natürlich bin ich es! Was wollen Sie, Vetch?«

Walter spürte, wie eine Hand ihn berührte, und schrie auf. Aber es war lediglich Alma, überwältigt vom Erfolg der Madame.

»J. M., hören Sie zu«, fuhr er fort. »Es tut mir leid, daß ich Sie stören muß, aber wir haben Probleme in der Agentur. Können Sie uns helfen?«

»Nun«, sagte der Geist barsch. »Ich habe selbst viel zu tun. Muß mich hier erst einarbeiten, wissen Sie. Aber schön, Vetch, schießen Sie los.«

»Die Sache ist die«, sagte Walter. »Seit Ihrem Fortgang sind praktisch alle Kunden nervös geworden, zum Beispiel Old Panther. Und Cook-All. Und Inkwiper Pens...«

»Na und?«

»Also, wir brauchen Rat, J. M. Zum Beispiel hat Gil Barnaby gestern munkeln hören, daß sich Cook-All nach einer neuen Agentur umsieht. Sie wissen ja, was für ein Wiesel der Werbemanager bei Cook-All ist. Sie waren der einzige, der mit ihm umspringen konnte, J. M. ...«

»Natürlich!« Die Zigarre tanzte im Mund des Geistes auf und nieder. »Das kleine Stinktier war leicht zu bändigen, solange man nur das geheime Stichwort kannte.«

»Was für ein Stichwort?«

Der Geist lachte dröhnend. »Zweieinhalb Prozent!« sagte er. »Sie brauchen ihm nur ins Ohr zu flüstern: ›Zweieinhalb Prozent!‹ und schon springt er für uns ins Feuer.«

»Zweieinhalb Prozent? Aber J. M. ...«

»Es lohnt sich doch, oder? Jetzt lassen Sie mich aber wieder an die Arbeit gehen. Sie können sich nicht vorstellen, in welchem Zustand der Haufen hier ist. Man weiß nicht einmal, was ein Projektkomitee ist!«

»Aber J. M. ...«

»Wiedersehen, Vetch. Und halten Sie um Gottes willen die Squaw aus meinen Sitzungen raus, ja?«

Er murmelte noch etwas, die Zigarre glühte auf – dann war das Gespenst verschwunden.

Montag früh schlenderte Walter erstaunlich aufgekratzt in Gil Barnabys Büro und setzte sich.

»Telefon«, sagte er und streckte die Hand aus.

Gil kam der Aufforderung nach. Walter ließ sich mit dem Werbemanager von Cook-All verbinden.

»Hallo, Tom!« sagte er. »Freut mich, daß Sie da sind. Sagen Sie mal, Tom, wir haben gehört, daß Sie sich nach einer anderen Agentur umsehen...« Er blinzelte Gil zu. »Na, na, Tom. Ich weiß, daß Sie sich schwertun wegen des alten J. M., doch ich wollte Ihnen noch etwas sagen, ehe Sie eine Entscheidung treffen. Zweieinhalb Prozent, Tom.«

Gil Barnaby blickte seinen Partner entsetzt an, doch Walter lächelte nur.

»Okay, Tom! Dann bringen wir die Anzeigen diese Woche noch unter. In Ordnung, Tom. Bis bald!«

Triumphierend legte er den Hörer auf.

»Was ist los?« fragte Gil. »Worum ging es bei dem Anruf?«

Walter inspizierte seine Fingernägel. »Ich habe eben ein kleines Problem aus der Welt geschafft. Über Cook-All brauchen wir uns keine Sorgen mehr zu machen.«

Gil starrte ihn düster an. »Mit *dem* Budget mag ja alles in Ordnung gehen«, sagte er. »Aber über Inkwiper Pens wirst du nicht so begeistert sein. Sieht aus, als wären sie bereit, uns aus dem Geschäft zu werfen. Und sie haben einen doppelt so großen Etat wie Cook-All!«

»Das ist ja wirklich schlimm«, sagte Walter stirnrunzelnd. »Aber vielleicht werden wir mit dem Inkwiper-Problem auch noch fertig. Hängt alles von den Einflüssen ab.«

»Was für Einflüssen?«

»Von den geistigen Einflüssen, Gil. Ich habe eine tolle Nachricht für dich! Es ist kaum zu fassen, aber ich habe Sonnabend mit J. M. gesprochen... Er hat mir genau gesagt, was ich wegen Cook-All unternehmen soll. Bei Inkwiper Pens kann er mir ebenso helfen.«

Gil Barnaby stand hinter seinem Schreibtisch auf. Freundlich lächelnd ging er zur Tür.

»Komm zurück!« sagte Walter lachend. »Ich erzähle dir alles!«

Das tat er. Gil hörte ihm staunend zu, sein spitzer Schnurrbart hing wie ein Ausrufungszeichen über seinen geöffneten Mund herab. Als Walter fertig war, wirkte er noch immer nicht überzeugt.

»Na schön«, sagte sein Partner grimmig. »Ich beweise es dir. Heute abend noch. Telefon!«

Madame Vischnapolski freute sich sehr über Walter Vetchs Besuch. Als er sich nach den Einflüssen erkundigte, antwortete die Madame, sie seien vielleicht nicht ganz so gut wie am Sonnabend, aber ein Versuch lohne sich durchaus.

Sie versuchte es, während Gil nervös vor dem blauen Samtvorhang saß. Walter war dagegen sehr entspannt.

Diesmal dauerte es eine Viertelstunde, bis das Licht herbeigerufen war. In wirren Kurven hüpfte es herum und blähte sich schließlich zur rundlichen Gestalt Jack Moltons auf, eine frische Zigarre im Mund.

Walter hörte Gils verblüfften Ausruf und lachte leise.

»Hallo, J. M.«, sagte er freundlich. »Tut mir leid, daß wir Sie schon wieder stören müssen. Hoffentlich haben wir Sie nicht noch einmal aus einer Konferenz herausgeholt?«

»Nein«, knurrte der Geist. »Aber ich habe gerade einen Bericht diktiert. Was ist denn jetzt wieder los?«

»Sind Sie es wirklich?« fragte Gil leise.

»Natürlich bin ich das!« donnerte der Geist. »Wer is'n da?«

»Ich«, antwortete Gil. »Gil Barnaby. Wie geht es Ihnen, J. M.?«

»Habe viel zu tun, verdammt viel zu tun. Ein schlimmes Durcheinander – Sie können sich das nicht vorstellen. Ich wünschte wirklich, ich hätte einen guten Verwaltungsmann wie Sie, Barnaby. Das würde mir die Arbeit hier sehr erleichtern. Wenn Sie mal einen Job wollen...«

»Vielen Dank«, sagte Gil und schluckte. »Mir gefällt es hier ganz gut, J. M.«

»Na, denken Sie mal darüber nach. Eine große Gelegenheit, mein Junge!«

Walter räusperte sich. »Entschuldigen Sie, J. M., aber wir haben ebenfalls ein kleines Problem. Es geht um das Inkwiper-Pens-Budget.«

»Inkwiper? Was ist los?«

»Na, dasselbe wie schon neulich. Sie fehlen den Leuten sehr, J. M. Wir hatten gehofft, Sie könnten uns einen Rat geben...«

»Einen Rat? Hören Sie, ich habe eigene Probleme, die sind viel größer als Ihre mickerigen Kopfschmerzen!«

»Aber J. M.! Sie wissen doch, daß wir Sie noch immer zur Firma zählen. Solange MV&B existiert, werden Sie für uns am Leben sein!«

Das schien dem Geist nahezugehen. »Na ja«, knurrte er. »Bei Inkwiper schnappt man sich am besten ein Mädchen, das Holly Sorghum heißt. Sie führt ein kleines Tagebuch über Mr. Inkwiper. Sie will bestimmt viel Geld dafür, aber wenn das Budget in Gefahr ist, sollten Sie den Betrag zahlen. Allerdings nicht mehr als hunderttausend.«

»Vielen Dank!« sagte Walter begeistert. »Vielen Dank, J. M.!«

»Oh, bitte sehr. Jetzt hören Sie aber auf, mich zu stören. Ich habe hier zuviel Arbeit. Und, Barnaby...«

»Ja, Sir?«

»Denken Sie über das Angebot nach. Über das Gehalt will

ich noch nichts sagen; fällt mir schwer rauszufinden, was hier als Geld umläuft. Vielleicht können wir eine Art Beteiligungsplan ausarbeiten.«

»Ich glaube nicht«, sagte Gil beherrscht und steckte einen Finger in seinen Hemdkragen.

»Also, brauchen täte ich Sie schon, mein Junge. Ehrlich!«

Das Bild verblaßte, und das Licht wurde eingeschaltet.

»Alles in Ordnung?« fragte Madame Vischnapolski besorgt.

»Ausgezeichnet!« sagte Walter. »Wirklich ausgezeichnet!«

Aber Madame Vischnapolski sollte die beiden Agenturpartner nicht zum letztenmal empfangen haben. Schon in der nächsten Woche stellten sie sich zu einer weiteren Konferenz ein. Zwei Tage später kamen sie wieder. Und drei Tage drauf riefen sie den Geist Jack Moltons erneut zu sich.

Die Geschäfte der Agentur begannen zu gehen. Der Kundenkreis der Firma war nicht nur gesicherter als zuvor, sondern es begannen sich auch neue Klienten einzustellen. Innerhalb von drei Monaten hatte sich der Umsatz der Agentur um fast zwei Millionen Dollar erhöht.

An einem Freitagmorgen, vier Monate nach Jack Moltons Dahinscheiden, hielten Walter und Gil ihre sechste Konferenz mit dem Schatten des ehemaligen Firmenpräsidenten.

»Was ist denn jetzt schon wieder?« knurrte Jack Molton. Er sah abgespannt aus.

»Tut mir leid, J. M.«, sagte Walter freundlich. »Aber die Sache ist so wichtig, daß wir Sie unbedingt rufen mußten. Wissen Sie, ein Anzeigevertreter hat uns einen heißen Tip gegeben...«

»Ja«, warf Gil begeistert ein, »eine wirklich großartige...«

»Ich will es Ihnen genau beschreiben«, sagte Walter. »J. M., in der Stadt wird gemunkelt, der Monkey-Zigarettenkonzern suche nach einer neuen Agentur. Was halten Sie *davon*?«

»Na und?« fragte der Geist verächtlich, nahm die Zigarre

aus dem Mund und blickte stirnrunzelnd auf das zerkaute Ende.

»Na *und*? Der zweitgrößte Werbeetat in Amerika. Vierzig Millionen Dollar Werbeumsatz! Zwölf Fernsehsendungen. Zweiundfünfzig Farbseiten. Damit könnte sich die Agentur über Nacht verdoppeln!«

Der Geist gähnte.

»Begreifen Sie das nicht?« fragte Gil verzweifelt. »So eine Chance bekommt man nur einmal im Leben!«

»Richtig!« sagte der Geist. »Was geht das also mich an? Für meine Verhältnisse ist das eine Kleinigkeit, meine Herren, eine Kleinigkeit. Ich habe *viel* größere Probleme zu lösen. Wenn ich nur ein wenig Hilfe hätte...«

»Sie müssen uns helfen!« flehte Walter. »Nur noch einmal, J. M.!«

»Ihnen helfen? *Ich* brauche hier Hilfe. Haben Sie eine Ahnung, wie groß der Markt hier ist? Milliarden! *Milliarden!* Mehr Konsumenten, als man sich vorstellen kann, Vetch! Umgeben bin ich von Idioten! Glotzköpfen! Ich sage Ihnen, wenn ich einen guten Verwaltungsmann hier hätte, bekäme ich die Sache im Nu in den Griff.«

»Aber es ist doch noch immer Ihre Agentur«, sagte Gil Barnaby. »Wollen Sie nicht, daß wir expandieren?«

»Warum denn? Und was Sie angeht, Barnaby, vergessen Sie mein Angebot nicht. Ich gebe Ihnen das Zehnfache Ihres jetzigen Gehalts. Hören Sie, wir beide zusammen könnten...«

»Schon gut!« sagte Walter zornig. »Wenn das Ihre Einstellung ist, J. M., müssen wir eben ohne Sie fertig werden. Wenn Sie das so wollen.«

Er machte Anstalten aufzustehen, doch der Geist musterte ihn plötzlich mit neuem Interesse in den ektoplasmischen Augen.

»Moment mal«, sagte er leise. »Einen Augenblick, Vetch.«

»Ja?«

»Vielleicht springe ich wirklich ein bißchen zu hart mit euch um, Jungs. Ich mache Ihnen einen Vorschlag. Ich helfe Ihnen, Monkey als Kunden zu gewinnen. Nur meine ich, daß Sie zuerst Ihre anderen Probleme aus der Welt schaffen sollten.«

»Was für Probleme? Alles läuft bestens!«

»Das bilden Sie sich ein«, antwortete der Geist. »Mag ja sein, daß Sie glauben, bei Cook-All stünde alles zum besten, aber das ist ein Irrtum. So wie ich den Werbemanager kenne, fangen die Probleme gerade erst an. Meine Kontaktleute hier teilen mir mit, daß er Ärger machen will...«

»Ach?« Walter schluckte trocken herunter.

»Garantiert. Das Leck sollten Sie sofort stopfen!«

»Aber wie?«

»Sie müssen sich an die Spitze wenden. Rufen Sie den alten Hotchburn an, den Präsidenten von Cook-All. Sagen Sie ihm dasselbe.«

»Zweieinhalb Prozent?«

»Genau. Und damit nicht genug. Sie sollten sich auch gleich noch an Holly Sorghum wenden. Sie wissen schon, Mr. Inkwipers Freundin. Wie man so hört, will sie mit einer anderen Agentur abschließen...«

»Aber ich habe doch das Tagebuch gekauft! Hunderttausend haben wir dafür bezahlt!«

»Ich weiß. Aber sie hat noch eine Fotokopie. Sie sollten ihr schleunigst weitere hunderttausend zahlen.«

»Aber das können wir uns nicht leisten. Damit greifen wir unser Kapital an!«

Der Geist lachte. »Natürlich liegt die Entscheidung bei euch, Jungs. Ansonsten aber seid ihr geliefert. Und da wir gerade davon sprechen, Old Panther ist dicht vor dem Abspringen. Man will die neue Kampagne killen. Sie sollten schleunigst etwas Neues entwerfen lassen. Ich würde zu einer Tierkampagne raten, kleine Kaninchen und so. Die Leute bei Old Panther lieben solchen Blödsinn!«

»Mann, J. M.!« sagte Walter. »Ich weiß gar nicht, wie wir Ihnen danken sollen. Wir kümmern uns sofort darum!«

»Ja, tun Sie das«, sagte der Geist freundlich. »Dann kommen Sie bitte wieder zu mir, und wir unterhalten uns über den Monkey-Konzern. Da habe ich schon ein paar tolle Ideen!«

Als der Kontakt unterbrochen war, gab Walter Madame Vischnapolski fünfzig Dollar mehr als sonst. Es hatte sich gelohnt.

In die Agentur zurückgekehrt, verloren Walter und Gil keine Zeit. J. M.s Vorschläge wurden nacheinander in die Tat umgesetzt. Am Abend waren sie dermaßen außer sich vor Triumph und der Hoffnung auf kommende Reichtümer, daß sie beinahe vier Stunden lang im Savoy-Carlton saßen und sich gegenseitig zuprosteten, nicht ohne einen Extra-Martini auf das Andenken des lieben alten Jack Molton zu trinken.

Montag früh kehrten beide nach einem herrlichen Wochenende ins Büro zurück und ernteten die Früchte ihres Tuns.

Zunächst kam ein Kündigungsschreiben von Cook-All.

»Das verstehe ich nicht!« ächzte Walter. »Hast du Hotchburn nicht angerufen?«

»O doch«, sagte Gil. »Ehrlich, Wally. Ich bot ihm zweieinhalb Prozent vom Bruttogewinn der Agentur, so wie J. M. es gesagt hat.«

»Na, was hat er darauf geantwortet?«

»Nichts! Er sagte nur: ›Vielen Dank!‹ Das ist alles. Vielen Dank!«

Eine Stunde später kehrte der für das Old-Panther-Budget verantwortliche Mitarbeiter von einem Besuch beim Kunden zurück. Er hatte die neue »Tier«-Kampagne vorgetragen, eine großartige Sache, die man über das Wochenende vorbereitet hatte: eine ganze Horde hüpfender Kaninchen rings um die Old-Panther-Flasche. Der Agenturmitarbeiter lieferte einen bestürzenden Bericht.

»Die Leute haben sich das angesehen, weiter nichts«, sagte er. »Sie starrten lange Zeit darauf. Plötzlich schreit der Präsident los. Ehrlich – er hat richtig gekreischt. Offenbar hat er eine Art Kaninchenphobie. Er dreht durch, wenn er so ein Viech nur sieht...«

»Nein, nein!« stöhnte Walter. »Und was dann?«

»Nichts. Man hat mich aufgefordert zu gehen. Weiter nichts.«

»Weiter nichts?« fragte Gil.

»Ach ja, da war noch etwas. Ich soll mich nie wieder sehen lassen.«

Am Spätnachmittag leistete der Finanzbuchhalter von MV&B seinen fröhlichen Beitrag zum Tage. Der Scheck über hunderttausend Dollar, der an Holly Sorghum gegangen war, hatte das Konto der Agentur mit vierzigtausend ins Minus rutschen lassen.

Als es dunkel wurde, war die Story in allen Bars, Restaurants, Büros, Taxis und Vorortzügen in der Nähe der Madison Avenue herum.

Mit MV&B war es aus.

Am nächsten Tag kam der Kündigungsbrief von Old Panther. Mr. Inkwiper erfuhr von Hollys zweitem Tagebuch, faßte sich ein Herz und gestand seiner Frau die Wahrheit. Sie verzieh ihm im Verlaufe einer Versöhnungsszene, an der Tolstoi seine Freude gehabt hätte, und er kündigte prompt die Agentur. Am späten Nachmittag hatten auch die verbleibenden vier Kunden der Agentur aufgehorcht und zogen sich von der wankenden Firma zurück.

Als Walter Vetch zu Hause eintraf, kam ihm seine Frau Alma mit tröstend ausgestreckten Armen entgegen. Er begann zu schluchzen.

»Wie konnte er uns das nur antun!« klagte er.

»Wer denn?« fragte Alma leise. »Wer, Walter?«

»Jack Molton!« rief er unter Tränen. »Dieser gemeine Verräter! Der hätte es verdient, zum zweitenmal zu sterben!«

Sie gab sich größte Mühe, ihn zu trösten.

»Ich kann ja nähen«, sagte sie schlicht. »Wirklich gut nähen, Walter.«

Eine Stunde später klingelte das Telefon. Alma nahm das Gespräch entgegen und blickte auf ihren friedlich schlummernden Mann hinab. Seine Hand lag in ihrem Schoß, und er träumte von Reichtum und Erfolg.

»Wie bitte?« fragte sie. »Oh, mein Gott!«

Sie lauschte noch einige Sekunden lang und legte dann vorsichtig auf.

»Was ist?« fragte Walter verschlafen.

Alma betupfte sich mit dem Schürzensaum die Augen. »Das Mount-Kisko-Krankenhaus. Es geht um Gil, Walter.«

»Gil? Was ist mit ihm?«

»Ach, Walter!« schluchzte sie. »Er ist aus dem Fenster gesprungen! Gil hat Selbstmord begangen! Ach, was für eine Tragödie!«

Madame Vischnapolski blickte ihn überrascht an.

»Aber Mr. Vetch!« sagte sie. »Es ist fast Mitternacht!«

»Egal!« sagte Walter grimmig. »Glauben Sie mir, Madame, es ist dringend. Sehr dringend!«

»Nun, ich glaube nicht, daß ich so spät noch einen Kontakt herstellen kann. Der Gebrochene Flügel geht immer sehr früh schlafen...«

»Versuchen Sie es bitte! Es ist wirklich wichtig!«

Sie schalteten das Licht aus und ließen die Einflüsse Platz gewinnen. Es dauerte fast eine halbe Stunde, bis das vertraute Licht auf dem blauen Samtvorhang erschien, und Walter seufzte erleichtert auf, als sich schließlich die rundliche Gestalt Jack Moltons herausschälte.

»Was wollen *Sie* denn, Vetch?«

»Sie wissen, was ich will! Gil Barnaby!«

»Barnaby? Was ist mit ihm?«

»Soll das heißen, Sie haben es nicht gewußt? Er ist heute abend aus dem Fenster gesprungen. Selbstmord!«

»Ach ja. Davon habe ich gehört. Freut mich, daß ich Barnaby wiedersehe. Der beste Organisationsmann in der Branche. Natürlich ist er noch in Quarantäne. Aber sobald er rauskommt...«

»Ist das alles, was Sie dazu zu sagen haben?« Walters Stimme klang verbittert. »Die ganze Sache war doch *Ihr* Fehler. Sie haben uns hereingelegt. Bewußt hereingelegt! Sie haben die Agentur in den Bankrott getrieben!«

»Ach?« fragte der Geist gelassen und musterte die lange Asche an seiner Zigarre. »Nun, damit habe ich Ihnen nur Arbeit erspart, Vetch. Früher oder später hätten Sie die Sache ohnehin in den Sand gesetzt. Außerdem brauchte ich so schnell wie möglich einen guten Verwaltungsmann.«

Walter riß die Augen auf. »Soll das heißen, Sie haben das ganz absichtlich getan? Nur um sich Gil zu holen?«

»Nun, in gewisser Weise war es nur eine Hoffnung, wissen Sie. Man weiß ja nie, wie jemand in einer Krise reagiert. Ich bin froh, daß Barnaby meinen Standpunkt schließlich eingesehen hat.«

»Von allen schmutzigen Tricks, die ich je erlebt habe...! Wie konnten Sie das nur tun, J. M.?«

»Einfach, wenn man sein Köpfchen einsetzt.« Er blickte Walter von der Seite an. »Sagen Sie mal, Vetch, wo Sie doch jetzt keine Arbeit mehr haben...«

»Was?«

»Ich könnte im Projektkomitee noch einen *zweiten* guten Mann gebrauchen. Keine besonderen Schwierigkeiten, eine leitende Position. Wollen Sie mal darüber nachdenken?«

»Hören Sie!« sagte Walter zornig. »Nur weil *Sie* nach da oben versetzt worden sind, haben Sie noch lange nicht das Recht, mich...«

»Wie bitte? Was soll das heißen – ›nach da oben‹?«

Walter starrte auf das schimmernde Bild auf dem Vorhang.

»Na, nach *oben*«, wiederholte Walter blinzelnd. »Sie wissen schon. Hinauf.«

»Sie irren sich in der Richtung«, antwortete der Geist zornig. »Glauben Sie wirklich, wenn ich *oben* wäre, hätte ich all diese Probleme, all den Ärger mit der Bürokratie, all die Frustrationen?«

»Sie sind doch nicht etwa...«

»Natürlich! Aber ich schaffe die Kerle! Ich organisiere diesen Haufen, und wenn es mich tausend Jahre kostet. Wo jetzt Gil zu mir stößt, geht es bestimmt einfacher. Und wenn ich *Sie* noch hier begrüßen kann, Vetch...«

»Nein!« rief Walter. »Ich arbeite nicht für Sie, J. M.! Niemals!«

»Niemals?« fragte der Geist lachend. »Ach, das würde ich nicht sagen. Früher oder später sitzen Sie in meinem Projektkomitee. Warum nicht gleich?«

»Madame Vischnapolski!« schrie Walter. »Machen Sie das Licht an! Schnell!«

Das Licht flammte auf, und die Madame saß schwankend in ihrem Sessel. Als sie wieder zu sich kam, sagte sie: »Tun Sie das nicht noch einmal! Davon bekomme ich schreckliche Kopfschmerzen...«

Es hatte zu regnen begonnen, und als Walter Vetch zu Hause eintraf, sah er aus wie ein verstoßener kleiner Hund. Beim Anblick seines angespannt-bleichen Gesichts sprang Alma vom Sofa auf, und der blaue Stoff, der in ihrem Schoß lag, fiel auf den Teppich.

»Alles in Ordnung mit dir, Wally? Du siehst schlecht aus. Ich mache dir einen Drink.«

»Nein!« Er hob die Hand wie ein Verkehrspolizist. »Nie wieder, Alma. Ich rühre keinen Tropfen Alkohol mehr an!«

»Du scheinst mir ernsthaft krank zu sein.«

»Ich bin nicht krank. Mir ist nur nicht nach Alkohol. Ich werde so manche Dinge aufgeben.« Er umfaßte ihre rundlichen Hände und zog sie auf das Sofa. »Es wird sich allerhand ändern, Alma. Es *muß* sich ändern.« Sein Blick fiel auf den blauen Stoff zu seinen Füßen. »Was ist denn das?«

»Ein Kleid. Ich mache mir ein Kleid. Ich hab's dir doch gesagt, Wally. Ich kann sehr gut nähen.« Sie hielt es stolz empor. »Gefällt es dir?«

»Sieht hübsch aus«, sagte er. »Wirklich hübsch, Alma.«

»Ich bin froh, daß ich wieder mit Nähen angefangen habe«, sagte sie, setzte sich auf dem Sofa zurecht und nahm Nadel und Faden zur Hand. »Du weißt ja, was meine Oma immer gesagt hat. ›Der Teufel findet Arbeit...‹«

»Du hast ja so recht«, sagte Walter fröstelnd und starrte in die zuckenden Flammen des Kaminfeuers.

Knopf für einen Chinesen

Thurbold kehrte ausgeruht und sonnengebräunt vom Urlaub zurück, in den Schuhen noch Sand vom Waikiki-Strand. Doch schon nach fünf Minuten in der Klischeeanstalt fiel ihm Lous miesepetriges Gesicht auf. Während seiner Abwesenheit mußte etwas geschehen sein. Thurbold hatte seinem Partner die Firma drei Wochen lang überlassen; was hatte der andere in dieser Zeit angestellt?

»Raus damit«, sagte Thurbold. »Was hast du vermurkst?«

»Nichts, nichts!« sagte Lou energisch. »Edmunson wollte mit dir sprechen – schon am nächsten Tag kam ein Brief von Brewster, mit dem unser Auftrag zurückgenommen wird...«

»Wovon redest du da?«

»Edmunson ist raus aus der Herstellung, er arbeitet jetzt in der Versandabteilung. Der Brief kam vom neuen Herstellungschef. Warte, ich zeige ihn dir.«

Lou fand den Brief, und Thurbold las die drei kurzen Kündigungszeilen, mit denen seiner Firma neun Zehntel des Umsatzes genommen wurden. Brewster war ein Versandhaus, das seine superdicken Kataloge im ganzen Land herumschickte. Das jährliche Klischiervolumen Brewsters bildete den Grundstock für Thurbolds Geschäft. Er hatte diesen Auftrag mit Fleiß, technischem Können und einer kleinen »Servicegebühr« errungen, die unter dem Tisch an den Leiter von Brewsters Herstellungsabteilung gezahlt wurde. Charlie Edmunson war aber nun versetzt worden, und Thurbold hatte den großen Auftrag verloren. Mit zusammengekniffenen Augen versuchte er die Unterschrift des neuen Verantwortlichen zu entziffern.

»Walter Van Haas«, las er. »Wer zum Teufel ist Walter Van Haas?«

Er stellte Charlie Edmunson beim Mittagessen dieselbe Frage – und Charlie sagte: »Laß mich. Ich bin am Essen.«

»Raus damit«, forderte Thurbold. »Witze können wir uns später erzählen.«

»Er ist der reinste Pfadfinder«, sagte Charlie voller Abscheu. »Ein Schweinehund – ja, das ist Walter Van Haas.«

»Wie hat er deinen Job gekriegt?«

»Man hat ihn mir als Assistent auf den Hals geladen. Vor ein paar Wochen kommt er plötzlich mit einem Angebot der Avalon-Klischieranstalt, beinahe fünfzehn Prozent unter deinem Preis.«

»Warum hast du ihm nicht gesagt, er soll sich um seine eigenen Angelegenheiten kümmern?«

»Hab ich doch getan. Aber er gab keine Ruhe. Er sagte, er würde eine Aktennotiz machen, mit Durchschlägen an die Geschäftsleitung. Mit Avalons Zahlen wollte er beweisen, daß die Firma vierzigtausend im Jahr sparen könnte, wenn sie nur die Lieferanten wechselte. Da blieb mir nur ein vernünftiger Ausweg.«

»Und der war?«

»Ich bot ihm einen Anteil meiner Zuwendung. Wenn du nicht zum Wellenreiten auf Oahu gewesen wärst, hätte ich dich gebeten, das Geld aufzubringen, aber so...«

»Na, was war los? Hat es ihm nicht genügt?«

»Genügt? Er lief praktisch blau an, als ich ihm das Angebot machte. Er solle Schmiergeld nehmen? *Er*, der unbestechliche Walter Van Haas?«

»Schon begriffen«, sagte Thurbold. »Er lief zu den Chefs...«

Mit zu gerunzelter Stirn betrachtete Edmunson eine Olive. »Nein, das wäre nicht sein Stil, so etwas tut der ehrliche Walter nicht. Verpfeifen wollte er mich nicht, aber die Aktennotiz wollte er auch nicht anhalten. Ehe ich bis drei zählen kann, verpaßt mir der große Häuptling die gute Nachricht, daß ich in die Versandabteilung versetzt bin. Bei

Brewster schmeißt man ungern Leute raus, aber man weiß, wie man sie zum Kündigen bringt. Der Versand – das ist der erste Schritt nach draußen.«

»Unsinn!« sagte Thurbold. »Du hast eben nicht genug geboten. Deshalb ist Van Haas nicht angesprungen.«

»Irrtum. Du kennst diesen Kerl nicht, Dick. Van Haas hat die Ehrlichkeit mit Löffeln gefressen.«

»Ich kenne diese Typen. Man muß ihnen nur mehr ums Maul gehen und mehr zahlen.«

»Nein«, sagte Edmunson entschlossen. »Diese Nummer zieht nicht, Dick, ehrlich. Den brächtest du nicht mit einer Million vom Pfad der Tugend ab.«

Thurbold lachte kurz und freudlos auf. »Eine Million, eine Million! Die Zauberworte, die Manifestation des amerikanischen Traums! Charlie, hast du schon mal von dem Chinesenknopf gehört?«

»Dem was?«

»Haben dich deine Freunde als Kind nie vor dieses moralische Dilemma gestellt? Die Sache geht so. Nimm einmal an, man sagt dir, du könntest mit einem Knopfdruck das Leben eines Chinesen auslöschen, der viele tausend Kilometer entfernt lebt, eines Chinesen, der dir nicht mehr bedeutet als eine Schabe auf einem Bettlaken. Wenn du den anonymen Orientalen in den Tod schickst, erhältst du aber eine Million Dollar, steuerfrei. Was würdest du tun?«

Edmunson schnaubte spöttisch durch die Nase. »Keine Ahnung! Ich würde den Knopf wohl drücken.«

»Ja, richtig. Du würdest auf den Knopf drücken. Ich auch. Und das gleiche gilt für unseren moralischen Freund Van Haas.«

»Nein«, sagte Edmunson. »Der nicht, der bestimmt nicht. Der würde sich ausmalen, daß der Chinese Frau und Kinder hat...«

»Meinst du wirklich?«

»Bei Van Haas? Und ob! Van Haas würde nicht auf den Knopf drücken, nicht für zehn Millionen Dollar. Da siehst du, was für ein moralistischer Prediger der Kerl ist. Deshalb bist du deinen Brewsterauftrag los.«

»Er *würde* auf den Knopf drücken«, sagte Thurbold mit zusammengebissenen Zähnen. »Dieser scheinheilige Schweinehund! Er würde auf den Knopf drücken, wie wir alle.«

»Was macht das schon? Es gibt den Chinesenknopf doch gar nicht.«

Thurbold begann intensiv nachzudenken, und sein Blick wurde starr. Er griff nach dem Zuckerlöffel und blickte auf sein verzerrtes Spiegelbild auf der Metallrundung.

»Vielleicht gibt es ihn doch. Oder etwas in der Art. Wäre das nicht hübsch?«

»Bist du verrückt geworden?«

»Es muß ja kein Knopf sein, kein richtiger Knopf. Und auch kein Chinese. Van Haas – das hört sich niederländisch an. Wie wär's mit einem Holländer?«

»Ja«, sagte Edmunson und beantwortete damit seine eben gestellte Frage. »Du bist wirklich verrückt geworden.«

»Sobald er auf den Knopf gedrückt hat, sitzt er nicht mehr so hoch auf dem Roß, meinst du nicht auch? Wenn wir ihn rumkriegen, kann er nicht mehr mit einem Heiligenschein herumlaufen. Mord – das ist viel schlimmer als ein bißchen Schmiergeld.«

»Hör zu, Dick, müssen wir dieses Spielchen wirklich weiterspielen?«

»Dann hätten wir seine Integrität im Griff, nicht wahr?« Thurbolds Gesicht zeigte freudige Erwartung. »Dann könnten wir die Peitsche schwingen. Vielleicht kriegst du sogar deinen alten Posten zurück. Und ich meinen Auftrag...«

»Jetzt hör aber auf!« sagte Edmunson energisch. »Du redest hier über etwas, das es gar nicht gibt!«

Aber als sie das Lokal verließen, standen die Pläne für den Chinesenknopf im Detail fest.

Ende der Woche hatte Thurbold den Brief fertig, der die Grundlage für den Plan bildete; Edmunson hatte die grundsätzlichen Informationen über Walter Van Haas beigesteuert. Der in schlichter Schrift gehaltene Briefkopf verkündete: »*REES, LOUW & PIENAAR, Rechtsanwälte. Commissioner Street 200, Johannisburg, Südafrika.*«

Der Brief selbst lautete:

Sehr geehrter Mr. Van Haas,

unsere Firma sammelt Informationen für Unterlagen über die noch lebenden Angehörigen eines unserer Klienten. Würden Sie uns bitte die folgenden Tatsachen bestätigen:

Ihr Name: WALTER VAN HAAS.

Der Name Ihres Vaters: BENJAMIN VAN HAAS.

Der Mädchenname Ihrer Mutter: SYLVIA REACH.

Die Großeltern väterlicherseits: JAN VAN HAAS, ELSA VOORT.

Wenn die vorstehenden Tatsachen nicht zutreffen, würden Sie uns dann bitte umgehend verständigen? Wenn sie stimmen, brauchen Sie sich nicht weiter mit uns in Verbindung zu setzen.

Vielen Dank für Ihre Mitarbeit.

Der Brief wurde über eine Dienstleistungsfirma versandt, deren Spezialität es war, in allen Teilen der Welt Post abzusenden. Thurbold konnte sich die Szene bei der Ankunft des Schreibens vorstellen. Die Neugier Van Haas' und seiner Frau, die Kinder, die die ausländischen Marken haben wollten, das Herumrätseln über die Bedeutung der Anfrage.

Und als dann zwei Wochen später der Brief vergessen, abgelegt oder sogar weggeworfen war (denn die aufgeführten Tatsachen stimmten natürlich), war Thurbold bereit für eine Begegnung mit Walter Van Haas, den Chinesenknopf in der Tasche.

»Mr. Werner?« fragte Van Haas. (Thurbold hatte diesen Namen als sein Pseudonym gewählt.) »Ich hoffe, ich habe Sie nicht zu lange warten lassen.«

Er war ein großer, ungelenker Mann, der sich in dem vornehmen Lokal sichtlich unwohl fühlte. Rundgesichtig, mit Augen, die Loyalität verrieten. Ein freundlicher Gesichtsausdruck. Doch ließ das menschenfreundliche Lächeln einmal ein wenig nach, sah Thurbold die vertrauten Falten der alltäglichen Sorgen, des allzu schweren Lebens.

»Es ist nett von Ihnen, daß Sie mit mir essen«, sagte Thurbold. »Ich hätte auch zu Ihnen nach Hause kommen können, aber ich wollte Ihre Familie nicht nervös machen. Sie haben wie viele Kinder, Mr. Van Haas?«

»Vier«, sagte der Mann grinsend. »Wie die Orgelpfeifen, zwei, vier, sechs, acht. Sie sagten, Sie kommen von Rees, Louw und...? Tut mir leid, den letzten Namen kann ich nicht aussprechen. Meine Großeltern waren zwar Niederländer, aber wir übrigen sind Amerikaner reinsten Wassers.«

»Nein«, sagte Thurbold. »Ich komme nicht von den Rechtsanwälten in Johannesburg. Aber ich möchte über den Brief mit Ihnen sprechen.«

»Offen gestanden konnten Millie und ich damit nichts anfangen. An Verwandte in Südafrika erinnere ich mich nicht. Ich habe mit meinem Vater in Allentown gesprochen, der konnte sich das aber auch nicht erklären.«

Thurbold schlug die Beine übereinander. »Ich kann Ihnen einiges über den geheimnisvollen Mann verraten. Es handelt sich um einen entfernten Verwandten; sein Name würde Ihnen nichts sagen.«

»Aber Sie kennen den Namen?«

»Es ist mein Geschäft, solche Dinge zu wissen. Mein Informant war bei Rees, Louw & Pienaar angestellt. Wenn diese werten Herren ihr Interesse an Ihnen nicht erklären wollen – ich bin dazu bereit.«

»Ausgezeichnet. Wissen würde ich das gern.«

»Seine geschäftlichen Interessen drehen sich um Diamanten«, sagte Thurbold. »Er kam schon als Junge nach Südafrika. Jetzt ist er verwitwet und kinderlos. Er ist sehr reich und hat, soweit das ermittelt werden konnte, nur einen einzigen Erben.«

»Moment«, sagte Van Haas. »Soll das heißen, ich habe in Südafrika einen reichen Onkel?«

»Keinen Onkel. Einen Angeheirateten, um viele Ecken mit Ihnen verwandt.«

Van Haas lachte. »Unglaublich! Ich meine, wenn die Möglichkeit einer großen Erbschaft besteht, warum haben die Anwälte nichts davon gesagt?«

»Weil es dazu nichts zu sagen gab«, antwortete Thurbold. »Rees, Louw & Pienaar haben lediglich routinemäßig das Testament des Herrn geordnet. Zweifellos werden sie es früher oder später neu fassen, zugunsten eines näheren Verwandten, zum Beispiel zugunsten einer neuen jungen Frau. Ihr reicher Verwandter ist nämlich erst einundvierzig Jahre alt und erfreut sich bester Gesundheit. Wie alt sind Sie, Mr. Van Haas?«

»Dreiundvierzig.« Er schluckte und grinste schwach. »Das ist alles? Reine Routine?«

»Nein«, sagte Thurbold. »Das muß es nicht unbedingt sein. Nicht wenn Sie bereit sind, sich ein paar klare Worte anzuhören.«

Er zog seinen Stuhl näher heran.

»Mr. Van Haas«, fuhr er fort. »Dieser Fremde, der da elftausend Kilometer entfernt lebt, bedeutet Ihnen nichts – es sei denn, als Toter. Stimmen Sie mir zu?«

»Das läßt sich wohl nicht abstreiten.«

»In jenem von Unruhen heimgesuchten Land, mit der Apartheid und anderen Sorgen, sind Gewalttaten häufiger als anderswo. Dennoch hat Ihr reicher Verwandter durchaus die Chance, Sie zu überleben. Ihre Chancen, ein sorgenfreies

Luxusleben zu führen, stehen dagegen im Augenblick ziemlich schlecht.«

»Das brauchen Sie mir nicht noch unter die Nase zu reiben«, sagte Van Haas leise.

»Nun hören Sie mal gut zu. Was ist, wenn ich Ihnen sage, daß dieser Mann nächste Woche stirbt, und daß sein Nachlaß dann Ihnen zufällt?«

»Nun, der Mann täte mir leid.«

»Ein Mann, den Sie nicht mal kennen?«

»Nun, er ist immerhin ein Mensch.«

»Bitte antworten Sie ehrlich. Wie wäre Ihnen zumute!«

»Ich würde mich freuen!« platzte Van Haas heraus. »Ich bin schließlich auch nur ein Mensch, nicht wahr? Wie würden *Sie* reagieren?«

»Ebenso«, sagte Thurbold grinsend. »Selbstverständlich. Und deshalb sitze ich jetzt vor Ihnen. Ich möchte dieses Ereignis arrangieren, ohne daß Sie sich darum kümmern müssen, ohne daß Ihnen eine Verpflichtung daraus erwächst, solange Sie nicht völlig zufriedengestellt sind.«

»Was heißt das, zum Teufel?«

»Sie brauchen nur ja zu sagen. Nur das eine Wort. Schon nach kurzer Zeit werden Sie einen weiteren Brief aus Südafrika erhalten mit der traurigen Nachricht über den frühzeitigen Tod Ihres ...«

»Moment!« rief Van Haas. »Sie meinen doch nicht etwa ...?«

»Bitte schreien Sie nicht«, sagte Thurbold gekränkt. »Ich mache es Ihnen ganz leicht – es ist, als drücken Sie auf einen Knopf, weiter nichts. Sobald Sie mir Ihre Zustimmung geben, verständige ich meine Kontaktleute in Johannesburg. Der Rest wird dann sofort erledigt. Sie brauchen dann nur noch auf die offizielle Nachricht über Ihr Erbe zu warten. Wenn das Geld eintrifft, erwarte ich natürlich einen Anteil, und zwar vierzig Prozent des Ganzen. Dieses Ganze beträgt meiner Schätzung nach weit über eine Million Dollar.«

Van Haas riß die blauen Augen auf. »Mein Gott, Sie scheinen es ja ernst zu meinen! Sie glauben wirklich, ich würde...«

»Ich glaube, Sie haben Skrupel«, sagte Thurbold. »Aber Sie haben auch Köpfchen. Wenn Sie die Sache erst mit Ihrer Frau besprechen wollen...«

»Ich werde Milli nicht mal von diesem unbeschreiblichen *Gespräch* erzählen. Meine Antwort lautet nein, Mr. Werner, nein und nochmals nein.«

»Ich hatte auch nicht damit gerechnet, daß Sie zustimmen«, sagte Thurbold und stand auf. »Jedenfalls nicht beim ersten Anlauf. Denken Sie über meinen Vorschlag nach. Sie können mich im Florentine-Hotel in der 51. Straße anrufen. Ich bin dort heute abend ab acht Uhr erreichbar, aber nur bis Mitternacht. Ich brauche meinen Schlaf.«

»Warten Sie nicht auf meinen Anruf«, sagte Van Haas aufgebracht. »Ich gebe Ihnen meine Antwort sofort. Sie brauchen nicht auf meinen Anruf zu warten, Mr. Werner.«

»Sie brauchen nur ja zu sagen.« Thurbold lächelte.

Es war zwanzig Minuten nach elf, als Edmunson aus der Küche der Suite im Florentine-Hotel eine Flasche Scotch holte.

»Er ruft nicht an«, verkündete er überzeugt. »Du hast dir da den falschen Kandidaten ausgesucht, Dick.«

»Er ruft an«, sagte Thurbold und hielt das Glas in die Höhe.

»Warum hast du die Grenze bei Mitternacht gesetzt? Warum hast du ihm überhaupt einen Termin genannt?«

»Weil er das braucht. Wir alle brauchen das, sonst könnten wir Entscheidungen bis in alle Ewigkeit aufschieben. In diesem Augenblick sitzt er vor der Uhr, genau wie wir, und sieht zu, wie sich die Zeiger der Zwölf nähern. Er stellt sich vor, wie einfach doch alles wäre – er brauchte nur zum Telefon zu greifen und anzurufen. Das ist das Beste an der Sache, weißt du – es ist kinderleicht. Nur auf den Knopf drücken, den Rest besorgen wir.« Er lachte.

Zwanzig Minuten vor zwölf sagte Thurbold: »Ich sehe unseren Freund förmlich vor mir. Er hat sich irgendwo eingeschlossen, im Arbeitszimmer oder im Bad, und betet sich all die Gründe vor, warum er nicht zustimmen sollte. Dann fängt er an zu überlegen, ob das seiner Frau gegenüber fair ist. Er denkt an die kleinen Entbehrungen, die sie auf sich nehmen muß, an all die Versprechungen, die er ihr vor Jahren gemacht hat, als sie noch jung waren – die Fahrt nach Europa, der Pelzmantel... Und dann die Kinder. Stell dir vor, welchen Unterschied das Geld für ihre Zukunft ausmachen würde! O ja, der Gedanke an die Kinder macht ihm ehrlich zu schaffen...«

Um zehn Minuten vor Mitternacht aber hatte das Telefon noch immer nicht geklingelt.

»An sich selbst denkt er natürlich nicht«, sagte Thurbold. »*Er* zählt in diesem Zusammenhang ja nicht, die Dinge, die *er* gern einmal tun würde, die Orte, die *er* gern sehen würde, der Wagen, den er sich wünscht, das angenehme Gefühl der Sicherheit angesichts eines Riesenvermögens plus Zinsen in einer großen Bank, die ihm zu Weihnachten bisher nur einen kleinen Kalender geschickt hatte...«

Fünf Minuten vor Mitternacht begann Thurbold unruhig zu werden:

»Ich hab's ihm ganz leicht gemacht, absolut mühelos. Einfacher als sich mit einer Gehaltsabrechnung voller Abzüge durchs Leben zu schlagen, leichter als sich jeden Tag vor Leuten zu verbeugen, die er eigentlich haßt. Begreift er das denn nicht?«

»Nein«, sagte Edmunson, der mit glasigem Blick auf das Telefon starrte. »Er begreift das nicht, nicht Van Haas.«

»O doch, er begreift es!« sagte Thurbold drei Minuten vor Mitternacht. »Er kann nicht anders. Er gerät in Panik. Er sieht, daß ihm die ganze Sache entgleitet, er redet sich ein, er sei dumm, der verdammte Chinese bedeute ihm doch gar nichts, er habe Pflichten, die schwerer wiegen, die Verantwortung gegenüber seiner Frau und seinen Kindern – ja, und gegenüber sich selbst!«

»Zwei Minuten noch«, sagte Edmunson.

»Es kann ihm gleichgültig sein, was elftausend Kilometer entfernt passiert. Er braucht sich die Hände nicht schmutzig zu machen. Er braucht nichts weiter zu tun, als auf einen Knopf zu drücken...«

»Du hast verloren, Dick«, sagte Edmunson tonlos. »Du hast verloren.«

Aber im gleichen Augenblick klingelte das Telefon.

Thurbold hob langsam ab. Die Stimme im Hörer war heiser und angespannt.

»Hier Walter Van Haas.«

Thurbold hatte am nächsten Nachmittag aus dem Florentine-Hotel ausziehen wollen, aber da ihm die Atmosphäre der Räume gefiel, beschloß er seinen Aufenthalt um einen Tag zu verlängern. Am Abend lernte er in der Hotelbar eine langbeinige Blondine kennen, die ihn mit ihrer Aufgeschlossenheit dazu brachte, noch länger zu bleiben.

Sonnabend früh hatte er eben ein angenehm heißes Duschbad hinter sich, als ein Klopfen ihn an die Tür rief. Dort sah er sich Haas' ausgezehrtem Gesicht und nicht mehr ganz so unschuldigen blauen Augen gegenüber.

»Tut mir leid«, murmelte Van Haas. »Ich habe mir Ihre Zimmernummer besorgt und bin hinten herum raufgekommen. Sie hätten sich vielleicht verleugnen lassen.«

»Damit haben Sie recht«, sagte Thurbold und zog den Morgenmantel enger. »Ich habe Ihnen gesagt, daß ich mich mit Ihnen in Verbindung setzen würde, wenn es soweit sei.«

»Ich muß mit Ihnen sprechen. Darf ich eintreten?«

Thurbold, den der überraschende Besuch ärgerte, gab den Weg frei. Er ging zum Spiegel im Schlafzimmer und fuhr sich mit zwei Bürsten energisch durchs Haar. »Wenn Sie es sich anders überlegt haben«, sagte er, »tut es mir leid. Dazu ist es zu spät. Die Sache ist erledigt.«

»Das weiß ich«, sagte Van Haas. »Das ist mir durchaus klar. Ich wollte nur fragen, wie alles gelaufen ist.«

»Problemlos. Sie brauchen nur noch auf die guten Nachrichten zu warten.«

Im Spiegel sah er das Funkeln in Van Haas' Augen, die das Licht einfingen.

»Es ist wirklich komisch«, sagte der Besucher. »Der Anruf war die reinste Qual für mich. Ich habe Unbeschreibliches durchgemacht. Aber als alles vorbei war, als ich auflegte, da kam ich mir leicht vor wie eine Feder...«

»Ja, es war ganz einfach, nicht wahr?«

»Einfach! Ja, das ist das richtige Wort. Ich hatte nie geglaubt, daß etwas so einfach sein könnte. Das Ganze hat etwas in mir ausgelöst – eine große Veränderung. Ich erkannte, wie dumm ich mein ganzes Leben lang gewesen war. Mir ging ein Licht auf über die Dummheit der Menschen, die sich die größte Chance ihres Lebens entgehen lassen... Ich hätte ins Grab gehen können, ohne das zu erkennen. Das verdanke ich Ihnen.«

»Bitte sehr«, sagte Thurbold trocken. »Jetzt entschuldigen Sie mich aber.«

»Ich kam mir wie ein Riese vor«, fuhr Van Haas fort. »Mir war, als könnte ich Berge versetzen. Bisher dachte ich immer, ich wäre glücklich und das Leben schenkte mir genau die Dinge, die ich haben wollte. Inzwischen aber weiß ich, daß das ein großer Irrtum war. Ich war ein Feigling, ein Schwächling. Aber als Sie mir den richtigen Weg gezeigt hatten, wußte ich, daß ich alles schaffen konnte...«

Thurbold drehte sich zu seinem Besucher um. »Gehen Sie nach Hause, Mr. Van Haas«, sagte er. »Je weniger wir zusammen gesehen werden, desto besser. Wenn das Geld eintrifft, wende ich mich wegen meines Anteils an Sie.«

Er machte kehrt und hörte Van Haas lachen.

»Ja. Ihr Anteil.«

Die Worte ließen Thurbold stutzig werden, so daß er den Mann noch einmal ins Auge faßte. So nahm er den schweren Hammer wahr, den Van Haas aus der Manteltasche gezogen hatte und in verwischtem Bogen auf ihn zurasen ließ. Gleich der erste Schlag tötete ihn. Van Haas zerrte Thurbold ins Badezimmer, das noch feucht war vom Duschen, und legte den verletzten Kopf an den Rand der Wanne, um einen Sturz vorzutäuschen. Dann verließ er das Hotel und ging nach Hause. Er wollte auf die Nachmittagspost warten.

Drehbuch nach Maß

Legget wußte, daß Mitch Cohen ihm aus dem Weg gegangen war, was ihm in dem überreizten Zustand der letzten Wochen nicht viel ausgemacht hatte. Jetzt aber standen die Dinge anders, und er war soweit wieder auf dem Damm, daß er Mitch bei Thomason, einem kleinen Bistro am Sunset Strip, gewissermaßen in die Enge trieb. Sie hatten sich nach einer Studioparty angefreundet, bei der sie entdeckten, daß sie beide geborene Chicagoer waren, nach Kalifornien verpflanzt wie die Palmen. Beide hatten sich angemessen nostalgisch über die Heimatstadt geäußert, hatten kritisch von Los Angeles gesprochen und zynisch über das Filmgeschäft. Drei Jahre später hatte nun Mitch regelmäßig Arbeit hinter der Kamera mit zufriedenstellenden Gehaltsschecks, während Legget, ein Mann mit Produzentenehrgeiz, dies und das getan hatte, wobei er mal emporgeschwemmt worden und mal untergegangen war, die schwierigen Hollywood-Gewässer bisher aber gemeistert hatte.

Legget glaubte genau zu wissen, warum Mitch ihn nicht sprechen wollte, nicht nach ihrem letzten gemeinsamen Mittagessen im *Tail O' the Cock*. »Hör mal, reden wir nicht mehr darüber«, sagte Mitch nun großzügig und bewegte die knubbeligen Finger, als wolle er die Vergangenheit auslöschen. »Du warst damals mit den Nerven ziemlich am Ende, Norman; die Stadt hatte dich soweit, daß du mit dir selbst geredet hast. Ach, übrigens, bist du bei Lohn und Brot?«

»O doch«, sagte Legget und starrte in seinen Drink. »Seit heute früh. Assistent von Marty Land bei der Universal.«

»Großartig! Dann kommt der Karren ja wieder in Gang!«

»Ja«, sagte Legget. »Das ist genau richtig. Ich komme wieder in Gang. Ich stecke nicht mehr fest wie eine Fliege; das wollte ich dir sagen.« Er gestattete Mitch einen uneingeschränkten Blick in seine Augen, obwohl die Gefahr bestand, daß der Freund vor dem intensiven Schimmer darin zurückschreckte. »Ich habe meinen Platz im Leben gefunden, Mitch«, fuhr er fort. »Wie ich dir gesagt habe. Ich hatte den roten Faden verloren – jetzt ist aber wieder alles in Ordnung.«

»Norman, Norman«, ächzte Mitch. »Komm mir nicht wieder damit, mit deiner Idee...«

»Aber es ist nicht nur eine Idee, sondern eine Tatsache. Ich weiß, damals muß ich dir wie ein Verrückter vorgekommen sein, ich hatte ja auch keine Beweise. Heute aber habe ich sie, Mitch. Ich kann alles beweisen – dir, jedem anderen. Wenn du mir nur mal zuhören würdest!

Ich habe dir doch von dem Büro in Chicago erzählt. Ich arbeitete in dem alten Gebäude an der Michigan Avenue und schrieb so allerlei Unsinn für einen Sachbuchverlag – über chemische Reinigung und Hühnerzüchtung und Gott weiß was noch. Du kennst diese Bürogebäude – eine Million Milchglastüren mit allen möglichen verrückten Namen daran, Leute, die Goldfüllungen und Wellblechkisten herstellen und wer weiß was noch. Eines Tages entdeckte ich eine Tür mit der Aufschrift *Schicksals-Produktion*. Dahinter konnte sich natürlich alles mögliche verbergen, aber ich war neugierig genug, um hineinzugehen und mich zu erkundigen. Am Empfang saß ein Mädchen mit einem Gesicht wie ein leeres Blatt Papier, und die gab mir allerlei ungenaue Antworten. Vom Vorraum aus waren zahlreiche Aktenschränke zu sehen, außerdem klapperten Schreibmaschinen. Das Mädchen bot mir ein Gespräch mit einem der leitenden Mitarbeiter an, aber ich hatte genug und verschwand.

Nun, damit hätte die Sache erledigt sein können. Zufällig suche ich aber neulich nach Willie Hyams Theater-West; er gab dort Schauspielunterricht und wollte, daß ich mit seinen

Schülern sprach. Das war irgendwo am Ventura Boulevard, und ich verfuhr mich und sah plötzlich das weiße Stukkogebäude hinter den Telefonmasten, so klein, daß niemand darauf geachtet hätte. Mein Blick blieb daran hängen, denn es befand sich ein kleines weißes Schild daran: *Schicksals-Produktion*, und das stachelte meine Neugier wieder an. Was immer die Leute in Chicago mit ihren Aktenschränken und Schreibmaschinen machten, sie hatten eine Niederlassung an der Westküste.

Ich probierte es mit derselben Methode. Ich ging ins Büro und wurde vom Empfangsmädchen eisig begrüßt. Sie erkundigte sich, was ich wollte, sie ließ nicht locker. Ich tat, als wäre ich ein freischaffender Reporter, der sich für den seltsamen Namen der Firma interessierte, aber damit kam ich nicht weit, zumal ich keinen Ausweis bei mir hatte. Diesmal aber blieb ich so lange bei der Stange, daß jemand aus der Hauptabteilung mit mir sprach. Der Kerl hieß Ankim, ein großer dünner Mann in der Aufmachung eines Beerdigungsunternehmers. Genau erinnere ich mich eigentlich nur an sein wachshelles Haar, wahrscheinlich eine Perücke. Ja, das war das Komische an der Sache, wie ich mir später überlegt habe – die Leere in Ankims Gesicht, und das gleiche nichtssagende Gesicht beim Mädchen. Jedenfalls war er ganz höflich, auf eine nüchterne, uninformative Weise, und als ich ihn fragte, ob seine Firma mit der Produktion von Filmen zu tun hätte, und dabei unterstellte, daß ich vielleicht ein großes Tier war, das für ihn etwas tun könnte, da lächelte er und sagte, ja, auf eine Weise, auf eine *gewisse* Weise könne man das wohl sagen. Im nächsten Moment – bitte achte genau auf meine Worte, es ist wirklich verrückt – im nächsten Moment komme ich zu mir und sitze am Steuer meines Volkswagens. Ich hatte nichts getrunken, ich war nicht ohnmächtig, ich saß einfach *da* und fuhr den Hollywood Freeway entlang, zurück in Richtung Westwood. Willie Hyams Theater bekam ich nicht zu Gesicht, und die

Erinnerungen an die *Schicksals-Produktion* waren mit einem seltsamen Kribbeln verbunden, einem kalten Zucken, das bis ins innerste Mark ging. Mir war, als hätte ich etwas berührt, das außerhalb jeder Realität lag; ich meine nicht gespenstisch oder verrückt – am ehesten läßt sich das Erlebnis mit meinem bisher einzigen Rauschgifttrip vergleichen, du weißt doch, als ich das Gefühl hatte, ich hätte die Augen in den Fingerspitzen ... ich sehe, was du jetzt denkst, Mitch. Nein, ich war nicht betrunken, ich war auch nicht high. Ich war bloß durcheinander.

Na, jedenfalls dachte ich nicht mehr an die *Schicksals-Produktion*, etwa anderthalb Jahre lang nicht – bis mich plötzlich so ein verdammter Nebel einhüllte.

Ich weiß nicht, wie ich dir beschreiben soll, was mit mir los war. Es war eine Art Lethargie, eine Trägheit, aber doch mehr. Es setzte etwa zu der Zeit ein, als ich mich von Phyllis scheiden ließ; zuerst dachte ich, es habe damit zu tun, mit den Veränderungen in meinem Leben und so – aber das konnte nicht hinhauen. Nach der Scheidung von Phyllis war mir, als hätte ich einen Ast abgeschlagen, der schon seit Jahren tot war; ich spürte den Schnitt der Klinge überhaupt nicht. Trotzdem ging ich wie ein Automat durchs Leben, ich aß, trank und schlief nur nach Instinkt, der mich zwischen Eßtisch, Badezimmer und Schlafzimmer in Trab hielt. Ich wollte niemanden sehen, mit niemandem sprechen, nirgendwohin gehen, ich tat nur, was absolut nötig war. Ich brachte schließlich die Energie auf, meinen Kummer bei Fiedler abzuladen – das ist mein Psychiater –, und der sprach von einem Oblomow-Syndrom. Das ist so ein verrückter russischer Roman, in dem die Hauptperson das Leben aufgibt und nur noch im Bett liegen will. Das wollte ich aber auch nicht; ich reagierte zwar gleichgültig, war aber doch irgendwie unruhig.

Natürlich half mir meine Einstellung beruflich nicht gerade weiter. Ich arbeitete damals für Dimitri bei Warner, und du weißt selbst, was geschah; er setzte mich auf die Straße. Mir war das scheißegal; ich gab mir nicht einmal Mühe, einen anderen Job zu finden. Ich faulenzte vormittags im Haus und verbrachte die Nachmittage im Kino. Die einzige Sache, die ich nicht aufgab; vielleicht hing das mit meinem Problem zusammen. Seit meiner Kindheit gehe ich rasend gern ins Kino; ich hänge mich auf die Empore, reiße Mund und Augen auf und lasse andere Leute mein Leben leben. Das paßte ausgezeichnet zu meiner Stimmung, und so blieb ich dabei. Ich sah mir jeden Film an, manche sogar zweimal. Und bei der Gelegenheit fiel mir die *Schicksals-Produktion* wieder ein.

Mitch, nun schau nicht so nervös in die Runde. Ich werde schon nicht gewalttätig. Ich weiß, daß dir meine Theorie verrückt vorkam, aber damals kanntest du die ganze Geschichte nicht. Ich meine, ich bin es ja nicht allein, der an solche Theorien glaubt, über Vorherbestimmung und so; ganze Zivilisationen und Kulturen haben jahrhundertelang auf diesen Glauben gebaut. Viele Millionen Menschen sind noch in diesem Augenblick davon überzeugt. Alles steht geschrieben. Das hast du sicher schon mal gehört, Mitch. Es ist alles vorherbestimmt, unser ganzes Leben liegt fest, alles befindet sich in einer Art – himmlischem Drehbuch. Karma. Schicksal, Geschick, Kismet, Schicksal – Schicksal, Mitch, begreifst du?

Jedenfalls kam mir an diesem Punkt die Idee, daß vielleicht dieser Verein, die *Schicksals-Produktion* zuständig war für die Niederlegung dieser Dinge. Ich meine, wenn es irgendwo geschrieben steht, wirklich geschrieben, dann muß es ja von jemandem festgelegt worden sein, vielleicht als Text niedergeschrieben. Man geht in einen Film; der ist nur eine Nachäffung der Wirklichkeit, des Lebens, aber er muß vorher geschrieben werden, jemand muß den Mündern Worte eingeben, jemand muß den Schauspielern sagen, was sie tun müssen. Und wenn auch *mein* Leben irgendwo stand, dann war mir vielleicht nichts weiter widerfahren, als daß ich den roten Faden verloren hatte. Mehr konnte es nicht gewesen sein, Mitch, vielleicht passiert das Millionen von Menschen: sie verpassen das Stichwort im Manuskript ihres Lebens...

Nun, darüber mußte ich Aufschluß haben. Ich machte mich auf die Suche nach der *Schicksals-Produktion*, und erst nach Tagen fand ich das weiße Stukkogebäude, das mir plötzlich gar nicht mehr klein vorkam; die raffinierte Architektur täuschte das Auge. Diesmal ging ich ebenfalls ein wenig raffinierter vor; ich nahm mir sogar einen alten Presseausweis mit und rührte mich nicht aus dem Vorzimmer, bis die Empfangsdame mit dem nichtssagenden Gesicht Mr. Ankim geholt hatte.

Ich tischte Mr. Ankim sofort meine Vermutungen über die Arbeit auf, die hier in der Produktion getan wurde, und er sah mich gezwungen lächelnd an und tat, als wäre ich eine Art Religionsfanatiker, der sich von der Straße hereinverirrt hätte. Aber ich ließ ihn damit nicht durchkommen. Ich spielte den Reporter und deutete an, daß ich seine Firma der großen neugierigen Öffentlichkeit Südkaliforniens zum Fraße vorwerfen würde, woraufhin er noch bleicher und wachsiger wurde und mich in sein Privatbüro führte.

Und dann hörte ich die Wahrheit, Mitch. Ich hatte genau richtig getippt. Dies war das Haus, in dem alles festgelegt wurde. Alles. Dein Leben. Meins. Aller Leute Leben.

Du siehst mich schon wieder so komisch an. Okay, das kann ich dir nicht verdenken. Aber hör mich zu Ende an und bilde dir selbst ein Urteil. Man zeigte mir Beweise, daß hier wirklich alles niedergeschrieben wurde. Nein, natürlich nicht *alles*; dies war nur die Zweigstelle Los Angeles, es gibt Tausende auf der ganzen Welt, erzählte mir Ankim und sah dabei einigermaßen erschöpft aus. So wie sich die Bevölkerung entwickelte, mußten andauernd neue Zweigstellen gegründet werden, und das hieß, daß immer neue Methoden zu finden waren, die Tätigkeit der Firma zu vertuschen. Natürlich paßte man sich der Zeit an. Ankim sagte, früher hätte man das Leben eines Menschen wie einen altmodischen viktorianischen Roman niedergelegt, heute aber kämen schnellere, modernere Methoden zur Anwendung, das Szenarioformat... Grins nicht so, Mitch; ich habe so ein Drehbuch tatsächlich gesehen, ich habe *mein* Drehbuch...

Ja, schon gut! Ich erzählte Ankim, was mit mir los war, daß ich in einer Art Rille feststeckte. Ich sagte ihm, ich hätte den Anschluß in meinem Lebensdrehbuch verpaßt und wollte wieder aufholen, wollte feststellen, was ich als nächstes tun mußte. Nun, der Gedanke gefiel ihm ganz und gar nicht; er meinte, ich müsse mich irren, die Menschen seien oft unentschlossen, was sie tun sollten, doch in Wahrheit verlöre niemand den Anschluß. Er empfahl mir sogar eine Psychoanalyse, was sagst du dazu? Aber ich blieb hart, ich wollte es *wissen*, ich brauchte Rat, Lenkung, *Regie*. Und er sagte, nein, das käme nicht in Frage, niemand dürfe das Drehbuch seines eigenen Lebens sehen, das sei entschieden gegen die Vorschriften. Ich sagte, hören Sie, ich will ja nicht das ganze Buch sehen, ich will nicht alles wissen, was da kommt, das würde mich nur völlig fertigmachen. Ich wollte nur wissen, wie mein nächster Schritt aussah, meine nächste *Szene*. Und wenn er mir nicht helfen wollte – nun, ich machte keine Witze, Mitch, ich habe dem Kerl ernsthaft gedroht. Ich sagte, ich würde der ganzen Welt verraten, was hier und in den anderen Büros der Schicksals-Produktion vorging, überall auf der Erde; dann würde es ihm leid tun, daß er sich nicht ein kleines bißchen über die Vorschriften hinweggesetzt hätte...

Na, da hat er endlich nachgegeben. Er drückte einen Knopf auf seinem Tisch und sagte seiner blankgesichtigen Sekretärin, was er wollte, und ihr stockte hörbar der Atem. Dann aber ging sie gehorsam los und kehrte gleich darauf mit einem Drehbuch zurück. Ja, wirklich ein *Drehbuch*, dicker als das Telefonbuch von Los Angeles, Gott sei Dank – es sah mir nach einer hübschen, langen Geschichte aus, und dann fand Ankim meine *Stelle* im Szenario. Ich war noch nicht mal halb durch das Buch hindurch, und er wollte mir nur ein paar Seiten zeigen. Rate mal, was darüber stand? SZENE 13490: IN DEN BÜROS DER SCHICKSALS-PRODUKTION. Begreifst du endlich, Mitch? Sogar mein Besuch war dort festgehalten. Es stand alles geschrieben! Getippt, mit Schreibmaschine.

Dann ließ er mich die nächste Seite des Drehbuchs sehen, SZENE 13491. Und die Überschrift:
INNEN – MARTY LANGS BÜRO – TAG.

Die ganze Szene, Mitch, ich schwör's dir! Ich und Lang, wir unterhielten uns über den Film, den er gerade mit der Universal abgeschlossen hatte. Und nachdem wir ein Weilchen geplaudert hatten, machte mir Lang ein Angebot, und ich nahm es an. An dem Punkt endete die Szene, und an dem Punkt nahm mir Ankim das Buch aus der Hand.

Nun, ich habe nicht protestiert; Ankim wirkte schon ziemlich mitgenommen, und ich kam zu dem Schluß, daß ich genug aus ihm herausgeholt hatte. Er begleitete mich hinaus und schien durchaus erleichtert zu sein, daß alles vorbei war, denn er legte mir richtig freundlich den Arm um die Schulter. Er zeigte mir noch ein bißchen von seiner Firma, die langen Reihen der Aktenschränke, die etwa hundert blankgesichtigen Mädchen, die auf ihren IBM-Maschinen herumhämmerten. Er brachte mich nicht ganz bis zum Ausgang; er sagte, er müsse mein Drehbuch noch in die zuständige Abteilung zurückbringen, und ich verabschiedete mich vor der Tür eines Büros am Ende des Flurs; an der Tür hing ein Schild, auf das ich nicht weiter achtete. Ich war viel zu aufgeregt, ich dachte an morgen und fragte mich, ob es wirklich so geschehen würde, wie es da geschrieben stand...

Am nächsten Morgen – *heute* früh, Mitch – ging ich zu

Universal und ließ mich bei Marty Lang melden. Ohne vorherigen Termin. Ich sagte dem Wächter am Tor, ich wollte ihn sprechen, und Lang stimmte zu. Bei neun von zehn Fällen hätte er nein gesagt, aber diesmal ließ er mich vor. Und weißt du, was geschah, Mitch? Wir spielten die Szene. Dieselbe Szene. *So wie sie geschrieben stand.* Ich kannte jede Zeile, die ich sprechen mußte, und er schien seinen Text zu kennen, als hätte er ihn letzte Nacht auswendig gelernt. Und wie's im Drehbuch stand – ich bekam den Job.«

Mitch Cohen schwieg eine Zeitlang. Dann lächelte er schwach und fragte: »He, sollst du das nicht eigentlich geheimhalten? Ich meine, hast du diesem – wie hieß er doch gleich? – nicht Stillschweigen dafür versprochen, daß du in dein – Drehbuch schauen durftest?«

»Ja«, sagte Legget und schob das Glas im Kreis herum. »Ich habe ihm versprochen, den Mund zu halten. Aber es fällt schwer, so eine Sache für sich zu behalten. Das dürfte auch Ankim erkannt haben, und genau deshalb mache ich mir Sorgen, Mitch, deshalb habe ich Schiß...«

Mitch blickte auf die Uhr. »Mann, weißt du, wie spät es ist? Ich muß los...«

Legget legte die Finger auf die ausgestreckte Hand seines Freundes. »Mitch, ich weiß jetzt wieder, was an der Bürotür stand. An dem Büro, in das Ankim mein Drehbuch brachte, als ich ging...«

»Ich will dich nicht abschieben, Norman, ehrlich, ich *muß* gehen. Heute abend findet eine Sondervorstellung...«

»Mitch, bitte *hör mich an.* An der Tür stand – *Umschreib-Abteilung!*«

»Was?«

»Umschreib-Abteilung«, wiederholte Legget, aber sein Freund reagierte nicht. Er blickte in Mitchs Augen, die sich nicht mehr für ihn interessierten, und erkannte, daß er sein Publikum verloren hatte. Anstatt um das Interesse des anderen zu kämpfen, lächelte Legget resigniert und knuffte ihm gegen den Oberarm.

»Na schön, Kumpel. Geh nur zu deiner Vorstellung. Ich wollte dich auch gar nicht so lange hier festhalten.«

»Wir setzen uns bald mal wieder zusammen«, sagte Mitch. »Vielleicht du und Phyllis – ich meine, vielleicht könnt ihr irgendwann mal auf ein Wochenende in den Canyon kommen.«

»Klar«, sagte Legget. »Tun wir gern.«

Als Mitch gegangen war, bestellte er einen neuen Drink. Der Betrieb in der Bar nahm zu. Ein junges Paar saß zwei Stühle entfernt, das Mädchen schick gekleidet und kühlabweisend gegenüber den Bemühungen ihres Begleiters. Legget hörte sich die vertrauten Kadenzen der Diskussion an und beachtete interessiert, wie der junge Mann schließlich die Zähne zusammenbiß und sich zornig entfernte. Dem Mädchen schien das durchaus recht zu sein. Sie blickte Legget von der Seite an. Er stellte sich vor, wie angenehm es sein mußte, sich neben sie zu setzen, sie zu begrüßen und ihr mit angemessen amüsierter Miene die Geschichte zu erzählen, die Mitch Cohen nicht glaubte. Natürlich würde das Mädchen ihm auch nicht glauben; trotzdem wollte Legget noch einmal davon erzählen, von der *Schicksals-Produktion* und Ankim, von dem Drehbuch und der unheimlichen Umschreib-Abteilung. Er hatte sich gerade zum Handeln entschlossen, als ihm bewußt wurde, daß das Mädchen, der Bartresen, der Raum ringsum *ausblendeten*.

Die Kur

Ein im Fieberwahn jammernder Patient erregt in einem Krankenhaus wenig Aufmerksamkeit, und die Frau, die zwischen den Spieltischen des Boomtown-Klubs in Las Vegas herumwanderte, fiel kaum auf zwischen Gästen, die nur etwas weniger hektisch gerötete Gesichter und etwas weniger blitzende Augen zur Schau stellten. An drei verschiedenen Tischen setzte sie einen einzigen Chip auf die schwarze 13 und arbeitete sich auf diese Weise langsam durch den Raum, als wolle sie ihr letztes Geld auch noch verlieren.

Sie war eine junge Frau in einem silbrig schimmernden Samtanzug. Irgend jemand hatte viel Zeit auf ihr Haar und Makeup verwendet. Diese Mühe war jetzt zunichte gemacht. Beim Spielen hatte sie an den sorgfältig gelegten Locken gezupft und sie erschlaffen lassen. Ihr Gesichtspuder war von Streifen durchzogen, ihr Augenmakeup verfärbt von Schweiß oder Tränen. Dennoch hatte Spiegel, einer der Aufseher des Klubs, den Eindruck, daß sie nicht nur wegen einer kosmetischen Reparatur der Damentoilette zustrebte.

Er war ihr einen halben Raum voraus, als er die Tür erreichte und leise anklopfte. Es wurde geöffnet, und die rundliche Toilettenfrau in der gestärkten weißen Uniform blickte ihn mit weit aufgerissenen Augen an. Er gab ihr die Information; sie nickte. Er entfernte sich, und schon betrat die Frau den großen Vorraum, ihre Knöchel schimmerten weiß um den Verschluß der Handtasche. Vorsichtshalber blieb er in Hörweite.

Fünf Minuten später wurde die Tür erneut geöffnet, und die Toilettenfrau nickte ihm zu; ein zwischenzeitlich eingetretenes Ereignis hatte sie bleich werden lassen.

»Sie hatten recht«, flüsterte sie. »Ich beobachtete sie im

Spiegel und sah, wie sie eine kleine Flasche nahm. Sie wollte den Inhalt trinken, aber ich habe ihr das Ding entrissen und das Zeug in die Toilette geschüttet. Sie ist einigermaßen durcheinander, aber sie wird es überstehen.«

»Ich übernehme die Sache«, sagte Spiegel. »Rufen Sie den Doktor an und sagen Sie ihm, was geschehen ist. Schicken Sie sie raus.«

Gleich darauf erschien die Toilettenfrau, die dicken Finger um den Ellenbogen der Frau gelegt, die verwirrt und verweint aussah. »Bitte«, murmelte sie. »Ich habe doch nichts getan! Bitte lassen Sie mich los...«

»Es ist alles in Ordnung«, sagte Spiegel leise. »Sie brauchen sich keine Sorgen mehr zu machen. Würden Sie bitte mitkommen?«

»Ich – ich bin mit meinem Mann verabredet. Ich muß auf ihn warten...«

»Es dauert nicht lange.« Er hielt ihren anderen Ellenbogen. »Sie kommen besser mit, Mrs. ...«

Sie nannte ihm den Namen nicht.

Der Vorfall hatte nur wenige Minuten gedauert, ohne die anderen Gäste von ihrem konzentrierten Spiel abzulenken. Spiegel hätte ein alter Freund der jungen Frau sein können; er lächelte sie an und plauderte mit ihr, während er sie durch die Menge zu einer diskreten Tür in einer Ecke führte.

Der Mann im Büro blieb ruhig; er schien auf solche oder ähnliche Zwischenfälle gefaßt zu sein. Er trug einen schlichten grauen Straßenanzug und hatte das Aussehen und Gehabe eines vermögenden Ladenbesitzers.

»Diese Dame hatte heute abend ein wenig Pech, Doktor«, sagte Spiegel. »Sie fühlt sich nicht ganz wohl.«

Die Frau öffnete den Mund, um ihm zu antworten, wandte sich dann aber doch an den Mann hinter dem Schreibtisch. »Sind Sie Arzt?« fragte sie.

»Der Titel ist eine Art Scherz bei meinen Angestellten«, antwortete er freundlich. »Aber wenn Sie etwas Törichtes getan hätten, Miss, hätte ich einen echten Doktor rufen müssen, und das wäre unangenehm gewesen.«

Sie fuhr zusammen, als ein leises Klicken ertönte; Spiegel hatte das Büro verlassen. Sie sah den Doktor an und sagte: »Sie hatten kein Recht, mich hierherbringen zu lassen. Ich habe nichts getan.«

»Bitte.« Er hob eine weiche Hand. »Manchmal unterhalte ich mich gern ein wenig mit meinen Gästen. Sie sind verheiratet?«

»Ja. Mein Mann erwartet mich um zwölf Uhr vor dem Klub. Ich muß jetzt wirklich gehen...«

»Würden Sie mir bitte Ihren Namen nennen?«

»Verna Bailey.«

Er faltete die Hände. »Mrs. Bailey, es geht mir ans Herz, jemanden so unglücklich zu sehen.«

»Dann sollten Sie sich einen anderen Beruf suchen!«

Er nickte, als stimme er ihr zu. Dann zog er eine Schublade auf, blickte hinein und hob den Blick auch nicht, als er weitersprach.

»Wieviel haben Sie verloren? Fünfhundert? Tausend?«

»Das geht Sie nichts an.«

Er schnalzte mit der Zunge. »Ich will Ihnen ja nur helfen. War es mehr? Haben Sie womöglich Ihr ganzes Gespartes durchgebracht?«

Sie mußte sich von ihm abwenden und nach einem Taschentuch suchen.

Er seufzte und zog einen frischen Packen Geldnoten aus der Schublade. Langsam zählte er einen Betrag ab, ließ ein Gummiband darum zuschnappen. Dann griff er danach, schob den Stuhl zurück und trat hinter sie.

»Tun Sie mir einen Gefallen«, sagte er leise. »Bleiben Sie den Spieltischen fern – hier wie sonstwo. Und meiden Sie kleine Fläschchen! Verstehen Sie?«

»Aber das kann ich nicht!«

»O doch«, sagte er fest. »Hier haben Sie fünfhundert Dollar. Kein neuer Einsatz, Mrs. Bailey, sondern eine Trennungsentschädigung. Ab sofort sind Sie keine Spielerin mehr, verstanden? Sie können nicht mehr spielen, weder hier noch sonstwo. Sie sind nicht mehr willkommen.«

Sie drehte sich um und sah ihn an. Dann nahm sie das Geld.

Als Harolds grüner Chevrolet vor dem Klub hielt, stieg Verna neben ihm ein und versuchte seinem Blick auszuweichen.

»So hältst du also dein Versprechen«, sagte er ohne Zorn. »Das Ganze sollte eine Art Kur sein...«

»Es tut mir leid, Harold.«

»Na, ich hoffe, du hast es überwunden. Das Geld, das ich dir gegeben habe, hast du verloren, ja?«

»Ja«, sagte sie schüchtern.

Er stöhnte auf. »Dreißig Piepen zum Teufel!« Sofort schlug er einen entschuldigenden Tonfall an. »Tut mir leid, Verna, ich habe nicht an das Geld gedacht, sondern nur an deine Nerven.«

»Oh, ich fühle mich ganz gut«, sagte sie. »Und weißt du was, Harold? Ich glaube, ich *brauche* meine Nervenmedizin heute abend gar nicht.« Sie lächelte und tätschelte liebevoll ihre Handtasche.

Der Fuß in der Tür

Es hatte eine Zeit gegeben, da Hardin es mit den Vorzimmermädchen gut konnte. Sie kicherten, sobald er nur aus dem Fahrstuhl trat, einen weichen grauen Handschuh in der linken Hand schwenkend, den Homburg keck geneigt auf dem Kopf. Aber das war mindestens drei Jahre her. Vielleicht waren die Mädchen jetzt anders, oder der alte Lack war ab. Vielleicht lag es aber auch daran, daß er nun auf der anderen Seite des Tisches stand, als Verkäufer und nicht als Käufer – ein Mann, der um eine Chance bitten mußte. Die Mädchen aber wollten kein Jammern hören; sie wollten lachen, sie wollten leicht anrüchige Witze hören und zu Weihnachten vielleicht eine Kleinigkeit geschenkt bekommen. Das alles konnte sich Hardin nicht mehr leisten.

Als er den zentimetertiefen beigefarbenen Teppich der Kleiderfabrik Imperial betrat, musterte ihn das Mädchen mit einem eiskalten Blick, der zu einem Stirnrunzeln auftaute, als sie ihn erkannte.

»Hallo, Miss Frances.« Er gab sich größte Mühe, doch sie nahm nicht einmal den Finger aus ihrem Leihbuch.

»Hallo, Mr. Hardin.« Die reinste Froststimme.

»Wie geht's meinem lieben Manny? Wandelt er noch immer auf dem Pfad der Ehrlichkeit?«

»Ich weiß wirklich nicht, ob er im Haus ist, Mr. Hardin. Hatten Sie einen Termin?«

Hardin fuhr sich über das dünne Haar, das früher einmal in würdigem Grau gestrahlt hatte, jetzt aber schmutzig und fettig war, wie Schnee auf einem belebten Bürgersteig.

»Hören Sie, mein Liebes. Seit wann brauche ich einen Termin, wenn ich Manny sprechen will? Ich bin nicht nur irgendein Vertreter, das wissen Sie! Ich bin ein alter Freund der Firma!«

Lässig griff sie nach dem Telefon. »Ich sage Mr. Wright, daß Sie hier sind.«

»Braves Mädchen.«

Mit übertriebener Nonchalance ging Hardin zur Grastapetenwand des Vorraums und starrte mit beruflichem Interesse auf eine gerahmte Farbanzeige. Anzeigen! In respektvollem Erstaunen schüttelte er den Kopf. Der kleine Manny Wright, der Name in 12-Punkt-Schrift unten auf der Seite. Ein Manuel-Wright-Original! Werbung! Wer hätte so etwas noch vor drei Jahren von Manny gedacht?

»Mr. Hardin?«

Er fuhr herum. »Ja?«

»Mr. Wright hat schrecklich viel zu tun. Er hat mich gebeten, Ihnen seine Entschuldigung auszurichten, aber...«

»Haben Sie ihm denn gesagt, was ich wollte?«

»Nein. Sie haben's mir ja auch nicht gesagt.«

Hardin stützte sich auf den Tisch und versuchte seine müden Augen zum Funkeln zu bringen. »Hören Sie, Schätzchen – wie heißen Sie doch gleich ... Carol?«

»Nein, Deirdre.«

»Hübscher Name. Hören Sie, Deirdre, Schätzchen. Wie lange sind Sie schon bei Imperial? Zwei, drei Monate?«

»Drei«, sagte das Mädchen.

»Na, das erklärt natürlich manches. Sie wissen nicht, wer ich bin. Für Sie bin ich eine ganz gewöhnliche Nervensäge, nicht wahr?«

»Mr. Hardin! Ich hätte nie...«

Er winkte ab. »Schon gut. Woher sollen Sie's auch wissen? Ich werde es Ihnen sagen. Mr. Wright und ich waren mal *Partner*. Hören Sie? Academy-Stoffe, Hardin & Wright. Kommt Ihnen das bekannt vor?«

»Ach, das wußte ich nicht.« Sie betrachtete ihn mit vagem Interesse, doch ihre jungen Augen waren auf der Hut, sie spürte, daß sein Status nicht mehr derselbe war. »Ich führe nur Anordnungen aus, Mr. Hardin. Wenn Mr. Wright sagt, er sei beschäftigt...«

»Na, das läßt sich doch schnell klären. Sie greifen noch einmal nach Ihrem Telefon und sagen ihm, *Jerry* Hardin wäre draußen und möchte in einer *persönlichen* Angelegenheit *Manny* Wright sprechen.«

Sie blickte ihn zweifelnd an, griff aber wieder nach dem Hörer, übermittelte Manny die Nachricht und verdeckte schließlich mit einer wohlgeformten hellen Hand die Sprechmuschel. »In Ordnung«, sagte sie. »Aber er hat nur eine Minute Zeit.«

»Na bitte!« Hardin strahlte. »Wetten, daß Sie dachten, ich tische Ihnen eine Lügengeschichte auf! Sehen Sie?« Er drehte den abgewetzten Homburg auf der Hand und ging leise pfeifend am Tisch des Mädchens vorbei.

Als er um die Ecke war, versteinte sein Gesicht, und wie von Zauberhand erschien Schweiß auf seiner Stirn. Er war auf dem besten Wege, dem Mann aus dem Broadwaystück nachzueifern, dachte er, diesem Handelsvertreter. Hardin hatte das Stück vor Jahren gesehen, als die Probleme der dargestellten Personen ihn nicht weiter berührten, und hatte Tränen des Mitgefühls vergossen für den armen Willy Lohman. Nun war es langsam soweit, daß diese Tränen ihm selbst gelten konnten.

In der Firma Imperial herrschte wirklich Hochbetrieb. Seit seinem letzten Besuch waren erst zwei Jahre vergangen, und in dieser Zeit hatte die Firma ein Vermögen verdient. Ein Vermögen! Manny machte wirklich Furore auf dem Markt. Was war nur sein Wunderrezept? Warum konnte die Firma Academy-Stoffe nicht denselben Boom durchmachen? Es war nicht sein Fehler gewesen. Er war der beste Verkäufer der Gegend. Manny war ebenfalls gut, doch in erster Linie war er Innenmann.

Das Geld war's, dachte er verbittert. Manny hatte in der

Stadt Geld aufgetan und sich selbständig gemacht. Und was war er, Hardin? Ein kleiner Vertreter für eine kleine, verzweifelt kämpfende Firma, eine Werkstatt, die von Tag zu Tag schrumpfte, eine Firma, die den nächsten Ersten nicht überleben würde, wenn nicht...

Er richtete sich auf und legte das altgewohnte Selbstbewußtsein in die Schritte, die ihn in Mannys luxuriöses Büro führten.

Ein Mannequin umschwärmte Manny, eine große Blonde in einem lose zusammengesteckten Hosenanzug, daneben ein hemdsärmeliger dürrer Designer. Manny hob den Blick; sein aufgedunsenes Gesicht wirkte röter und breiter denn je. Er war ein häßlicher Mann mit winzigen Augen, er hatte nicht den geringsten Charme. Woher kam sein Erfolg?

»Manny!« Hardin breitete die Arme aus. »Wir haben uns ja eine Ewigkeit nicht mehr gesehen, alter Säufer!«

Kaum waren die Worte gesagt, da wußte er, daß es der falsche Spruch war. Manny runzelte die Stirn, und das Mannequin blickte hinter ihrem Pony hervor, als wäre ihr ein Bürobote zu nahe getreten. Die Reaktion des Modeschöpfers war vielleicht am schlimmsten. Er hob den Blick und sprach ohne Zwischenbemerkung weiter.

»Wie ich schon sagte, Mr. Wright. Wir können den Kragen verlängern, ohne die Drapierung des Rückens zu ändern.«

»Sicher, Howie. Hört sich gut an. Eine Minute noch, Jerry.«

»Mehr als eine Minute habe ich auch nicht«, sagte der Modedesigner. »Ich fand nur, Elaine sollte Ihnen zeigen, wie es aussieht.«

»Ja, na ja, sieht gut aus. Trotzdem möchte ich mir noch den ganzen Anzug ansehen, ehe Sie ihn den Mädchen geben.«

»Selbstverständlich, Mr. Wright.«

Ein Schleimscheißer, dachte Hardin. Der Modeschöpfer

eilte an ihm vorbei, ohne ihn eines Blickes zu würdigen, und das Mädchen folgte hüfteschwenkend und mit solcher Verachtung, daß Hardin sie am liebsten gepackt und...

»Nun, Jerry? Was liegt an?« Die vertraute Stimme klang tiefer und heiserer, als er sie in Erinnerung hatte.

»Du siehst gut aus, Manny.« Hardin näherte sich dem Tisch und legte den Homburg in die Wanne mit den erledigten Vorgängen. »Ein bißchen dicker vielleicht. Bist du noch immer so scharf auf Schlagsahne?«

»Jerry, komm zur Sache. Ich habe heute besonders viel zu tun. Wir bereiten die Herbstpräsentation vor; das müßtest du doch wissen.«

»Nun ja, auch meine Zeit ist kostbar. Ich dachte nur, für einen alten Freund... Immerhin waren wir mal Partner, Manny. Das ist noch gar nicht so lange her.«

Das breite Gesicht wurde etwas zugänglicher. »Ja, ja, stimmt schon. Ich will ja auch nicht grantig sein. Aber ich bin hier eingespannt wie ein Ackergaul. Du weißt nicht, was für Probleme...«

»Deine Probleme möchte ich haben«, sagte Hardin und beugte sich lächelnd vor. »Was macht die Familie?«

»Lil geht es gut. Die Jungs sind in der Schule. Mama könnte ein bißchen besser auf den Beinen sein. Ich glaube, sie plagt sich mit Gallensteinen.«

»Und die Geschäfte gehen gut?«

»Ja, sieht so aus. Wenn du es gut findest, sechzehn Stunden am Tag zu arbeiten.«

»Du hast schon immer viel gearbeitet, Manny.« Irgend etwas verkrampfte sich in Hardins Magen; er mußte sich überwinden, diesem Mann zu schmeicheln.

»Klar. Nur ist das heute ein bißchen anders.« Manny klopfte sich mit zwei Fingern auf das weiche Polster über den Rippen. »Hast du gehört, was in Lakeville passiert ist?«

»Natürlich. Aber das war doch kein richtiger *Anfall*...«

»Vielleicht nicht. Immerhin bin ich auf eigenen Beinen ins

Krankenhaus marschiert. Aber das EKG sah dann nicht mehr so gut aus, Jerry.«

»Wenn ich dir irgendwie helfen könnte...«

»Nett von dir, Jerry.« Er blickte auf die Uhr. »Nun...«

»Moment!« Hardin hängte ein Lächeln vor sein Gesicht und hielt es dort fest. Er ging zur Bürotür, schloß sie, ging zurück und streckte dem großen Mann hinter dem Tisch mahnend einen Finger entgegen. »So leicht kommst du mir nicht davon. Alter Freund oder nicht. Ich versuche dich seit zwei Wochen wegen des Kattuns zu erreichen, über den wir gesprochen haben.«

»Hör mal, Jerry.« Mannys Stimme war leise. »Soll das das persönliche Anliegen sein, von dem die Rede war?«

»Manny, mein Junge!« Hardin legte geziert den Kopf auf die Seite und ließ sein Lächeln noch mehr erstrahlen. »Du bist doch auch Verkäufer, ja? Du müßtest die alten Kniffe doch kennen. Egal, *wie* man zur Tür reinkommt – solange man nur überhaupt reinkommt!« Triumphierend schlug er sich aufs Knie.

Manny verzog zornig das Gesicht, begann dann aber doch zu lachen. »Du hast dich kein bißchen verändert, Jerry«, sagte er.

»Na, so ist's recht! Ein breites Lächeln, das wollte ich sehen! Oh, Manny, alter Haudegen! Du magst zwar im Geld schwimmen, aber viel Spaß hast du nicht mehr vom Leben, was?«

»Schon gut, Jerry. Was willst du?«

Hardin hob die Schultern. »Was wohl? Natürlich eine Bestellung! Ich bin immer noch im Geschäft. Academy macht noch immer guten Kattun.«

Der Stift klopfte auf den Tisch. »Jerry – es tut mir leid.«

»Was soll das heißen?«

»Ich brauche im Augenblick nichts – das soll es heißen.«

»Wem erzählst du das? Deinem Versandchef? Der flotten Biene, die hier herumwurstelt? Dem zierlichen Modeschöpfer? Hör mal, ich weiß es besser. Ich kenne die Branche.«

»Jerry...«

»Nein, Manny!« Das Lächeln verschwand. »Komm mir nicht damit. Ich weiß genau, was du brauchst und nicht brauchst. Geh doch mal auf die Straße runter, da hörst du es. Du brauchst Kattun. Und ich hab welchen anzubieten.«.

Sein alter Partner ließ den Stift auf den Tisch klappern und ging zum Fenster.

»Ich will dir reinen Wein einschenken, Jerry«, sagte er und drehte sich langsam um. »Academy macht gute Stoffe. Aber du hast einfach nicht die Leute und das Durchhaltevermögen für meine Bedürfnisse. Ich produziere heute in großem Rahmen, Jerry. Ich muß mit großen Zulieferern arbeiten. Für mich kämen deine Preise nicht in Frage.«

»Wer redet denn schon von Preisen? Glaubst du nicht, daß ich einem alten Freund entgegenkommen würde?«

Der große Mann schüttelte den Kopf. »Trotzdem, Jerry. Du würdest es zeitlich nicht schaffen.«

»Wer, wir?« Hardins Gesicht war plötzlich schweißbedeckt. »Ich stelle Hilfskräfte ein. Ich arbeite rund um die Uhr...«

Das Kopfschütteln hörte nicht auf. »Das Risiko kann ich nicht eingehen, Jerry. Glaub mir, ich täte dir den Gefallen gern. Aber das – das kommt nicht in Frage.«

Hardin stand auf. Seine Hände waren wie flehend vorgestreckt, und sie zitterten. Längst hatte er es aufgegeben, den Charmeur zu spielen; nun begann er zu flehen. Es ging um sein Leben.

»Manny, ich möchte keinen kleinen Gefallen von dir. Ich möchte diesen Kattunauftrag. Ich *brauche* den Auftrag, verstehst du? Ich *brauche* ihn, Manny!«

»Jerry, ich kann nicht einfach...«

»Was – was soll das heißen, du kannst nicht!« brüllte

Hardin. »Wer außer dir trifft hier die Entscheidungen? Du bist hier der Chef, Manny! Niemand sonst! Wenn ich mir hier eine Ablehnung einfange, dann doch von *dir*, von dir allein!«

»Aber der Auftrag ist längst versprochen. Samuelson hat mir Lieferung in drei Wochen zugesagt, zum besten Preis. Selbst wenn du einsteigen könntest – du würdest dich damit ruinieren.«

»Was glaubst du wohl, was dein Nein für mich bedeutet? Am nächsten Ersten gibt's meine Firma nicht mehr. Hörst du, was ich sage? Ich schulde Geld, viel Geld. Zwanzigtausend Dollar, Manny!«

Mannys breites Gesicht zeigte ehrliches Bedauern. »Ach, Jerry! Warum hast du mir das nicht gleich gesagt? Wenn ich dir etwas leihen kann...«

»Ich will kein Almosen! Ich will keinen Kredit! Ich will eine Bestellung, Manny. Eine einzige große Bestellung, die mir weiterhilft! Ich *muß* diese Bestellung haben!«

Hardin hatte zu weinen begonnen; die Tränen quollen aus geübten Drüsen, rollten die bleichen Wangen hinab und fielen auf den Teppich von Manny Wrights Büro. Er weinte mühelos und schamlos, froh über diesen wäßrigen Beweis für seinen Kummer und seine Not.

Aber die Tränen wirkten nicht. Manny war bewegt, ließ sich aber nicht rühren. Er kehrte zu seinem Tisch zurück.

»Tut mir leid, Jerry. Es fällt mir bestimmt nicht leicht, aber ich kann nicht. Und wenn du mein eigener Bruder wärst...«

»*Du dreckiger, verkommener Schweinehund...!*«

Hardin kreischte die Worte hinaus, und sein Ex-Partner hörte sich die schrecklichen Laute voller Entsetzen an.

»Jerry!« sagte er flehend. »Nun sei doch vernünftig...«

»Vernünftig! Ich werde dir zeigen, was Vernunft ist!«

Er sprang förmlich gegen den papierüberladenen Tisch, und seine zitternden Hände umkrallten den dicken Hals des

Mannes dahinter. Als die Finger zu drücken begannen, riß Manny die Augen auf – runde blutunterlaufene Bälle. Mannys Mund klappte auf, sein Atem kam keuchend und gepreßt. Doch Hardin drückte weiter, zwei Jahre der Verbitterung, des Zorns und des Neids verliehen ihm Kraft.

Dann ließ er los.

Manny taumelte, versuchte sich abzustützen. Er griff nach der Schreibunterlage und rutschte schließlich zu Boden, wobei er Papiere und Stoffmuster und das Telefon hinter sich herzog.

Hardin bekam es mit der Angst. »Manny! Manny, es tut mir leid!«

Manny versuchte zu sprechen, doch die Anstrengung war zuviel. Er zappelte wie ein Fisch an der Leine, krümmte den Rücken gegen den Tisch. Dann klappte er zusammen und sank mit erschreckender Endgültigkeit zu Boden.

Reglos starrte Hardin auf ihn hinab.

Er machte einen zögernden Schritt, bückte sich und berührte die stämmige Gestalt, die mit dem Gesicht nach unten lag.

»Manny?« fragte er leise.

Er rollte den schweren Mann herum und sah die weit aufgerissenen blicklosen Augen. Er betastete die Brust des anderen und spürte nichts, nicht die geringste Spur des Zuckens, das Leben verhieß. Er hatte Manny nicht getötet. Er war kein Mörder. Wenn man einen Menschen reizt und er stirbt – macht einen das zum Mörder?

Hardins Blick richtete sich auf die geschlossene Bürotür. Er mußte etwas unternehmen. Die Wahrheit durfte nicht bekanntwerden. Er würde wie ein Mörder dastehen.

Dann sah er das Telefon. Ein dünnes Stimmchen tönte aus dem Hörer, der daneben lag. Automatisch griff er danach.

Eine Mädchenstimme meldete sich. »Mr. Wright? Wünschen Sie etwas?«

Hardin blickte auf das Telefon. Gleichzeitig kam ihm ein Gedanke. »Ja«, sagte er mit tiefer Stimme. »Geben Sie mir Ross.«

»Jawohl.«

Eine Männerstimme. »Mr. Wright?«

»Bobby?« sagte Hardin. »Es geht um die Kattunbestellung, die ich Samuelson geben wollte.«

»Wie bitte?«

»Ich hab's mir anders überlegt. Academy-Stoffe soll die Sache für uns erledigen. Sprechen Sie mit Jerry Hardin darüber, er sagt Ihnen den Preis.«

»Aber Mr. Wright!«

»Keine Widerworte, Bobby! Ich habe heute viel zu tun!«

Er legte auf und seufzte erleichtert. Dann zwang er sich dazu, volle zehn Minuten lang zu warten. Schließlich lief er zur Tür von Mannys Büro und riß sie auf.

»Hilfe! Hilfe!« rief er.

Draußen ging gerade der Modeschöpfer vorbei; er reagierte als erster. »Was ist? Was geht da vor?«

»Ich weiß nicht! Ich weiß nicht! Ich sprach mit ihm, als er ganz plötzlich ...«

Der dünne Mann sah den Körper und hielt den Atem an. Kurze Zeit später war der Korridor voller Menschen. Bobby Ross stieß zu der Gruppe; er wirkte älter, als Hardin ihn von der anderen Firma in Erinnerung hatte.

»Schrecklich, schrecklich!« sagte Hardin, und Tränen strömten ihm über das Gesicht. »Er hatte mir eben die große Bestellung gegeben. Alles war bestens. Er fühlte sich ausgezeichnet, und dann *das* ...« Er konnte nicht weitersprechen und schluchzte ungehemmt in seinen Jackenärmel.

»Ich begreife das nicht«, sagte Ross.

»Er sprach doch mit Ihnen«, sagte Hardin schluchzend. »Ich hab gehört, wie er mit Ihnen gesprochen hat.«

»Das ist ja gerade das Komische.« Ross' Gesicht wirkte seltsam verzerrt. »Er sprach davon, er wollte der Firma

Academy-Stoffe einen Auftrag geben. Aber weshalb sollte er deswegen mich anrufen?«

Hardin wandte die tränenfeuchten Augen in seine Richtung. »Warum denn nicht?«

»Weil mich Manny vor über einem Jahr aus der Verkaufsabteilung in die Werbung versetzt hat. Weshalb sollte Manny *mich* wegen eines Auftrags anrufen?« Er blickte sich um, als suchte er eine Erklärung. »Die Stimme hörte sich auch gar nicht nach Manny an«, fuhr er fort.

Diese Worte brachten die Stimmen ringsum zum Schweigen.

Alle starrten auf Hardin.

Dann bewegten sich die Füße. Die Anwesenden wichen vor Jerry Hardin zurück und bildeten einen anklagenden Ring um ihn, einen Ring, der sich erst wieder öffnete, als die Polizei eintraf.

Durch die Blume

Frühling wird's, mit Nachdruck, selbst in Polizeirevieren, und wieder einmal spürte Captain Don Flammer das vertraute und angenehme Prickeln der Sinne. Flammer liebte den Frühling – das frische Grün, die blühenden Bäume und vor allem die Blumen. Er liebte es, auf dem Lande Dienst zu tun, und die Petunien, die das Polizeihauptquartier von Haleyville säumten, gingen auf seinen Vorschlag zurück und wurden von ihm gepflegt.

Aber als der Juni heranrückte, ließ sich nicht länger verheimlichen, daß Captain Flammer in diesem Jahr anders reagierte. Er war nicht mehr der alte. Die Falten auf seiner Stirn verschwanden nicht, er vernachlässigte seinen Garten und verbrachte zuviel Zeit im Haus. Seine Freunde bei der Polizei waren besorgt, aber sie wußten, was mit ihm los war. Sie kannten Flammers Kummer: er konnte Mrs. McVey nicht vergessen.

Es war die Liebe zu Blumen, die beide zusammenbrachte. Mrs. McVey und ihr Mann waren in das kleine doppelstöckige Haus an der Arden Road gezogen, und in dem verkommenen Garten, der zum Haus gehörte, hatte Mrs. McVey mit dem Zauberstab gewirkt. Rosen begannen sich in ungezügelter Vielfalt zu ranken, mächtige rosarote Hortensienbüsche blühten an der Veranda, Stiefmütterchen und Pfingstrosen gediehen, Veilchen und Hyazinthen lugten zwischen den Steinen hervor, und Petunien, samtiger noch als die des Captains, belagerten die Terrasse.

Eines Tages hatte der Captain den Wagen angehalten und war errötend zu dem Zaun gegangen, hinter dem Mrs. McVey ihren Efeu beschnitt. Flammer war Junggeselle, Mitte Vierzig und nicht gerade geübt im Umgang mit Frauen.

Mrs. McVey war einige Jahre jünger und ein wenig zu dünn, um hübsch zu sein, hatte aber ein Lächeln, das so freundlich war wie der Sonnenschein.

»Ich wollte Ihnen nur sagen«, stotterte er, »daß Sie den schönsten Garten in Haleyville haben.« Dann runzelte er die Stirn, als hätte er sie eben verhaftet, und stapfte zu seinem Wagen zurück.

Es war nicht gerade ein eleganter Anfang für eine Freundschaft, aber es war ein Anfang. Mindestens einmal in der Woche parkte Flammer nun in der Auffahrt der McVeys, und Mrs. McVey bedeutete ihm mit einem Lächeln, mit heißem Tee und selbstgebackenen Keksen, daß sie seine Besuche schätzte.

Als er schließlich Mr. McVey kennenlernte, wußte er sofort, daß er den Mann nicht mochte – eine hagere Gestalt mit schmalen Gesichtszügen und einem Mund, der so aussah, als lutsche er ständig auf einer Zitrone herum. Als Flammer das Thema Blumen anschnitt, zuckte dieser Mund verächtlich.

»Joe hat mit dem Garten nichts im Sinn«, sagte Mrs. McVey. »Aber er weiß, was mir meine Blumen bedeuten, zumal er viel unterwegs ist.«

Natürlich wurde keine Romanze daraus. Das wußten alle – sogar die Klatschmäuler der Stadt. Flammer war Polizist, und Polizisten waren nun mal phantasielos. Und Mrs. McVey war nicht hübsch genug für die Rolle.

So wurde in Haleyville nicht geklatscht und auch nicht hinter der hohlen Hand gekichert. Mrs. McVey und der Captain trafen sich Woche für Woche, ganz offen – die ganze Stadt konnte es sehen. Doch ehe der Herbst kam, hatte er sich in sie verliebt, und sie sich in ihn; dennoch sprachen sie nie darüber.

Dafür sprach sie von ihrem Mann. Angeregt durch ihre Gefühle für Flammer, zog sie ihn immer mehr ins Vertrauen.

»Ich mache mir Sorgen um Joe, denn ich glaube, er ist krank«, sagte sie. »Und zwar auf eine Weise krank, daß kein Arzt sich auskennt. Er ist voller Bitterkeit. In seiner Jugend hat er sich so viel vom Leben erhofft, doch diese Wünsche sind unerfüllt geblieben.«

»Nicht ganz unerfüllt«, sagte Flammer geradeheraus.

»Er haßt das Nachhausekommen. Er drückt das nicht so aus, aber ich weiß es. Wenn er hier ist, drängt es ihn, wieder auf Reisen zu gehen.«

»Glauben Sie, er hat...« Flammer errötete über die Frage, die ihm auf der Zunge lag.

»Ich beschuldige ihn nicht«, sagte Mrs. McVey. »Ich stelle ihm keine Fragen. Er haßt es, gedrängt zu werden. Es gibt Augenblicke, da habe ich – nun, ein wenig Angst vor Joe.«

Flammer blickte von der Veranda auf den rosa Hortensienbusch, der noch in voller Blüte stand, obwohl der Sommer bereits zu Ende ging. Er sagte sich, wie gern er jetzt Mrs. McVeys erdbefleckte Hand halten würde. Statt dessen trank er einen Schluck Tee.

Am 19. September wurde Mrs. McVey mit einem 32er-Revolver erschossen. Der Schuß hallte durch die Nacht und weckte die Nachbarn zu beiden Seiten des McVeyschen Hauses.

Es dauerte eine gewisse Zeit, ehe die Nachbarn die leisen Hilfeschreie hörten, die dem dröhnenden Schuß folgten, und die Polizei von Haleyville anriefen. Captain Flammer verzieh es dem Diensthabenden lange Zeit nicht, daß er ihn in jener Nacht nicht zu Hause anrief. So erfuhr er erst am nächsten Morgen, daß Mrs. McVey tot war.

Niemand am Tatort sah in Captain Flammers Gesicht etwas anderes als die Aufmerksamkeit des gewissenhaften Polizisten. Er tat seinen Dienst mit der erforderlichen Umsicht. Er verhörte Mr. McVey und enthielt sich jeder Äußerung über die Aussage.

»Es war gegen zwei Uhr früh«, sagte McVey. »Grace erwachte und sagte, sie hätte unten ein Geräusch gehört. Sie hörte dauernd etwas, und ich sagte ihr, sie solle weiterschlafen. Aber das tat sie nicht; sie zog einen Kimono an und ging runter, um nachzusehen. Zur Abwechslung hatte sie mal recht – es war ein Einbrecher. Er bekam Angst und erschoß sie, als er sie sah... Ich kam raus, als ich den Schuß hörte, und sah ihn noch weglaufen.«

»Wie sah er aus?«

»Na, wie eben zwei rennende Füße aussehen«, antwortete Joe McVey. »Mehr konnte ich nicht erkennen. Aber Sie sehen ja, was er hier wollte.«

Flammer blickte sich um – er sah die Unordnung im Wohnzimmer, die geöffneten Schubladen, die herumgestreuten Gegenstände, offenkundige Anzeichen für einen Einbruch, die leicht vorzutäuschen waren.

Die Ermittlungen am Tatort liefen sofort an. Haus und Grundstück wurden abgesucht, ohne Ergebnis – keine interessanten Fingerabdrücke oder Fußspuren, keine Waffe. Man fand nicht den geringsten Hinweis auf den Mordeinbrecher von der Arden Road. Endlich begann man sich andere Fragen zu stellen: Gab es denn wirklich einen Einbrecher? Oder hatte Joe McVey seine Frau umgebracht?

Captain Flammer leitete die Untersuchung mit der gewohnten Gelassenheit; niemand wußte von seiner zugeschnürten Kehle, von der schmerzhaften Enge in seinem Herzen, von den heißen Tränen, die hinter seinen Augen brannten.

Als er jedoch fertig war, hatte er nichts entdeckt, das den Spruch des Leichenbeschauers ändern konnte: Tod durch Unbekannt. Er war nicht einverstanden mit diesem Urteil, doch ihm fehlte der geringste Beweis. Für ihn war der Täter nicht unbekannt: er sah den verhaßten, säuerlich zusammengepreßten Mund in seinen Träumen.

Joe McVey verkaufte das doppelstöckige Haus knapp einen Monat nach dem Tod seiner Frau – verkaufte es zu einem lächerlichen Preis an ein Ehepaar mit erwachsener Tochter. Anschließend zog Joe McVey aus Haleyville fort – es hieß, nach Chicago –, und Captain Flammer freute sich nicht mehr auf den Frühling und das Erblühen der Blumen.

Trotzdem kam der Frühling, nachdrücklich wie immer, und obwohl der Captain noch immer bekümmert war und zornig auf seine Ohnmacht, regte sich das Blut in ihm. Er begann aufs Land hinauszufahren. Und eines Tages hielt er vor dem Haus, das früher den McVeys gehört hatte.

Die Frau, die auf der Veranda stand, eingerahmt von blauen Hortensienblüten, hob den Arm und winkte. Flammers Herz machte einen Sprung, wenn so etwas überhaupt möglich ist. Fast hätte er Graces Namen ausgesprochen, auch als er längst erkannt hatte, daß die Frau nur ein Mädchen war, rundlich und noch unter zwanzig.

»Hallo«, sagte sie und betrachtete den Streifenwagen in der Auffahrt. »Schöner Tag, nicht wahr?«

»Ja«, antwortete Flammer tonlos. »Sind die Mitchells zu Hause?«

»Nein. Ich bin die Tochter Angela.« Sie lächelte unsicher. »Sie sind doch hoffentlich nicht dienstlich hier?«

»Nein«, sagte Flammer.

»Natürlich weiß ich über das Haus Bescheid, über die Ereignisse vom letzten Jahr, über den Mord und so.« Sie senkte die Stimme. »Der Einbrecher wurde nie gefaßt, nicht wahr?«

»Nein.«

»Sie muß eine nette Frau gewesen sein – Mrs. McVey, meine ich. Auf jeden Fall liebte sie Blumen. Ich glaube, ich habe nie einen schöneren Garten gesehen.«

Traurig berührte er eine blaue Hortensienblüte und machte sich auf den Rückweg zum Auto. Er spürte, daß sich seine Augen mit Tränen füllten – und doch sahen sie alles ganz deutlich.

Denn plötzlich blieb er stehen und fragte: »Blau?«

Die junge Frau musterte ihn fragend.

»Blau«, sagte er noch einmal, kehrte zurück und starrte auf den blühenden Hortensienbusch. »Der war doch letztes Jahr rosa – das weiß ich genau! Jetzt ist er blau.«

»Was meinen Sie?«

»Hortensien!« sagte Flammer. »Kennen Sie sich damit aus?«

»Ich habe keine Ahnung von Blumen. Solange sie nur hübsch aussehen...«

»Sie sehen hübsch aus, wenn sie rosa sind«, sagte Flammer. »Ist aber im Boden zuviel Alaun – oder Eisen –, werden sie blau. So blau wie hier.«

»Aber was macht das für einen Unterschied?« fragte das Mädchen. »Rosa oder blau, ist doch egal! Und wenn schon, ein bißchen Metall im Boden...«

»Ja«, sagte Captain Flammer. »Es muß hier Metall im Boden geben. Miss Mitchell, ich möchte Sie bitten, mir schnell eine Schaufel zu holen.«

Sie blickte ihn verwirrt an, holte aber das Gewünschte. Auf Flammers Gesicht zeigte sich kein Triumph, als er am Stamm des Hortensienbusches den Revolver ausgrub, der Lauf verrostet, der Abzug verklemmt.

Er triumphierte auch nicht, als der Fund als die Waffe identifiziert wurde, welche Grace McVey getötet hatte, und als Eigentum Joe McVeys. Er triumphierte nicht, als der Mörder seinen Richtern gegenüberstand. Doch wenn er sich seines Sieges auch nicht freuen konnte, so stand doch für Captain Flammer eines fest: die Liebe zu Blumen hatte etwas ungemein Befriedigendes.

Wer zuletzt lächelt

Als erstes verflog die Arroganz, schon am ersten Tag, als die Tür der Todeszelle hinter Finlay zuknallte. Später wurde er mürrisch und unansprechbar, und sein junges Gesicht nahm die Tarnfarbe der Zementsteine seines Gefängnisses an. Er wollte nicht essen, nicht reden und auch keinen Pfarrer sehen. Er fauchte den eigenen Anwalt an, wünschte die Wächter zum Teufel und kapselte sich ab. Eine Woche vor dem Hinrichtungstermin begann er im Schlaf zu weinen. Er war einundzwanzig Jahre alt und hatte mit Hilfe eines Komplizen einen alten Ladenbesitzer totgeprügelt.

Am Morgen des fünften Tages erwachte er aus einem Alptraum, in dem er zum Tode verurteilt worden war. Als er feststellte, daß der Traum Wirklichkeit war, begann er zu schreien und warf sich gegen die Stahlgitter. Zwei Wächter betraten seine Zelle und drohten ihm Hand- und Fußfesseln an, konnten ihn aber nicht beruhigen. Eine Stunde später schaute der Gefängnisgeistliche vorbei, ein stämmiger weißhaariger Mann mit dem schmerzlich berührten Gesicht eines von Blähungen geplagten Kindes. Aber auch er hatte nichts Neues zu sagen. Allerdings lag ein Flehen in seiner Stimme, das Finlay aufhorchen ließ.

»Bitte«, flüsterte der Geistliche, »seien Sie ein netter Junge, lassen Sie mich eintreten. Es ist wichtig. Wirklich.«

»Was ist wichtig?« fragte der Verurteilte bitter. »Ich will nicht, daß Sie für mich beten.«

»Bitte«, sagte der Geistliche in einem seltsam inbrünstigen Tonfall. Der Jüngling in der Zelle wunderte sich darüber und willigte erschöpft ein. Kaum war der andere in der Zelle, bedauerte er den Entschluß bereits. Der Weißhaarige zog ein schwarzes Buch aus der Tasche.

»Nein!« brüllte Finlay. »Lassen Sie das! Ich will keine Bibellesung hören!«

»Schauen Sie sich das mal an«, sagte der Geistliche mit gerötetem Gesicht. »Hier, sehen Sie!«

Finlay nahm den kleinen dicken Band, den die runden Finger ihm hinhielten. Vor der Zelle stand ein beleibter Wächter als Silhouette im Flurlicht. Finlays Blick fiel auf die geöffnete Seite, über der *Offenbarungen* stand, und auf den winzigen Papierstreifen, der in den Einband gesteckt worden war. Darauf stand mit der Hand geschrieben:

Vertrauen Sie mir.

Finlay blinzelte die Worte an und blickte dann in das engelhafte Gesicht des Mannes neben sich. Das runde Kinn schob sich wie ein Frühstücksei im Eierbecher über den hochgestellten Kragen, und der Ausdruck des Kindergesichts war nicht zu deuten.

»Könnten wir uns jetzt unterhalten?« fragte der Geistliche munter. »Wir haben wenig Zeit, mein Sohn.«

»Ja«, sagte Finlay unbestimmt. »Hören Sie, was ist eigentlich...?«

»Psst!« Ein dicker Finger legte sich auf die Lippen des Geistlichen. »Wir wollen nicht mehr sprechen. Wir wollen beten.« Er legte die Handflächen zusammen und schloß die Augen.

Verwirrt tat es ihm Finlay nach, und der Geistliche sprach mit monotoner Stimme von Errettung und Erlösung. Als er fertig war, strahlte er den Gefangenen an und empfahl sich.

Finlay sah den Geistlichen erst am späten Abend wieder. Diesmal zögerte er nicht, den beleibten kleinen Mann in die Zelle zu lassen. Kaum war er eingetreten, als Finlay auch schon heiser flüsterte:

»Hören Sie, ich muß Bescheid wissen. Hat Willie Sie geschickt? Willie Parks?«

»Psst«, sagte der Geistliche nervös und blickte zu dem auf

und ab gehenden Wächter hinaus. »Wir wollen nicht von irdischen Dingen sprechen...«

»Dann *ist* es also Willie«, hauchte Finlay. »Ich wußte doch, daß Willie mich nicht im Stich lassen würde!« Als der Geistliche sein kleines schwarzes Buch öffnete, grinste er und lehnte sich auf der Pritsche zurück. »Machen Sie nur, Kumpel. Ich höre.«

»Die Bibel fordert uns auf, mutig zu sein, mein Sohn«, sagte der Geistliche vielsagend. »Die Bibel fordert uns auf, an uns selbst zu glauben, an unsere Freunde und an unseren Herrn. Verstehen Sie das?«

»Ich verstehe«, sagte Finlay.

In dieser Nacht schlief er zum erstenmal seit seiner Einlieferung wirklich gut. Am Morgen ließ er den Geistlichen erneut zu sich kommen; der Wächter registrierte die plötzliche Bekehrung mit Erstaunen. Als der kleine Mann eintrat, strahlte Finlay ihn an und fragte: »Na, was sagt die Bibel heute früh, Kaplan?«

»Sie spricht von der Hoffnung«, antwortete der Geistliche ernst. »Wollen wir zusammen lesen?«

»Ja, ja doch. Was sie wollen!«

Der Geistliche las einen längeren Abschnitt vor, und Finlay begann unruhig hin und her zu rutschen. Als er eben vor Ungeduld auffahren wollte, reichte ihm der Weißhaarige das kleine Buch, und Finlay sah die Worte *Alles ist bereit* auf dem Einband.

Der Geistliche lächelte dem Gefangenen zu, tätschelte ihm die Schulter und rief nach dem Wächter.

Als der Tag dämmerte, der von Amts wegen sein letzter auf Erden sein sollte, wurde Finlay von seinem Anwalt besucht, einem kleinen Mann mit einer ständig feuchten Oberlippe. Er konnte seinem Mandanten keine Hoffnung machen, daß die Vollstreckung des Urteils ausgesetzt würde, und Finlay erkannte, daß der andere mit dem Besuch lediglich eine vertragliche Verpflichtung erfüllte. Sein freundliches Verhalten schien den Anwalt zu verblüffen, ein Verhalten, das in scharfem Gegensatz zur bisher an den Tag gelegten Feindseligkeit stand. Am Nachmittag besuchte ihn der Gefängnisdirektor und fragte zum letztenmal, ob er den Namen des Mitschuldigen an dem Mord verraten wollte, aber Finlay lächelte nur und erkundigte sich, ob er den Geistlichen sehen dürfe. Der Direktor schürzte die Lippen und seufzte. Um sechs Uhr am Abend kehrte der Geistliche zurück.

»Wie läuft es ab?« flüsterte Finlay. »Breche ich aus, oder...«

»Psst!« machte der kleine Mann besorgt. »Wir müssen uns auf eine höhere Macht verlassen.«

Finlay nickte, dann lasen sie gemeinsam in der Bibel.

Um halb elf Uhr abends kamen zwei Wächter in Finlays Zelle und entledigten sich der unangenehmen Pflicht, ihm den Kopf kahlzuscheren und die Hosenbeine aufzuschlitzen. Dieser Vorgang machte ihn nervös, und er begann zu zweifeln, ob die Flucht wirklich organisiert war. Er tobte los und verlangte den Geistlichen zu sehen; der kleine Mann eilte herbei und sprach mit leiser, fester Stimme über Glaube und Mut. Während des Sprechens drückte er dem jungen Mann ein zusammengefaltetes Stück Papier in die Hand. Hastig versteckte Finlay die Nachricht unter der Decke seiner Pritsche. Als er wieder allein war, faltete er den Zettel auseinander. *Flucht in der letzten Minute*, stand darauf.

Finlay verbrachte den Rest der Zeit damit, den Zettel in möglichst kleine Stücke zu reißen und sie auf den Boden der Zelle zu verstreuen.

Fünf Minuten vor elf Uhr wurde er geholt. Die beiden Wächter flankierten ihn, der Direktor bildete die Nachhut. Der Geistliche durfte auf dem Weg zur grünen Metalltür am Ende des Korridors neben ihm gehen. Ehe sie das Zimmer betraten, in dem das stumme Publikum aus Journalisten und

Beobachtern wartete, beugte sich der Geistliche zu ihm . flüsterte:

»Bald triffst du Willie.«

Finlay blinzelte und ließ sich von den Wächtern zum Stuhl führen. Als man ihn festband, war sein Gesicht gelassen. Er lächelte, als ihm die Kapuze über das Gesicht geschoben wurde.

Nach der Hinrichtung ließ der Direktor den Geistlichen in sein Büro kommen.

»Sie haben sicher von Finlays Komplizen Willie Parks gehört. Er ist heute nachmittag erschossen worden.«

»Ja, das wußte ich. Friede seiner armen Seele.«

»Seltsam, daß Finlay alles so ruhig über sich ergehen ließ. Ehe Sie ihm Trost spendeten, war er nicht zu bändigen. Was haben Sie mit dem Jungen nur *gemacht*, Kaplan?«

Der Geistliche legte mit mildem Lächeln die Fingerspitzen zusammen.

»Ich habe ihm Hoffnung geschenkt«, sagte er.

Der Ersatzmann

Ich kann Prügel einstecken – das habe ich bei meinem Vater gelernt. Das schlimmste war das Warten in der Enge des schicken kleinen Lifts an der 65. Straße. Jedesmal wenn die Tür des Wohnhauses aufging, verkrampfte sich mein Magen zur Faust. Vier Tage waren inzwischen vergangen, und nur Mieter waren zu mir in den Fahrstuhl gestiegen – dickleibige reiche alte Knacker und ihre hochnäsigen Frauen und aufregenden Freundinnen.

Ich wußte, daß der Augenblick kommen würde. Ich schuldete Mickey Spanner Geld und konnte nicht bezahlen. Dafür gibt's bei Spanner nur eine Lösung.

Dabei hatte ich gar keinen üblen Job in einem Wohngebäude eine Querstraße vom Central Park entfernt. Der Fahrstuhl funktionierte einwandfrei. Das Gehalt war nicht berühmt, aber ich konnte ab und zu für die reichen Knacker einen kleinen Auftrag erledigen, und da kamen pro Woche schon siebzig, achtzig Scheinchen zusammen.

Aber ich war ein bißchen zu gierig geworden und hatte mich auf die Buchmacherei verlegt.

Zuerst lief alles glatt. Ich gab in der Nachbarschaft Bescheid, und schon bald flossen mir die Wetten regelmäßig zu.

Dann machte ich meinen großen Fehler. Ich akzeptierte Mickey Spanners Zwanziger auf ein Pferd, das Calypso hieß. Dieser Abschluß mit Spanner gefiel mir von Anfang an nicht, denn ich kannte seinen Ruf. Er leitete ein kleines französisches Restaurant um die Ecke und tat sehr bürgerlich und gesetzestreu; trotzdem hatte er noch einige harte Jungs in Diensten. Ich will ganz ehrlich sein, als er die zwanzig setzte, hatte ich zuviel Angst, um nein zu sagen. Dann informierte ich mich über Calypso und dachte, daß das leichtverdientes Geld wäre. Der Gaul lief dreißig zu eins.

Ich akzeptierte also Spanners Wette. Calypso kam weit vor dem Feld ins Ziel, und ich hatte Ärger. Schon eine Stunde nach dem Rennen schickte Spanner seine Fäustlinge zum Kassieren. Ich gab ihnen einen Hunderter und bat um Aufschub.

Am nächsten Morgen kam Spanner persönlich, die Hand nach seinen fünfhundert ausgestreckt. Ich schenkte ihm reinen Wein ein.

»Na schön, Charlie«, sagte er grinsend. »Ich gebe Ihnen zwei, drei Tage. Dann melden sich meine Jungs.«

Das war vor vier Tagen gewesen, und meine Taschen waren noch immer leer. Und jedesmal wenn sich die Tür öffnete, verkrampfte sich mein ganzes Inneres. Nach einer Weile begann ich mir zu wünschen, daß Spanners Schläger endlich wirklich kämen. Ich wollte die Prügel hinter mich bringen und die Sache vergessen.

Ich dachte gerade darüber nach, als wieder einmal die Tür aufging. Es war Macklin, der reiche Witwer aus 5-D. Er trat in den Fahrstuhl, und ich sah, daß er größte Sorgen hatte. Er war ein untersetzter Mann mit schwammigem Fleisch, Glatze und winzigem Schmollgesicht. Aber er hatte die richtige Kleidung an und die dazugehörige Kinderstube. Die Zahl der kurvenreichen Damen, die nach 5-D fragten, überraschte mich eigentlich nicht.

»Charlie«, sagte er mit schweißfeuchtem Gesicht. »Könnten Sie gleich mal auf einen Moment zu mir kommen?«

»Nicht gleich, Sir. Wie wär's mit drei Uhr?«

»Schön.«

Um drei Uhr löste mich Phil, der zweite Fahrstuhlmann, eine Weile ab. Ich fuhr zu Macklins Wohnung hinauf. Die herrlichen Zimmer erfüllten mich mit Haß auf meine Doppelbude über einer Reparaturwerkstatt. Der Teppichboden war tief und weich. Lampen und Möbel wirkten irgendwie verschwommen, so daß man gleich an guten Alkohol und verruchte Frauen dachte.

Macklin saß tief in einem Sessel, neben sich einen Aschenbecher voller Kippen.

»Hören Sie, Charlie«, sagte er. »Was ich Ihnen jetzt erzähle, muß unter uns bleiben.«

»Klar, Mr. Macklin.«

Er zündete sich eine neue Zigarette an. »Es fällt mir nicht leicht, meine Bitte vorzubringen. Ich nehme es Ihnen nicht übel, wenn Sie nein sagen.«

»Na, fragen können Sie jedenfalls.«

»Nun, die Sache ist die. Erinnern Sie sich an das kleine dunkelhaarige Mädchen, das mich ab und zu besucht? Maria heißt sie. Etwa so groß, große Augen, hübsche Figur. Trägt oft rote Hüte.«

»Klar. Sehr hübsches Mädchen, Mr. Macklin.«

»Richtig. Leider habe ich Ärger mit ihr, Charlie. Verstehen Sie, was ich meine?«

»Erpressung?«

»Gewissermaßen. Sie ist schwanger, Charlie. Ich bin sechsundfünfzig, aber sie ist schwanger! Ich habe ihr gesagt, ich würde mich um sie kümmern, würde ihr Geld geben. Aber ihr Ehrgeiz reicht weiter. Sie will mich heiraten. Mich!«

Die romantische Geschichte begann mich zu langweilen. »Wie kann ich Ihnen da helfen, Mr. Macklin?«

»Sie können mir durchaus helfen, Charlie.« Er fuhr sich mit der Zunge über die Lippen. »Es gibt da eine Komplikation. Sie hat Brüder, zwei Brüder.«

»Und?«

»Na, die sind ein bißchen altmodisch. Sie schäumen vor Wut. Sie wissen ja, wie Brüder so sind. Mit Geld geben die sich nicht zufrieden. Zwei rauhe Hafenarbeiter, wütend auf mich.«

»Was kann ich da tun?« fragte ich.

»Charlie, hören Sie zu. Vorhin rief mich Maria im Büro

an. Deshalb bin ich so früh nach Hause gekommen. Sie sagt, ihre Brüder wollen heute abend herkommen – um mich zusammenzuschlagen.«

Ich lachte los. Ich konnte nicht anders. Eine halbe Million Piepen trennten Macklin und mich auf dieser Welt – doch jetzt saßen wir uns hier gegenüber und hatten dieselben Zukunftsaussichten!

»Was ist daran so komisch?« fragte er errötend. »Zwei Schlägertypen, außer sich vor Wut. Ich wollte zuerst untertauchen, aber das nützt ja nichts. Die fänden mich überall. Ich führe meine Geschäfte hier in der Stadt. Ich kann nicht einfach alles stehen und liegen lassen.«

»Ja«, sagte ich nüchtern. »Das ist wirklich schlimm, Mr. Macklin. Ich begreife aber trotzdem nicht, was Sie von mir wollen.«

»Ich gebe Ihnen tausend Dollar, wenn Sie heute abend hier in der Wohnung bleiben«, sagte er.

Das riß mich beinahe vom Stuhl. »Wieviel?«

»Tausend Dollar. Marias Brüder kennen mich nicht, sie haben mich nie gesehen. Wenn die beiden hier hereinschneien und Sie in einem meiner Morgenmäntel sehen, als ob Sie hier wohnten...«

»Moment mal. Sie wollen, daß ich mich für Sie verprügeln lasse?«

»So sollten Sie das nicht ausdrücken, Charlie.« Seine Schmollippen traten noch mehr hervor. »Ich bin sechsundfünfzig Jahre alt. Sie sind einunddreißig oder zweiunddreißig?«

»Hören Sie, Mr. Macklin, ich habe selbst Probleme...«

»Die sich mit einem Riesen vielleicht aus der Welt schaffen lassen?«

Ja, sagte ich mir. Ein Tausender könnte so manches ausräumen. Nur führte kein Weg an den blauen Flecken vorbei.

Dann begann ich nachzudenken. Wenn ich jetzt 5-D verließ, mußte ich mich auf Spanners Schläger gefaßt machen –

ohne Geld. Ging ich aber auf den verrückten Handel ein, konnte ich die fünfhundert Piepen zahlen und hatte danach noch fünfhundert übrig. Prügel waren schließlich Prügel, egal, von wem man sie bezog!

»Wenn ich es tue«, sagte ich zu Macklin, »bekomme ich dann eine Anzahlung?«

Er schüttelte den Kopf. »Nein, solche Geschäfte mache ich nicht, Charlie. Sie bringen die Leistung, ich gebe Ihnen das Geld. So sieht mein Angebot aus, Charlie.«

»Na schön, ich tu's, Mr. Macklin.«

»Gut.« Er schien erleichtert zu sein. »Ich verlasse in etwa einer Stunde die Wohnung. Gegen neun oder zehn Uhr dürften die beiden hier sein. Aber eins ist klar, Charlie. Versuchen Sie sich nicht zu wehren. Die beiden müssen zufrieden abziehen, sonst klappt es nicht.«

»Sie sind der Chef«, sagte ich.

Mein Dienst war gegen halb acht Uhr zu Ende, und ich verschaffte mir mit Macklins Schlüssel Zugang zu seiner Wohnung. Ich zog die Schuhe aus und fläzte mich hin – die schicke Umgebung gefiel mir. Erst dann wurde mir bewußt, weswegen ich hier war. Ich schnappte mir meine Schuhe und marschierte in Macklins Schlafzimmer. Macklin hatte einen seiner Morgenmäntel aufs Bett gelegt, ein seidenweiches purpurnes Gewand, das sich sündhaft teuer anfühlte. Ich zog es über und schob die Füße in weiße Lederpantoffeln, die am Fußende standen. Sie waren zu groß, ließen sich aber tragen.

Dann wanderte ich im Zimmer herum und hätte am liebsten ein wenig in die Schubladen gelinst. Nicht um zu mausen. Ich bin schließlich kein Gauner. Vorsichtig zog ich am Griff einer Schublade. Sie war verschlossen. Ich probierte eine andere.

»Bei Gott!« sagte ich laut. Der alte Knabe traute mir nicht!

Gekränkt kehrte ich ins Wohnzimmer zurück. An der Bar

machte ich mir einen Drink, ging zum Sofa und lehnte mich mit geschlossenen Augen zurück.

Dann läutete es an der Tür.

Ich blickte auf die Uhr. Das konnten sie noch nicht sein! Aber ich irrte mich. Die Zeit war verflogen. Neun Uhr.

Das Klingeln wurde wiederholt. Ich ging langsam zur Tür.

»Sind Sie Macklin?«

Ein kleiner Mann, kleiner als ich. Sein Gesicht war maskenhaft starr, seine Finger wirkten sehr kräftig. Der Mann hinter ihm war etwa eins neunzig groß und hatte ein blödes, sanftmütiges Gesicht.

»Ja«, sagte ich. »Ich bin Macklin.«

Sie drängten sich an mir vorbei in die Wohnung, und ich versuchte sie nicht aufzuhalten.

»Ich bin Ernie«, sagte der Kleine. »Das ist Iggy. Was ist los, Kumpel? Hat Maria dir nichts von ihren Brüdern erzählt?«

»Nicht viel. Freut mich, Sie kennenzulernen...«

Die beiden trennten sich und nahmen mich in die Zange. Ich wich an die Bar zurück. Ernie sagte: »Setz dich, Kumpel. Wir wollen uns mal unterhalten.«

»Hören Sie«, sagte ich. »Ich weiß, daß Sie sauer sind wegen Maria. Sie müssen das begreifen. Ich bin bereit, für sie zu zahlen...«

»Zahlen?« Ernies verkrampftes Gesicht lief rot an. »Sie verdammter... Wollen Sie Maria eine Prostituierte schimpfen?«

»Was?« fragte der große Bursche und griff nach meinem Morgenmantel. »Wen beschimpfen?«

Der Mann hatte die kräftigsten Hände, die ich je erlebt hatte. Er drückte mir den Kragen um den Hals, bis mir die Augen aus dem Kopf quollen. Ich mußte mich schützen und trat Iggy kräftig gegen das Schienbein. Er heulte auf und ließ mich fallen. Jetzt war aber Ernie sauer. Die Wurstfinger des kleinen Burschen rollten sich zu einem Ball zusammen und machten sich auf den Weg zu meiner Nase. Ich duckte mich, und der Hieb sauste an meiner Wange vorbei.

Nun ging es erst richtig los. Iggy warf mich wie eine Spielzeugpuppe auf das Sofa. Ernie schob mir das Knie in die Magengrube und begann mich mit gestreckter Hand zu ohrfeigen, links, rechts. Dabei rief er: »Das ist für Maria, du Schweinehund!«

»Ich, Ernie, ich!« sagte der große Kerl eifrig. Er zerrte mich hoch und zielte einen Schwinger auf meine Mitte. Ich ließ mich zusammenklappen und versuchte auf den Boden zu kommen, versuchte in den dicken Teppich zu kriechen, als ob ich mich dort verstecken könnte. Aber Ernie ließ mich nicht entwischen. Mit der linken Hand schnappte er sich meine Krawatte und knallte mir die rechte immer wieder ins Gesicht, bis ich sah, daß seine Knöchel aufgesprungen und blutig waren.

Ich begann um Hilfe zu schreien, wobei ich Macklins tausend Piepen vergaß – in diesem Augenblick dachte ich nur an den Schmerz. Iggy legte mir seine breite Hand über den Mund, und Ernie nahm sich meinen Magen vor, bis ich einen seltsam bitter-blutigen Geschmack im Mund hatte, bis ich zu würgen begann und das Bewußtsein verlor.

Ich weiß noch, daß ich zu Boden fiel, dann knallte mir Iggys Riesenfuß gegen die Rippen. »Genug«, sagte Ernie leise.

Ich weiß nicht, wie lange ich bewußtlos war – es konnten nur Minuten gewesen sein. Ich bewegte mich nicht. Ich spürte, wie warmes Blut mein Gesicht berührte, und versuchte ein Stöhnen zu unterdrücken, damit sie nicht merkten, daß ich bei Bewußtsein war. Die beiden unterhielten sich flüsternd; ihre Stimmen klangen beunruhigt. Sie schienen zu fürchten, daß sie mich umgebracht hatten; es wäre ihnen fast gelungen.

Im nächsten Augenblick ging die Türklingel.

Das überraschte Zusammenfahren war beinahe zu hören. Einer der beiden ging zur Tür und fragte: »Wer da?«

»Ernie? Bist du das?« Eine Frauenstimme.

Hastig wurde die Tür aufgerissen.

»Maria! Was machst du denn hier?«

»Oh, Ernie!«

Ich hörte eine Frau schluchzen. Sie schien außer sich zu sein. Plötzlich klangen die Töne leiser, als habe das Mädchen den Kopf an Ernies Brust gelegt.

»Nun komm schon, Kleines«, sagte Ernie gereizt. »Was ist denn los?«

»Ernie, ich stecke in der Klemme! Ich war in der Troubadour-Bar. Ich hoffte Harry dort zu finden. Ich – hatte ihn heute früh im Büro angerufen und vor euch gewarnt.«

»*Was* hast du getan?«

»Ihr solltet ihm nichts tun! Ich dachte, vielleicht wird er endlich vernünftig...«

»Na, und was ist los? Wozu die Tränen?«

»Ich fand ihn in der Bar. Wir sind zusammen ausgegangen. Ich versuchte mit ihm zu reden, versuchte ihn umzustimmen...«

»Moment mal!«

Ernie kam zu mir. »Wovon redest du eigentlich? Ist das nicht dein Freund?«

Sie trat näher. »Der? Den habe ich noch nie gesehen. Ich meine, bekannt kommt er mir vor, aber...«

»Das ist nicht Harry Macklin?«

»Nein! Er sieht aus wie der Liftboy...«

»Dieser fiese...«

»Ernie, hör zu! Ich stecke übel in der Klemme. Ich ... ich habe Harry bedroht! Ich sagte ihm, ich würde ihn umbringen, wenn er mich nicht heiratet. Ich hatte das hier bei mir...«

»He!« Iggys Stimme. »Das ist *mein* Schießeisen!«

»Ich hab's aus deiner Schublade genommen. So wahr mir

Gott helfe, ich wollte es nicht benutzen, ehrlich nicht!« Ihre Stimme wurde schrill. »Ich hab nur damit herumgespielt, Ernie! Ich wollte ihm einen Schrecken einjagen. Ich weiß nicht, wie es geschah... Ernie...«

»Was soll das heißen? Du hast Macklin erschossen?«

»Mein Gott! Mein Gott!« schluchzte Maria. »Das Ding explodierte in meiner Hand. Ich wollte es nicht tun. Ich wollte nicht! Aber er ist tot, Ernie...«

Ernie fluchte in mehreren Sprachen, und Iggy begann schrill zu jammern. »Was soll ich tun?« stöhnte Maria. »Was soll ich nur tun...?«

»Verrücktes Stück!« brüllte Ernie. »Verrücktes, dummes Stück...«

Dann begannen sie Pläne zu schmieden, und Ernie gab Anweisungen.

»Iggy, du nimmst die Kanone. Wir müssen sie loswerden. Dann gehen wir nach Hause und reden alles durch. Es muß einen Ausweg geben!«

»Was ist mit ihm?«

»Laß ihn liegen. Wir haben Arbeit.«

Dann waren sie fort.

Eine Stunde lang rührte ich mich nicht. Schließlich stemmte ich mich vom Boden hoch und schaffte es bis zum Sofa. Dabei schmierte ich viel Blut auf Macklins Teppich, aber das war mir egal. Mir war alles egal.

Nach einer Weile war ich kräftig genug, um mich zum Badezimmer zu schleppen. Ich richtete mich her, so gut es ging, und zog meine Sachen wieder an. Jede Muskelbewegung kam mir vor wie ein Messerstich.

Ich verließ die Wohnung und trat in den Flur hinaus. Den Lift konnte ich nicht benutzen; so wie ich aussah, hätte Phil einen Anfall bekommen. Ich ging zur Treppe und stieg auf wackligen Beinen ins Erdgeschoß hinab.

Ich schlich am Fahrstuhl vorbei, ohne daß Phil mich zu

sehen bekam. Als ich die Straße erreichte, fuhr mir die kalte Luft wie Säure ins zerschlagene Gesicht. Aber der Schmerz war bei weitem nicht so schlimm wie die Erkenntnis, daß meine Leiden umsonst gewesen waren, daß ich den Tausender von Macklin nicht mehr kassieren konnte.

Als ich mich eben auf den Heimweg machen wollte, sah ich die beiden energischen Typen auf mich zukommen.

Ich erkannte sie sofort und wußte, daß die Zeit des Wartens vorbei war.

Die Prüfung

Die Jordans sprachen erst über die Prüfung, als ihr Sohn Dickie zwölf Jahre alt geworden war. An seinem Geburtstag schnitt Mrs. Jordan das Thema zum erstenmal in seiner Gegenwart an, und der besorgte Tonfall veranlaßte ihren Mann zu einer scharfen Antwort.

»Laß das!« sagte er. »Er schafft es schon.«

Sie saßen am Frühstückstisch, und der Junge blickte neugierig von seinem Teller auf. Er war ein aufgewecktes Kind mit glattem blondem Haar und einer hektischen, nervösen Art. Er begriff nicht, was es mit der plötzlichen Gereiztheit auf sich hatte; dagegen war ihm bekannt, daß er heute Geburtstag hatte, und die familiäre Harmonie ging ihm über alles. Irgendwo in der kleinen Wohnung warteten mit Schleifen versehene Pakete darauf, geöffnet zu werden, und im automatischen Herd der winzigen Wandküche wurde etwas Warmes und Süßes zubereitet. Es sollte ein fröhlicher Tag werden, und die Tränen in den Augen seiner Mutter und das Stirnrunzeln seines Vaters störten die erregte Erwartung, mit der er den Morgen begrüßt hatte.

»Was für eine Prüfung?« fragte er.

Seine Mutter starrte auf das Tischtuch. »Eine Art Intelligenztest der Regierung, den alle Zwölfjährigen durchmachen müssen. Dein Termin ist nächste Woche. Brauchst dir deswegen keine Sorgen zu machen.«

»Eine Prüfung wie in der Schule?«

»So ungefähr«, sagte sein Vater und stand auf. »Geh und lies deine Comic-Hefte, Dickie.«

Der Junge gehorchte und zog sich in den Teil des Wohnzimmers zurück, der seit seiner Kindheit ihm gehört hatte. Er nahm das oberste Comic-Heft vom Stapel, schien sich aber für die farbenfrohen und aktionsreichen Bildchen nicht zu interessieren. Vielmehr schlenderte er zum Fenster und starrte düster auf die Nebelschleier, die das Glas verhüllten.

»Warum muß es ausgerechnet *heute* regnen?« fragte er.

Sein Vater, der sich mit der Regierungszeitung in seinen Sessel zurückgezogen hatte, raschelte gereizt mit den Blättern. »Weil es eben regnet! Vom Regen wächst das Gras.«

»Warum, Paps?«

»Weil es wächst, das ist nun mal so.«

Dickie zog die Brauen zusammen. »Aber wieso ist es grün? Das Gras?«

»Das weiß niemand!« gab der Vater heftig zurück, bedauerte den scharfen Tonfall aber sofort.

Später kam wieder Feierstimmung auf. Dickies Mutter reichte ihm strahlend die bunt verpackten Pakete, und der Vater brachte sogar ein Lächeln zustande und fuhr seinem Kind durch das Haar. Dickie küßte seine Mutter und gab dem Vater ernst die Hand. Dann wurde der Geburtstagskuchen aufgetragen, und der große Tag war vorbei.

Eine Stunde später saß er am Fenster und sah zu, wie sich die Sonne durch die Wolken kämpfte.

»Paps«, sagte er, »wie weit weg ist die Sonne?«

»Achttausend Kilometer«, antwortete der Vater.

Dick saß am Frühstückstisch und bemerkte wieder einmal Tränen in den Augen seiner Mutter. Er brachte diese Beobachtung erst mit der Prüfung in Verbindung, als sein Vater plötzlich die Sprache wieder auf dieses Thema brachte.

»Also, Dickie«, sagte er mit mannhaftem Stirnrunzeln, »du hast heute früh einen Termin.«

»Ich weiß, Paps. Ich hoffe nur...«

»Du brauchst dir keine Sorgen zu machen. Viele tausend

Kinder machen täglich diese Prüfung durch. Die Regierung will wissen, wie klug du bist, Dickie. Das ist alles.«

»Meine Noten in der Schule sind gut«, sagte er zögernd.

»Hier liegen die Dinge anders. Es handelt sich um eine – ganz spezielle Prüfung. Man gibt dir etwas zu trinken, und dann betrittst du einen Raum, in dem sich eine Art Maschine befindet...«

»Was ist das für ein Getränk?« fragte Dickie.

»Nichts Besonderes. Es schmeckt nach Pfefferminze. Das Getränk soll dafür sorgen, daß du alle Fragen wahrheitsgemäß beantwortest. Nicht, daß die Regierung glaubt, du würdest ihr nicht die Wahrheit sagen, aber das Zeug schließt jeden Zweifel aus.«

Auf Dickies Gesicht malte sich Verwirrung und ein Hauch von Angst. Er blickte seine Mutter an, und sie setzte ein vages Lächeln auf.

»Es wird alles gutgehen«, sagte sie.

»Natürlich!« stimmte sein Vater zu. »Du bist ein braver Junge, Dickie, du schaffst es bestimmt. Dann fahren wir nach Hause und feiern. Einverstanden?«

»Jawohl«, sagte Dickie.

Eine Viertelstunde vor der festgesetzten Zeit betraten sie das Bildungsgebäude der Regierung. Sie überquerten den Marmorboden der säulenbewehrten Vorhalle, passierten einen großen Torbogen und betraten einen automatischen Fahrstuhl, der sie in die vierte Etage brachte.

An einem blitzenden Tisch vor Zimmer 404 saß ein junger Mann in einer insignienlosen Tunika. Er hielt ein Klemmbrett in der Hand, fuhr mit dem Stift an der Reihe der Namen entlang und ließ die Jordans schließlich eintreten.

Der Raum war so kühl und nüchtern wie ein Gerichtssaal; lange Bänke zogen sich an Metalltischen entlang. Mehrere Väter und Söhne waren bereits anwesend, und eine Frau mit dünnen Lippen und kurzgeschnittenem Haar verteilte Papiere.

Mr. Jordan füllte das Formular aus und gab es dem Angestellten zurück. Dann sagte er zu Dickie: »Es dauert nicht mehr lange. Wenn dein Name aufgerufen wird, gehst du durch die Tür am Ende des Zimmers.« Er deutete auf das Portal.

Ein verborgener Lautsprecher knisterte und rief den ersten Namen auf. Dickie sah, wie sich ein Junge zögernd von seinem Vater entfernte und langsam zur Tür ging.

Fünf Minuten vor elf wurde Jordan aufgerufen.

»Viel Glück, mein Sohn«, sagte sein Vater, ohne ihn anzusehen. »Ich hole dich nach der Prüfung ab.«

Dickie ging zur Tür und drehte den Knopf. Der dahinterliegende Raum war kaum beleuchtet, und er hatte Mühe, das Gesicht des graugekleideten Mannes zu erkennen, der ihn begrüßte.

»Setz dich«, sagte der Mann leise und deutete auf einen hohen Stuhl neben seinem Tisch. »Du heißt Richard Jordan?«

»Jawohl, Sir.«

»Deine Klassifikationsnummer ist 600-115. Trink dies, Richard.«

Er nahm einen Plastikbecher vom Tisch und reichte ihn dem Jungen. Die Flüssigkeit sah aus wie Buttermilch und schmeckte nur ganz leicht nach der versprochenen Pfefferminze. Dickie leerte das Gefäß und reichte es dem Mann zurück.

Schweigend saß er da. Plötzlich war ihm schläfrig zumute, und er schwieg, während der Mann sich auf einem Stück Papier Notizen machte. Dann warf der Weißgekleidete einen Blick auf die Uhr und stand auf. Er befand sich nur wenige Zentimeter vor Dickies Gesicht. Er löste einen bleistiftähnlichen Gegenstand aus der Kitteltasche und leuchtete dem Jungen in die Augen.

»Gut«, sagte er. »Jetzt komm mit, Richard.«

Er führte Dickie an das Ende des Zimmers, wo ein Holzstuhl vor einer mit zahlreichen Instrumenten versehenen Maschine stand. An der linken Armlehne war ein Mikrofon befestigt, und als sich der Junge setzte, stellte er fest, daß es genau auf seinen Mund gerichtet war.

»Jetzt entspann dich, Richard. Man wird dir ein paar Fragen stellen. Überlege sorgfältig, ehe du ins Mikrofon antwortest. Den Rest besorgt die Maschine.«

»Jawohl, Sir.«

»Ich lasse dich jetzt allein. Wenn du soweit bist, brauchst du nur: ›Fertig‹ zu sagen.«

»Jawohl, Sir.«

Der Mann drückte ihm die Schultern und ging.

Dickie sagte: »Fertig.«

An der Maschine begannen Lichter zu flackern, ein Apparat surrte. Eine Stimme sagte:

»Vollende die Reihe. Eins, vier, sieben, zehn...«

Mr. und Mrs. Jordan saßen im Wohnzimmer, wortlos. Sie hatten es aufgegeben, über den möglichen Ausgang der Prüfung zu spekulieren.

Es war schon beinahe vier Uhr, als das Telefon klingelte. Die Frau versuchte als erste abzuheben, doch ihr Mann reagierte schneller.

»Mr. Jordan?«

Die Stimme klang barsch: eine energische, amtliche Stimme.

»Ja, am Apparat.«

»Hier spricht der Bildungsdienst der Regierung. Ihr Sohn Richard M. Jordan, Klassifikationsnummer 600-115, hat die Prüfung der Regierung beendet. Wir müssen Ihnen leider mitteilen, daß sein Intelligenzquotient über dem von der Regierung gemäß Vorschrift 84, Abschnitt 5 des Neuen Kodex zugelassenen Höchstwert liegt.«

Die Frau, die den Gesichtsausdruck ihres Mannes zu lesen verstand, stieß einen spitzen Schrei aus.

»Sie können sich telefonisch entscheiden«, leierte die Stimme, »ob die Leiche durch die Regierung bestattet werden soll oder ob Sie eine private Beerdigung wünschen. Die Gebühr für das Regierungsbegräbnis beträgt zehn Dollar.«

Tödliche Flitterwochen

Liebst du mich, Dan?« fragte sie, und ihr Flüstern übertönte das Klappern und Grollen des Zuges. Er beantwortete die Frage mit einem Kuß auf ihre Wange, und sie schloß die Augen vor dem Fenster mit der vorbeihuschenden Landschaft – ihr Glück sollte durch die Außenwelt nicht beeinträchtigt werden.

Kurz danach bewegten sie sich kichernd und auf unsicheren Beinen zum Speisewagen. Am Tisch faltete Susan die Hände unter dem Kinn und sah zu, wie Dan Cary seinen Frühstückskaffee trank. Ihre Gedanken beschäftigten sich voller Staunen mit der Tatsache, daß dieser Mann ihr vor drei Wochen noch völlig unbekannt gewesen war. Liebe auf den ersten Blick? fragte sich Susan. Nein, das war es nicht. Dan war nicht der Typ, den ihre jungen Augen bei Parties zu finden hofften; er war fünf Jahre älter als ihr Ideal und sah nicht ganz so gut aus. Aber in drei Wochen war ihr klargeworden, daß sie ihn liebte; nach drei Wochen hatte sie »Ja« gesagt.

»Wir verbringen herrliche Flitterwochen«, hatte er verkündet. »Die Versetzung paßt ausgezeichnet dazu. Wir durchqueren in aller Ruhe das Land; ich möchte dir so viel zeigen...«

Die Versetzung brachte einen neuen Posten, einen wichtigen Posten in Dans Firma: er war zum Leiter der Niederlassung in San Francisco ernannt worden. Und zwar ausgerechnet an dem Tag, als sie sich in New York kennenlernten. Sein beruflicher Erfolg hatte sie allerdings nicht sonderlich beeindruckt; Susans Familie bezog ihren Reichtum ebenfalls aus dem Geschäftsleben, ein Reichtum, der sich inzwischen aber verselbständigt hatte, ein abstraktes Privileg, ohne Beziehung zu den Zwängen und Erniedrigungen des Handelslebens. Aber wenn er von der starken und beinahe verbitterten Rivalität zwischen führenden Verwaltungsmitarbeitern um den Posten in San Francisco sprach, über seine Pläne zur Ankurbelung der Geschäfte an der Westküste, da war seine Erregung doch ansteckend.

Der Kellner sagte: »In zehn Minuten sind wir in Chicago. Essen Sie lieber auf.«

Auf dem Rückweg zum Abteil ließ sie Dans Hand nicht los, und sie lösten diesen Kontakt erst wieder, als sie das Palmer House erreichten.

Es war die vollkommene Hochzeitsreise. Fehlerlos, perfekt: alle Erwartungen wurden erfüllt. Chicago war eine großartige Stadt. Sie erkundeten es drei unbeschwerte Tage und Nächte lang. Am vierten Tag bestiegen sie früh am Morgen ein Flugzeug nach Dallas, von dort überquerten sie den Rio Grande nach Mexiko. In Monterrey wohnten sie in einem kleinen, von Palmen umstandenen Hotel und wären am liebsten länger geblieben als ursprünglich vorgesehen. Da aber schlug das Wetter um, es wurde heiß, und Dan begann sehnsüchtig von Las Vegas zu sprechen. Die Glücksspielstadt wurde zum besonderen Erlebnis. Susan gewann vierzig Dollar am großen Rad und reiste zwei Tage später widerstrebend nach Kalifornien weiter.

In Los Angeles endlich sah Susan zum erstenmal den Mann im graukarierten Anzug.

Sie saßen in einem überfüllten Restaurant in der Vine Street – Lärm und Enge hatten ihrer guten Laune nichts anhaben können; eher im Gegenteil. Dan ließ sich von seinen Plänen für das neue Büro mitreißen und sprach über geschäftliche Dinge. Sie hörte nur mit halbem Ohr zu. So fiel ihr Blick auf den Mann an der Bar, der die Daumen in die Ärmellöcher seiner Weste gehakt hatte und sie ernst musterte.

Sie senkte die Lider, hatte aber genug gesehen, um sich einen Eindruck zu verschaffen. Der Mann war untersetzt, der graukarierte Anzug wirkte für das hiesige Klima zu warm. Er war nicht alt, doch der Ausdruck auf seinem eckigen Gesicht war elterlich mißbilligend.

Nach dem Essen ging Dan die Mäntel holen. Dabei sah sie den Mann noch einmal an. Er beobachtete sie noch immer, wandte sich aber bei Dans Rückkehr ab. Sie sagte Dan nichts von ihrer Beobachtung und hätte wahrscheinlich nie wieder an den Fremden gedacht, wenn er nicht am Kiesrand des Parkplatzes gestanden hätte, als sie abfuhren. Bestimmt blickte er den Heckleuchten des Wagens nach, bis sie nicht mehr zu sehen waren.

Am späten Donnerstagabend erreichten sie das Loftwin-Hotel in San Francisco, ein fünfstöckiges Gebäude, das von außen wie eine ausländische Botschaft wirkte. Am nächsten Morgen stand Dan sehr früh auf, um im Büro vorbeizuschauen. Zwar erwartete man ihn erst am Montag, doch war er zu neugierig, um das Wochenende verstreichen zu lassen, ohne sich seinen neuen Arbeitsplatz anzusehen. Zum Abschied gab er Susan einen kurzen Kuß auf die Wange und forderte sie auf weiterzuschlafen.

Sie versuchte es, aber die Aufregung machte sie munter. Sie duschte, zog sich an und faßte den Entschluß, die Market Street entlangzuschlendern, um sich Schaufenster und Passanten anzusehen.

Den Mann im graukarierten Anzug entdeckte sie unten in der Hotelhalle, wo er gelassen den Ständer mit Ansichtskarten betrachtete. Ihr Herz verkrampfte sich in unbestimmter Angst. Sie starrte ihn einen Augenblick lang an, so lange, daß er es merkte. Er nickte und kam auf sie zu.

»Hallo«, sagte er leise und nahm den Hut ab. »Sie sind Mrs. Dan Cary, nicht wahr?«

»Ja. Sollte ich Sie kennen?«

»Nein«, antwortete der Mann lächelnd. »Aber ich kenne

Sie. Ich habe Ihren Mann vor etwa einer Stunde weggehen sehen. Gehen Sie jetzt zu ihm?«

Sie wollte ja sagen, aber die Lüge kam ihr nicht über die Lippen. Sie schüttelte den Kopf und sagte: »Ich glaube, ich habe Sie in Los Angeles gesehen, in einem Restaurant...«

»Ja, das ist richtig. Sieht so aus, als verfolge ich Sie, nicht wahr?«

»In der Tat, ein wenig.«

Sein scherzhafter Ton beruhigte sie, aber er lächelte nicht, als er nun sagte: »Und das stimmt auch, Mrs. Cary. Ich bin Ihnen gefolgt, denn ich muß mit Ihnen etwas besprechen. Können wir uns irgendwo ein bißchen hinsetzen? Nebenan gibt's eine Cafeteria.«

»Ich weiß nicht...«

Wieder verzog sich das eckige Gesicht mißbilligend. »Vielleicht sollte ich mich vorstellen. Ich heiße Harrington, Lieutenant Gale Harrington von der New Yorker Polizei. Ich möchte mit Ihnen sprechen, Mrs. Cary.«

Er führte sie zum Ausgang, und sie folgte ihm gehorsam wie ein kleines Mädchen. Er schwieg und sah sie erst wieder an, als sie in einer mit rotem Kunstleder ausgeschlagenen Nische der benachbarten Cafeteria saßen. »Wie lange sind Sie schon verheiratet, Mrs. Cary?« fragte er schließlich.

»Das wären jetzt – Moment mal, etwa zehn Tage.«

»Waren Sie lange verlobt? Kannten Sie Ihren Mann schon länger?«

»Nein. Wir haben uns vor etwa einem Monat auf einer Party kennengelernt.«

»Ich verstehe.« Er rührte seinen Kaffee um und beobachtete den Wirbel in der Flüssigkeit, bis er sich beruhigt hatte. »Dann wissen Sie also nicht viel über ihn?«

»O doch!« sagte Susan abwehrend. Sie erzählte von der Arbeit, von Dans Versetzung zur Niederlassung San Francisco. Ihr Ton war herausfordernd, sie ärgerte sich über die Fragen des Fremden.

Er hörte mit ernstem Gesicht zu. Dann fragte er: »Wissen Sie, ob Ihr Mann schon einmal verheiratet war?«

Susan war schockiert. »Nein, natürlich nicht! Ich meine – er hat nie davon gesprochen. Warum?« Als er nicht antwortete, wurde sie wütend. »Jetzt ist aber Schluß! Wollen Sie etwa behaupten, Dan wäre ein Bigamist oder so?«

»Nein, Mrs. Cary, natürlich nicht.«

»Was ist es dann?«

»Ich will es Ihnen sagen, Mrs. Cary, aber Sie müssen sich dabei eins vor Augen halten. Ich bin für den Fall nicht mehr zuständig. Mein Interesse ist rein inoffiziell. Vielleicht liege ich völlig falsch, aber Sie sind die einzige, die mir das sagen kann.«

»Was?«

»Die Wahrheit über einen Mann, der sich einmal Don Crawford nannte. Und vor vier Jahren David Chase. Ich bin mir meiner Sache nicht sicher, aber ich habe so eine Ahnung, als hätte er sich wieder einen neuen Namen zugelegt – Dan Cary.«

»Wollen Sie damit sagen, er ist ein Verbrecher? Mein Mann?«

»Nicht nur ein Verbrecher, Mrs. Cary. Ein Mann, der seine Frauen umbringt.«

Die Worte waren wie ein Messerstich. Susan stieß einen Schmerzensschrei aus.

»Sie sind ja verrückt!«

»Mrs. Cary, glauben Sie mir, das hoffe ich auch. Aber ich will von vorn beginnen. Wenn Sie mich hinterher immer noch für verrückt halten, gehe ich gern meines Weges. Aber wenn Sie meinen, daß an meiner Geschichte etwas ist, wenn Ihnen die leisesten Zweifel kommen, dann müssen Sie mir das sagen und mir gestatten, Ihnen zu helfen.«

»Sprechen Sie weiter«, sagte Susan mit geschlossenen Augen. »Ich weiß, daß Sie sich irren, aber sprechen Sie ruhig weiter.«

»Ich erfuhr zum erstenmal von Don Crawford, als ich 1953 bei der Mordkommission in New York war. Mrs. Crawford war die frühere Edith Burbank, die jüngste Tochter einer wohlhabenden Familie aus Baltimore. Als ich sie sah, war es ihr unmöglich, das Vermögen länger zu genießen. Ein geheimnisvoller Eindringling, wie ihn die Zeitungen so gern beschreiben, hatte ihr die Kehle durchgeschnitten. Ihr Mann Don war niedergeschmettert; die beiden waren erst seit vier Wochen verheiratet. Ihr Tod machte ihn aber zum reichen Mann.

Niemand konnte Don Crawford etwas beweisen, am wenigsten ich. Aber später erlebte ich einen ähnlichen Fall – den Mord an einer jungen Braut, eben erst von der Hochzeitsreise zurückgekehrt, und einen völlig am Boden zerstörten Bräutigam namens David Chase. Ich hielt Chase und Crawford für identisch, konnte den Staatsanwalt von der Ähnlichkeit aber nicht überzeugen. Ich glaube noch heute daran, Mrs. Cary.«

Sie gab sich größte Mühe, ruhig zu bleiben.

»Und Sie halten Dan für diesen Mann?«

»Natürlich hat er sich wieder verändert. Sein Haar ist heller als das von Chase. Er ist dünner und bleicher. Aber er hat etwas im Gesicht, das ich nicht vergessen kann.«

»Und selbst wenn das alles stimmt«, sagte Susan leichthin, »können Sie keinen Beweis vorlegen, nicht wahr? Sie konnten damals den Fall nicht lösen und halten nun starr an Ihrer ersten Interpretation fest...«

»Moment, Mrs. Cary. Ich will Ihnen sagen, *warum* ich so fest davon überzeugt war, daß es sich um denselben Mann handelte. Wegen der Flitterwochen.«

Das Wort ließ sie zusammenzucken. Es war ein Wort, das eine tiefgreifende Bedeutung für sie hatte; er aber sprach es aus, als ekle ihn davor.

»Was ist mit den Flitterwochen?«

»Meine Theorie läuft darauf hinaus, daß die Hochzeitsreisen identisch waren – einem inneren Zwang folgend. Ich stieß auf die Übereinstimmung ganz zufällig, doch soweit ich bisher feststellen konnte, brachten Don Crawford und David Chase ihre Bräute an dieselben Orte und taten dieselben Dinge. Sollte sich dies jemals wiederholen, dann hatte ich meinen Killer. Ich hoffe, daß ich mich irre, Mrs. Cary. Aber Sie sind die einzige, die mir darüber Aufschluß geben kann. Und meine erste Frage ist die.«

Er beugte sich vor.

»War Ihr erster Aufenthalt Chicago?«

Sie fühlte sich plötzlich eingeengt in der Nische. Das ganze Restaurant schien geschrumpft zu sein, selbst die große Stadt mit den breiten Straßen und dem weiten Himmel hatte auf einmal etwas Bedrückendes.

»Das ist lächerlich«, sagte sie schweratmend. »Die meisten machen in Chicago Station, wenn sie den Kontinent durchqueren...«

»Ja«, sagte der Mann ernst. »Aber lassen Sie mich weitersprechen. Don Crawfords Flitterwochen begannen in Chicago. Die nächste Station war Texas, dann fuhren er und seine Braut in ein kleines Hotel in Monterrey. An den Namen erinnere ich mich nicht mehr; es hat in den letzten fünf Jahren ein halbes Dutzendmal den Besitzer gewechselt. Von Monterrey fuhren die Jungverheirateten nach Las Vegas und dann nach Los Angeles. Das nächste Reiseziel war San Francisco, aber sie fuhren nicht dorthin. Edith Burbank, einundzwanzig Jahre alt, frisch vom College abgegangen, wurde ermordet in ihrem Hotelzimmer aufgefunden.«

Susan war, als müsse sie ersticken. Sie stand auf und schob sich seitwärts am Tisch entlang, fort von diesem ernsten Fremden und seinen häßlichen Worten...

»Mrs. Cary, bitte!«

»Sie irren sich! Sie irren sich!« rief Susan. »Ich weiß nicht, wovon Sie reden; Sie müssen Dan mit einem anderen verwechseln...«

»Lassen Sie mich zu Ende sprechen, Mrs. Cary, einen Augenblick noch!«

»Sie irren sich, Lieutenant!« Sie setzte sich wieder und barg das Gesicht in den Händen. »Das ist nicht unsere Hochzeitsreise. Sie irren sich!«

»Das freut mich, Mrs. Cary, glauben Sie mir. Aber lassen Sie mich von dem anderen Mann erzählen, von David Chase. Er folgte demselben Zwangsmuster, doch mit einem Unterschied. Chase und seine Braut fuhren nach San Francisco weiter. Sie suchten einen Nachtklub auf, der Copy Book hieß. Am Wochenende fuhren sie nach Treasure Island. Seine Frau ertrank in der Bucht...«

»Ich muß jetzt gehen«, flüsterte Susan. »Ich will davon nichts mehr wissen!«

»Hören Sie zu, bitte! Wenn Ihnen meine Worte nicht ganz unlogisch vorkommen, möchte ich Sie um einen Gefallen bitten. Seien Sie auf der Hut! Und wenn Sie Hilfe brauchen, rufen Sie diese Nummer an.«

Er zog einen Bleistift aus der Tasche und schrieb auf die Innenseite eines Streichholzbriefchens eine Nummer. Er hielt die Streichhölzer fest, als sie danach griff, und sie sah ihn an.

»Und noch etwas, Mrs. Cary. Nehmen Sie das hier.«

Er ließ die Hand in seiner Jacke verschwinden und zeigte ihr den Griff einer Automatic. Sie wußte nicht sofort, worum es sich handelte; als sie dann die Wahrheit erkannte, stockte ihr der Atem.

»Nein«, sagte sie. »Das kommt nicht in Frage...«

Er zog die Waffe heraus und ließ sie mit schneller Bewegung über den Tisch gleiten.

»Nehmen Sie sie, Mrs. Cary. Bitte! Wenn ich mich irre, können Sie sie mir ja zurückschicken oder wegwerfen. Aber ich möchte nicht, daß Sie mein Gewissen belasten, Mrs. Cary. Für den Fall, daß ich recht behalte. Bitte nehmen Sie das Ding.«

Sie ergriff den Revolver und ließ ihn hastig in ihrer Handtasche verschwinden. Dann stand sie auf.

»Sie behalten nicht recht«, sagte sie tonlos. »Bestimmt nicht...«

Ins Hotel zurückgekehrt, ließ sich Susan auf das Bett fallen und versuchte sich zu entspannen. Der Schlaf überfiel sie mit plötzlicher Erleichterung; sie erwachte erst wieder, als die über der Bucht sinkende Sonne das Zimmer bereits in lange Schatten und purpurne Farben tauchte. Sie richtete sich auf, erschrocken über die Veränderung der Lichtverhältnisse, und erkannte, daß Dan noch nicht zurückgekehrt war.

Sie stand auf und ging zum Schrank. Auf dem Boden standen vier Koffer, die alle Dan gehörten. Susan hatte sich bisher nie dafür interessiert.

Nacheinander nahm sie sie aus dem Schrank.

Unten im größten Koffer fand sie schließlich den Aktendeckel mit den Unterlagen, die das Leben eines Menschen begleiten. Eine Geburtsanzeige, so verblaßt, daß sie praktisch unlesbar war, eine ehrenvolle Entlassung aus der US-Marine. Als sie seinen Namen erblickte – Daniel Eldon Cary –, machte ihr Herz einen Freudensprung. Der Kriminalbeamte hatte sich geirrt. Er hieß wirklich so! Es war alles in Ordnung.

Sie wollte diesen Beweis als endgültig ansehen, wollte die Mappe wieder zurücklegen und ihre Ängste vergessen. Trotzdem blätterte sie weiter und fand auf diese Weise die Aufnahme.

Es war das Bild eines jungen Mädchens mit brünettem Haar und großen Rehaugen. Sie lächelte kokett. Quer über eine Ecke des Glanzabzugs stand geschrieben: *Für immer, Edith*...«

Im gleichen Augenblick wurde der Türknopf umgedreht.

In verzweifelter Hast schob Susan die Papiere wieder

in die Mappe. Zum Glück hatte sie abgeschlossen; Dan brauchte eine halbe Minute, bis er den Schlüssel gefunden und die Tür geöffnet hatte. Diese Zeit genügte, um Mappe und Koffer wieder an den richtigen Ort zu schaffen.

»Susan?«

Sie brachte kein Wort heraus. Ihre Hand griff in die Schublade und umfaßte die prall gefüllte Tasche.

»Warum ist es denn hier so dunkel?« Er schaltete das Licht ein.

»T-tut mir leid«, sagte sie. »Ich muß eingeschlafen sein.«

»Ich wollte nicht so lange bleiben«, sagte er grinsend. »Meine neue Mannschaft hat den neuen Boss aber gleich richtig zur Brust genommen. Eins kann ich dir über San Francisco schon sagen – hier wird viel getrunken.« Er runzelte die Stirn. »Sag mal, stimmt etwas nicht?«

»Nein, nichts...«

»Du siehst müde aus. Vielleicht haben wir es doch ein bißchen zu eilig gehabt; wir müssen uns entspannen. Ich habe da ein paar hübsche Ideen. Wir schlafen ein bißchen, dann gehen wir ganz toll aus. Ich habe da von einem Nachtklub gehört, der soll großartig sein. Copy Book heißt er, oder so ähnlich. Und morgen könnten wir einen Ausflug nach Treasure Island machen – vielleicht sogar ein Boot mieten...«

Susan schrie los. Es war ein Schrei, der sich lange in ihr aufgestaut hatte, seit dem Gespräch mit dem Mann im graukarierten Anzug. Jetzt brach dieser Schrei hervor, laut und ungezügelt, ein Laut des Entsetzens, und als Dan mit seltsam verzerrtem Gesicht auf sie zukam und sie zu beruhigen versuchte, stieß sie ihn fort, ließ die Handtasche aufschnappen und hielt endlich die schützende Waffe in der Hand...

»Susan!« brüllte Dan. »Runter damit, du Dummkopf!«

Er eilte zu ihr und verkürzte auf diese Weise die Entfernung zwischen sich und dem Geschoß, das sie abfeuerte.

Martin Harvey wickelte sich das weiße Tuch um den Hals und steckte die losen Enden in seinen Morgenmantel. Bewundernd starrte er auf sein Bild im Badezimmerspiegel; das Tuch im Ausschnitt gefiel ihm. Dann zündete er sich eine Zigarette an und betrat das Wohnzimmer seiner Hotelsuite.

Als er das Klopfen an der Tür hörte, äußerte er ein zuversichtliches »Herein!« in Erwartung des Zimmerkellners. Aber er irrte sich. Der Besucher war eine Frau.

»Mr. Harvey?«

Trotz der gleichmäßigen kalifornischen Bräune erbleichte der Mann. Er wirkte plötzlich sehr müde.

»Sie erinnern sich an mich, nicht wahr? Ich bin Susan Cary!«

»Ja, ja, natürlich«, sagte er und trat einen Schritt zurück.

»Sie sind sicher überrascht, mich hier zu sehen. Ich mußte in etlichen Hotels nachfragen, ehe ich Sie fand. Die Telefonnummer, die Sie mir gegeben haben, war mir dabei keine große Hilfe.«

Sie machte einige Schritte ins Zimmer.

»Hören Sie«, sagte Harvey und verzog den Mund zu einem toleranten, väterlichen Lächeln. »Sie regen sich bestimmt über meinen kleinen Scherz auf...«

»Die Waffe war kein Scherz, Mr. Harvey. Sie war durchaus ernst gemeint.« Ihre eiskalte Beherrschung bekam einen Sprung; sie mußte sich an einem Sessel festhalten. »Sie haben mit Dan im New Yorker Büro zusammengearbeitet. Sie waren wütend, weil er den Posten bekam, auf den Sie scharf waren, ist das nicht richtig? Da dachten Sie sich einen kleinen Plan aus, einen Ihrer berühmten Scherze. Sie verschafften Dan den Reiseplan für seine Flitterwochen. Natürlich aus reiner Nächstenliebe. Sie nannten ihm alle Namen und Orte, denn Sie waren ja ein vielgereister Mann.«

»Mrs. Cary, bitte...«

»Dann nahmen Sie Urlaub und fuhren hierher, um mir

einzureden, daß Dan ein Mörder sei. Sie wußten sogar von Edith, von dem Mädchen, mit dem er einmal verlobt war und das dann starb; in Ihrem kleinen Märchen wurde sie zum Mordopfer. Und was erhofften Sie sich dann, Mr. Harvey? Daß ich Dan aus Angst töten würde? Damit *Sie* dann den Job bekämen, den er Ihnen fortgeschnappt hatte?«

»Sie haben mich falsch verstanden, Mrs. Cary. Alle wissen, daß ich gern herumjuxe – es war wirklich nur ein kleiner Scherz...«

»Ich wußte, daß Sie es so nennen würden. Aber ich hätte deswegen zur Mörderin werden können, nicht wahr, Mr. Harvey?«

»Ist Dan ... geht es ihm gut?«

Sie kehrte zur Tür zurück und öffnete sie.

»Sehen Sie doch selbst.«

Dan betrat das Zimmer, den rechten Arm in der Schlinge.

»Meine Frau ist eine miese Schützin«, sagte er trocken.

Dann marschierte er über den Teppich und holte geschickt mit dem freien Arm aus. Die harte Faust knallte hörbar gegen das Kinn des älteren Mannes. Harvey sank haltlos zu Boden und zog dabei eine Stehlampe mit. Dan schob die Lampe mit dem Fuß zur Seite, zerrte den Mann hoch, ließ aber wieder los, als er Susans leisen Aufschrei hörte. Mit einem verächtlichen Schnauben stieß er den anderen wieder zu Boden.

Susan eilte zu Dan, und gemeinsam verließen sie das Hotelzimmer. Sie starrten sich unverwandt in die Augen, während der Fahrstuhl nach unten fuhr, und der Liftjunge blinzelte den anderen Passagieren zu, stolz auf seine Fähigkeit, ein jungverheiratetes Paar zu erkennen.

Die Rettung

Toby Allen trug stets ein weißes Hemd mit leicht gestärktem Kragen und tadellos sitzender gestreifter Krawatte. Er kämmte sich sorgfältig das Haar, wobei er eine allgemein bekannte Haarcreme verwendete, die ein sanftes Schimmern auf sein Haupt zauberte. Er trat nie unrasiert oder mit zu langen Haaren auf, hatte Metallbeschläge auf den Absätzen, damit seine Schritte energisch klangen, und wußte zu lächeln und seine Vorgesetzten in der Carmody Paper Company stets im rechten Augenblick mit »Sir« anzureden.

Trotzdem hielt er sich mit einunddreißig für einen Versager. Er saß an demselben schmutziggelben Tisch, den er vor fünf Jahren bezogen hatte, und erledigte die alten langweiligen Verwaltungsaufgaben. Wenn Robeson, sein unmittelbarer Vorgesetzter, mit ihm sprechen wollte, rief er ihn »Allen«. Eine Anrede wie »Mister« oder gar »Toby« war undenkbar.

Vor einigen Jahren war er zu dem Schluß gekommen, daß der Erfolg eine Sache grundlegender wissenschaftlicher Prinzipien war, und hatte eifrig Bücher über das Vorankommen im Geschäftsleben studiert. Damals war er noch unschuldig gewesen; heute war er älter und klüger, und es brannte ihm mehr unter den Nägeln.

Eines Tages rief Robeson an und sagte: »Der Alte will Sie sprechen.«

Von Tobys Bürozelle zur Mahagonitür des Präsidenten der Firma waren es genau fünfundsechzig Schritte. Auf diesem kurzen Weg legte er sich ein Märchen zurecht. Er sah es förmlich vor sich, wie der Alte hinter dem glasbedeckten Schreibtisch aufstand, ihm breit lächelnd eine Hand entgegenstreckte und ihn mit freundlichen Worten endlich in den heiligen Hallen der führenden Angestellten willkommen hieß.

Toby straffte die Schultern, faßte sich an den Krawattenknoten und stieß die Tür auf.

Enttäuschung. Der Alte saß. Hoffnung. Der Alte lächelte. Verwirrung. Der Alte sagte: »Toby? Glückwunsch zu Nummer Zwölf!«

»Sir?«

Und schon streckte sich die Hand vor, stark und sicher für einen Fünfundsiebzigjährigen. »Ich versuche immer daran zu denken. Tut mir leid, daß ich letztes Jahr nicht in der Stadt war. Diesmal wollte ich es aber nicht verpassen.« Seine Augen waren blau und funkelten mit der besonderen Belustigung des Alters.

Toby ging ein Licht auf. »Ach, Nummer Zwölf! Mein zwölftes Jahr in der Firma...«

»Es war schön, Sie all die Jahre in der Firma zu haben.«

»Vielen Dank, Sir. Für mich auch, Sir.« War dies die langerwartete Gelegenheit, den großen Wunsch vorzutragen?

»Ich hoffe, daß Sie weitere zwölf Jahre bei uns bleiben. Wir mögen Sie. Mr. Robeson sagt, er hätte nie einen besseren Einkaufs-Assistenten gehabt. Und wer weiß? Eines Tages...« Der Chef lächelte geheimnisvoll.

»Mr. Carmody...«

»Ja, Toby?«

»Wann meinen Sie wohl, daß ich...?«

»Ja?«

»Nun, wie Sie selbst sagen. Ich bin zwölf Jahre bei der Firma. Davon die letzten fünf als Mr. Robesons Assistent. Ich frage mich...«

»Für einen besseren Kenner der Papierbranche könnten Sie gar nicht arbeiten«, meinte Carmody. »Habe ihn als Halbwüchsigen eingestellt. Nehmen Sie sich an ihm ein Beispiel, da gibt es viel zu lernen.«

»Aber ich habe bereits viel gelernt, Mr. Carmody.«

Der alte Mann wirkte plötzlich erschöpft. Er ließ sich in seinen Sessel sinken und fuhr sich mit der Hand über den geröteten Kopf. Sein Gesicht war sonnengebräunt von langen Urlaubsaufenthalten im Süden. Seine Finger trommelten auf der Tischplatte, und er starrte geistesabwesend in die Ferne.

»Mr. Carmody. Bitte glauben Sie nicht, daß ich nicht dankbar sei…«

»Dankbar? *Wir* sind Ihnen dankbar, Toby. Ein loyaler Angestellter ist sein Gewicht in …« Der Alte räusperte sich. »Nun, ich wünsche Ihnen viel Glück.« Das Lächeln kehrte zurück, doch jetzt war es reine Höflichkeit, das Signal, daß die Audienz vorüber war.

»Jawohl, Sir.«

Toby machte auf dem Absatz kehrt und ging.

Robeson wartete grinsend.

»Na? Hat der Alte Ihnen eine Uhr geschenkt?«

Toby rang sich ein Lächeln ab. »Nein, Sir. Darauf muß ich wohl bis zu meinem Fünfundzwanzigsten warten.«

Robeson warf einen Blick auf seine Armbanduhr und runzelte die Stirn. »Seien Sie lieber nicht so scharf drauf. Das Ding geht immer nach.«

Toby teilte sich eine Vierzimmerwohnung mit seinem älteren Bruder, der bei seiner Rückkehr im Wohnzimmer saß und lächelnd eine Anzeige in der Abendzeitung betrachtete.

Er zeigte Toby das Inserat. »Na, was sagst du dazu? Hat das Wirkung?«

Toby streifte die Seite mit einem kurzen Blick. Die Anzeige war von auffälliger 18-Punkt-Schrift gekrönt, schwarz, verschmiert, und versprach allen intelligenten Autobesitzern unvorstellbaren Reichtum, die so klug waren, ihr Fahrzeug dem Carroll-Allen-Gebrauchtwagenmarkt anzuvertrauen. Ein Kasten weiter unten offerierte erstaunliche Preise für Gebrauchtwagenkäufer, fast zu gut, um wahr zu sein.

Toby sagte ein Wort, das keine Zeitung gedruckt hätte.
»Ach, Unsinn«, antwortete sein Bruder. »Was weißt du schon?«

Toby entledigte sich seiner Krawatte. »Der Chef hat mich heute zu sich gerufen.«

»Ja?« fragte Carroll, ein untersetzter Mann von fünfunddreißig Jahren, dem bereits das Haar ausging. »Hast du ne Gehaltserhöhung bekommen?«

»Nein. Ich bin jetzt zwölf Jahre bei der Firma.«

»Damit kannst du dir nichts zu essen kaufen«, sagte Carroll spöttisch. »Auf dem Posten sitzt du noch in fünfzig Jahren. Wenn Robeson nicht vorher hopsgeht. Und der ist zäh. Den braucht man nur anzusehen, schon weiß man Bescheid.«

»Ach, du hast ja keine Ahnung!« gab Toby zurück.

»Na, wenn schon! Du weißt ja, was für ein Laden Carmody ist. Der reinste Familienbetrieb. Warum steigst du nicht aus, Junge? Du weißt, was ich für dich tun könnte.«

»Ich kenne mich in der Papierbranche aus«, sagte Toby. »Von Autos verstehe ich nichts.«

»Was mußt du davon verstehen? Die nötigen Tricks bringe ich dir an einem Tag bei. Du brauchst mich nur in Fahrt zu erleben.«

Toby ging in die Küche und holte sich eine Dose Bier. Er setzte sich damit in den Stuhl am Fenster und trank bedrückt. Nach einer Weile sagte er:

»Der Alte ist gar nicht so übel...«

»Wer?«

»Mr. Carmody. Ich meine, er ist kein Einpeitscher oder so. Weißt du noch, als ich mir das Handgelenk verstauchte? Da hat er sich wirklich fein benommen, nicht?«

»Ja, ja. Wie Gottvater persönlich.«

»Nein, ernsthaft«, fuhr Toby fort. »Er ist großzügig. Er weiß nur nicht, was in der Firma los ist. Er verläßt sich auf seine Umgebung. Er scheint zu glauben, sobald mal jemand Abteilungsleiter geworden ist, kann er ihn in Ruhe lassen. Er weiß gar nicht, wer den Laden in Wirklichkeit schmeißt.«

»Und damit meinst du dich?« fragte Carroll grinsend.

»Wenn ich mir das Geld des alten Knaben vorstelle...« sagte Toby verträumt. »Dann bin ich immer richtig weg. Ich meine, der Kerl ist mindestens fünfundsiebzig. Was soll der mit all dem Moos noch anfangen?«

Carroll antwortete nicht.

»Na schön, er fährt nach Florida oder Kalifornien oder nach Westindien. Wieviel aber kann er ausgeben? Das Vermögen liegt auf der Bank und sammelt noch Zinsen an. Der könnte gar nicht alles ausgeben, selbst wenn er wollte.«

Carroll knurrte etwas vor sich hin.

»Millionen!« sagte Toby ehrfürchtig und setzte erbittert hinzu: »Und ich? Fünfundachtzig Piepen in der Woche!«

»Was bist du, ein Kommunist?« fragte Carroll spöttisch.

»Weißt du was?« fragte Toby vage lächelnd. »Manchmal möchte ich am liebsten zu dem alten Knaben gehen und ihm reinen Wein einschenken. ›Hören Sie, Mr. Carmody, wollen wir den Dingen doch mal ins Auge sehen. Sie haben mehr Geld, als Sie ausgeben können, und ich habe nichts. Wie wär's also? Geben Sie mir doch mal dreißig- oder vierzigtausend! Sie merken doch gar nichts davon. Schreiben Sie's als Verlust ab, ziehen Sie's von der Einkommensteuer ab. Nennen Sie's eine Spende für wohltätige Zwecke. Na? Wie wär's, Mr. Carmody? Was sagen Sie dazu?‹«

»Mann!« sagte Carroll kopfschüttelnd. »Du bist ja ganz schön ausgeflippt!«

»Nein, ernsthaft«, sagte Toby abwehrend. »Was soll's? Es stimmt doch, oder? Für ihn bedeutet so ein Betrag gar nichts! Für mich aber ziemlich viel.«

»Werd endlich erwachsen, Toby! Niemand schenkt dir Geld. Du mußt es den anderen abnehmen.«

»Zum Beispiel letztes Jahr, als Robeson ihm seine Europareise organisierte – Reiseplan und Tagesabläufe und so weiter. O Mann! Der alte Knabe war so dankbar, daß er Robeson einen Scheck über fünfhundert Piepen ausstellte, einfach nur so. Das hat er gar nicht gespürt. Es war wie ein Trinkgeld für den Kellner.«

»Ich sag dir was«, sagte sein Bruder grinsend. »Bring ihn dazu, ein paar von meinen gebrauchten Cadillacs zu kaufen. Etwa vier oder fünf. Ich gebe dir Provision darauf. Auch ich kann dankbar sein.«

Toby machte eine heftige Armbewegung. »Ich wünschte, ich könnte ihm das Leben retten! Ich wünschte, er wäre irgendwo am Ertrinken und ich könnte reinspringen und ihn retten!«

»Was? Du kannst ja nicht mal schwimmen, du Heißsporn!«

»Du weißt schon, was ich meine. Vielleicht hat ihn gerade ein Bus aufs Korn genommen. Immerhin ist er ein alter Mann und schon wacklig auf den Beinen. Du weißt ja selbst, wie er geht. Der Bus hat ihn fast schon erreicht, und ich zische los und reiße ihn *peng!* zur Seite und rette ihm das Leben. Also, der Kerl wäre so dankbar, daß er mir glatt eine Million Scheinchen gäbe!«

»Kein Problem«, sagte Carroll kichernd. »Miete dir einen Bus.«

»Ach, du weißt ja nicht, wovon ich rede.«

»Und ob!« Carroll legte sich eine Hand vor den Mund, damit der andere das Lächeln nicht sah. »Besorg dir einen Bus. Ich fahre das verdammte Ding. Du kannst ihn dann im letzten Moment aus dem Weg zerren. Wir teilen fünfzig – fünfzig.«

Toby schwieg eine Zeitlang.

Nachdem sie noch einige Minuten lang halb im Scherz darüber gesprochen hatten, sagte Toby Allen:

»Warum nicht, Carroll? Also ehrlich, warum nicht, zum Teufel?«

Am nächsten Tag begann Toby Allen mit einer Zeitablaufsstudie in der Carmody Paper Company. Seine Ermittlungen beschränkten sich allerdings auf einen einzigen Aspekt der Organisation: den Tagesablauf des alten Mannes, dem die Firma gehörte.

Nach zwei Wochen eingehender Beobachtung schälte sich das folgende Bild heraus: Zwischen 17.15 und 17.30 Uhr verließ der Chef mit Hut und Mantel das Büro. Er ging zum Vordereingang des Gebäudes und nickte dem Pförtner freundlich zu. Draußen wandte er sich nach rechts, nicht ohne vorher einmal tief eingeatmet zu haben. Dann ging er schräg über die firmeneigene Straße, umrundete den Lieferwagen, der unweigerlich vor dem Angestelltenparkplatz stand, und ging zur Südwestecke der Hopkins Avenue. Diese breite Straße überquerte er sehr vorsichtig. Sein Wagen, ein blauer Buick, parkte stets auf der anderen Seite.

Der Verkehr auf der Hopkins Avenue war nicht besonders lebhaft. Von Zeit zu Zeit raste ein Auto aus der Elften Straße um die Ecke, doch normalerweise hatten die Fußgänger genug Zeit, sich darauf einzustellen.

An einem Montagnachmittag in der dritten Beobachtungswoche erlebte Toby eine Szene, die ihm das Herz bis in den Hals schlagen ließ. Er beschattete den alten Mann, einen guten halben Häuserblock zurückhängend. Carmody befand sich gerade mitten auf der Straße, als die Ampel umsprang. Ein nach Norden fahrender Lkw, dessen Fahrer sich ausgerechnet hatte, daß er um den alten Mann herumfahren konnte, raste direkt auf ihn zu. Der alte Carmody schien in Panik zu geraten. Er zögerte, machte einen Schritt zurück und wäre damit beinahe vor den Lkw geraten. Obwohl Toby weit entfernt war, hörte er das Fluchen des Fahrers, der weit nach links und fast bis auf den Bürgersteig ausweichen mußte.

Toby war beim Nachhausekommen so überdreht, daß er

zwei Dosen Bier trinken mußte, ehe er sich einigermaßen beruhigt hatte. Als Carroll nach Hause kam, berief Toby sofort eine Konferenz ein.

»Tun wir's diese Woche«, sagte er zu Carroll. »Ich finde, der Zeitpunkt ist genau richtig.«

»Diese Woche?« Carroll erbleichte. »Wozu die Eile?«

»Was macht es für einen Unterschied? Diese Woche, nächsten Monat, bringen wir's hinter uns!«

»Ich weiß nicht...«

»Was ist los? Kriegst du kalte Füße?« Er musterte den älteren Bruder. »Um Himmels willen, Carroll! Wir wollen dem alten Knaben ja nichts tun. Das Ganze ist doch kein Verbrechen oder so. Nur ein Gag.«

»Aber was für einer!« Carroll griff nach einer leeren Bierdose und spielte damit herum. »Na schön. Wann soll es passieren?«

»Donnerstag«, sagte Toby. »Denk daran – genau so, wie wir's besprochen haben. Nimm einen deiner alten Schlitten, parke an der Ecke Elfte Straße. Mit laufendem Motor. Du weißt, wie der Alte aussieht. Wenn du ihn über die Straße kommen siehst, fährst du um die Ecke und saust direkt auf ihn los. Keine Angst, daß du ihn umfahren könntest – ich bin ja dicht hinter ihm. Aber halt dich nicht weiter auf. Saus los. Wie Fahrerflucht. Begriffen?«

Carroll nickte bedrückt. »Das Ganze scheint mir kein besonders guter Plan zu sein.«

»Was hast du denn zu verlieren?« flehte Toby. »Niemand wird verletzt! Und wenn der alte Knabe wirklich so dankbar ist, wie ich mir vorstelle...«

»Na schön, na schön! Aber vergiß nicht, daß ich das größere Risiko eingehe!«

»Es muß so laufen«, sagte Toby. »Geht das endlich in deinen dicken Schädel hinein?« Er leerte die dritte Bierdose. »Es lohnt sich. Wart's nur ab!«

Donnerstag nachmittag spürte Robeson seine Nervosität.

»Was ist denn los, Allen? Haben Sie Juckpulver im Hemd?«

»Wie? Was? Tut mir leid, Mr. Robeson. Ich habe eben nach der Akte Mason Pulp gesucht.«

»Warum sehen Sie dazu unter P nach? Mason fängt noch immer mit M an.«

»Ach ja. Tut mir leid, Sir.«

Der Nachmittag wollte nicht enden.

Um zehn nach fünf arbeitete Robeson noch immer. Toby steckte den Kopf durch den Türspalt und verabschiedete sich. Dann schnappte er sich seinen Mantel und ging zum Wasserspender im Korridor. Er beugte sich gerade über den kühlen Strahl, als der Chef sein Büro verließ. Toby sah ihm zu, wie er sich lässig vom Pförtner verabschiedete und dann mit steifen Schritten die kurze Treppe zum Haupteingang hinabschritt.

Toby wartete kurze Zeit, zog sich den Mantel über und folgte dem alten Mann ins Freie.

Dort sah er die langen Beine des Chefs um die Ecke eines Lkw verschwinden. Er ging schneller, um Carmody nicht aus den Augen zu verlieren.

Bis zur Ecke Hopkins Avenue blieb er etwa fünfzehn Meter hinter dem anderen. Die Ampel stand auf Rot. Toby verdoppelte die Geschwindigkeit, bis er fast direkt hinter dem alten Mann war.

Die Lichter sprangen auf grün.

Der alte Carmody setzte sich in Bewegung.

Da war der Wagen! Eine gefährlich aussehende blaue Limousine raste auf drei kreischenden Rädern um die Ecke Elfte Avenue. Der Wagen fuhr in Schlangenlinien auf die erstarrte Gestalt des alten Mannes zu.

»Mr. Carmody!«

Toby kreischte den Namen in echter Angst. Er hastete das kurze Stück zu dem Mann und warf sich im letzten Augenblick nach vorn. Sein Körper prallte seitlich gegen die dürre Gestalt, und der Schwung ließ beide in Richtung Bürgersteig taumeln.

Sie landeten übereinander auf dem Asphalt. Toby hörte den keuchenden Atem des anderen. Er mußte ebenfalls keuchen; der alte Knabe war auf ihm gelandet. Unter seiner rechten Rippe war ein stechender Schmerz zu spüren.

Carmody fand als erster seine Stimme wieder. »Mein Gott... Mein Gott...«

»Mr. Carmody...« Das Sprechen bereitete Toby Mühe. »Alles in Ordnung?«

»Ja. Ja...« Der alte Mann rappelte sich auf. Das dünne weiße Haar hing ihm wirr in die braune Stirn. »Der Wagen...«

»Helfen Sie mir hoch«, ächzte Toby.

Der alte Mann, der inzwischen wieder auf den Beinen war, streckte ihm zwei blaugeäderte Hände hin. »Alles in Ordnung?«

»Ja – ja.«

»Sie haben mir das Leben gerettet, Toby. Das war das Mutigste, was ich je...«

Toby atmete mühsam. Der Schmerz überrollte ihn in Wellen. »Vergessen Sie's...«

»Nein! Das werde ich Ihnen nie vergessen! Dieser verrückte Fahrer! Er hätte mich umbringen können...«

»Ich bin froh, daß es nicht dazu gekommen ist«, sagte Toby und richtete sich auf. »Sehr froh sogar...« Er hielt sich den Leib. »Autsch! Ich muß mir etwas verletzt...«

»Bleiben Sie liegen«, sagte Carmody. »Ich hole meinen Wagen und fahre Sie ins Krankenhaus.«

»Nein. Nein, es ist alles in Ordnung. Ich bin nur etwas außer Puste.«

»Dann fahre ich Sie zumindest nach Hause. Setzen Sie sich lieber hin, Toby.«

»Ja«, sagte der junge Mann schwach. Er setzte sich vorgebeugt in den Rinnstein. »Ja, sitzen ist besser.«

Carmodys Stimme bebte. »Sie sind ein mutiger junger Mann. Ich werde Ihnen das nicht vergessen, Toby. Darauf können Sie sich verlassen.«

»Vielen Dank...«

Der alte Mann tätschelte ihm die Schulter. »Ich hole Sie gleich ab. Kommen Sie nur erst wieder zu Atem.«

Wieder überquerte er die Hopkins Avenue, nicht ohne zuvor angstvoll in beide Richtungen geblickt zu haben. Toby sah ihm nicht einmal nach; der Schmerz in seiner Brust war zu stark.

Dann hörte er das Knirschen einer Kupplung.

Er blickte auf.

Der alte Mann stand mitten auf der Straße.

Toby schrie: »Nein, Carroll! *Nein!*«

Aber sein Bruder duckte sich verkrampft hinter das Steuer einer neutralen Limousine, über die Verspätung fluchend – er hörte Tobys Schreie nicht, während er auf der Hopkins Avenue beschleunigte.

Toby versuchte sich aufzurichten. Er schaffte es nicht. Der alte Mann, noch immer halb im Schock von der ersten gefährlichen Situation, wurde mit der neuen Lage nicht fertig. Er warf die Arme vor das Gesicht und stieß einen heiseren Schrei aus, einen Schrei, den Toby Allen bis an sein Lebensende nicht vergessen sollte.

»Bitte!« Sie hob eine Hand an das Gesicht. »Machen Sie das Licht aus.«

Ich kam ihrer Bitte nach – und das war dumm von mir. In der plötzlich zurückkehrenden Dunkelheit trat sie in Aktion. Ehe ich sie aufhalten konnte, war sie an der Pendeltür. Ich packte sie am Arm, doch sie drehte sich um und knallte mir heftig den Revolver gegen die Schläfe. Ich taumelte gegen einen Schrank und brachte das Geschirr zum Klirren, während ich bei Bewußtsein zu bleiben versuchte.

Dann kam das Geräusch, das ich auf keinen Fall hatte hören wollen: ein Feuergefecht begann, Schüsse wurden abgegeben und erwidert, und ich wußte, daß die Gegner sich endlich gefunden hatten. Ich verließ die Küche und ging ins Arbeitszimmer. Meine Hand ertastete den Schalter. Das Licht zeigte mir das Ergebnis. Tragers Bluff hatte funktioniert, sein Feind war tot – und mich erwartete die Aufgabe, ihm zu sagen, wer es war.

Wunderkind

Ron Carvers Tag begann äußerst seltsam.

Da waren einmal die Beine, die er aus dem schmalen Bett schwang, ohne daß die Füße an den Boden reichten. Außerdem waren seine Hände, deren kräftige Finger sich mit den Kontrollen jedes Raumschiffes auskannten, schwach und ungeschickt.

Zunächst beschäftigte er sich mit den Händen: er blickte sie lange an. Dann begann er zu schreien.

Er schrie, bis draußen im Korridor Schritte zu hören waren: dünne, schrille Schreie, die auch nicht aufhörten, als sich die riesige Frau über ihn beugte, liebevolle, beruhigende Worte sprach und ihm mit tröstenden Mammutbewegungen die schmalen Schultern streichelte.

»Na, na, na«, sagte die Frau. »Schon gut, Ronnie. Es war nur ein Alptraum, ein schlimmer, schlimmer Alptraum...«

Sie hatte recht. Nur war der Alptraum nicht zu Ende. Der Alptraum schwebte über ihm: ihre ungeheuren Gesichtszüge, ihr mütterlicher Umgang mit seinem zerbrechlichen Körper, der Anblick der kleinen weichen Anhängsel seiner Hände.

Es waren die Hände eines zwölfjährigen Jungen. Dabei war Ron Carver dreißig Jahre alt!

Zwei Riesen erschienen neben der Frau an seinem Bett, und einer von ihnen drückte ihm eine kleine gefleckte Kapsel zwischen die widerstrebenden Lippen. Kurz darauf interessierte er sich nicht mehr für seine Umgebung, eine angenehme Schläfrigkeit hüllte ihn ein. Er streckte sich und schloß die Augen, doch noch waren die beunruhigten Stimmen zu hören.

»Dr. Minton hat uns gewarnt«, sagte einer der Männer, hob Rons knochiges Handgelenk und suchte nach dem Puls. »Der Junge hat einen schlimmen traumatischen Schock...«

Dr. Minton! Ron Carvers Verstand erfaßte den vertrauten Namen – den Namen seines Arztes. Sein Körper aber verriet nichts.

»Vielleicht sollten wir ihn anrufen«, sagte die Frau nervös. »Ich glaube, er ist noch im Krankenrevier.«

»Guter Einfall.«

Gleich darauf schwebte ein bekanntes haariges Gesicht wie ein Luftballon über Rons Kopf, ein Gesicht, das auf groteske Weise angeschwollen war.

»Doktor...« sagte er lautlos.

»Schon gut.« Dr. Minton tätschelte ihm die Schulter. »Alles in Ordnung, Ronnie. Es ist alles bestens in Ordnung. Entspann dich und versuch zu schlafen.« Der Ballon schwebte näher heran, und die struppigen Bartspitzen streiften seine Wange. Dann hing der Mund des Arztes vor seinem kleinen Ohr.

»Spiel mit«, flüsterte der Doktor. »Es ist zu deinem Vorteil. Mach das Spiel mit, Ron...«

Bald darauf war er eingeschlafen.

Er erwachte vom Lärm trappelnder Schritte. Er richtete sich im Bett auf und blickte zur Tür des kleinen weißen Zimmers. Die Tür stand ein Stück offen, und es waren laute Schritte und schrille junge Stimmen zu hören.

Im nächsten Augenblick wurde die Tür ganz aufgestoßen, und er fuhr zusammen. Ein quirliger Junge blickte ihn an. Eine flache rote Locke zierte seine Stirn, das Gesicht war voller Sommersprossen.

»He«, sagte er. »Was ist denn mit dir?«

Ron starrte ihn wortlos an.

»Bist du krank oder was?« fragte der Junge und kam ins Zimmer.

»Nein.« Ron erschrak vor der eigenen Stimme: sie klang seltsam dünn und absolut fremd. »Nein, mir geht es gut.«

»Andy!« Ein großer Mann mit sorgenvoll verzogenem Gesicht erschien hinter dem Jungen. »Komm, Bursche. Wir wollen keine Zeit vertrödeln.« Sein Blick fiel auf Ron. »Du bist der Neue?«

»Ja.«

»Na, bist du kräftig genug für ein Frühstück?«

»Ich glaube schon.«

»Na schön. Dann zieh dir etwas an und komm mit.«

»Hoi«, sagte der sommersprossige Junge. »Spielst du Luftball?«

»Genug, genug!« Der Mann klopfte dem Jungen auf die Kehrseite. »Ab mit dir, Andy. Du hast später genug Zeit, dich mit ihm anzufreunden.«

Der Junge kicherte und verschwand im Korridor. Ron stieg langsam aus dem Bett und näherte sich den sehr klein geratenen Sachen, die über einem Stuhl hingen. Er streifte einen grauen Kombianzug über und sagte: »Hören Sie – haben Sie mal einen Moment Zeit?«

Der Mann blickte auf die Uhr. »Na schön. Aber nur einen Moment. Ich mußte den Jungs heute früh ein Spiel versprechen; ich bin Mr. Larkin, der Turnlehrer hier.«

Ron zögerte. »Mr. Larkin, ich ... wo bin ich?«

»Weißt du das nicht?« Selbst wenn er lächelte, war die Stirn des Mannes gefurcht. »Du befindest dich im Roverwood-Jungeninternat. Hat man dir das nicht gesagt?«

»Nein«, sagte Ron langsam. »Ich ... ich erinnere mich nicht klar. Wie ich hierhergekommen bin, meine ich.«

»Dr. Minton hat dich gestern abend hergebracht. Er gehört zu unseren Direktoren.«

»Oh.« Ron schnürte die kleinen Turnschuhe zu. »Und wo ist Dr. Minton jetzt?«

»Wieder in der Stadt. Er hat viel zu tun. Wie man hört,

arbeitet er jetzt sogar an einem großen Regierungsprojekt. Na, komm, Ronnie. Das Frühstück ist fertig.«

»Jawohl, Sir«, sagte Ron Carver.

Er folgte dem großgewachsenen Mann durch den Korridor, nicht ohne Mühe mit seinen kleinen Stummelbeinen. Sie erreichten einen großen Speisesaal, der erfüllt war von Geschirrklappern und Jungenlachen. Larkin führte ihn zu einem langen Tisch und wies ihm einen Platz neben sich an. Die anderen Jungen begrüßten ihn ohne großes Interesse; nur der sommersprossige Andy blinzelte ihm vom anderen Ende zu.

Ron aß wenig; die Kehle war ihm wie zugeschnürt. Seine Gedanken überschlugen sich. Dies war der längste Alptraum, den er je erlebt hatte, und der Augenblick des Erwachens schien unangenehm fern zu sein.

Im nächsten Augenblick war Larkin aufgestanden und klopfte mit einem Löffel gegen ein Wasserglas.

»Jungs», sagte er. »Wer sich für das Luftballspiel interessiert, soll eine halbe Stunde nach dem Frühstück zum Spielfeld kommen. Bitte keine freiwilligen Meldungen, wenn ihr nicht richtig mit einem PF umgehen könnt. Alle anderen dürfen gern zuschauen.«

Inmitten lauten Jubelgeschreis setzte er sich wieder. Er lächelte Ron traurig an und fragte: »Wie steht es mit dir? Kannst du ein PF bedienen?«

»Natürlich«, antwortete er ohne nachzudenken. Er steuerte Persönliche Flugboote, seit er alt genug war, um vom Fliegen zu träumen. An seinem zehnten Geburtstag hatte ihm sein Vater eins der ersten Modelle geschenkt, eine schwerfällige Maschine, die damals noch »Plattform« hieß. Seit jenem Tag hatte er sich mit allen von Menschen geschaffenen Fluggeräten vertraut gemacht, von den PFs mit Doppelrotor bis hin zu sechzigstrahligen Raum-Linienschiffen.

»Schön«, sagte Larkin aufgekratzt. »Vielleicht möchtest du ja mitmachen.«

Ron Carvers Kopf ruckte hoch. *Das Spiel mitmachen...*

»Klar, Mr. Larkin«, sagte er und versuchte Eifer in seine Stimme zu legen.

Eine halbe Stunde später hatte man sich auf der großen Rasenfläche vor dem Hauptgebäude des Roverwood-Jungeninternats versammelt. Die PFs, die wie verchromte Kanonenöfen aussahen, schimmerten in der Vormittagssonne. Beim Anblick der Flugbootreihe setzten sich die Jungen in Trab. Ron fand sich in Gesellschaft des sommersprossigen Jünglings, der schon in seinem Zimmer gewesen war.

»Hoi«, sagte er. »Komm mit. Ich suche dir einen Feuerofen!«

Der Rothaarige kletterte in eine Maschine mit der Kennzeichnung »Sieben«. Ronnie wählte auf sein Geheiß die Neun. Sie schnallten sich fest und testeten die Luftdüsen im Bug des Flugboots. Dann hoben die Jungen in perfekter Formation vom Boden ab, wobei der Rothaarige den Neuen vorstellte, was über dem Dröhnen des Flugwindes kaum zu hören war.

Die PFs folgten einem Pfiff von Mr. Larkin und versammelten sich in der Mitte des Spielfelds. Mannschaften wurden zusammengestellt und Andy zum Kapitän der Ungeraden bestimmt. Eine Münze wurde geworfen, um die Spielreihenfolge festzulegen, dann war alles bereit.

Larkin schoß den ersten Luftball ab, und die beiden Mannschaften rasten hinterher. Andy brachte seine Maschine auf höchste Leistung und erreichte den Ball als erster. Er betätigte die Luftdüse in seinem Bug und jagte ihn dreißig Meter voraus, aber ein Angehöriger der geraden Mannschaft lenkte ihn nach links ab. Ein anderer Gerader, ein stämmiger Vierzehnjähriger, bemächtigte sich des Balls, holte ihn sich sauber ins Visier seiner Luftdüse und jagte damit auf das Tor zu. Ron war schon zu alt gewesen, als das Luftballspiel bei der Jugend beliebt wurde; trotzdem hatte er genug Spiele gesehen, um einige Tricks zu kennen. Er richtete sein PF direkt auf die Maschine des Geraden und beschleunigte. Der stämmige Junge hob überrascht den Kopf und zog sein Flugboot zur Seite. Die Tatsache, daß die PFs mit Magnetkissen ausgestattet waren, die eine Kollision unmöglich machten, war dabei ohne Bedeutung: die Reaktion erfolgte instinktiv. Ron schnappte sich den Ball mit seiner Luftdüse und forderte Andy brüllend auf, ihm den Weg zum Tor freizuhalten.

Die Ungeraden erzielten einen Punkt, und die beiden Mannschaften legten eine kurze Verschnaufpause ein. Auf Andys sommersprossigem Gesicht stand ein breites Grinsen. »Du bist in Ordnung, Ronnie!« sagte er. »Hoi, ehrlich! Du bist in Ordnung.«

»Vielen Dank«, antwortete Ron. Er stellte fest, daß er heftig atmete.

Das Spiel ging weiter. Es endete 3:2 für die Ungeraden. Andy und Ron wurden beglückwünscht, als sie die Flugboote verließen und sich zur Duschanlage des Roverwood-Internats begaben.

In der Duschkabine blickte Ron Carver an seinem schmalen Körper hinunter und begann zu weinen. Andy hörte das Schluchzen, sagte aber nichts. Später zog sich Ron an und schlenderte zum Haupthaus zurück, verlegen schweigend, wie es unter neuen Freunden manchmal vorkommt.

Endlich sagte der ältere Junge: »Ich möchte mich ja nicht aufdrängen, Ronnie, aber stimmt etwas nicht?«

»Ich – ich weiß nicht, Andy. Ich bin völlig durcheinander. Ich weiß nicht einmal, wie ich hierhergekommen bin.«

»Das ist kein Problem. Dr. Minton hat dich gebracht.«

»Aber wo ist er jetzt, Andy? Dr. Minton? Ich muß ihn unbedingt sprechen.«

Andy zuckte die Achseln. »Dazu hast du wohl kaum Gelegenheit. Dr. Minton läßt sich hier nur ein- oder zweimal im Jahr blicken.«

»Aber ich muß ihn sprechen! Und zwar sofort! Ob man ihn für mich anruft?«

»He, das glaube ich nicht. Der Kerl ist neuerdings ein großes Tier bei der Regierung.«

Sie warfen sich ins Gras, und Andy zerrte ein Büschel Halme heraus und kaute gedankenverloren darauf herum.

»Andy«, sagte Ron, »ich habe Ärger. Ich brauche Hilfe.«

»Ehrlich?«

»Ja!« Er senkte die Stimme zu einem Flüstern. »Andy – was würdest du sagen, wenn ich dir verrate, daß ich in Wirklichkeit...« Er stockte, blickte in das offene, unschuldige Gesicht des anderen und erkannte, daß es keinen Sinn hatte, die Wahrheit zu sagen. »Ach, schon gut«, sagte er.

»Ich begreife dich nicht. Was ist los, Ronnie?«

»Nichts, Andy. Ich muß nur hier weg.«

»Aber das geht nicht! Nicht bevor man dich läßt. So steht es in den Vorschriften.«

»Andy – wie lange bist du schon hier?«

Der Junge überlegte einen Augenblick lang. »Fast neun Jahre«, sagte er mit glücklichem Lächeln. »Seit meine Eltern ums Leben kamen.«

»Wie lange mußt du noch bleiben?«

»Nun, bis ich alt genug zum Arbeiten bin. Achtzehn, würde ich sagen.«

Noch sechs Jahre, dachte Ron bedrückt.

Er stand auf.

»Andy – wo sind die PFs über Nacht?«

»Im Schuppen.«

»Bekommt man da einen heraus?«

»Natürlich nicht. Nur zum Spiel.«

»Und wann ist das nächste Spiel?«

»Keine Ahnung. Vielleicht morgen. Sonntag.«

Mach das Spiel mit, betete sich Ron vor.

Der Spieler aus dem Team der Geraden fing den gasgefüllten Luftball in der Bahn seiner Luftdüse und trieb ihn vor seinem Flugboot her. Andy folgte ihm blitzschnell und forderte Ron lautstark auf, es ihm nachzutun. Aber Ron schien seine wagemutigen Tricks von gestern vergessen zu haben. Er gab dem Geraden den Weg frei, und der Punkt ging verloren.

Unten fragte Andy: »Was ist los, Ronnie? Hast du mich nicht gehört?«

»Doch, Andy. Hör zu, ich sause jetzt los...«

»Ja, gleich geht es weiter«, sagte der Junge mit den Sommersprossen. »Aber wenn du das nächstemal siehst, daß ich vor dem...«

»Du verstehst nicht, was ich meine!« sagte Ron nachdrücklich. »Ich reiße aus!«

»Was?«

Larkins Pfiff kündigte die Fortsetzung des Spiels an. Der Luftball schoß in den Himmel, und die beiden Mannschaften rasten hinterher. Andy verzögerte seinen Start. Er blickte Ron entsetzt an. »Das kannst du doch nicht tun...«

Aber Ron Carver hatte sich bereits in die Luft geschwungen. Sein PF entfernte sich vom Spielfeld, raste über die spitzen Pinienwipfel, die das Grundstück des Roverwood-Internats säumten, und nahm Kurs auf die verschwommenen grünen Hügel des Horizonts.

Larkin erfaßte die Situation und pfiff schrill. Die Mannschaften nahmen an, daß ein Foul gegeben worden war, und landeten. Larkin rief dem stämmigen Jungen, der am Vortag sehr aggressiv gespielt hatte, ein Kommando hinterher, doch es war bereits zu spät. Das PF verschwand in schnellem Flug hinter den Bäumen.

Als die ersten Häuser auftauchten, ging Ron sofort mit der Höhe herunter. Er ließ das PF im Schatten eines Hügels landen und zerrte das Gerät ins dichte Unterholz. Dann ging er zu Fuß zur Hauptstraße und wanderte daran entlang, bis er ein Straßenschild erreichte, das ihm verriet, wo er sich befand. Er war in Spring Harbor, gut zwanzig Kilometer von der Stadt entfernt.

Er blickte auf die wachsige Starre seines neuen grauen Roverwood-Overalls und fragte sich, ob diese Uniform hier in der Gegend bekannt war. Aber um das Risiko kam er nicht herum. Er bestäubte seinen Anzug und rollte die Hosenbeine fast bis zu den Knien herauf. Dann brach er sich von einem jungen Baum einen langen Ast ab und benutzte ihn als Spazierstock. So schlenderte er in die eigentliche Stadt.

Die Verkleidung funktionierte. Einige Leute saßen auf Veranden und musterten ihn ohne große Neugier: niemand hielt an. An einer Tankstelle erkundigte er sich nach einer Transportmöglichkeit in die Stadt.

Der Tankstellenbesitzer kratzte sich das Gesicht und warf dem Jungen einen seltsamen Blick zu. Ron tischte ihm die plausible Geschichte auf, daß er von einer Ausflugsgruppe getrennt worden sei. Der Mann gab sich damit zufrieden. Um zehn Uhr startete ein Linien-Kopter in die Stadt; er forderte Ron auf, im Haus zu warten, und servierte ihm sogar ein belegtes Brot.

Der Kopterpilot, ein freundlicher Rothaariger, stellte sanft bohrende Fragen. Ron war auf der Hut und antwortete ausweichend. Er sagte, er wollte nach Fordham Terrace. Der Kopter setzte ihn auf dem Dach des mächtigen Bürogebäudes ab, und der Pilot winkte ihm freundlich zu und startete wieder.

Als Ron allein war, rollte er die Hosenbeine hinab, klopfte sich die Uniform ab und fuhr in die vierzehnte Etage des Gebäudes. Mit schnellen Schritten ging er durch die Korridore, bis er die Tür mit der Aufschrift »Dr. med. Wilfred G. Minton« erreichte.

Er drehte den Knopf. Als er die Tür verschlossen fand, fluchte er wie ein Erwachsener. Es war natürlich Sonntag.

Sonntags war Dr. Minton bestimmt nicht in seiner Praxis. Seine Privatanschrift kannte Ron nicht.

Er kehrte zum Lift zurück und fuhr ins Erdgeschoß. Dort gab es einen Informationsstand. Die Frau hinter der Glasscheibe hatte etwas Mütterliches. Sie konnte Ron nicht widerstehen.

»Dr. Minton?« fragte sie und hob eine Augenbraue. »Ja, ich glaube, ich habe seine Anschrift. Aber wer hat dich geschickt, junger Mann?«

»Niemand«, antwortete Ron. »Ich soll ihn besuchen, das ist alles.«

Ihr Blick war auf sein Gesicht gerichtet, während ihre Hand das Adreßbuch auf dem Tisch durchblätterte. »Ach ja, Dr. Minton benutzt die Praxis hier gar nicht mehr. Er hat sie vor fast einem Jahr aufgegeben. Er wurde für ein wichtiges Regierungsprojekt verpflichtet. Dr. Jürgens, sein Assistent, kümmert sich jetzt um die Patienten. Möchtest du Dr. Jürgens' Telefonnummer haben?«

»Nein«, sagte Ron. »Bitte, ich muß mit Dr. Minton sprechen.«

»Na schön. Aber ich weiß nicht, ob du ihn ohne vorherigen Termin besuchen kannst. Er hält sich im Medizinischen Zentrum der Regierung in Washington auf.« Sie lächelte. »Für einen kleinen Jungen ein weiter Weg...«

»Vielen Dank«, sagte Ron knapp und entfernte sich.

Seine Gedanken überschlugen sich. Vor einem Jahr! Unmöglich! Es schien Tage her zu sein, daß er nach einer fünfjährigen Abwesenheit im Andromedasystem zurückgekehrt war. Einer seiner ersten Besuche hatte Dr. Mintons Praxis gegolten – nicht nur um eine alte Freundschaft zu erneuern, sondern auch um dem Arzt Gelegenheit zu geben, ihn gründlich zu untersuchen. Immerhin war es möglich, daß er sich eine der vielen tödlichen Krankheiten zugezogen hatte, denen der Mensch auf fremden Welten ausgesetzt war. Konnte das alles schon ein Jahr her sein? Wo hatte er die dazwischenliegende Zeit verbracht? Und wie kam er in den Körper eines zwölfjährigen Kindes?

Er wehrte die Fragen ab. Für dieses Rätsel hatte er im Augenblick keine Zeit; die Puzzlestücke reichten für ein verständliches Bild nicht aus. Er hatte nur ein Ziel: er mußte den Arzt finden.

Das allein war ein Riesenproblem. Washington war mit dem schnellen Kopter eine Stunde entfernt. In dieser großen und mißtrauischen Stadt war es bestimmt unmöglich, sich ohne Geld zu seinem Ziel durchzuschlagen. Er konnte also nichts unternehmen – nicht ohne Geld.

Bei dem Gedanken an Geld fiel ihm Adrian ein.

Adrian...

Natürlich! Adrian wußte bestimmt, was er tun mußte. Adrian schien immer weiterzuwissen. Das Geld ihres Vaters hatte in dieser Stadt schon alle möglichen Türen geöffnet, und sie hatte oft genug angedeutet, daß sie auch ihm den Weg ebnen konnte. Zum Beispiel in die hohen Verwaltungssphären der Raumtransport-Gesellschaft. Den Weg in die eleganten Büros des Himmelsturms, in den ausgewählten Kreis zigarrerauchender Männer, die jenes Transportimperium beherrschten, in dem Ron bisher nur ein kleines Rädchen gewesen war. Ron Carver aber war jung gewesen (der Gedanke erfüllte ihn mit Bitterkeit), und sein Kopf war voller Ideale. Er verabscheute die Erdlinge, die zu Hause blieben und die Profite der Raumfahrt aufaddierten. Er wollte zu den Sternen fliegen.

So war er denn Pilot geworden, einer der besten in der Flotte ihres Vaters. Wegen dieser Entscheidung hatte sie ihn beschimpft und sich von ihm abgewandt. In der Nacht ihrer Trennung jedoch, am Abend vor dem frühen Start zum Lichtfleck Andromeda, hatte sie ihm nachgegeben und in seinen Armen geweint.

Jetzt dachte er an diesen Augenblick, und seine kleinen Finger rollten sich zu Fäusten zusammen.

Adrian, dachte er. *Ich muß sie besuchen ...*

In seiner mit Goldlitze verzierten Uniform bot der Pförtner einen großartigen Anblick, sein Blick aber war kalt.

»Was willst du, Kleiner?«

»Ich – ich habe eine Nachricht für Miss Walder. Es ist sehr wichtig.«

»Na schön, Kleiner. Sag's mir. Ich gebe es sofort weiter.«

»Nein! Ich soll es ihr persönlich sagen!«

Der Pförtner brummte vor sich hin. »Moment.« Er ließ sich mit der Penthouse-Wohnung verbinden. Die Vorstellung, daß sie einen zwölfjährigen Besucher hatte, amüsierte das Mädchen offensichtlich. Der Pförtner forderte Ron auf, ins Haus zu kommen.

Rons Magen war in Aufruhr, als er den Fahrstuhl verließ. Was würde sie sagen, wenn sie ihn erblickte? Würde sie ihm seine Geschichte glauben? Würde sie ihm helfen?

Adrian erreichte die Tür. Ihr langes, glattes Gesicht zeigte Belustigung. Das kastanienbraune Haar war in griechischen Löckchen zurückgekämmt, und ihr Gewand schimmerte sehr weiß. »Komm rein, kleiner Mann«, sagte sie lächelnd.

Das Mädchen war in Rons Augen zu einer Art Riesin geworden; daß er zu ihr aufblicken mußte, raubte ihm das Gleichgewicht. Er taumelte gegen die Türrahmen, und ihre kühlen Finger hielten ihn fest.

»Armer Junge«, sagte sie leise. »Komm.«

Sie trug ihn beinahe zu dem weichen Sofa. Eine volle Minute lang brachte er kein Wort heraus; die Kehle war ihm wie zugeschnürt. Sie bot ihm ein Glas Milch an, doch er bat um Wasser. Sie brachte ihm ein Glas, und er begann zu husten.

»Also«, sagte das Mädchen und breitete den weiten Rock über ihre Knie. »Was wolltest du mir mitteilen?«

»Ich ...«

»Heraus damit.« Sie lächelte auffordernd und strich ihm

das Haar aus der Stirn. »Du mußt dir doch etwas dabei gedacht haben.«

»Ja«, sagte er endlich mit gepreßter Stimme. »Ja, Adrian. Ich – ich bin Ron...«

»Was?«

»Ich bin Ron Carver! Nein, hör zu, ich bin nicht wahnsinnig. Ich bin es wirklich, Ron!«

Sie war entsetzt aufgesprungen. Dann begann sie zu lachen.

»Adrian, hör zu! Kurz nachdem ich von Andromeda zurückkam, passierte etwas mit mir. Ich weiß nicht, was – ich fand mich plötzlich in einem Jungeninternat in der Nähe von Spring Harbor wieder.«

»Also wirklich! Das ist das Verrückteste, was ich je...«

»Natürlich ist es verrückt!« Er wischte sich mit einer sehr erwachsen wirkenden Geste über die Stirn. »Aber es stimmt, Adrian. Man hat mich – irgendwie – verändert. Den Grund weiß ich nicht. Aber es hat mit Dr. Minton zu tun.«

Sie hatte sich haltlos wieder gesetzt und starrte in sein Gesicht. Im ersten Augenblick dachte Ron, sie beschäftige sich ernsthaft mit seiner Lage. Aber dann erklang doch wieder ihr Lachen, das leicht unmelodische Lachen, das Ron so gut kannte.

»Adrian, du mußt mir glauben! Ich kann es dir beweisen! Hör mir mal einen Augenblick lang zu!«

Sie wurde ernst; die Intensität seines Blickes blieb nicht ohne Wirkung. »Na schön«, flüsterte sie. »Ich höre...«

»Mein Name ist Ronald Carver. Ich bin dreißig Jahre alt. Ich bin Kapitän in der Walder Raumtransportgesellschaft. Die letzten fünf Jahre verbrachte ich im Andromedasystem. Ich kehrte zur Erde zurück...« Er hielt inne und schluckte trocken herunter. »Ich weiß nicht genau, wann ich Dr. Minton aufsuchte, meinen Arzt und guten Freund. Er untersuchte mich, und dann...«

Sie starrte ihn an.

»Plötzlich war ich ein Kind! Ein zwölfjähriges Kind in einem Jungeninternat. Ich bin dort heute früh ausgerückt, um nach Dr. Minton zu suchen. Man hat mir gesagt, er sei in Washington. Ich muß zu ihm. Ich muß herausfinden, was mit mir geschehen ist...«

Sie schüttelte langsam den Kopf, ihre Augen waren dabei starr auf sein Gesicht gerichtet. Er stand auf und ging auf sie zu. Seine kleine Hand streckte sich vor und berührte ihre zarten Wangenknochen.

»Du erinnerst dich bestimmt«, sagte er. »Du *mußt* mir glauben, Adrian. Weißt du noch – unsere letzte Nacht zusammen? Hier in diesem Zimmer? Wir standen dort am Fenster, und du weintest in meinen Armen. Und dann...«

Sie entzog ihm die Hand, als hätte sie sich verbrannt. Entsetzt hob sie den Blick.

»Raus hier!« schrie sie. »Du kleines Monstrum!«

»Adrian...« Erst in diesem Augenblick ging ihm auf, was es für sie bedeuten mußte, diese Worte aus seinem Kindermund zu hören, seine winzige Hand zu spüren, während er von der Nacht sprach, die sie...

»Raus!« wiederholte sie und bedeckte ihr Gesicht. »Verschwinde, ehe ich die Polizei rufe!«

»Adrian!«

Sie begann durchdringend zu schreien. Die Töne lösten schwere Schritte vor der Wohnungstür aus. Sie wurde aufgerissen, und ein Mann mit hüpfenden Epauletten eilte auf ihn zu.

»Nein!« sagte Ron. »Du mußt mich anhören...«

»Schaffen Sie ihn hier raus!«

»Jawohl, Miss Walder!«

Er wehrte sich im Griff des großen Mannes, und das Mädchen drehte den Kopf zur Seite. Er kam frei und lief zur Tür. Der Wächter nahm fluchend die Verfolgung auf. Ron streckte die Hand aus und ergriff einen schweren Metallaschenbecher. Ohne zu überlegen und ohne zu zielen warf er damit – das schwere Gebilde traf den Mann mitten ins Gesicht und ließ ihn zu Boden gehen.

Adrian schrie erneut los. Er blickte sie noch einmal flehend an. Dann eilte er zur Tür, während sie zum Haustelefon griff.

Im Fahrstuhl drückte er den Knopf »Dach« und ließ sich schweratmend gegen die Wand sinken.

Oben angekommen, lief er so schnell er konnte auf die Dachkante zu. Er starrte in die Tiefe. Der Mut verließ ihn, als er erkannte, daß seine List nichts gefruchtet hatte. Die Polizei drang bereits in das Gebäude ein, Finger streckten sich in seine Richtung. Seufzend ließ er sich auf die Knie sinken und preßte den Kopf gegen das kühle Aluminium.

»Sinnlos«, sagte er laut.

Im nächsten Augenblick hörte er den Kopter über sich.

Er hob den Kopf und rechnete damit, ein Polizeiflugzeug zu sehen. Dann aber bemerkte er das altmodische Leitwerk und das junge Gesicht an den Kontrollen.

Die Maschine schwebte über ihm, eine Strickleiter fiel herab. Der junge Pilot rief: »Schnell! Steig ein!«

Ungläubig blinzelte Ron empor. Dann faßte er sich und griff nach der herabbaumelnden Leiter. Er schaffte es kaum; der Pilot mußte ihm helfen.

»Wer bist du?« fragte er außer Atem.

Der Junge lachte. »Ich hasse die Bullen auch.«

Schon waren sie wieder aufgestiegen und rasten nach Westen.

Ron Carver behielt den Nacken des Jünglings im Auge, der den Kopter zwanzig Minuten lang sicher und geschickt durch den Himmel steuerte. Er schätzte den anderen auf vierzehn oder fünfzehn, doch sein Umgang mit den Kontrollen hatte etwas ungemein Erfahrenes, und die Art und Weise, wie sich der Kopf auf dem dünnen Hals bewegte, wirkte abgebrüht-entschlossen.

Es entwickelte sich kein besonders lebhaftes Gespräch, Ron bekam aber mit, daß der Junge einer Organisation angehörte, die sich Rote Raketen nannte und die unbestimmte Ziele verfolgte.

Erst als der Kopter auf dem Dach eines halb verfallenen Gebäudes im verrufensten Stadtteil landete, erkannte Ron, was die Roten Raketen waren: Halbwüchsige, die sich in ihrer Feindschaft gegenüber der Welt zusammengefunden hatten. Als er aus dem Kopter kletterte, grinste ihn sein Retter an.

»Das wär's, Kumpel. Hier trifft sich die Bande.«

»Die Roten Raketen?«

»Ja. Das ist Schocks Haus. Er ist unser Anführer.«

Sie mußten die eine Treppe hinabsteigen; es gab keinen Fahrstuhl. Als sie das erste Stockwerk erreichten, legte der Junge einen Finger an die Lippen und klopfte eins-zwei, eins-zwei an die Wohnungstür.

Es öffnete ein Junge, der nicht älter war als Rons neuer Körper. Sein verkniffenes dunkles Gesicht verschloß sich beim Anblick des Fremden noch mehr. Ehe er die Neuankömmlinge eintreten ließ, warf er einen Blick über die Schulter ins Zimmer.

Hier herrschte eine beispiellose Unordnung. Vor langer Zeit war der Raum einmal optimistisch-rosa tapeziert worden, eine Farbe, die in der verkommenen Umgebung nun geradezu sarkastisch wirkte. Das Mobiliar beschränkte sich auf das Nötigste, und es gab keine Lichtanschlüsse. Auf einem Holztisch stand eine Batterielampe, drei Halbwüchsige beschäftigten sich mit einem zerfledderten Kartenspiel.

Der größte aus der Gruppe stand auf. Er trug als einziger ein Jackett; die anderen waren in Hemdsärmeln. Er hatte schwarzes Haar, das sich jedem Kamm zu widersetzen schien. Der breite Mund verzog sich beim Sprechen.

»Wer ist denn das?« fragte er. »Was soll das?«

»Er ist in Ordnung«, sagte Rons Beschützer. »Er ist okay.

Ich hab ihn von einem Dach unten in der Park Avenue. Ein Haufen Bullen war hinter ihm her. Ich ging mit der Maschine runter und las ihn auf.«

Der große Junge starrte Ron ins Gesicht. »Wie heißt du?«

»Ron.«

»Weshalb waren die Bullen hinter dir her?«

Ron zögerte. »Geht dich das was an?«

Der große Junge lächelte. »Vielleicht nicht.« Er wandte sich zu den anderen um und blinzelte sie an, als freue er sich über etwas. »Der scheint ja wirklich in Ordnung zu sein.« Er streckte Ron die rechte Hand hin, während seine Linke in der Jackentasche verschwand. »Mein Name ist Schock, Kumpel. Ich bin Anführer hier. Und damit du das nicht vergißt...«

Ein heißer Schmerz zuckte durch Rons Arm und drang bis in sein Gehirn. Er versuchte sich aus dem Griff des großen Jungen zu befreien, doch seine Finger wollten sich nicht vom Fleisch des anderen lösen. Gequält wimmernd sank er in die Knie. Endlich öffnete sich die Hand des anderen.

Mit schweißfeuchtem Gesicht blickte er empor.

»Zur Einführung«, sagte der große Junge grinsend. »Jetzt weißt du, wo's langgeht, Ronnie-Boy. Wenn du bei den Raketen mitmachen willst, weißt du, von wem die Befehle kommen.«

Schock half ihm hoch. »Verstanden, Ronnie-Boy?«

Benommen schüttelte Ron den Kopf.

»Na schön«, sagte Schock. »Jetzt wollen wir unsere Runde beenden. Spielst du auch, Kleiner?«

»Nein«, sagte Ron. Er taumelte zu einem Holzstuhl, der abseits an der Wand stand, und setzte sich schwach. »Nein«, wiederholte er. Er mußte erst wieder zu Atem kommen.

Mach das Spiel mit...

Sein Retter setzte sich neben ihn. »Mach dir nichts aus ihm«, flüsterte er. »Das macht er mit jedem. Er hat besondere Kräfte in den Händen. In Wirklichkeit ist er kein übler Bursche, ehrlich.«

»Schon gut«, sagte Ron leise.

»Wir haben viel Spaß«, fuhr der andere eifrig fort. »Das wirst du noch sehen. Wir kämpfen gegen andere Banden. Mit Koptern. Wir haben nur eine Maschine, das ist nicht viel. Aber nächstes Jahr kriegen wir vielleicht ein paar PFs, wenn wir bis dahin genug Kies in der Schatzkiste haben...«

»Das wäre großartig«, sagte Ron und ließ seine Hand auf den Arm des anderen fallen. »Hör zu – könnte ich mal'n Ausflug machen? Mit dem Kopter, meine ich.«

»Ja, schon«, antwortete der Junge vorsichtig. »Du mußt nur vorher fragen. Ich meine, das Ding gehört den Raketen, und du mußt dafür quittieren. Und wenn Schock das Ding braucht, na ja...«

»Warum?« fragte Ron. »Warum das? Weil er Anführer ist?«

»Klar«, antwortete der Junge schlicht. »Weil er Anführer ist.«

Ron blickte zu den Kartenspielern hinüber.

»Wie wird man Anführer?« fragte er.

»Keine Ahnung. Schock ist Anführer, weil er jeden anderen hier in die Tasche steckt. Das ist doch logisch, oder?«

»Da hast du sicher recht.« Ron biß sich auf die Unterlippe. »Hör mal, wenn *ich* nun Anführer wäre, könnte ich dann den Kopter benutzen? Wann immer ich wollte?«

»Klar. Ich meine, wenn du Anführer bist, wer soll dich dran hindern?«

»Eben.«

Ron stand auf. Er näherte sich dem Tisch und behielt dabei die Karten im Auge, die gerade ausgespielt wurden.

»He, Schock«, sagte er.

Der große Junge blickte nicht auf. »Was ist?«

»Du schummelst.« Bei diesen Worten lief ein Schauder durch Rons neuen Körper, und er flehte unhörbar, daß seine Vermutung über Rons Kräfte richtig war.

»*Was* tue ich?«

»Ich habe beim Spielen genau aufgepaßt. Du schummelst. Und das nicht mal gut, sondern richtig blöd.«

Der große Junge stand langsam auf, und die anderen schoben erwartungsvoll ihre Stühle zurück.

»Das ist ja ein tolles Ding!« sagte der Anführer. »Unglaublich! Der Kleine ist erst zehn Minuten hier und legt es schon auf ein Begräbnis an.« Sein Gesicht verkrampfte sich. »Schlauberger wie dich erleben wir nicht zum erstenmal – so eilig hatte es aber noch keiner!«

Ron baute sich vor ihm auf.

»Na und?« fragte er.

Schocks Gesicht verdüsterte sich. »Sag mal, machst du Witze? Bist du wirklich scharf auf Ärger?«

Seine rechte Hand zuckte vor, während sich die Linke der Jackentasche näherte. Ron aber wich nicht der Rechten aus. Mit kurzen Armen packte er die Linke des anderen und stoppte die Abwärtsbewegung. Schocks rechter Arm knallte Ron auf die Schulter, aber der Schlag tat nur weh, weiter nichts.

»He!« rief Schock. »He, du...«

Es war ein triumphaler Augenblick für Ron. Er hatte recht behalten mit dem elektrischen Stromkreis, der durch Schocks Kleidung führte, einen Stromkreis, den er nicht schließen konnte, solange die linke Hand den Mechanismus in der Hosentasche nicht auslöste. Ohne Energie war Schocks Waffe nutzlos. Er war völlig überrascht, und Ron schleuderte ihn mit geschicktem Griff zu Boden.

Ehe der andere sich etwas einfallen lassen konnte, hatte sich Ron mit erhobenem Stuhl auf ihn gestürzt. Er schloß die Augen vor dem Hieb. Normalerweise hätte ihm der Schlag zu schaffen gemacht; in diesem Augenblick aber erfüllte ihn nichts als Zufriedenheit.

Schweratmend sah sich Ron im Zimmer um.

»Ich bin jetzt Anführer«, sagte er. »Begriffen? Ich bin Anführer!«

Die anderen sahen sich unsicher an.

»Ich nehme den Kopter für ein Weilchen«, fuhr Ron fort und ging rückwärts zur Tür. »Hat jemand etwas dagegen?«

Niemand antwortete.

»Na schön. Lebt wohl, Kumpels!«

Draußen angekommen, hastete er zum Dach und war in der Luft, ehe die Bande ihm folgen konnte.

Der Flug dauerte fast zwei Stunden. Obwohl Ron die Kontrollen mit erfahrenen Händen bediente, war nicht mehr Tempo aus der alten Maschine herauszuholen. Besorgt achtete er auf den Treibstoffanzeiger. Erleichtert seufzend stellte er das Flugzeug schließlich in einer öffentlichen Parkstation mitten in der Stadt ab, in Gehweite vom Medizinischen Zentrum der Regierung.

Die Sonne näherte sich bereits dem Horizont, und die Straßen Washingtons waren noch voller Sonntagsausflügler, denen ein Zwölfjähriger ohne Begleitung nicht weiter auffiel. Als er das riesige U-förmige Gebäude betrat, in dem die gut einhundert medizinischen Projekte der Regierung zusammengefaßt waren, versuchte er sich eine plausible Geschichte zurechtzulegen. Schließlich fiel ihm nur eine Ausrede ein:

»Ich suche Dr. Wilfred Minton. Er – er ist mein Onkel.«

»Dr. Minton?« Die Dame am Empfang war jung und tüchtig. »Tut mir leid. Dr. Minton arbeitet seit einiger Zeit unter Spezialauftrag. Es ist nicht leicht, ihn ausfindig zu machen.«

»Ach, das ist mir bekannt«, sagte Ron leichthin. »Aber ich sollte ihn heute besuchen. Wissen Sie, meine Mama – seine Schwester – wurde in einen schlimmen Unfall verwickelt...« Er schluckte und fragte sich, ob ihm die Frau das abnahm.

Sie runzelte die Stirn. »Nun, wenn es sich um einen Notfall handelt, kann ich sicher in der Zentralkontrolle zurückfragen. Wenn es wirklich wichtig ist.«

»Oh, wichtig ist es bestimmt!« Er sprach mit großer Überzeugung.

»Na schön.« Sie griff nach dem Telefon und wurde mehrmals weiterverbunden. Schließlich senkte sie den Hörer und sagte: »Er ist im Ostflügel. Das ist Sperrgebiet, ich muß mich also um einen Ausweis kümmern.«

Es dauerte weitere zehn Minuten, bis sie die zuständige Stelle gefunden hatte. Daraufhin kam ein energischer junger Mann mit krausem Haar und ernstem Gesicht zum Empfang, stellte Ron einige Fragen und schrieb endlich eine Bescheinigung aus. Ron steckte das Papier in die Tasche seines Overalls und folgte dem Mann zu einer Reihe privater Fahrstühle.

Der Beamte winkte ihn in eine Kabine. Ron konnte sich eine neugierige Frage nicht verkneifen.

»He, Mister, sind Sie vom FBI?«

Nur mit Mühe unterdrückte der Mann ein erfreutes Lächeln. »Richtig, mein Sohn. Aber behalt es für dich, ja?«

»Klar«, sagte Ron. Als die Türen sich schlossen und der Fahrstuhl losfuhr, grinste er ebenfalls. Zwölf Jahre alt zu sein hatte manchmal auch seine Vorteile.

Er verließ den Lift. Ein uniformierter Wächter überprüfte seinen Ausweis und führte ihn in ein Vorzimmer.

»Warte hier, Kleiner«, sagte er und ging.

Ron wartete fünf Minuten lang. Als nichts geschah, versuchte er die Tür zum Nachbarraum zu öffnen. Sie war unverschlossen. Er trat ein und sah, daß es sich um ein nüchternes Zimmer mit einer Reihe von Aktenschränken und einem verlassenen Drehstuhl handelte, der ziemlich schief stand. Er ging zu den Aktenschränken und starrte auf die Schilder.

PROJEKT WEISHEIT, stand darauf.

Achselzuckend versuchte er die obere Lade zu öffnen. Sie war verschlossen. Er versuchte es bei den anderen – ebenfalls ohne Erfolg.

Dann hörte er Stimmen im Vorderzimmer.

Aus irgendeinem Grund witterte er Gefahr. Er wußte, daß er sich hier eigentlich nicht aufhalten durfte, daß sein Besuch bei Dr. Minton vorzeitig beendet sein konnte, wenn man ihn hier fand. Dieses Risiko durfte er nicht eingehen. Auf Zehenspitzen eilte er in den vorderen Teil des Aktenraums und drehte den Türknauf. Er schlüpfte hinaus und eilte lautlos durch den leeren Korridor.

Ohne an die Konsequenzen zu denken, öffnete Ron eine weitere Tür und schloß sie hinter sich.

Er starrte auf die schimmernden Messingarmaturen und hypermodernen Apparate und fragte sich, was eine Küche in einem medizinischen Gebäude der Regierung zu suchen hatte. Als er im Nachbarzimmer ein Geräusch vernahm, überlegte er, daß er vermutlich in Privaträume eingedrungen war.

Er ging zu einer braunen Mahagonitür und stieß dagegen, bis der Spalt so breit war, daß er die Gestalt erkennen konnte, die im anderen Zimmer auf und ab schritt.

Als der Mann sein Blickfeld durchquerte, stockte Ron der Atem.

Sein Körper bewegte sich dort, sein dreißigjähriger, gut eins fünfundachtzig großer Körper – mit schweren Knochen und ausgeprägten Muskeln, sandfarbenem Haar, dunklen Augen und vollem Mund. Dort stand Ron Carver – er selbst, wie er früher ausgesehen hatte.

»Hier ist der kleine Frechdachs also«, sagte eine Stimme hinter ihm.

Der Mann mit dem krausen Haar packte ihn energisch am Ellenbogen. »Los, Kleiner, raus damit!«

»Womit?« fragte Ron klagend. »Ich habe doch gar nichts getan!«

»Ach!« sagte der Wächter spöttisch. »Er hat nichts getan! Er hat nur herumgeschnüffelt, weiter nichts.«

Die Schwingtür ging auf.

»Was ist denn hier los?«

Ron Carver sah sich selbst – sein Gesicht, das fremd und versteinert wirkte, seine Augen, hell schimmernd und uninteressiert, seinen Mund, eine dünne Linie der Unzufriedenheit. Er hörte seine eigene Stimme, mit einem drohenden Unterton, der ihm unbekannt war.

»Tut mir leid, Sir«, sagte der Wächter errötend. »Ich wußte nicht, daß Sie hier sind. Hätte Sie sonst nicht gestört und...«

»Wie ist der hierhergekommen?«

»Sir, ich weiß nicht. Er sagt, er sucht Dr. Minton...«

»Minton«, sagte Ron Carvers Stimme. »Ja, natürlich. Den muß er ja suchen, nicht wahr?«

»Sir?«

»Unwichtig. Schaffen Sie den Jungen in mein Quartier. Dann holen Sie Dr. Minton herauf, und zwar auf der Stelle.«

»Jawohl, Sir!«

Die Schwingtür wurde aufgestoßen, und Ron mußte eintreten. Das dahinterliegende Zimmer wirkte in diesem nüchternen Regierungsgebäude seltsam fremd, ein anheimelnder Raum mit dunkler Holztäfelung und dicken Teppichen. Ron mußte sich in einen Ledersessel setzen, der so hoch war, daß seine Füße den Boden nicht mehr berührten. Die beiden Männer zogen sich zurück, und Ron Carvers Körper ging hinter einen Eichenschreibtisch und setzte sich in den gepolsterten Drehstuhl.

»Also«, sagte er, »das ist nun wirklich eine Überraschung.«

»Und für mich erst!« sagte Ron heiser.

Der Mann lachte. »Ja, wir sind beide überrascht. Ich glaube, der Spruch ist von Robert Burns: ›Sich selbst zu sehen, wie andere es tun...‹« Leise lachend griff er nach einer Zigarette. »Üble Angewohnheit. Weiß nicht, woher ich die habe. Möglicherweise ein tiefsitzender Charakterzug von Ihnen, Mr. Carver. Seltsam, wie sich solche Dinge übertragen.«

Wieder ging die Tür auf.

»Dr. Minton!« Ron sprang auf.

Der Arzt erbleichte hinter seinem grauen Bart.

»Sie haben ihn also gefunden«, sagte er leise, ohne einen der beiden Männer direkt anzusprechen.

»Nein«, antwortete Ron Carvers Körper. »Ich habe nicht *ihn* gefunden, Doktor. Vielmehr hat er *uns* aufgespürt. Ist das nicht richtig, Mr. Carver?«

»Ja!« sagte Ron. »Und jetzt will ich die Wahrheit wissen!«

»Auch ich möchte ein paar Dinge erfahren«, sagte der Ron-Körper zornig. »Und zwar sofort. Ich finde, daß dies nach einer Erklärung verlangt.«

»Ich brachte es nicht fertig«, flüsterte der Arzt. »Ich konnte nicht tun, was Sie von mir verlangten, Weiser.«

»Was tun?« wollte Ron wissen.

»Gut, gut«, sagte der Ron-Körper sachlich. »Sie haben einmal versagt. Aber Sie sind viel zu intelligent, um denselben Fehler zweimal zu machen. Sie haben Ihren Auftrag, Dr. Minton. Ich verschaffe Ihnen die Hilfe, die Sie brauchen. Sie müssen dieses – Überbleibsel töten...«

Angewidert wandte er sich ab und griff nach dem Telefon. Einige Sekunden lang sprach er leise in den Apparat, dann legte er auf. »Dr. Luther kommt sofort. Er arrangiert alles mit dem Labor. Es wird schmerzlos und schnell gehen.«

»Wovon reden Sie eigentlich?« fragte Ron. Verzweifelt wandte er sich an den alten Mann, der in den letzten Minuten noch älter geworden war. »Dr. Minton...«

Die Tür ging auf. Ein energischer junger Mann erschien. In der Hand trug er einen kleinen Koffer.

»Unten ist alles fertig«, sagte er.

»Gut«, antwortete der Ron-Körper. »Dann erledigen Sie es endlich.«

Ron wehrte sich einen Augenblick lang vergeblich gegen den Griff des jungen Mannes, der Hände wie Eisen hatte.

»Bitte, Ron.« In Dr. Mintons Augen standen Tränen. »Machen Sie keinen Ärger. Bitte...«

Das Labor befand sich im Keller des Gebäudes, ein antiseptischer Raum, in dem es unangenehm nach Chemikalien roch. Dr. Luther zog eine Injektionsspritze auf, während Dr. Minton seinen früheren Patienten auf einem gepolsterten Untersuchungsstuhl festschnallte.

»Doktor...« flüsterte Ron.

»Psst, Ron. Es ist alles in Ordnung...«

»Aber was soll das? Wer bin ich?«

Der Doktor runzelte die Stirn. »Sie sind Ronald Carver. Sie sind der alte Ron Carver. Sie haben lediglich einen Körpertausch hinter sich.«

»Aber warum? Und wie?«

»Das weiß ich selbst nicht. Gott steh uns bei. Es war von Anfang an das Projekt des Ungeheuers da oben.«

»Ungeheuer?«

»Er ist ein Phänomen. Eine Mutation. Ein Verrückter. Ein Genie. Ein Gott. Erklären kann ich ihn nicht. Er wurde vor zwölf Jahren im mittleren Westen geboren, als Kind ganz normaler Eltern. Schon mit sechs Monaten war er ein Wunderkind, mit zwölf Monaten ein Mathematikwunder, mit drei Jahren eine wissenschaftliche Kapazität... Sie haben sicher schon von solchen Dingen gehört, Ron. So einen Fall gibt es nur einmal in jeder Generation. Und ein solches Monstrum nur einmal alle tausend Jahre.«

»Ich verstehe das nicht! Was ist ›Projekt Weisheit‹?«

»Das ist er. Er ganz allein. Die Regierung hat seine Fähigkeiten übernommen, zumindest für den Augenblick.« Dr. Minton schnaubte verächtlich durch die Nase. »Er hat bereits Dinge getan, die ich nach fünftausendjähriger Evolution nicht für möglich gehalten hätte. Dabei ist er erst zwölf Jahre alt...«

»Erst zwölf?« Ron wand sich in den Gurten. »Doktor! Dieser Körper...«

»Ja, Ron. Es ist sein Körper. Er war dieses Körpers überdrüssig, wollte ihn loswerden, wie alles andere, das nicht in seine Vorstellungswelt paßt. Gewiß, leicht war es nicht – das Gehirn eines Riesen im Körper eines Kindes. Er fand eine Lösung – eine Operation, die die totale Übertragung elektrischer Energie beinhaltet…«

Der Arzt neigte den zottigen Kopf. »Dazu brauchte er Hilfe von außen. Das war der Augenblick, da ich als Assistent zu dem Projekt stieß. Und es war meine Aufgabe, den vollkommenen Körper auszuwählen, als vorübergehende Unterkunft für sein Ego…«

»Vorübergehend?«

»Wenn dieser Körper altert und schwach wird, besorgt er sich einen anderen. Unser Freund hat dem Tod ein Schnippchen geschlagen.«

Mit zusammengepreßten Lippen blickte der Arzt auf.

»Ich hatte Anweisung, seinen Körper zu vernichten, als die Übertragung abgeschlossen war. Aber es gelang mir, dich an einen Ort zu bringen, wo man sich um dich kümmerte. Nach der Operation dauerte es fast ein Jahr, bis du wieder richtig zu dir kamst. Da wußte ich nicht mehr, was ich mit dir tun sollte, und dachte schließlich an das Roverwood-Internat, dessen Direktorium ich angehöre. Dort konntest du zwischen vielen anderen Gesichtern untertauchen…«

»Aber warum ich, Doktor? Warum ich?«

»Ich mußte jemanden auswählen, Ron. Es war nur die Frage, wer dafür in Frage kam…«

Dr. Luther trat ein, die Nadel in die Luft gereckt.

»Fertig?« fragte er.

»Einen Augenblick noch.« Der Arzt legte Ron eine Hand auf den Mund, und er spürte die Umrisse einer kleinen runden Pille auf den Lippen. Er merkte, daß er das Mittel schlucken sollte, und tat es.

»Alles fertig«, sagte Dr. Minton.

Dr. Luther nahm die Injektion vor.

»Gute Nacht, hübscher Prinz«, sagte er dabei leise.

Als Ron erwachte, lag er in Dunkelheit und Kälte.

Er blinzelte, bis sich seine Augen an das schwache Licht gewöhnt hatten, das durch die Glasscheibe einer Tür hereindrang.

Er lag auf einem kalten Steinblock, offenbar im Leichenschauhaus des Medizinischen Zentrums. Angewidert fuhr er hoch und sprang zu Boden. Dabei entdeckte er in seiner linken Hand ein Stück Papier. Er hielt es in das schwache Licht und las:

Ron,
Zögern Sie nicht. Sie finden im linken Schrank etwas anzuziehen. Verlassen Sie das Gebäude über die hintere Treppe mit der Kennzeichnung N. Im Anzug ist Geld. Gehen Sie damit fort. Kehren Sie nicht zurück, wenn Ihnen die eigene Sicherheit am Herzen liegt und das Leben von

M.

Ron fand die Kleidung am angegebenen Ort, einen modern geschnittenen Jungenanzug mit einer kleinen Brieftasche und dreihundert Dollar darin. Er zog sich hastig an, öffnete die Tür und starrte den Flur entlang. Niemand begegnete ihm, während er lautlos zum Ausgang N lief.

Jetzt stand er doppelt in Dr. Mintons Schuld. Aber dessenungeachtet konnte er den Arzt nicht schonen, denn sein Leben hatte nun ein neues Ziel.

Er mußte den Weisen töten.

Hastig ging er durch die dunklen Straßen zu dem öffentlichen Parkplatz, auf dem er den Helikopter abgestellt hatte. Er fuhr mit dem Lift zum Dach und ging mit schnellen Schritten auf die Maschine zu.

»Wird langsam Zeit, Kumpel.«

Schock. Das Haar hing ihm wirr in die funkelnden Augen. In seiner Hand lag eine Waffe.

»Ich warte schon seit einer Stunde, du Dummkopf! Hast du dir eingebildet, du kommst so leicht davon?«

»Hör mal, Schock...«

»Du hältst dich wohl für einen ganz Schlauen, wie? Na, da muß ich dir etwas flüstern...«

»Hör zu, ich will ja gar nicht Anführer sein. Ich brauchte nur mal eben den Kopter.«

»Na klar doch! Allerdings hast du etwas vergessen. Wir haben das Maschinchen vor langer Zeit mit einem Suchgerät ausgestattet, um es im Auge zu behalten.«

»Ihr könnt den Kopter gern wiederhaben...«

»Ich will nicht nur den Kopter, Ronnie-Boy. Ich will außerdem ein paar Sachen mit dir ins reine bringen.«

»Schock, ich habe einen Vorschlag. Ich gebe dir zweihundert Piepen für die Kanone.«

Das Gesicht des Halbwüchsigen veränderte sich. »Was?«

»Du hast mich schon verstanden. Gib mir die Kanone, ich gebe dir zweihundert Dollar.«

Der andere kniff die Augen zusammen. »Und was dann? Dann erschießt du mich und fliegst los! Kommt nicht in Frage, Kumpel!«

»Du kannst die Kanone unten in ein Schließfach tun und mir den Schlüssel verkaufen.«

»Na gut«, sagte Schock langsam. »Aber wenn du mich reinlegst...« Er ballte drohend die Faust.

Sie gingen in die untere Etage. Schock mietete ein Schließfach und legte die Waffe hinein. Dann hob er den Schlüssel in die Höhe.

»Hier, Kumpel. Zweihundert Eier.«

Ron gab ihm das Geld. Beim Anblick der Geldscheine pfiff Schock durch die Zähne.

»Und jetzt die nächste Frage«, fuhr Ron fort. »Möchtest du nochmal hundert verdienen?«

Der andere blickte Ron respektvoll an. »Ja doch. Worum geht's?«

»Du sollst für mich einen Anruf erledigen.«

»Klar.« Schock blickte ihn verwirrt an. Ron erklärte ihm den Sachverhalt.

Ohne Mühe erreichten sie den Wächter im Ostflügel des Medizinischen Zentrums. Schock beugte sich über den Hörer und sagte:

»Hier Dr. Luther. Es ist etwas geschehen; verbinden Sie mich mit *ihm*.«

»Okay, Moment.«

Sie mußten warten. Dann war Ron Carvers Stimme zu hören, mit dem unheimlichen neuen Unterton.

»Was ist?«

»Hier Luther. Bei uns ist etwas passiert. Ich glaube, der Junge ist entwischt.«

»Was? Wo sind Sie?«

»In der Leichenhalle im Keller. Am besten kommen Sie selbst.«

»Wie konnte das geschehen?« Die Ron-Stimme steigerte sich in Wut. »Wie?«

»Ich weiß es nicht. Am besten treffen wir uns hier in zehn Minuten...«

Ron knuffte Schock in die Seite, und der große Junge legte erleichtert auf.

»Ich kapier das nicht«, sagte er. »Was war das für ein Kerl?«

»Ich«, antwortete Ron mit grimmigem Lächeln. Er bezahlte und blickte dem anderen nach, der verwundert abzog. Dann ging er zum Schließfach, nahm die Waffe heraus und steckte sie sich unter die Jacke. Vor der schmalen Jungenbrust wirkte sie sehr groß.

Er hastete durch die Straßen zum Medizinischen Zentrum. Sein Ziel waren Ausgang N und die Leichenhalle.

Ron wartete mit erhobener Waffe hinter dem leeren Aufbahrungsstein. Ein Schatten verdeckte das schwache Licht hinter dem Türglas, im nächsten Augenblick trat der Ron-Körper in den stillen Raum.

Ron sah seine Hand zum Lichtschalter wandern. Er sah Verblüffung und Zorn auf seinem Gesicht.

Dann machte der Ron-Körper kehrt und wollte wieder gehen.

»Bleiben Sie doch noch ein bißchen«, sagte er.

Er stand auf und zeigte dem anderen die Waffe, die er mit beiden kleinen Händen hielt, um besser zielen und abdrükken zu können.

»Ach«, antwortete seine Stimme.

»Ja – ach«, antwortete Ron. »Und dabei dürfte es auch bleiben, Weiser. Ich halte Sie ganz und gar nicht für weise, sondern für verrückt...«

Die Ron-Lippen verzogen sich spöttisch.

»Natürlich. Das Genie ist dem Wahnsinn nahe. Das ist eine der tief verwurzelten Ansichten des menschlichen Ego. Darin reflektiert sich alles Mißtrauen vor superintelligenten Mitmenschen. Ich verstehe Sie durchaus, Mr. Carver.«

»Ich Sie aber nicht! Sie sind eine neue Erfahrung für mich. Vielleicht sind Sie wirklich besser als wir, vielleicht sind Sie aber etwas viel Schlimmeres. Ich weiß es nicht, Weiser. Aber nicht deswegen werde ich Sie umbringen...«

»Ach?«

»Nein? Glauben Sie, ich will Sie zum Wohle der Welt töten? Wegen Ihrer Verachtung für uns gewöhnliche Sterbliche? O nein, Weiser! Dazu bin ich viel zu gewöhnlich. Ich töte Sie für mich selbst, für Ron Carver! Weil ich wütend auf Sie bin. Einfach nur wütend.«

Er hob die Waffe.

Im ersten Augenblick wußte Ron nicht, was geschehen war. Irgend etwas verwischte sein Blickfeld, eine blitzschnell vorhuschende Gestalt, die sich zwischen ihn und sein Ziel stellte. Erst als er die Stimme hörte, erkannte er den Eindringling als Dr. Minton und sah, daß der Arzt den Weisen vor dem sicheren Tode gerettet hatte.

»Halt, Ron! Ron...«

»Doktor! Aus dem Weg!«

»Nein, Ron, Sie wissen ja nicht, was Sie tun!«

Der alte Mann schirmte den Ron-Körper ab. Ron senkte die Waffe.

»Aber wieso?« fragte er.

»Weil so etwas keine Lösung ist! Das wäre der Ausweg eines Mörders...« Er wandte sich zu dem Ron-Körper um, und seine Stimme bebte. »Hören Sie, Weiser. Ich möchte verhandeln. Sind Sie bereit, mich anzuhören?«

»Habe ich eine andere Wahl?«

»Ja!« sagte der Arzt heftig. »Leben oder Tod! Wollen Sie sich meine Bedingungen anhören?«

Der Ron-Körper zuckte die Achseln. »Na schön.«

»Gut. Sie sollen Ron Carvers Leben verschonen. Erklären Sie sich damit einverstanden, daß ich ihn Freunden übergebe, bei voller Gesundheit. Als Gegenleistung verspreche ich Ihnen, daß Ihr zwölf Jahre alter Körper diese Erde praktisch sofort verläßt. Ich schicke ihn zur Marskolonie, wo er den Rest seiner Jugend verbringen wird. Sind Sie damit einverstanden?«

Der Weise setzte ein mattes Lächeln auf. »Sind das Ihre einzigen Bedingungen?«

»Ja!«

»Doktor...« Ron näherte sich dem alten Mann. »Sie können das alles doch nicht so weitergehen lassen...«

»Sind Sie damit einverstanden? Werden Sie Ron Carver künftig in Ruhe lassen?«

Der Ron-Körper erstarrte.

»Ja!« sagte er energisch.

»Ron...« Der Arzt winkte ihn zu sich. »Geben Sie ihm die Waffe.«

»Was?«

Museumsstück

Der Reporter, der seine Umwelt gern in Gruppen einteilte, vermochte für Mr. Connally keine Kategorie zu finden. Da »Kurator« nicht ganz zu stimmen schien, schrieb er »Museumsdirektor« in sein Notizbuch und wartete auf Connallys Antwort.

»Unser ungewöhnlichstes Ausstellungsstück?« Connally strich die vier Haarsträhnen auf seinem glatten Schädel zurecht. »Nun das wäre wohl der Raymond. Wahrscheinlich nicht das sensationellste, aber auf jeden Fall das ungewöhnlichste Stück.«

»Raymond?«

»Sie kennen den Namen nicht? Nein, Sie scheinen kein Kenner dieser Dinge zu sein.« Er lachte leise. »Um die Jahrhundertwende hatte dieser Name eine gewisse Berühmtheit. Wenn Sie wollen, erzähle ich Ihnen die Geschichte.«

»Deshalb bin ich hier«, sagte der Reporter...

Als die hübsche Ada Krim aus der Anonymität der Londoner Music-Halls in das Rampenlicht des amerikanischen Theaters trat, gipfelte ihre erfolgreiche Karriere in einer noch sensationeller anmutenden Ehe. 1886 wurde sie die Braut John Lloyd Raymonds, eines vermögenden Glasfabrikanten. Ein Jahr später wurde ihr Sohn Vincent geboren, und Ada gab ihre Karriere als Schauspielerin auf.

Leider erwiesen sich die feine Gesellschaft und das Kindererziehen als eine zu kleine Bühne für Adas Talente. Nach kurzer Zeit begann sie sich zu langweilen und wurde unruhig. Sie versuchte es mit Reisen, Extravaganzen und schließlich einem Seitensprung. Letzterer sollte sich als fatal erweisen.

An dem Tag, da Vincents elfter Geburtstag gefeiert werden sollte, kehrte John Raymond etwas früher als gewöhnlich nach Hause zurück und stieß auf den Liebhaber seiner Frau, der sich nach einem Rendezvous eilig entfernte. Raymonds nachfolgende Handlungen füllten die Titelseiten sämtlicher Zeitungen zwischen New York und San Francisco. Er riß eine Brandaxt von der Wand und zerrte seine attraktive Frau einen kurzen, blutigen Augenblick lang in die Scheinwerfer der Weltöffentlichkeit.

John Raymonds Strafe folgte auf dem Fuße. Er brachte sie sich selbst bei, indem er Selbstmord beging. Vincent Raymonds Strafe hielt etwas länger an. Bis zur Vollendung seines einundzwanzigsten Lebensjahrs fungierte der Staat als sein Vormund; danach war sein Leben ein einziges Bemühen um Anonymität.

Im März 1912 machte sich ein Mann namens Galinari daran, den einzigen Überlebenden der Raymond-Familientragödie ausfindig zu machen. Er entdeckte ihn in einer heruntergekommenen Pension in der Nähe des Hafens, wo Vincent, der künstlerische Talente in sich wußte, düstere Bilder mit hohläugigen Frauen und sinkenden Passagierdampfern malte. Das restliche Raymond-Vermögen hatte er längst aufgebraucht, und Galinari kam mühelos an ihn heran, indem er so tat, als interessiere er sich für Vincents Arbeit und wolle bei einem warmen Abendessen darüber diskutieren. Vincent, ein dünner, von der Vergangenheit verfolgter Mann, ging auf den Vorschlag ein: er war hungrig.

Bei dieser Gelegenheit legte Galinari die Karten offen auf den Tisch – eine davon im wörtlichen Sinne.

»Wie Sie sehen«, sagte Galinari und beobachtete, wie Vincent die Visitenkarte zur Hand nahm, »bin ich ebenfalls Künstler, Mr. Raymond. Meine Spezialität ist die Herstellung von Skulpturen. Unsere Talente unterscheiden sich in einer Hinsicht. Das ihre hängt allein von der Phantasie ab, während sich das meine der Realität verschrieben hat: ich stelle lediglich Dinge dar, die es wirklich gibt.«

»Ich verstehe das nicht«, sagte Vincent und tat sich an Brot und Fleisch gütlich. »Was wollen Sie von mir?«

»Die Arbeit, die ich plane, ist ohne Sie vielleicht nicht möglich. Um Ihnen das Projekt näher zu erläutern, muß ich aber auf ein Thema zu sprechen kommen, das Ihnen vielleicht unangenehm ist.«

Vincent unterbrach sein gieriges Mahl.

»Es gibt viele Themen, die mir unangenehm sind, Mr. Galinari.«

»Ich fürchte, das Thema, das ich im Sinne habe, hat bei Ihnen die tiefsten Wunden hinterlassen.«

»Sie meinen – meine Eltern.«

Galinari seufzte und glättete beide Spitzen seines modischen Schnurrbarts. »Ich bin ein gutes Stück älter als Sie, Mr. Raymond, und habe eine deutliche Erinnerung an die schrecklichen Ereignisse. Ich bin alt genug, um mich an Ihre Mutter zu erinnern, ehe sie sich von der Bühne zurückzog. Sie war eine wunderschöne Frau, und ich habe den Wunsch, sie darzustellen, wie sie damals war.«

»Sie wollen eine Statue von meiner Mutter machen?«

»Dieser Wunsch bewegt mich seit dem Augenblick, da ich sie zum erstenmal im Theater sah. Zum Glück existieren viele Abbildungen von ihr, so daß es mit der Ähnlichkeit keine Probleme geben dürfte. Um ehrlich zu sein, das Projekt ist fast schon vollendet...«

»Ich kann Sie nicht davon abhalten«, brummte Vincent. »Sie brauchen meine Erlaubnis nicht einzuholen, Mr. Galinari. Aber wenn Sie Ihr Gewissen plagt –« er schwenkte einen Markknochen durch die Luft – »können Sie mir ja noch eine Flasche Wein bestellen.«

»Bei einer soll es nicht bleiben, Mr. Raymond, wenn Sie mir noch etwas gestatten. Nämlich Ihren Vater ebenfalls darzustellen.«

»Meinen Vater?«

Galinari fuhr mit den Gabelspitzen über das Tischtuch. »Man könnte sagen, ich bin davon besessen«, fuhr er in entschuldigendem Tonfall fort. »Doch seit dem Augenblick, da ich wußte, daß meine Arbeit an Ada Krims Statue bald beendet sein würde, war mir klar, daß ich erst wieder zur Ruhe kommen würde, wenn ich auch den Kopf von John Lloyd Raymond modelliert hatte. Ihr Vater war ein sehr interessanter Mann, willensstark und leidenschaftlich...«

»Sie brauchen ihn mir nicht zu beschreiben«, sagte Vincent gepreßt. »Und mich seinetwegen ebenfalls nicht zu fragen. Er ist tot, Mr. Galinari, und ich weiß nicht, wie ich Sie davon abhalten sollte, ihn als Statue oder auf einem Gemälde nachzubilden. Aber eins muß klar sein: Sie bringen mich nicht dazu, über ihn zu sprechen.«

»Nein, nein«, sagte Galinari. »Nichts liegt mir ferner. Aber ich habe da ein etwas seltsames Problem. So leicht es war, Bildnisse der Ada Krim ausfindig zu machen, so schwer fällt es mir im Falle Ihres Vaters...«

»Ja?«

Galinari wandte verlegen den Blick ab. »Es ist mir nicht gelungen, ein Foto Ihres Vaters aufzutreiben, Mr. Raymond. Ich habe überall gesucht, stecke aber in der Klemme. Nun habe ich mich gefragt – ich weiß, daß das eine Zumutung ist –, aber ich habe mich gefragt, ob Sie nicht etwas dergleichen...«

»Sie glauben, ich hätte Bilder von – *ihm?*«

»Das war natürlich nur eine Hoffnung. Ich weiß, daß die Erinnerung schmerzlich für Sie sein muß, aber Sie sind immerhin sein Sohn, und manchmal – nun, manchmal gibt es Erinnerungsstücke, die man ungern fortwirft.«

Vincent hatte wieder zu essen begonnen, sein Blick war starr auf den Teller gerichtet. Galinari wartete geduldig.

»Ich würde gutes Geld für eine solche Aufnahme zahlen, Mr. Raymond. Mehr habe ich Ihnen nicht zu sagen.«

»Ich habe Bilder«, sagte Vincent leise. »Für zwanzig Dollar können Sie sie haben.«

Fast zwei Monate vergingen, ehe Vincent Raymond wieder an Galinari erinnert wurde. Als er den Namen zu Gesicht bekam, erlebte er eine unangenehme Überraschung. Er stand in roten Buchstaben auf einem Plakat, das alle Liebhaber von Tod, Katastrophen und Mord zu einer Besichtigung aufforderte:

Große Eröffnung!
GALINARIS WACHSMUSEUM!
Lebensechte Darstellungen
Ungeahnte Szenen von Verbrechen,
Leidenschaft und Horror
Eintritt 25 ¢

Als Vincent Raymond erkannte, wie sehr Galinari ihn hereingelegt hatte, nahm ihn dies womöglich noch mehr mit als die erste Krise seines Lebens. Vierzehn Jahre lang hatte er gegen die grausame Erinnerung und das ungewollte öffentliche Mitleid gekämpft; mit einem Schlag hatte Galinari, das Genie des Paraffins, seinen kleinen Sieg zunichte gemacht.

Vincent war fürchterlich in seinem Zorn. Er riß das widerliche Plakat von der Mauer und suchte schließlich die Fetzen nach der Anschrift ab – er wußte, daß er der großen Gegenüberstellung nicht ausweichen konnte.

Bei seinem ersten Besuch stieß er auf eine ziemlich große Menschenmenge, die sich ausgelassen vor dem Eingang drängte. Die Männer lachten laut, die Frauen schnalzten beschämt mit der Zunge, und einige ließen spitze Schreie der Vorfreude auf die gruselige Ausstellung hören. In der ordentlichen Schlange, die sich dem Eingang näherte, befanden sich sogar Kinder, und Vincent erbebte bei dem Gedanken an die Szenen, die sie – und er – im Gebäude zu sehen bekommen würden.

Das Innere des Wachsmuseums ließ das Geplauder und Gelächter der Besucher schnell verstummen. Gänge und Räume waren mit tiefen Teppichen ausgelegt und strahlten eine feierliche Atmosphäre aus, die schwache Beleuchtung war kunstvoll konzentriert. In ihrem hellgelben Schein wirkten die geschickt arrangierten Figuren hinter den Samtseilen unheimlich lebensecht.

Es gab Burke und Hare zu besichtigen, damit beschäftigt, eine gruselig-echt aussehende Leiche auszugraben. In einer Folterkammer aus dem fünfzehnten Jahrhundert wurde ein Ketzer auf dem Streckbett behandelt, die Inquisitoren verfolgten die Szene mit Anerkennung. Eine Jungfrau aus Salem stand vor dem Galgen und erwartete ihre Strafe als Hexe; ihr Gesichtsausdruck war so jammervoll, daß Vincent sich vorstellen konnte, wie ihr die Tränen in die Augen stiegen. In einer Ecke stieß eine andere Szene auf erregtes Interesse: dort war Hawley Harvey Crippen, dessen scheußliche Verbrechen noch in aller Munde waren, damit beschäftigt, Belle Ellmore umzubringen.

»Schau, Mammi, schau doch!« rief eine Kinderstimme. »Der Mann mit der Axt!« Und Vincent folgte den kleinen hastenden Füßen zu der Szene, wegen der er hier war.

BRUTALE RACHE AN EINER UNGETREUEN FRAU hieß es auf dem Plakat. Vincents Blick trübte sich angesichts der Szene und der schrecklichen, wahren Worte. *Brutaler Mord an einer ungetreuen Frau. Ada Krim Raymond, der Liebling der amerikanischen Bühne, beim Techtelmechtel erwischt von ihrem Ehemann John Lloyd Raymond, der sie mit einem Axthieb tötete. 6. September 1898.*

Galinari war ein Genie – diese Tatsache konnte Vincent Raymond bestätigen. Das zornig verzerrte Gesicht des Axtschwingers gehörte eindeutig seinem Vater; das entsetzte Bildnis zu seinen Füßen, neben einem umgestürzten Stuhl hockend, war Ada Krim. Die Szene war Wirklichkeit. Wahrheit. Ein Alptraum!

Mit einem erstickten Laut und ohne auf die entrüsteten Ausrufe zu achten, drängte sich Vincent durch die dichte Menge rings um das Ausstellungsstück. Er stolperte in eine Gruppe von Neuankömmlingen an der Tür, schaffte sich energisch Luft, drängte zur Tür und auf die Straße.

»Idiot! Idiot!« brüllte man ihm nach, und der Ausrufer nutzte Vincents hastigen Abgang als Beweis für die erregende Schaurigkeit der Ausstellung. »Nichts für Zartbesaitete!« rief er. »Nichts für Zartbesaitete!«, und die Menge drängte sich noch interessierter heran.

Keine Uhr vermochte festzuhalten, wie lange Vincent durch die Straßen wanderte in dem Versuch, die lähmende Nachwirkung des Erlebnisses abzuschütteln. Als er endlich zu sich kam, stellte er erstaunt fest, daß es dunkel geworden war. Er setzte sich auf eine Parkbank, stützte den Kopf in die Hände und versuchte seine Gedanken zu ordnen.

Als er sich wieder im Griff hatte, wußte er, was er tun mußte. Er kehrte zu Galinaris Wachsmuseum zurück.

Der Ansturm hatte nachgelassen – nur noch vereinzelt starrten Besucher auf die großen Plakate vor dem Gebäude. Es war 20.30 Uhr. Die Ausstellung sollte um 21 Uhr geschlossen werden. Der Ausrufer, ein stämmiger Mann mit Zylinder, stützte sich auf sein Podium und gähnte bei Vincents Annäherung.

»Mr. Galinari?« wiederholte er. »Jawohl, Sir. Sein Büro liegt hinten im Museum – die Tür mit dem Schild ›Direktor‹. Moment!« knurrte er, als Vincent sich in Bewegung setzte. »Das kostet fünfundzwanzig Cents!«

Bei diesem zweiten Marsch durch das Museum nahm Vincent seine Umgebung nicht mehr wahr. Er blickte starr nach vorn und hielt erst inne, als er die kleine Tür im hinteren Teil der Räumlichkeiten erblickte. Er klopfte an und hörte Galinaris Stimme »Herein« sagen.

Beim Anblick seines Besuchers blieb Galinari bewundernswert gelassen. Er saß hinter einem viktorianischen Arbeitstisch, und die feine Schreibfeder, die er über ein Geschäftsbuch hielt, bebte nicht im geringsten. Er strich sich lediglich sanft über das Ende seines Schnurrbarts und begann zu lächeln.

»Mr. Raymond!« sagte er freundlich. »Wie nett von Ihnen, daß Sie zur Eröffnung kommen! Ich hätte es auf jeden Fall eingerichtet, daß Sie die Ausstellung einmal zu sehen bekommen.«

Vincent knallte die Tür hinter sich zu.

»Sie Lügner!« brüllte er. »Sie Dieb!«

»Dieb?« Galinari blinzelte unschuldig. »Ich habe nichts gestohlen, Mr. Raymond! Ich habe das Leben nachgestellt, doch gestohlen habe ich nichts. Wollen Sie nicht eintreten und sich setzen?«

»Sie haben mich belogen«, sagte Vincent und kam auf den Tisch zu. »Sie gaben sich als etwas aus, das Sie gar nicht sind. Mit keinem Wort haben Sie mir gesagt, Sie wollten eine Wachsdarstellung, eine...«

»Ich habe Ihnen die Wahrheit gesagt – ich wollte Nachbildungen Ihrer Eltern herstellen. Ich unterließ es lediglich, das Material zu erwähnen. Manche Künstler arbeiten mit Ton und Marmor. Mir ist Wachs lieber. Ist das so falsch?«

»Sie wissen, was daran falsch ist!« Vincent hatte wieder zu brüllen begonnen. »Sie haben ein öffentliches Schaustück daraus gemacht!« Er schlug auf den Tisch. »Das werden Sie schleunigst ändern. Sie müssen das – das Ding da draußen fortschaffen!«

»Ich bitte Sie, Mr. Raymond...«

Da verlor Vincent die Beherrschung. Seine Arme schossen vor, seine Hände zerrten an den Aufschlägen des maßgeschneiderten Anzugs. In seinem Zorn war Vincent so kräftig, daß er den kleineren Mann beinahe quer über den Schreibtisch zerrte. Galinari stammelte etwas und büßte seine gelassene Art ein.

»Lassen Sie los!« rief er. »Sie können mich nicht *zwingen!* Es ist mein Recht, mein Recht...«

»O nein, Sie haben kein Recht dazu!« tobte Vincent. »Sie können daraus doch kein öffentliches – Schauspiel machen! Das lasse ich nicht zu!«

»Sie können mich nicht davon abhalten, hören Sie? Kein Gesetz verbietet mir das!«

»Es muß ein Gesetz geben! Es muß eine Möglichkeit bestehen...«

»Lassen Sie mich los – Sie Scheusal!«

Vincent kam der Aufforderung nach und stieß Galinari in seinen Sitz zurück.

»Ich lege Ihnen das Handwerk«, sagte er drohend. »Dazu brauche ich das Gesetz nicht. Ich brauche überhaupt keine Hilfe, Galinari.«

Er fuhr herum und marschierte zur Tür, die er hinter sich aufließ. Mit zielstrebigen Schritten ging er durch die Ausstellung; beinahe laufend, bewegte er sich auf das anstößige Bild zu. Galinari schnappte nach Luft und unternahm nichts. Damit bot er Vincent den einzigen Ausweg, den er noch sah.

Als der Museumsbesitzer sich endlich faßte und ihm nacheilte, hatte Vincent den Ort des Geschehens bereits erreicht. Das Ausstellungsbild selbst lieferte ihm die Waffe – der umgestürzte Stuhl neben der Wachsfigur seiner armen Mutter. Er hob ihn über den Kopf.

»Nein!« kreischte Galinari. »Raymond, nicht!«

Doch zu spät. Der Stuhl knallte John Lloyd Raymond auf den Kopf; das steife Wachs zerbröckelte unter dem Aufprall. Immer wieder schlug Vincent auf die künstliche Gestalt ein, bis die Metallaxt zu Boden klirrte, und der Körper grotesk verzerrt umstürzte.

Dann hob er den Stuhl über das Gesicht Ada Krims, und seine Hand zögerte, das Gesicht der geliebten Mutter zu zerstören, auch wenn es nur nachgebildet war. In diesem

Augenblick umfaßten ihn Galinaris Arme in dem Bemühen, die Kunstwerke zu erhalten, doch sie richteten nichts aus.

»Halt! Halt!« flehte Galinari, doch Vincent stieß ihn zur Seite und hieb auf die Nachbildung seiner Mutter ein, und das Wachsgesicht verformte sich grotesk unter den Schlägen.

Im nächsten Augenblick hatte Galinari die Arme um Vincents Hals geklammert und versuchte ihn fortzuzerren. Der Zorn wurde übermächtig in Vincent, und er ließ den Stuhl fallen. Seine Hände streckten sich statt dessen nach dem Museumsdirektor aus, und als sie sich um das warme, echte Fleisch seines Halses schlossen, spürte Vincent erste Befriedigung in seinem Vernichtungsdrang.

Immer fester krampften sich die Finger zusammen, Galinari die Luft abschnürend. Die Augen des Künstlers, zuerst im Zorn, dann vor Angst geweitet, verloren das Interesse an den Schönheiten der Welt. Der kleine Körper entspannte sich, und das Leben schien wie geschmolzenes Wachs aus Galinari zu strömen...

»Nun«, sagte Connally zu dem Reporter, »so ist es geschehen, vor nun fast fünfzig Jahren. Vielleicht möchten Sie das Raymond-Stück jetzt sehen?«

»Aber ich dachte, Vincent hätte es vernichtet?«

»Ja, das ist richtig«, sagte der Museumsdirektor und führte den Reporter durch die Gänge. »Aber dies ist das Raymond-Stück, von dem ich sprach.«

Der Reporter blickte über das Samtband auf die lebensechte Nachbildung eines wild blickenden jungen Mannes, der einen kleinen, flott gekleideten Mann mit modisch-schmalem Schnurrbart erwürgte. *Vincent Raymond*, stand auf dem Schild, *24. April 1912*.

Der Zeuge

Mit fortschreitendem Alter wurde Dr. Bull das Gewand des Mörders immer unbequemer. In jungen Jahren hatte der Beruf zu seinem schimmernden schwarzen Haar, den tiefliegenden Augen und dem vorspringenden Kinn gepaßt; in seinem breitschultrigen und eng gegürteten Trenchcoat war er eine romantisch-gefährliche Erscheinung gewesen, der schwere Revolver geschickt unter der rechten Achselhöhle balanciert. Jetzt aber näherte er sich den Fünfzig, das Haar war licht und grau geworden, die Augen wurden durch eine dicke Brille aus ihren Verstecken gelockt, die breiten Schultern wirkten schmaler über einer ausufernden Taille und einem professorenhaften Bäuchlein. Das Gewicht einer Automatic rief eine schmerzhafte Schleimbeutelentzündung hervor, so daß er auf eine andere Waffe umgestiegen war.

So lamentierte Dr. Bull über den Verfall, den die Zeit heraufbeschwor, doch in seinem Beruf war er erfolgreicher denn je. Zum einen kannte er noch immer keine Angst; er schien ohne dieses Gefühl geboren zu sein, so wie manche Kinder blind oder taub oder ohne Arme und Beine zur Welt kommen. Zum anderen wußten seine Auftraggeber, daß die Zeiten der spektakulären Morde vorbei waren, daß die grimmigen Jungs in den Trenchcoats nicht mehr gebraucht wurden. Dr. Bull aber bot etwas weitaus Wertvolleres: einen Ruf.

Der Mann, den er als Langdon kannte, brachte dies während ihres Einführungsgesprächs im St. Moritz Restaurant zum Ausdruck. Langdon hatte sich auf dem üblichen Wege angemeldet, über die Theaterkartenreservierung in Dr. Bulls Hotel, und Dr. Bull war bereitwillig auf den Termin eingegangen. Sein letzter Auftrag hatte sich in Mittelamerika abgespielt, und die Militärjunta, die sich seiner Dienste versichert hatte, war leider aufgehängt worden, ehe seine Entlohnung angewiesen werden konnte. Daraufhin hatte er sich eine lange Ruhepause verordnet, aber zu seiner Überraschung festgestellt, daß auch Nichtstun teuer sein konnte. Deshalb Langdon.

»Verzeihen Sie«, sagte Langdon kühl. »Ich wollte Sie nicht beleidigen. Wenn ich von Ihrem Äußeren spreche, dann nur als Kompliment. Man würde nie vermuten...«

»Schon gut«, sagte Dr. Bull müde. »Kommen Sie zur Sache. Sie wollen mir sicher nicht den Namen der Leute sagen, für die Sie arbeiten?«

»Natürlich nicht!«

»Aber Sie können mir das Objekt ihres Interesses bezeichnen?«

»Es geht nicht nur um ein Ziel«, sagte Langdon. »In diesem Falle sind es zwei.«

»Sie kennen mein Honorar? Sonderabsprachen gibt es nicht.«

»Mein Klient ist bereit, Ihr übliches Honorar zweimal zu zahlen. Das müßte interessant für Sie sein, da Ihnen in diesem Fall zwei Ziele nicht mehr Arbeit machen als eins. Die beiden sind verheiratet.«

»Eine Frau?« Dr. Bull faltete das Papierdeckchen, das vor ihm lag. »Den Umgang mit Frauen bin ich nicht gewöhnt. Frauen zählen normalerweise nicht zu meinen Zielen.«

»Haben Sie Skrupel?«

»Das war nur eine Feststellung. Was für ein Ehepaar muß das sein, das Ihren Freunden Ärger macht?«

»Ein ungewöhnliches Paar. Sie heißen Blessner, Mr. und Mrs. Robert Blessner; der Mädchenname der Frau ist Patience Cole. Sie haben sicher von den beiden gehört.«

Dr. Bull rieb sich das Kinn. »Die Namen klingen bekannt, aber ich weiß nicht recht... Moment! Physik! Beide sind Atomphysiker...«

»Ja, Sie kennen sie also. In der Presse ist bisher nur wenig über die Blessners geschrieben worden, aber das ist Absicht. Eins kann ich Ihnen versprechen, die Nachrufe auf die beiden werden außergewöhnlich sein. Ein erstaunliches Paar!«

»Erzählen Sie.«

Langdon lächelte und griff nach seinem Pernod. »Das Interessanteste war für mich die Kindheit der beiden. Als Robert Blessner drei Jahre alt war, trat er als musikalisches Wunderkind auf, als Konzertpianist. Dabei waren die musikalischen Talente nur ein Teil seines bemerkenswerten Könnens. Seine besondere Stärke war die Mathematik, von der die Musik ja nur ein Ausdruck ist. Mit fünf erfand er ganz allein die Differentialrechnung. Ins Massachusetts Institute of Technology trat er im elften Lebensjahr ein, und kurz nach seinem Abschluß lernte er die Frau kennen, die er heiraten sollte.

Patience Cole war zwei Jahre jünger als Blessner, doch ihre Leistungen als Kind waren beinahe ebenso aufsehenerregend. Als sie sechs war, beherrschte sie drei Sprachen; ihr wissenschaftliches Interesse erwachte erst mit vierzehn, als sie Robert Blessner kennenlernte. Als Folge ihrer Zuneigung zu ihm begann sie ihr wissenschaftliches Studium. Er war ihr Mentor, doch es wird behauptet, daß sie ihm in ihrem Verständnis der Nach-Einsteinschen Physik sogar überlegen war. Als die beiden volljährig wurden, heirateten sie; das war vor achtzehn Monaten. Inzwischen haben sie das erste Kind. Sie bilden ein Team, dessen Leistungen bei Wissenschaftlern auf der ganzen Welt Aufsehen erregt haben. Sie leben wie eine ganz gewöhnliche Familie in einem New Yorker Vorort. Dabei sind sie alles andere als gewöhnlich, Dr. Bull.«

Traurig starrte Dr. Bull in sein leeres Glas. »Und auf diese Unschuldigen – hat es jemand abgesehen?«

»Ganz so unschuldig sind sie nicht; habe ich das etwa behauptet? Über die Arbeit, mit der sie im Augenblick beschäftigt sind, wird nicht gesprochen oder geschrieben, denn sie ist wichtig für die Verteidigung ihres Landes. Wenn sie es auch vorziehen, ein scheinbar alltägliches Leben zu führen, so gelten sie doch in den heiligen Hallen Washingtons als so geheim wie das geheimste Aktenstück.« Langdon hob eine Augenbraue. »Ich muß betonen, daß mein Klient nicht willkürlich Wissenschaftler umbringt. Nein, die Sache geht tiefer, Dr. Bull. Soweit ich weiß, hat sich mein Klient mit den Blessners in Verbindung gesetzt und wollte ihre Dienste gewinnen durch den Appell an ein Ideal, das Robert Blessner in früher Jugend hochzuhalten schien. Der Versuch ging fehl, woraufhin sich mein Klient zu einer groben Drohung verstieg. Diese Drohung muß nun in die Tat umgesetzt werden, aus Gründen der Ehre.«

»Was für ein interessantes Wort«, murmelte Dr. Bull.

»Also.« Langdon wurde plötzlich sehr sachlich. »Ich habe da einige Vorstellungen, wie Sie an die beiden herankommen...«

»Ich brauche Ihre Vorschläge nicht«, sagte Dr. Bull abweisend. »Ich ziehe es vor, von der Planung bis zur Ausführung eines Auftrags absolut allein zu arbeiten. Bitte verzeihen Sie, aber so ist es nun mal.«

Langdon lachte leise. »Man hat Sie mir als ungewöhnlichen Mann angekündigt. Sagen Sie, Doktor – stimmt es wirklich, daß Sie vor nichts Angst haben?«

»Vor nichts und niemand«, antwortete Dr. Bull kühl, und Langdon glaubte ihm.

Schofield Park war eigentlich gar kein Park, sondern eine willkürlich zusammengewürfelte Sammlung weißgedeckter Häuser, zwischen denen sich gerade genug Rasen erstreckte, daß man die Mähbemühungen der Anwohner auseinanderhalten konnte. Dieser »Park« befand sich in Gehweite einer großen Vorortsiedlung, doch hatte man ihn einmal betreten, kam man sich vor wie in einer kleinen Stadt, da die ganze Bevölkerung aus der gleichen Gesellschaftsschicht stammte. Dr. Bull wanderte durch die mit Ulmen gesäumten Straßen, lächelte die Kinder auf ihren Dreirädern und die schnüffelnden Hunde an und kümmerte sich nicht weiter um die gesellschaftlichen Aspekte von Schofield Park. Er hatte hier etwas zu erledigen. Das Ehepaar Blessner wohnte in einer Sackgasse, und die rückwärtigen Fenster ihres Hauses führten auf die Long-Island-Bucht hinaus.

Er wußte, daß er umsichtig vorgehen mußte. Durchaus möglich, daß alle Besucher der Blessners sorgfältig unter die Lupe genommen wurden; die Sicherheitsbehörden gingen heutzutage auf sicher.

Er bog in die Auffahrt ein und marschierte auf die Haustür zu. Dort angekommen, kümmerte er sich nicht um die Klingel, sondern begann zu klopfen. Es dauerte eine Weile, ehe sich etwas rührte; den Grund wußte er, als Robert Blessner vor ihm stand. Der junge Mann hatte ein schmutziges Gesicht und dreckverschmierte Knie; offenbar verrichtete er gerade sonntägliche Gartenarbeit. Er starrte Dr. Bull einen Augenblick lang ausdruckslos an und registrierte mit schnellem, klarem Blick seine professorenhafte Erscheinung und die vernachlässigte Kleidung. Obwohl er eine dicke Brille trug, wirkte er eher wie ein Sportsmann als wie ein Gelehrter. »Ja?« fragte er.

Dr. Bull antwortete in seiner ungarischen Muttersprache. Als Blessner ihn verwirrt ansah, hob er apathisch die Hand und wiederholte die Worte. Er fragte nach dem richtigen Weg, nach einer Straße, die ihn in die Stadt zurückführen würde. Er sei verwirrt von all den gewundenen Straßen und ob der Mann ihm nicht helfen könne. Schließlich tat der junge Mann, was Dr. Bull erwartet hatte; er machte kehrt und rief etwas zur Flurtreppe hinüber, die von der Tür aus schwach zu erkennen war. Gleich darauf erschien eine junge Frau in einer modischen Bluse und mit Holzschuhen, die über den Boden polterten. Sie war hübsch auf eine verkniffene, intensive Weise, die Dr. Bull gefiel.

Sie hörte ihm einen Augenblick lang zu, dann antwortete sie ihm auf ungarisch. »Ach, ich weiß, wie verwirrend das ist! Ich verlaufe mich selbst manchmal.« Dann lächelte sie. Er begann aufgeregt zu sprechen, pries ihre Freundlichkeit, ihre Schönheit, ihr wunderbares Zuhause und ließ sich vom Klang seiner Muttersprache auf ihren Lippen dermaßen überwältigen, daß seine alten Augen überflossen. Patience Blessner schien gerührt zu sein.

»Sie wissen ja, wie das ist«, sagte er und versuchte sich zu beherrschen. »Ich bin ein Fremder, ein Einwanderer. Alle Leute versuchen freundlich zu sein, aber ohne Worte...« Er zuckte die Achseln. »Manchmal bedeuten Worte so viel.«

»Haben Sie nach jemand Bestimmtem gesucht? Wohnen Bekannte von Ihnen im Park?«

»Nein, nein. Ich habe einen Freund in der Stadt besucht und wollte dann einen Spaziergang im Sonnenschein machen. Ich sah die Straßen mit den hübschen Häusern und den Kindern... Da mußte ich an zu Hause denken, an Buda...« Er zog ein großes zerdrücktes Taschentuch aus der Tasche. »Ich weiß nicht, warum ich gerade heute so traurig bin. Seit über drei Jahren habe ich nicht mehr soviel an meine Heimat gedacht. Als ich sie das letztemal sah –« er machte eine traurige Geste – »waren die Straßen rot von Blut.«

Patience Blessner warf ihrem Mann einen Blick zu und biß sich auf die Unterlippe. Mit leiser Stimme machte sie eine Bemerkung und wandte sich dann wieder an den Fremden, der ein wenig zu schwanken begonnen hatte.

»Fühlen Sie sich nicht wohl?« fragte sie.

»Ein bißchen schwach ist mir... Vielleicht bin ich zu lange in der Sonne gewesen. Aber machen Sie sich keine Sorgen. Es geht schon wieder...«

»Vielleicht kann ich Ihnen etwas anbieten. Ein kaltes Getränk?«

»Ich möchte nicht stören...«

»Es macht nichts.« Auf englisch sagte sie zu ihrem Mann: »Der arme Mann sieht nicht gesund aus, Bob. Ob wir es wagen können...?«

Er runzelte die Stirn. »Du weißt ja, was man uns gesagt hat, Schatz. Keine Ausnahmen.«

»*Man* geht mir wirklich langsam auf den Wecker, wenn du es genau wissen willst!« Ihre Stimme klang verbittert, doch als sie dann auf ungarisch weitersprach, klang ihre Stimme leise und mitfühlend. »Kommen Sie ins Haus, Mr...«

»Lazlo«, sagte Dr. Bull. »Aber wirklich, ich glaube nicht, daß das nötig ist ... wenn ich nur ein Weilchen auf der Treppe sitzen könnte...«

»Kommt nicht in Frage! Sie setzen sich ins Wohnzimmer und trinken etwas Kühles. Oder vielleicht einen Brandy. Wäre Ihnen das lieber?«

»Etwas Kaltes ist mir recht«, sagte Dr. Bull lächelnd. »Sie sind sehr freundlich.«

Im Wohnzimmer herrschte ein typisches Sonntagsdurcheinander. Zeitungen lagen wirr auf dem Teppich, die Überreste eines ausgiebigen Frühstücks standen auf der Marmorplatte des Couchtisches. In einer Ecke stand ein Kinderställchen, umgeben von Spielzeug, das durch die Stäbe geworfen worden war. Der kleine kraushaarige Junge verfolgte mit intelligent-neugierigen Augen, wie der Fremde den Raum betrat. Patience Blessner machte keine Anstalten, das Zimmer aufzuräumen; gelassen schob sie einige Kissen in die Sofaecke und forderte den Gast auf, sich zu setzen. Dann ging sie in ihre Küche. Ihr Mann stand in der Tür und stopfte seine Pfeife. Schließlich grinste er, zuckte die Achseln und ging zum Kaminsims. Dort nahm er einen Holzkasten zur Hand und bot Dr. Bull eine Zigarette an. Dr. Bull lächelte dankbar, schüttelte aber den Kopf. Gleich darauf kehrte Patience mit einem Krug zurück, der eine grüne Flüssigkeit enthielt. Sie füllte ein Glas und reichte es ihm.

»Auf Ihre Gesundheit«, sagte Dr. Bull in mühsamem Englisch. Das junge Paar lächelte ihn an, dann den jeweiligen Partner. Er trank aus dem Glas, seufzte und stellte es auf den Couchtisch. Dann griff er wieder nach dem großen Taschentuch, dessen Zipfel noch aus der Manteltasche schaute. Diesmal aber zog er den winzigen Revolver mit heraus. Er zielte damit auf das Kind und sagte: »Bitte bleiben Sie ganz ruhig, sonst muß ich das Kind umbringen!«

Der Augenblick der Verblüffung genügte ihm. Schon kam der nächste Befehl.

»Sie reichen mir jetzt bitte Ihre Brieftasche, Mr. Blessner.«

»Ich habe keine bei mir...«

»Sie steckt in Ihrer Hüfttasche. Bitte, Mr. Blessner.«

»Gib sie ihm«, sagte Patience Blessner. »Gib sie ihm, Bob!«

Der junge Mann reichte dem anderen die Brieftasche, die Dr. Bull einsteckte. Dann verlangte er die Uhr, die die junge Frau am Arm trug, und auch ihren Diamantring. Den goldenen Ehering ignorierte er, als kenne er sich mit solchen Überfällen aus.

»Jetzt umdrehen«, sagte er.

»Moment mal«, sagte der Mann. »Wir wollen das besprechen.«

»Ich heiße Dr. Bull«, sagte der Mörder höflich und betätigte den winzigen Abzug. Die Frau schrie auf, als ihr Mann neben ihr zu Boden stürzte, doch der Schrei endete mit dem zweiten Knall der Waffe. Dr. Bull nahm sich die Zeit, seine Arbeit zu überprüfen. Der fehlende Puls der beiden verriet ihm, daß er genau gezielt hatte. Er stand auf; er mußte fort, ehe sich neugierige Nachbarn meldeten.

Er war schon fast an der Haustür, als ihn der unwiderstehliche Drang überkam, ins Zimmer zurückzukehren und sich sein Werk noch einmal anzuschauen. Dabei vernahm er dann die Stimme.

»Dr. Bull«, sagte sie deutlich.

»Wie bitte?« Der Mörder fuhr zusammen. Seine Hände begannen zu zittern. »Was?« fragte er.

Dann sah er das Kind hinter dem Gitter des Laufstalls, die Augen furchtlos geöffnet, den Mund grimmig zusammengepreßt.

»Dr. Bull«, sagte das Kind. »Sie haben sich einen gefährlichen Feind geschaffen.«

Der Mann schnappte nach Luft. Er eilte zur Tür. Er hastete auf die Straße, ohne an die Disziplin und Umsicht eines ganzen Lebens zu denken. Auch als er schon längst in Sicherheit war, wollte sich sein altes Herz noch nicht beruhigen, und zum erstenmal im Lauf seiner Karriere erfuhr Dr. Bull am eigenen Leibe, was es bedeutete, Angst zu haben.

Henry Slesar im Diogenes Verlag

Erlesene Verbrechen und makellose Morde
Geschichten. Auswahl und Einleitung von Alfred Hitchcock. Aus dem Amerikanischen von Günter Eichel und Peter Naujack. Mit Zeichnungen von Tomi Ungerer

Ein Bündel Geschichten für lüsterne Leser
Sechzehn Kriminalgeschichten
Deutsch von Günter Eichel. Mit einer Einleitung von Alfred Hitchcock und vielen Zeichnungen von Tomi Ungerer

Aktion Löwenbrücke
Roman. Deutsch von Günter Eichel

Das graue distinguierte Leichentuch
Roman. Deutsch von Paul Baudisch und Thomas Bodmer

Vorhang auf, wir spielen Mord!
Roman. Deutsch von Thomas Schlück

Ruby Martinson
Vierzehn Geschichten um den größten erfolglosen Verbrecher der Welt, erzählt von einem Freunde. Deutsch von Helmut Degner

Hinter der Tür
Roman. Deutsch von Thomas Schlück

Schlimme Geschichten für schlaue Leser
Deutsch von Thomas Schlück

Coole Geschichten für clevere Leser
Deutsch von Thomas Schlück

Fiese Geschichten für fixe Leser
Deutsch von Thomas Schlück

Böse Geschichten für brave Leser
Deutsch von Christa Hotz und Thomas Schlück

Die siebte Maske
Roman. Deutsch von Alexandra und Gerhard Baumrucker

Frisch gewagt ist halb gemordet
Geschichten. Deutsch von Barbara Rojahn-Deyk und Jobst-Christian Rojahn

Das Morden ist des Mörders Lust
Sechzehn Kriminalgeschichten
Deutsch von Barbara Rojahn-Deyk und Jobst-Christian Rojahn

Meistererzählungen
Deutsch von Thomas Schlück und Günter Eichel

Mord in der Schnulzenklinik
Roman. Deutsch von Jobst-Christian Rojahn

Rache ist süß
Geschichten. Deutsch von Ingrid Altrichter

Das Phantom der Seifenoper
Geschichten. Deutsch von Edith Nerke, Barbara Rojahn-Deyk und Jobst-Christian Rojahn

Teuflische Geschichten für tapfere Leser
Deutsch von Jürgen Bürger

Listige Geschichten für arglose Leser
Deutsch von Irene Holicki und Barbara Rojahn-Deyk

Raymond Chandler im Diogenes Verlag

»Mit Philip Marlowe schuf Chandler eine Gestalt, die noch heute weltweit als der Prototyp des Privatdetektivs gilt. Humphrey Bogart in der Rolle des Philip Marlowe hat diesen Typus auch optisch bis heute unverdrängbar festgeschrieben.«
Kindlers Literatur Lexikon

»Ich halte es für möglich, daß der Ruhm des Autors Raymond Chandler den des Autors Ernest Hemingway überdauert.« *Helmut Heißenbüttel*

Gefahr ist mein Geschäft
und andere Detektivstories
Aus dem Amerikanischen von Hans Wollschläger

Der große Schlaf
Roman. Deutsch von Gunar Ortlepp

Die kleine Schwester
Roman. Deutsch von Walter E. Richartz

Der lange Abschied
Roman. Deutsch von Hans Wollschläger

Das hohe Fenster
Roman. Deutsch von Urs Widmer

Die simple Kunst des Mordes
Briefe, Essays, Notizen, eine Geschichte und ein Romanfragment. Herausgegeben von Dorothy Gardiner und Kathrine Sorley Walker. Deutsch von Hans Wollschläger

Die Tote im See
Roman. Deutsch von Hellmuth Karasek

Lebwohl, mein Liebling
Roman. Deutsch von Wulf Teichmann

Playback
Roman. Deutsch von Wulf Teichmann

Mord im Regen
Frühe Stories. Deutsch von Hans Wollschläger. Vorwort von Philip Durham

Erpresser schießen nicht
und andere Detektivstories. Deutsch von Hans Wollschläger. Mit einem Vorwort des Verfassers

Der König in Gelb
und andere Detektivstories. Deutsch von Hans Wollschläger

Englischer Sommer
Drei Geschichten und Parodien, Aufsätze, Skizzen und Notizen aus dem Nachlaß. Mit Zeichnungen von Edward Gorey, einer Erinnerung von John Houseman und einem Vorwort von Patricia Highsmith. Deutsch von Wulf Teichmann, Hans Wollschläger u.a.

Meistererzählungen
Deutsch von Hans Wollschläger

Frank MacShane
Raymond Chandler
Eine Biographie. Deutsch von Christa Hotz, Alfred Probst und Wulf Teichmann. Zweite, ergänzte Auflage 1988

Dashiell Hammett im Diogenes Verlag

»Hammett brachte Menschen aufs Papier, wie sie waren, und ließ sie in der Sprache reden und denken, für die ihnen unter solchen Umständen der Schnabel gewachsen war.
Er brachte immer und immer wieder fertig, was überhaupt nur die allerbesten Schriftsteller schaffen. Er schrieb Szenen, bei denen man das Gefühl hat, sie seien noch niemals je beschrieben worden.«
Raymond Chandler

Fliegenpapier
und andere Detektivstories. Aus dem Amerikanischen von Harry Rowohlt, Helmut Kossodo, Helmut Degner, Peter Naujack und Elizabeth Gilbert. Mit einem Vorwort von Lillian Hellman

Der Malteser Falke
Roman. Deutsch von Peter Naujack

Das große Umlegen
und andere Detektivstories. Deutsch von Hellmuth Karasek, Walter E. Richartz und Wulf Teichmann

Rote Ernte
Roman. Deutsch von Gunar Ortlepp

Der Fluch des Hauses Dain
Roman. Deutsch von Wulf Teichmann

Der gläserne Schlüssel
Roman. Deutsch von Hans Wollschläger

Der dünne Mann
Roman. Deutsch von Tom Knoth

Fracht für China
und andere Detektivstories. Deutsch von Antje Friedrichs, Elizabeth Gilbert und Walter E. Richartz

Das Haus in der Turk Street
und andere Detektivstories. Deutsch von Wulf Teichmann

Das Dingsbums Küken
und andere Detektivstories. Deutsch von Wulf Teichmann. Mit einem Nachwort von Steven Marcus

Meistererzählungen
Ausgewählt von William Matheson. Deutsch von Wulf Teichmann, Walter E. Richartz, Hellmuth Karasek und Elizabeth Gilbert

Diane Johnson
Dashiell Hammett
Eine Biographie. Deutsch von Nikolaus Stingl. Mit zahlreichen Abbildungen

Eric Ambler im Diogenes Verlag

»Es hat keinen Autor gegeben, der ähnlich fähig gewesen wäre, seine politische Urteilsfähigkeit in Story, in Geschichte, in erzählten Fortgang zu verwandeln. Ich halte Ambler für einen der bedeutendsten lebenden Autoren überhaupt.« *Helmut Heißenbüttel*

Schmutzige Geschichte
Roman. Aus dem Englischen von Günter Eichel

Topkapi
Roman. Deutsch von Elsbeth Herlin und Nikolaus Stingl

Waffenschmuggel
Roman. Deutsch von Tom Knoth

Das Intercom-Komplott
Roman. Deutsch von Dietrich Stössel

Der Levantiner
Roman. Deutsch von Tom Knoth

Die Maske des Dimitrios
Roman. Deutsch von Matthias Fienbork

Doktor Frigo
Roman. Deutsch von Tom Knoth und Judith Claassen

Der Fall Deltschev
Roman. Deutsch von Mary Brand und Walter Hertenstein

Eine Art von Zorn
Roman. Deutsch von Malte Krutzsch

Schirmers Erbschaft
Roman. Deutsch von Harry Reuß-Löwenstein, Th. A. Knust und Rudolf Barmettler

Die Angst reist mit
Roman. Deutsch von Matthias Fienbork

Bitte keine Rosen mehr
Roman. Deutsch von Tom Knoth

Besuch bei Nacht
Roman. Deutsch von Wulf Teichmann

Der dunkle Grenzbezirk
Roman. Deutsch von Walter Hertenstein und Ute Haffmans

Ungewöhnliche Gefahr
Roman. Deutsch von Walter Hertenstein und Werner Morlang

Anlaß zur Unruhe
Roman. Deutsch von Franz Cavigelli

Nachruf auf einen Spion
Roman. Deutsch von Peter Fischer

Mit der Zeit
Roman. Deutsch von Hans Hermann

Ambler by Ambler
Eric Ambler's Autobiographie
Deutsch von Matthias Fienbork

Die Begabung zu töten
Deutsch von Matthias Fienbork

Wer hat Blagden Cole umgebracht?
Lebens- und Kriminalgeschichten
Deutsch von Matthias Fienbork

Über Eric Ambler
Zeugnisse von Alfred Hitchcock bis Helmut Heißenbüttel. Herausgegeben von Gerd Haffmans unter Mitarbeit von Franz Cavigelli. Mit Chronik und Bibliographie. Erweiterte Neuausgabe 1989

Agatha Christie im Diogenes Verlag

Der Fall der enttäuschten Hausfrau

Sechs Kriminalgeschichten. Auswahl und Einleitung von Peter Naujack. Aus dem Englischen von Günter Eichel und Peter Naujack

Geschichten der berühmtesten und erfolgreichsten Autorin der Welt, darunter *Zeugin der Anklage,* von Billy Wilder mit Marlene Dietrich und Charles Laughton verfilmt.
Seit Lucrezia Borgia hat keine Frau so viel an Morden verdient wie Agatha Christie.

Villa Nachtigall

Sieben Kriminalgeschichten. Auswahl von Peter Naujack. Deutsch von Günter Eichel und Peter Naujack

Geschichten der Schöpferin von Hercule Poirot und Miss Marple. Die Titelstory *Villa Nachtigall* wurde unter dem Titel *Love from a Stranger* zweimal verfilmt.

»Agatha Christie appelliert an die menschliche Neugier in uns allen.« *Margery Allingham*

Meistererzählungen

Deutsch von Maria Meiner, Marfa Berger und Ingrid Jacob

Alle Geschichten von Agatha Christie sind gut; die besten wurden für diesen Sonderband ausgewählt, darunter die mit Marlene Dietrich verfilmte *Zeugin der Anklage.*

Ross Macdonald im Diogenes Verlag

»Ross Macdonald gilt schon heute als ein Klassiker des Kriminalromans. Kein anderer lebender Thriller-Autor ist in den USA und in Großbritannien so gefeiert worden wie er: die ›New York Times Book Review‹ und ›Newsweek‹ widmeten ihm mehrere Titelgeschichten – kein anderer ist so erfolgreich.
Lew Archer, Macdonalds grauhaariger und keineswegs heldenhafter Privatdetektiv, gehört zu der Spezies, wie sie vor ihm etwa Hammetts Sam Spade und, vor allem, Chandlers Philip Marlowe verkörperten.«
Luzerner Neueste Nachrichten

Durchgebrannt
Roman. Aus dem Amerikanischen von Helmut Degner

Geld kostet zuviel
Roman. Deutsch von Günter Eichel

Die Kehrseite des Dollars
Roman. Deutsch von Günter Eichel

Der Untergrundmann
Roman. Deutsch von Hubert Deymann

Dornröschen war ein schönes Kind…
Roman. Deutsch von Wulf Teichmann

Unter Wasser stirbt man nicht!
Roman. Deutsch von Hubert Deymann

Ein Grinsen aus Elfenbein
Roman. Deutsch von Charlotte Hamberger

Die Küste der Barbaren
Roman. Deutsch von Marianne Lipcowitz

Der Fall Galton
Roman. Deutsch von Egon Lothar Wensk

Gänsehaut
Roman. Deutsch von Gretel Friedmann

Der blaue Hammer
Roman. Deutsch von Peter Naujack

Der Drahtzieher
Sämtliche Detektivstories um Lew Archer I. Mit einem Vorwort des Autors. Deutsch von Hubert Deymann und Peter Naujack

Einer lügt immer
Detektivstories um Lew Archer II. Deutsch von Hubert Deymann

Sanftes Unheil
Roman. Deutsch von Monika Schoenenberger

Der Mörder im Spiegel
Roman. Deutsch von Dietlind Bindheim

Blue City
Roman. Deutsch von Christina Sieg-Welti und Christa Hotz

Jack Ritchie im Diogenes Verlag

»Eine Lektüre für Leser, die auch an sehr schwarzem Humor und überraschenden Effekten Genuß finden – beispielsweise Freunde der ARD-Krimistunde.«
Das Neue Buch, München

»An seinen Erzählungen fasziniert die Raffinesse des Vorgehens. Das Blut fließt relativ sparsam, die Fäuste fliegen nicht, es gibt keine Auto-Verfolgungsjagden. Ritchies Täter arbeiten mit dem Kopf, sie denken leise, ihnen ist kein Winkelzug unbekannt; aber auch jene, die sie zu Fall bringen, sind mit allen Wassern gewaschen. So entsteht eine Spannung, die der beim Schach ähnlich ist. Schwarzer Humor, Ironie und Intellekt sind die Substanzen, aus denen der Autor seine süffigen Geschichten braut.«
Walter Gallasch/Nürnberger Nachrichten

Der Mitternachtswürger
Geschichten. Aus dem Amerikanischen von Alfred Probst

Für alle ungezogenen Leute
Geschichten. Deutsch von Dorothee Asendorf

Gedächtnis ade
Geschichten. Deutsch von Elfriede Riegler und Dorothee Asendorf

Bei Anruf Alibi
Geschichten. Deutsch von Jobst-Christian Rojahn

Vor Redaktionsschluß Mord
Geschichten. Deutsch von Monika Elwenspoek

Einzelhaft
Geschichten. Deutsch von Bernhard Robben

Der Sparschwein-Killer
Geschichten. Deutsch von Jobst-Christian Rojahn

Der mordende Philosoph
Geschichten. Deutsch von Monika Elwenspoek

Ray Bradbury im Diogenes Verlag

»Bradbury ist ein Schriftsteller, für den ich Dankbarkeit empfinde, weil er uns eine Freude zurückgibt, die immer seltener wird: die Freude, die wir als Kinder empfanden, wenn wir eine Geschichte hörten, die unglaublich war, aber die wir gerne glaubten.«
Federico Fellini

»Einer der größten Visionäre unter den zeitgenössischen Autoren.« *Aldous Huxley*

Der illustrierte Mann
Erzählungen
Aus dem Amerikanischen von Peter Naujack

Fahrenheit 451
Roman. Deutsch von Fritz Güttinger

Die Mars-Chroniken
Roman in Erzählungen. Deutsch von Thomas Schlück

Die goldenen Äpfel der Sonne
Erzählungen. Deutsch von Margarete Bormann

Medizin für Melancholie
Erzählungen. Deutsch von Margarete Bormann

Das Böse kommt auf leisen Sohlen
Roman. Deutsch von Norbert Wölfl

Löwenzahnwein
Roman. Deutsch von Alexander Schmitz

Das Kind von morgen
Erzählungen. Deutsch von Christa Hotz und Hans-Joachim Hartstein

Die Mechanismen der Freude
Erzählungen. Deutsch von Peter Naujack

Familientreffen
Erzählungen. Deutsch von Jürgen Bauer

Der Tod ist ein einsames Geschäft
Roman. Deutsch von Jürgen Bauer

Der Tod kommt schnell in Mexico
Erzählungen. Deutsch von Walle Bengs

Die Laurel & Hardy-Liebesgeschichte
und andere Erzählungen
Deutsch von Otto Bayer und Jürgen Bauer

Friedhof für Verrückte
Roman. Deutsch von Gerald Jung

Halloween
Roman. Deutsch von Dirk van Gunsteren

Magdalen Nabb im Diogenes Verlag

»Magdalen Nabb ist die geborene Erzählerin, ihre Geschichten sind von überwältigender Echtheit.«
Sunday Times, London

»Die gebürtige Engländerin und Wahlflorentinerin Magdalen Nabb muß als die ganz große Entdeckung im Genre des anspruchsvollen Kriminalromans bezeichnet werden. Eine Autorin von herausragender internationaler Klasse.«
Herbert M. Debes/mid Nachrichten, Frankfurt

»Nie eine falsche Note. Bravissimo!«
Georges Simenon

Tod im Frühling
Roman. Aus dem Englischen von Matthias Müller. Mit einem Vorwort von Georges Simenon

Tod im Herbst
Roman. Deutsch von Matthias Fienbork

Tod eines Engländers
Roman. Deutsch von Matthias Fienbork

Tod eines Holländers
Roman. Deutsch von Matthias Fienbork

Tod in Florenz
Roman. Deutsch von Monika Elwenspoek

Tod einer Queen
Roman. Deutsch von Matthias Fienbork

Tod im Palazzo
Roman. Deutsch von Matthias Fienbork

Magdalen Nabb & Paolo Vagheggi:
Terror
Roman. Deutsch von Bernd Samland

Jakob Arjouni im Diogenes Verlag

Happy birthday, Türke!

Ein Kayankaya-Roman

»Privatdetektiv Kemal Kayankaya ist der deutsch-türkische Doppelgänger von Phil Marlowe, dem großen, traurigen Kollegen von der Westcoast. Nur weniger elegisch und immerhin so genial abgemalt, daß man kaum aufhören kann zu lesen, bis man endlich weiß, wer nun wen erstochen hat und warum und überhaupt.
Kayankaya haut und schnüffelt sich durch die häßliche Stadt am Main, daß es nur so eine schwarze Freude ist. Als in Frankfurt aufgewachsener Türke mit deutschem Paß lotst er seine Leserschaft zwei Tage und Nächte durch das Frankfurter Bahnhofsmilieu, von den Postpackern zu den Loddels und ihren Damen bis zur korrupten Polizei und einer türkischen Familie.
Daß *Happy birthday, Türke!* trotzdem mehr ist als ein Remake, liegt nicht nur am eindeutig hessischen Großstadtmilieu, sondern auch an den bunteren Bildern, den ganz eigenen Gedankensaltos und der Besonderheit der Geschichte. Wer nur nachschreibt, kann nicht so spannend und prall erzählen.«
Hamburger Rundschau

»Er ist noch keine fünfundzwanzig Jahre alt und hat bereits zwei Kriminalromane geschrieben, die mit zu dem Besten gehören, was in den letzten Jahren in deutscher Sprache in diesem Genre geleistet wurde. Er ist ein Unterhaltungsschriftsteller und dennoch ein Stilist. Die Rede ist von einem außerordentlichen Début eines ungewöhnlich begabten Krimiautors: Jakob Arjouni. Verglichen wurde er bereits mit Raymond Chandler und Dashiell Hammett, den verehrungswürdigsten Autoren dieses Genres. Zu Recht. Arjouni hat Geschichten von Mord und Totschlag zu erzählen, aber auch von deren Ursachen, der Korruption durch Macht und Geld, und er tut dies knapp, amüsant und mit bösem Witz. Seine auf das Nötigste abgemagerten Sätze fassen viel von dieser schmutzigen Wirklichkeit.« *Klaus Siblewski/Neue Zürcher Zeitung*

Verfilmt von Doris Dörrie, mit Hansa Czypionka, Özay Fecht, Doris Kunstmann, Lambert Hamel, Ömer Simsek und Emine Sevgi Özdamar in den Hauptrollen.

Mehr Bier

Ein Kayankaya-Roman

Vier Mitglieder der ›Ökologischen Front‹ sind wegen Mordes an dem Vorstandsvorsitzenden der ›Rheinmainfarben-Werke‹ angeklagt. Zwar geben die vier zu, in der fraglichen Nacht einen Sprengstoffanschlag verübt zu haben, sie bestreiten aber jegliche Verbindung mit dem Mord. Nach Zeugenaussagen waren an dem Anschlag fünf Personen beteiligt, aber von dem fünften Mann fehlt jede Spur. Der Verteidiger der Angeklagten beauftragt den Privatdetektiv Kemal Kayankaya mit der Suche nach dem fünften Mann…

»Kemal Kayankaya, der zerknitterte, ständig verkaterte Held in Arjounis Romanen *Happy birthday, Türke!* und *Mehr Bier* ist ein würdiger Enkel der übermächtigen Großväter Philip Marlowe und Sam Spade. Jakob Arjouni strebt mit Vehemenz nach dem deutschen Meistertitel im Krimi-Schwergewicht, der durch Jörg Fausers Tod auf der Autobahn vakant geworden ist.« *stern, Hamburg*

»Jakob Arjouni: der jüngste und schärfste Krimischreiber Deutschlands!«
Wiener Deutschland, München

Ein Mann, ein Mord

Ein Kayankaya-Roman

Ein neuer Fall für Kayankaya. Schauplatz: die (noch immer) einzige deutsche Großstadt: Frankfurt. Genauer: Der Kiez mit seinen eigenen Gesetzen, die feinen Wohngegenden im Taunus, der Frankfurter Flughafen.
Kayankaya sucht Sri Dao, ein Mädchen aus Thailand: sie ist in jenem gesetzlosen Raum verschwunden, in dem Flüchtlinge, die in Deutschland um Asyl nachsuchen, unbemerkt und ohne Spuren zu hinterlassen, ganz leicht verschwinden können – wen interessiert ihr Verschwinden schon.
Was Kayankaya – Türke von Geburt und Aussehen, Deutscher gemäß Sozialisation und Paß – dabei über den Weg und in die Quere läuft, von den heimlichen Herren Frankfurts über die korrupten Bullen und die fremdenfeindlichen Beamten auf den Ausländerbehörden bis zu den Parteigängern der Republikaner mit ihrer alltäglichen Hetze gegen alles Fremde und Andere, erzählt Arjouni klar, ohne Sentimentalität, witzig, souverän.

»Jakob Arjouni ist von den jungen Kriminalschriftstellern deutscher Zunge mit Abstand der beste. Er hat eine Schreibe, die nicht krampfig vom deutschen Gemüt, sondern von der deutschen Realität her bestimmt ist, das finde ich einmal schon sehr wohltuend; auch will er nicht à tout prix schmallippig sozialkritisch auftreten.« *Wolfram Knorr/Die Weltwoche, Zürich*